LISABETH
POSTHUMA

RÉINVENTER LES ÉTOILES

Traduit de l'anglais (États-Unis)
par Marion Roman

bayard

Pour JLB

Ouvrage initialement publié en 2021
par Candlewick Press,
sous le titre *Baby & Solo*

Illustration de couverture : Germain Barthélémy

18 rue Barbès, 92128 Montrouge Cedex
ISBN : 979-1-0363-3934-9
Dépôt légal : avril 2024
Première édition

PREMIÈRE PARTIE

PROLOGUE

Ville de Royal Oak, État du Michigan, août 1996

– Je crois que Joel est prêt, a conclu le docteur Singh.

Je me trouvais sur la table d'examen, assis car c'était seulement le cerveau qu'on auscultait, pas le corps. Mais comme il manquait une chaise et que, techniquement, j'étais encore le patient, je m'étais sacrifié.

– Je vous avoue que j'hésite, docteur, a rétorqué ma mère. Et en cas de rechute, on fait quoi ?

Je détestais ce mot : « rechute ». Il me faisait passer pour un toxico.

– Cela fait presque deux ans que nous n'avons pas eu à déplorer d'épisode, lui a répliqué le docteur.

Il consultait mon dossier en même temps pour vérifier, mais il ne se trompait pas. Mon Mal Mystérieux n'avait pas fait de vagues, ou si peu, depuis mon quinzième anniversaire.

– Madame Teague, il est temps de laisser votre fils se confronter à la vie.

– On ne pourrait pas tester un nouveau traitement ? a-t-elle insisté, rembrunie.

– Je suis prêt, maman, lui ai-je assuré même si elle ne s'adressait pas à moi.

J'avais l'habitude. On m'invitait rarement à participer à la discussion quand on débattait de mon cas.

Mon père se taisait, mais je l'ai vu serrer la main de ma mère. Elle a soupiré.

– Qu'entendez-vous au juste par « se confronter à la vie » ? s'est renseignée maman. On ne va pas le laisser partir sac au dos pour un tour d'Europe en solitaire, rassurez-moi ?

– C'est dans tes projets, Joel ? m'a interrogé le docteur, prenant au pied de la lettre la suggestion grotesque de ma mère.

Puis, se tournant vers mes parents, il a ajouté :

– Un brin d'aventure pourrait s'avérer favorable à son rétablissement.

Papa et maman se sont décomposés, horrifiés.

Pour rire, j'ai failli affirmer que depuis toujours, je rêvais de faire les férias de Pampelune, avec courses de taureaux et tout le bazar, mais j'ai eu pitié de mes parents : ils avaient assez morflé comme ça. Le Drame que j'avais vécu, ils l'avaient vécu eux aussi. Qui plus est, je n'étais pas d'accord avec le docteur Singh. En ce qui me concernait, à cause de mon Mal Mystérieux, l'aventure, j'avais eu mon compte.

– Je préférerais commencer par un truc un peu plus light pour ma réinsertion, ai-je donc répliqué, au grand soulagement de mes parents.

– OK, a répondu mon père. Quoi, par exemple ?

Quand il était question de ma santé mentale, il était le seul à me demander (parfois) mon avis.

– Tu penses à quelque chose en particulier ? a-t-il poursuivi. Un sport d'équipe ou un truc de ce genre ?

Plus vague, tu meurs. Décidément, papa ne me connaissait pas du tout.

– Bof, ai-je répondu. On verra.

– Il est important de se fixer des objectifs concrets au moment de reprendre une vie normale, m'a alors mis en garde le docteur Singh. Nous allons élaborer un plan d'action avant la fin de notre séance. Détends-toi, Joel : je ne vais pas te plonger directement dans le grand bain. Nous allons procéder par étapes.

Ensuite, il a récité le slogan de l'affiche punaisée derrière lui :

« Il n'est jamais trop tard pour devenir celui qu'on aurait pu être. »

Les pédopsys semblaient friands de ce genre de petites maximes : on en trouvait dans pratiquement tous les cabinets. En général, elles s'étalaient en caractères gras sur fond de paysage de montagne, de panier de chiots et/ou de chatons, voire (ne me demandez pas pourquoi) sur des dessins de Charlie Brown.

Non, mais, Charlie Brown, quoi ! Le copain loser de Snoopy, celui qui se fait tellement harceler par ses prétendus potes qu'il en est déjà chauve avant son entrée au collège ! Et c'était censé être lui, la figure de ralliement des gosses détraqués du pays ? Il fallait voir les slogans cucul qu'il se tapait, le pauvre : « À cœur vaillant, rien d'impossible », « Ta victoire est entre tes mains », ou encore (ma bête noire en matière de mantras débiles) « Ne baisse jamais les bras ! ». Derrière ce dernier slogan, on voyait Charlie Brown se faire piquer le ballon par

Lucy pile au moment où il allait tirer. J'ai lu toutes les B.D. de Charlie Brown : jamais cette garce ne le laisse shooter. Pas une seule fois. On baisserait les bras pour moins que ça.

Mon père a proposé :

– Et un petit boulot ? Un mi-temps, avec d'autres jeunes de son âge... Vous pensez que ça ferait du bien à Joel ?

– Super idée ! a, contre toute attente, renchéri ma mère.

Sans me consulter, le docteur s'est exclamé :

– Parfait, faisons ça !

– Cool, ai-je lâché sans conviction pour ne pas casser leur délire.

Ça valait toujours mieux que le sport. D'une, je serais payé. Et de deux, ça n'engageait pas à grand-chose. Plaquer son équipe de foot, ça fait de vous un lâcheur. Mais un tas de gens plaquent leur job tous les jours sans que ça ne choque personne. Démissionner, c'était un truc normal. Or, tel était mon but : devenir normal. Ou le redevenir. Peut-être que bosser dans la vente ou le service avec d'autres ados sous-payés m'y aiderait. En tout cas, ça se tentait.

– Je vais peaufiner mon CV, ai-je déclaré.

Ma boutade m'a valu un tiercé gagnant de sourires (plus ou moins forcés, n'est-ce pas, maman).

Le docteur m'a accordé deux semaines pour décrocher un premier entretien d'embauche. Il l'a écrit en toutes lettres sur son bloc et m'a tendu l'ordonnance comme s'il me prescrivait des antibiotiques.

Je l'ai remercié et nous sommes sortis de son cabinet. Cabinet où, ai-je songé pour la première fois en sept ans, je n'aurais peut-être un jour plus à revenir.

CHAPITRE UN

– Alors, pourquoi souhaites-tu rejoindre l'équipe de ROYO Vidéos ? m'a lu Jessica Morrison, la gérante du vidéo-club, une liste de questions à la main.

Une semaine s'était écoulée depuis mon rendez-vous chez le docteur Singh et je passais déjà un premier entretien d'embauche. Je l'avoue : c'était grâce à maman, qui avait mis mon cousin Devin sur le coup. C'était le mec de Jessica, et quand il avait su que je cherchais un job, il nous avait mis en contact.

– J'aime bien les films, ai-je répondu sans trop me mouiller.

C'était ça ou la vérité : « C'est mon psy qui me l'a ordonné. » Or, cette info-là, je ne comptais pas la crier sur tous les toits.

Jessica a noté ma réponse.

– C'est quoi, tes films préférés ?

Je fixais consciencieusement ses mains, et pour cause : toute autre partie de son corps m'aurait fait perdre le fil de mes pensées. Jessica avait des yeux de biche et un corps comme on n'en voyait que dans les pages centrales des magazines spécialisés. Et moi, on venait de me sevrer d'un cocktail de psychotropes qui avaient inhibé ma libido pendant toute mon adolescence, donc, comment dire ? Je n'étais pas insensible aux charmes de mon interlocutrice. Et puisque reluquer la manager compromettrait sans doute mes chances d'obtenir le poste, je me contrôlais.

– J'aime tout, ai-je affirmé. Les films d'action, les films d'horreur, les comédies...

Mon regard a dérivé brièvement vers le plancher puis j'ai reporté mon attention sur ses mains.

« Un peu de tout », a noté Jessica.

– Top, a-t-elle commenté. Où te vois-tu dans cinq ans ?

– Je finis le lycée à la fin de l'année. Après, j'imagine que je ferai des études.

La fac n'était pas exactement au programme dans mon cas, mais ça ne coutait rien d'en parler. Puisqu'il n'était prétendument jamais trop tard pour devenir celui qu'on aurait pu être.

– Ah, top, a répété Jessica.

Elle a pris encore quelques notes puis s'est interrompue.

– Ça t'ennuierait de remplir le formulaire toi-même ? Dev dit que t'es réglo et dispo les soirs et les week-ends. C'est tout ce que j'ai besoin de savoir.

Elle m'a tendu une liasse de paperasse, mais au moment où j'allais la prendre, elle a marqué une hésitation.

– Oh, mais... T'es guéri, au moins ?

– Guéri ? ai-je bredouillé, devinant le chemin que prenait la conversation.

– Ouais. D'après Dev, t'as eu une leucémie ou je ne sais pas quoi quand t'étais petit. T'es toujours malade ?

– C'était de l'anémie, pas une leucémie, ai-je rectifié. Mais c'est du passé.

Ma mère avait inventé le coup de l'anémie à cause de mon Mal Mystérieux. Pour justifier mes nombreuses absences scolaires et mes séjours à l'hôpital, il lui fallait un leurre, un truc grave-mais-pas-trop, et, en feuilletant un dictionnaire médical dans l'ordre alphabétique, elle avait jeté son dévolu sur l'anémie.

Jessica a hoché la tête et m'a confié les documents, puis elle a dégainé un badge en plastique muni d'un cordon.

– Tu peux commencer demain ? Je t'attends à dix-sept heures.

Elle a décapuchonné un marqueur.

– Comment tu veux qu'on t'appelle ? m'a-t-elle demandé, la main en suspens au-dessus du carton.

– Euh, ben, Joel, lui ai-je rappelé sans animosité.

Quand on était aussi canon que Jessica Morrison, on avait le droit d'avoir la mémoire comme une passoire.

Elle a secoué la tête et la dentelle de son soutien-gorge est apparue au ras de son débardeur. Il était vert. Le soutif, pas le débardeur. Le débardeur, je n'en garde aucun souvenir.

– Non. On n'utilise pas nos vrais prénoms, au boulot, m'a-t-elle expliqué. C'est une règle établie par mes parents.

D'après Devin, les Morrison possédaient non seulement ROYO Vidéos, mais tous les commerces du quartier, et c'était tout ce que je savais à leur sujet. Je trouvais un peu étrange qu'ils obligent leurs employés à bosser sous une fausse identité, mais je ne m'en suis pas formalisé. Peut-être que c'était une pratique fréquente, après tout. C'était mon premier boulot, alors qu'est-ce que j'en savais ?

– Dans ce cas, j'aime bien Mike...

Mike, c'était un prénom normal par excellence. Qu'est-ce qui m'empêchait d'être un Mike ?

– Hein ? Non, t'as pas compris !

Elle a ri.

– Il te faut un pseudo, un truc tiré d'un film. Ça met les clients dans l'ambiance. C'est comme... de la pub subliminale.

– Oh, ai-je fait. Donc, ici, tu ne t'appelles pas Jessica ?

– Non, je suis Scarlette, comme Scarlett O'Hara, m'a-t-elle informé en m'indiquant son badge (que je m'étais bien gardé d'inspecter auparavant, vu qu'il se situait dangereusement près de ses seins).

Moi qui n'avais jamais vu *Autant en emporte le vent*, j'en avais soudain une furieuse envie.

– Scott, mon crétin de petit frère, c'est L'Inspecteur, comme l'inspecteur Harry, et on a aussi Le Parrain, Mary Poppins, Hannibal et Bébé.

– Bébé ?

– Comme dans *Dirty Dancing*, s'est indignée Jessica à la manière des nanas du monde entier quand on confesse ne pas connaitre ce film.

– Je ne l'ai pas vu.

– Tu ne sais pas ce que tu rates !

J'en doutais.

– Bon, euh, il y a une liste de pseudos disponibles ? Un registre ?

– Non, t'es libre de choisir celui que tu veux tant qu'il n'est pas déjà pris. Alors ? m'a-t-elle pressé en agitant impatiemment son marqueur.

Je me suis activé les méninges. James Bond, Rocky Balboa et Robocop ont été les premiers noms à me passer par la tête, mais il aurait été présomptueux pour un gars comme moi, fraîchement sorti de l'asile, de m'identifier à eux. Il y avait bien le héros de *Vol au-dessus d'un nid de coucous*, joué par Jack Nicholson, mais pas moyen de me rappeler son nom.

Jessica a volé à ma rescousse :

– Ton film préféré, c'est quoi ?

– *La guerre des étoiles.*

Jessica a arboré une mine blasée.

– Alors, disons... Luke Skywalker ?

– Non, ai-je vivement refusé. Han Solo.

Le sujet me tenait d'un coup très à cœur.

– OK. N'empêche que Skywalker, c'est plus sexy.

Scarlette a écrit HANS SOLO sur mon badge en lettres majuscules avant de s'éventer avec pour faire sécher l'encre plus vite.

Je n'ai pas pu lui signaler sa faute d'orthographe ; dans sa bouche, le mot « sexy » avait fait disjoncter mon cerveau.

– Bienvenue dans l'équipe, Hans, m'a lancé Jessica en me tendant mon badge. Rendez-vous ici demain à la même heure. Tu demandes à voir Bébé. C'est elle qui te formera.

– J'y serai.

CHAPITRE DEUX

Le lendemain, à dix-sept heures, Mary Poppins m'a accueilli au vidéoclub.

– Tu peux m'appeler Poppins, m'a-t-elle dit en me serrant la main et en me décochant un sourire que je qualifierais d'allumeur.

Poppins était une blonde décolorée bronzée aux UV et tartinée d'une telle couche de maquillage que je n'arrivais pas à imaginer à quoi elle ressemblait en dessous. Dans mon expérience, plus on a la main lourde sur l'eyeliner et le rouge à lèvres, plus on a de complexes. Et l'expérience m'avait aussi appris à m'en tenir aux politesses avec les nanas à complexes.

Si je lui ai rendu son sourire, c'était donc uniquement pour ne pas paraitre grossier.

– Moi, c'est Han Solo.

Poppins a gloussé :

– « Hans » Solo, tu veux dire !

Elle pointait du doigt mon badge et son « S » en trop.

– C'est Jessica qui l'a écrit comme ça. Je ne voulais pas la vexer en corrigeant sa faute...

Poppins a arqué un sourcil.

– « Jessica » ? T'es un copain de la chef ?

– Ah, pardon. Je voulais dire Scarlette. Je croyais que les pseudos, c'était que pour les clients...

Poppins a haussé les sourcils.

– Tu fais comme tu le sens, mais dans l'équipe, on trouve ça plutôt cool de pouvoir incarner quelqu'un d'autre au boulot.

Formulé ainsi, le coup des pseudos me plaisait bien. Même énormément.

Poppins a ouvert un placard à pharmacie et en a sorti du coton et un flacon de dissolvant.

– Alors, Han Solo, t'es à quel lycée ? m'a-t-elle demandé, la main tendue. Moi, je suis à Kimball.

– Je suis sur le secteur de Dondero, ai-je répondu.

Techniquement, c'était vrai. Je n'ai pas jugé utile de préciser qu'en fait, je ne fréquentais pas le lycée. Mes nombreux séjours en HP m'avaient fait prendre trop de retard et il avait fallu me déscolariser pour que je ne sois pas le seul bouffon de quinze ans en classe de cinquième. Le rectorat m'envoyait un tuteur, un certain Tim Moser qui venait de finir ses études. On s'entendait bien, et comme j'étais plus doué pour les cours que pour pas mal d'autres trucs dans la vie, je n'avais guère besoin de ses services, aussi se contentait-il en général de me faire passer quelques tests de connaissances, pour la forme, après quoi on débriefait le dernier épisode de *Friends* ou on jouait à *Tekken*.

Au cours des deux dernières années, j'avais rattrapé mon retard et j'aurais pu, si je l'avais souhaité, regagner les bancs du lycée. Je ne le souhaitais pas.

– Dondero ? Attends, leur mascotte, c'est un chêne, c'est ça ? m'a demandé Poppins.

J'ignorais ce détail, mais pour m'épargner une explication compliquée, j'ai répondu :

– Ouais.

– Trop nul ! a-t-elle pouffé.

Je n'ai pas cherché à la contredire. Je lui ai tendu mon badge.

Au bout du couloir, une porte a claqué, suivi du bruit, reconnaissable entre tous, de quelqu'un qui gerbe.

D'une fille qui gerbe, plus exactement. C'était un vomi féminin.

Poppins a imbibé son coton de dissolvant.

– T'inquiète, ce n'est que Bébé.

– Comment tu le sais ? me suis-je étonné.

Tout le monde ne possède pas le don d'identifier les gens à leur façon de vomir !

– Parce que c'est toujours elle, « Hans ».

Elle a passé le coton sur mon badge jusqu'à faire disparaitre mon pseudo en entier.

– Et voilà ! s'est-elle exclamée. Tout beau, tout propre !

La porte des WC a claqué de plus belle et la gerbeuse a émergé.

– Salut, Poppins, a lancé une nana pâlotte qui rougissait un peu en s'approchant de la caisse. Salut, euh… le nouveau.

Je n'ai pas eu le temps de me présenter. Poppins lui chuchotait :

– On entend tout, d'ici, tu sais...

Sur ce, elle a fait mine de s'enfoncer un doigt dans la gorge.

La fille m'a jeté un regard en coin.

– Et alors ? a-t-elle riposté. Tout le monde a un trouble du comportement alimentaire, de nos jours, et tu me connais : j'aime être à la pointe des tendances.

Elle disait vrai. Vu mon passif, j'étais en mesure de confirmer que les troubles du comportement alimentaire cartonnaient en ce moment. Sauf que ceux qui en souffraient s'en vantaient rarement.

– Bébé, je commence à m'inquiéter pour toi. T'es déjà très mince, lui a assuré Poppins. Tu dois apprendre à t'accepter telle que tu es.

C'était pile le genre de remarque bien-pensante et inutile que rabâchaient des intervenants ignares lors des campagnes de sensibilisation à visée des adolescents.

La gerbeuse, ou plutôt Bébé, n'a pas cherché à masquer son irritation.

– Non, tu crois ? Waouh, merci, Poppins ! Je n'y avais jamais pensé, dis donc, a-t-elle rétorqué, sarcastique. Je fonce de ce pas me gaver de brownies.

Poppins a haussé les épaules et changé de sujet :

– Tu as fait la connaissance de Hans, ou pas encore ?

Bébé a plissé les yeux. Ils étaient verts, détail qui avait son importance. En tout cas pour moi.

– Hans ? Comme Alan Rickman dans *Die Hard* ? a supposé Bébé.

J'ai cherché le regard de Poppins.

– En fait, j'ai choisi Han Solo...

– Son nom, c'est Han, s'est moquée Bébé. Pas Hans. H – A – N.

– On est au courant, Bébé, a grogné Poppins. C'est Scarlette qui s'est plantée en lui faisant son badge.

Cette révélation nous valut un superbe lever d'yeux au ciel de la part de Bébé.

– Forcément. Scarlett O'Hara, la meuf qui ne sait même pas orthographier son propre pseudo ! Tout s'explique.

– Pour info, Bébé la déteste, m'a glissé Poppins.

– Pas ma faute : elle est détestable, a rétorqué Bébé en attrapant son propre badge dans une petite armoire.

Le nom « BÉBÉ » s'y étalait en gros caractères italiques dorés.

– Non mais, sérieux, quand on prétend être fan d'*Autant en emporte le vent*, la moindre des choses serait de ne pas massacrer le prénom de l'héroïne !

Bébé marquait un point. Mais de là à détester quelqu'un... ?

– D'ailleurs, a-t-elle poursuivi, je parie qu'elle n'a jamais vu le film. Étant donné que c'est l'adaptation d'un bouquin sans images, et que Scarlette sait à peine lire. Elle a dû voir Vivien Leigh en bustier pigeonnant sur l'affiche et s'identifier à elle.

Poppins m'a pris à témoin :

– Tu vois, « Hans » ? Elle peut pas la saquer...

– Bordel, arrêtez avec ce « Hans » ! s'est emportée Bébé.

Elle m'a arraché des mains mon badge tout beau, tout propre, et dans l'espace vierge, elle a tracé en majuscules « SOLO » avant de me le lancer.

Solo. Ça me plaisait bien. Mieux que Hans. Mieux que Han. Et même mieux que Mike.

– Merci, ai-je dit.

Poppins, elle, fronçait les sourcils.

– Solo ? Ça fait loup solitaire...

– Et Poppins, ça fait pouffe qui sort d'un gâteau à un enterrement de vie de garçon, lui a rétorqué Bébé du tac au tac.

Poppins ne s'est pas laissé faire :

– Et toi, « Bébé », tu portes encore des couches ?

L'intéressée n'a même pas daigné relever la tête.

– Trop dur, a-t-elle ironisé, en scannant des VHS. Je suis blessée à mort.

Poppins a soupiré. Elle avait terminé sa journée, alors elle a rassemblé ses affaires.

– Bonne chance, Solo, m'a-t-elle lancé. Fais pas gaffe à Bébé : elle est toujours de mauvais poil après s'être purgée.

Ce fut le mot de la fin. Bébé s'est contentée de la chasser d'un geste de la main.

Rien ne bruissait dans le vidéoclub hormis le claquement des cassettes que Bébé replaçait brusquement sur leurs étagères respectives. J'attendais qu'elle m'adresse la parole mais ça n'en prenait pas le chemin. Elle vaquait à ses tâches comme si je n'étais pas là.

Je me suis raclé la gorge pour lui rappeler mon existence.

– Alors ? Qu'est-ce que je dois savoir sur le métier de loueur de cassettes ?

Pour toute réaction, Bébé s'est mise à fourrager dans un meuble de rangement, en a extirpé un gros classeur à levier portant une étiquette où j'ai lu les mots « GUIDE D'ACCEULLE DES NOUVEAUS EMPLOYÉS » manifestement tracés de la main de Scarlette, et l'a abattu sur le comptoir devant moi.

– Lis ça, m'a-t-elle ordonné.

J'ai patienté, attendant des instructions plus détaillées. En vain.

– C'est tout ? Je potasse le contenu du classeur et je saurai tout ce qu'il y a à savoir sur le monde merveilleux des vidéoclubs ?

Bébé a pris une profonde inspiration et expiré par le nez.

– Écoute, Solo, je suis pas d'humeur à te tenir la main alors me fais pas chier. Ce boulot, y a pas plus simple, le dernier des couillons le ferait les doigts dans le nez. Bordel, ça te demanderait plus d'efforts de te planter que de le faire correctement !

Elle s'est remise à bosser avant de m'informer :

– Flash info : je jure comme un charretier.

– Il n'y a pas de problème, ai-je répondu.

Puis, pour le lui prouver, j'ai rectifié :

– Je veux dire : il n'y a pas de putain de problème.

J'espérais lui tirer un sourire ; j'ai été déçu. N'empêche qu'elle s'est un peu détendue.

– Sérieusement, le seul vrai défi, ici, c'est de ne pas crever d'ennui, a-t-elle repris. On n'a quasiment jamais de clients, sauf le week-end et les jours de pluie.

– Cool. Je vais enfin avoir le temps d'écrire mon roman.

Nouvelle blague, nouveau flop.

Bébé a porté la main au paquet de cheveux bruns qu'elle avait entortillés à la va-vite au sommet de son crâne, retiré son élastique et secoué la tête. Ils lui arrivaient en dessous de la taille. Puis elle s'est grossièrement peignée avec les doigts avant de refaire exactement le même chignon.

La plupart des boulimiques que j'avais connues n'arboraient pas de cascades de cheveux longs, et pour cause : quand le corps enclenche le mode famine, un des premiers trucs qui lâchent, c'est les cheveux. Sans rire, j'avais vu des nanas en HP en perdre de pleines poignées. Vu sa crinière, Bébé devait être une débutante en troubles du comportement alimentaire.

J'ai envisagé de la prévenir, pour le risque capillaire. Peut-être que la perspective de finir chauve lui servirait de déclic et qu'elle renoncerait à ses « purges » avant de faire dérailler sa vie. D'un autre côté, causer effets secondaires de la boulimie à une fille qu'on venait de rencontrer, ce n'était sans doute pas très normal, comme attitude. La plupart des mecs de mon âge ne connaissaient rien à ce genre de choses. Je me suis donc ravisé.

– Bon, ben, je m'y mets, ai-je dit en ouvrant le classeur à la première page.

– OK.

Elle a marqué une pause avant d'ajouter :

– Moi, je retourne gerber un coup, et quand on aura fini, tous les deux, je te ferai visiter la boutique.

– D'accord.

Elle est passée devant moi, a claqué la porte pour la troisième fois, et le bruit reconnaissable entre tous d'une fille qui dégobille a de nouveau empli le couloir.

***

Le livret d'accueil des nouveaux employés était un vrai pavé – tellement long que c'en était stupide.

D'habitude, grâce au Drame, je nourrissais un penchant rare pour la lecture de gros bouquins ingrats imprimés tout petit, parce que ça m'engourdissait l'esprit. Une fois, faute d'autre distraction, j'avais lu l'intégralité du manuel d'assurance qualité de ma voiture pour m'empêcher de penser à mon Mal Mystérieux, et je peux vous garantir qu'on fait difficilement plus ennuyeux. En l'occurrence, n'étant pas de base à demi abruti de cachetons, et ma dernière crise remontant à presque deux ans, j'avais du mal à me concentrer sur les frais de retard et la procédure d'inventaire.

Je ne me suis pas découragé pour autant. Pendant que Bébé s'occupait des clients (entre deux pauses-vomi), j'ai poursuivi ma lecture consciencieusement.

Les premières pages étaient consacrées à la sécurité et aux premiers secours : numéros d'urgence à composer, localisation de l'hôpital le plus proche, etc. Rien de nouveau pour moi. Je connaissais le quartier : ROYO Vidéos n'était pas très loin de chez moi et j'étais passé devant en voiture des centaines de fois. Avant mon entretien, je n'en avais jamais franchi le seuil, voilà tout.

Il m'arrivait de louer des films, mais je m'approvisionnais au Blockbuster de mon quartier. Le centre-ville de Royal Oak (« ROYO », pour les intimes), ce n'était pas trop mon délire. C'était là que trainaient, en bandes, les jeunes de mon âge. Or, pratiquant l'abstinence en amitié depuis un peu plus de dix ans, je n'y avais pas ma place.

ROYO Vidéos ne ressemblait pas à mon Blockbuster habituel. Bien sûr, il y avait des étagères bourrées de boîtiers de cassettes, des murs tapissés d'affiches de ciné, un présentoir à bonbons et un distributeur de sodas, comme dans tout établissement de location de VHS qui se respecte, mais l'ambiance était différente. En gros, ça faisait moins grande chaine et plus commerce de quartier. Ça tenait aux écriteaux tracés à la main, au tableau de liège criblé de petites annonces, à la présence, près de l'entrée, du programme des matchs de l'équipe de foot du lycée de Dondero (dont la mascotte était, effectivement, un chêne. La honte).

Il régnait un sacré bazar dans la boutique, aussi bien aux murs que par terre, mais ça me plaisait assez. Je me sentais plus à l'aise dans les espaces réduits. Avant le Drame, on habitait à Fairfax, en Virginie, dans une maison en kit de chez Sears, un de ces petits préfas comme il y en avait tant dans les quartiers de Blancs de classe moyenne (comme nous). Après, on avait émigré dans le même genre de maison, dans le même genre de quartier, mais dans l'État du Michigan.

J'ai parcouru en diagonale le guide d'accueil des nouveaux employés. Tout en faisant semblant de l'étudier, j'épiais Bébé du coin de l'œil, espérant glaner des infos utiles en l'observant à l'œuvre. Pour autant que je puisse en juger, quand elle ne vomissait pas tripes et boyaux, elle bossait bien.

– Bonsoir, monsieur Jansen ! Oh, vous allez adorer *Seven*. La fin est hallucinante.

– Désolée, Ashley. *Toy Story* ne sortira en VHS qu'en octobre. Je t'appelle quand on le reçoit ?

– Dis-moi, Wayne, je vois que c'est la cinquième fois ce mois-ci que tu empruntes *Jumanji*. Tu veux que je te commande la cassette ? Ça te coûterait moins cher !

– Désolée, madame Schwartz. Vous nous devez quinze dollars, parce que votre mari ne nous a toujours pas rapporté *Heat*. Je peux le virer de votre carte, si vous voulez.

Bref : Bébé connaissait personnellement tous les clients qui ont défilé ce soir-là et tous semblaient l'apprécier, même Mme Schwartz (qui, s'étant acquittée de sa dette, a accepté sa proposition et dégagé son propre mari de sa carte de membre).

De prime abord, je n'aurais jamais cru Bébé douée pour les relations client. Mais il faut dire qu'elle assurait – et ce alors même qu'elle passait la moitié de son temps à se vider dans les toilettes.

Curieusement, ses vomissements intempestifs me donnaient de l'espoir. Si elle réussissait à gérer alors qu'elle souffrait de toute évidence d'un Mal Mystérieux, alors, moi qui étais guéri du mien, j'avais toutes les chances d'y arriver.

– Ça va ? m'a demandé Bébé pendant un temps calme entre deux clients. Tu n'es pas encore mort d'ennui ?

– À vrai dire, j'ai une question, lui ai-je répliqué en désignant une page du classeur. Il est écrit ici que les employés doivent porter une « tenue correcte » et arborer « une apparence soignée ».

J'ai secoué les longues mèches châtain qui me tombaient devant les yeux et désigné mon look grunge d'inspiration rock : un T-shirt délavé et un pantalon en velours côtelé plein de trous.

– Ça risque d'être compliqué pour moi, ai-je conclu.

– Déstresse, m'a dit Bébé en se perchant sur un tabouret. Ici, personne ne respecte le *dress code*. Tu portes ce que tu veux. Voire rien. Vu que la manager elle-même se trimballe à moitié à poil...

Ce détail ne m'avait pas échappé.

– En gros, ai-je compris, t'as attendu que je me sois farci toute la doc pour me dire de ne pas en tenir compte ? Merci.

J'ai refermé le classeur.

– De rien, m'a répondu Bébé.

Elle est restée un moment immobile, les yeux clos.

De même que je doutais de reconnaitre Poppins sans maquillage, je soupçonnais Bébé d'avoir une autre allure les jours où elle ne vomissait pas toutes les vingt minutes. Pour commencer, elle devait être moins pâle. Elle devait aussi s'habiller autrement qu'en short en molleton et débardeur en coton (quoique, on n'était jamais sûr de rien). De toute façon, ça m'était égal. Les anorexiques-boulimiques, c'était comme les filles à complexes : j'avais arrêté depuis un bail.

Le carillon de la porte a tinté et Bébé s'est aussitôt redressée sur son tabouret. Après s'être occupée du nouveau client, elle m'a expliqué dans les grandes lignes le fonctionnement de l'ordinateur, de la caisse et des retours, si bien qu'à la fin de la soirée, j'encaissais des clients tout seul et j'utilisais la base de données du magasin pour localiser sur les étagères les films demandés.

OK, je sais : il n'y a pas de quoi fanfaronner. Ce n'était pas sorcier, comme boulot. Seulement, jusqu'à présent, mon Mal Mystérieux m'avait empêché de maitriser un paquet de trucs pas sorciers, alors je l'avoue : j'étais fier de moi. Même si, pour citer Bébé, le dernier des couillons aurait fait le taf les doigts dans le nez.

Je terminais à vingt-deux heures, ce qui correspondait, le dimanche, à l'heure de la fermeture. Vers moins le quart, Bébé a attrapé une liste de trucs à faire avant de boucler et on a accompli ensemble chaque tâche. Après, j'ai voulu la remercier de m'avoir montré les ficelles.

– Au fait, Bébé...

Mais je me suis interrompu.

– Ce n'est pas un peu bizarre de se faire appeler « Bébé » ? lui ai-je demandé. Ça me donne l'impression de te draguer !

Elle a fait la grimace.

– Ne m'en parle pas. Avec le recul, je n'aurais jamais dû accepter. Putain, si tu savais comme j'en ai marre d'entendre « On ne laisse pas Bébé dans un coin ! »

– Les gens te disent ça ? Bizarre.

Elle m'a dévisagé, interloquée.

– Ben non. C'est la réplique culte du film. *Dirty Dancing*, tu sais ?

– Ah, d'accord, ai-je dit. Je ne l'ai pas vu.

Contrairement à Scarlette, Bébé a paru plutôt impressionnée.

– Vraiment ? Moi non plus.

C'était à mon tour d'être surpris.

– Pourquoi t'as choisi ce pseudo, alors ?

De nouveau, Bébé a défait son chignon et démêlé ses cheveux à la main, mais cette fois, elle ne les a pas rattachés.

– Ce n'est pas moi qui l'ai choisi. C'est Indiana Jones.

J'ai attendu qu'elle s'explique. Comme elle n'en faisait rien, j'ai blagué :

– La classe ! Moi, on ne m'a pas proposé de me faire baptiser par un vrai héros de film d'action.

– C'était le prédécesseur de Scarlette.

– Oh. Ouais. C'est plus logique.

– Tu trouves ? a râlé Bébé. Quand il m'a embauchée, Indy m'a conseillé de choisir le nom d'un personnage de mon film préféré. Mais il y a tellement de films géniaux, comment choisir ?

Elle a ouvert un compartiment de la caisse enregistreuse et s'est mise à entasser les pièces en piles d'un dollar.

– Bref, on s'est engueulés, il m'a dit d'arrêter de me comporter comme un bébé et de me décider. Alors comme une idiote, j'ai rétorqué « Je fais le bébé si je veux », et ni une ni deux, il a écrit « Bébé » sur mon badge en déclarant « Comme tu voudras ! ».

Elle a refait la grimace.

– Je ne situais pas du tout l'héroïne de *Dirty Dancing,* n'ayant pas vu le film. Depuis qu'on me harcèle avec cette histoire de bébé dans son coin, je peux te dire que ça m'a coupé l'envie.

– Je comprends, ai-je acquiescé.

Puis j'ai ajouté, pour faire la conversation :

– Ce n'était pas facile, le coup du pseudo. Scarlette voulait que je sois Luke Skywalker.

– Tiens ! a lâché Bébé en replaçant l'argent dans le tiroir-caisse. Pourtant, c'est encore plus dur à orthographier.

J'ai ri.

– J'aurais peut-être dû choisir Dark Vador, ai-je supposé. Ça s'écrit comme ça se prononce.

– Pitié ! Il faut vraiment n'avoir aucune personnalité pour choisir un pseudo de méchant.

J'y ai réfléchi un instant.

– Oui, et j'imagine que bosser avec un Freddy Krueger doux comme un agneau, sans la moindre pulsion meurtrière, ça serait limite décevant.

– Grave, a renchéri Bébé. On ne peut plus compter sur personne, de nos jours.

Elle a esquissé un rictus mais l'a aussitôt réprimé.

– Deux secondes, m'a-t-elle lancé, les yeux plissés. Tu n'es pas censé être de la famille du mec de Scarlette ?

– Pourquoi ?

Bébé a haussé les épaules.

– De ce que j'en ai vu, c'est un vrai demeuré. Vu son patrimoine génétique, je doute que ses cousins maitrisent la marche sur deux jambes.

En creusant bien, ça s'apparentait à un compliment.

– Bingo, ai-je répliqué. Devin est mon cousin.

– Merde. Désolée d'avoir insulté tes gènes.

– Pas de problème. C'est le neveu de ma mère. Moi, je tiens plus de mon père. Ses gènes à lui sont clean.

Bébé a laissé échapper un petit rire et elle m'a souri, ce que j'ai considéré comme ma plus grande victoire de la soirée.

Petite précision : mon Mal Mystérieux était d'ordre purement psychologique. Ma personnalité, elle, se portait très bien, merci. Sans le Drame, rien ne m'aurait empêché de me faire des amis parmi les gens de mon âge. La fierté que j'avais éprouvée en faisant rire Bébé, c'était donc une fierté de mec normal. Rien à voir avec le tsunami d'émotions qu'aurait ressenti un pestiféré du style Frankenstein en recevant sa toute première étincelle de chaleur humaine après une vie de solitude et de rejet. Qu'on ne se méprenne pas. J'avais trimé dur pour ce rire, et le sourire de Bébé, un joli croissant terminé par deux coins bien nets, était une chouette récompense.

Quand Bébé a eu fini de compter nos recettes de la soirée, on a entreposé l'argent dans un coffre au fond du bureau de Scarlette, puis on a dépointé et éteint les lumières. Ma première journée chez ROYO Vidéos était officiellement terminée.

Nos voitures étaient garées à quelques places d'écart sur le parking des employés, derrière le bâtiment. Bébé a déverrouillé la portière d'une Ford Accord noire pendant que j'en faisais autant avec celle de ma Chrysler LeBaron.

Je me sentais super bien. J'avais survécu à mes premières heures de travail, comme un vrai mec normal ! L'ennui avec les médocs qui adoucissent les émotions négatives, c'est qu'ils atténuent aussi sacrément les joies ; ça fait partie des effets secondaires. Sevré de mon traitement depuis quelques mois, je goûtais à nouveau aux émotions pures, et c'était enivrant.

Avant de quitter le parking, j'ai voulu faire signe à Bébé, mais elle n'était pas dans sa voiture. Je l'ai vue, figée devant son pare-chocs, face aux broussailles qui encadraient l'aire de stationnement.

J'ai ouvert ma vitre.

– Ça va ?

Au lieu de me répondre, Bébé s'est soudain pliée en deux et a gerbé dans les buissons.

J'ai coupé le moteur. Abandonner une nana dans ce genre de situation n'aurait sûrement pas été digne d'un mec normal. De là à dire que ce que j'ai fait était normal, je ne sais pas. Quoi qu'il en soit, j'ai couru la rejoindre pendant qu'elle finissait de se répandre par terre.

Après, elle s'est écroulée sur une borne en ciment et a dit ce que tout le monde dit après avoir vomi devant témoins :

– Désolée.

Je lui ai sorti la réponse que tout gerbeur a envie d'entendre dans ces cas-là :

– Pas de problème.

– Je pensais que j'arriverais à rentrer chez moi avant la prochaine crise, a-t-elle bougonné en s'essuyant la bouche avec sa manche.

Je savais que ça n'allait pas le faire quand j'ai répondu :

– Caramba ! Raté.

Et, de fait, ma blague est tombée à plat sans lui tirer ne serait-ce que l'ombre d'un sourire.

Il n'y avait rien à ajouter et j'envisageais de décoller, mais ça ne me semblait pas correct. En plus, quelque chose me disait que si Bébé avait souhaité être seule, elle m'aurait déjà envoyé balader.

– Ma *tabula rasa* est foutue, a fini par marmonner Bébé.

– Ta quoi ? Tu sais, l'ammoniaque, c'est radical contre les taches de vomi, même tenaces. Je le sais de source sûre.

– Hein ? Non. Une *tabula rasa,* c'est une page blanche. (Bébé a sorti de son sac une bouteille d'eau et s'est rincé la bouche.) Mettons que tu rencontres un gars pour la première fois. Il ignore tout de toi. T'as qu'une toute petite fenêtre de tir avant qu'il se mette à combler les trous.

Elle a revissé le capuchon de sa bouteille.

– Toi et moi, ça fait à peine quelques heures qu'on se connait et je parie que tu me prends déjà pour la psychopathe de service, a-t-elle soupiré.

– Je ne pense pas que tu sois une psychopathe, ai-je affirmé avec aplomb.

Des psychopathes, j'en avais côtoyé un certain nombre et, pour autant que je sache, les nausées et vomissements ne figuraient pas sur la liste de leurs symptômes.

– Merci, m'a rétorqué Bébé en me fixant.

On est restés assis là sans rien dire pendant quelques minutes. Un mec normal, à ma place, aurait sans doute bombardé Bébé de questions à propos de son souci de santé. Mais ce n'est pas parce qu'on sait un petit truc sur quelqu'un qu'on a le droit de lui tirer les vers du nez. Bébé se taisait et je ne m'en portais pas plus mal. Je ne tenais pas à me mêler de ses problèmes. Recueillir les secrets des gens, c'était trop de responsabilité. Je m'efforçais de devenir celui que j'aurais pu être ; je ne pouvais pas me permettre de me mêler des soucis d'autrui.

Bébé a réussi à avaler quelques gorgées d'eau sans tout rendre sur le parking, et, forts de ce succès, nous nous sommes levés pour partir. Je l'ai regardée s'installer derrière le volant de sa voiture et s'éloigner sans nouvelle crise.

Je m'apprêtais à l'imiter quand quelque chose m'a stoppé net. J'avais la soudaine impression de ne pas être seul – une impression que je connaissais bien. Tout en m'assurant que personne ne se tapissait entre les véhicules, dans les bennes à ordures ni dans les buissons (entretemps trempés de vomi), je ressassais le concept de *tabula rasa.*

J'oubliais parfois que mon Mal Mystérieux était invisible à l'œil nu. Je ne portais pas mon Drame sur mon visage. Ici, chez ROYO Vidéos, j'avais, de fait, une ardoise vierge. Actuellement, mes collègues ignoraient tout de mon passé, et si je la jouais finement, il n'y avait pas de raison pour que ça change. J'ai eu le déclic : au boulot, je pouvais vraiment être quelqu'un d'autre.

Cette perspective était grisante.

Je suis remonté en voiture et j'ai mis le contact, convaincu. J'étais seul sur le parking, évidemment. Qui aurait bien pu s'y cacher ? Puisque Plus Rien ne Clochait chez Moi ! J'étais Han Solo, et ma *tabula* était totalement *rasa.*

J'ai ajusté le rétroviseur et je suis rentré à la maison.

CHAPITRE TROIS

À la demande de ma mère, j'ai attendu la fin de ma première journée de travail pour parler de mon job à mon psy. « Ne crions pas victoire trop tôt, m'a-t-elle dit textuellement. Si ça se passe mal, on sera de retour à la case départ, à ne pas savoir quoi faire de toi. »

Quand, enfin, j'ai prévenu le docteur Singh, il en a fait des caisses, comme toujours quand un incapable présumé relève le moindre défi. Après avoir chanté mes louanges pendant des plombes, il s'est tourné vers mes parents et les a avertis :

– Défense absolue pour vous de mettre les pieds au vidéo-club de Joel. Si vous souhaitez qu'il gagne en indépendance, il faut respecter son espace. Alors, vous le laissez vivre, et pas question de passer voir comment il s'en sort ! Est-ce bien clair ?

Papa n'a pas laissé à maman le temps de protester :

– Limpide. Ce qui compte, c'est le bien-être de Joel.

Du bout des lèvres, maman a consenti à son tour, à la condition que je la tienne régulièrement informée de cette unique miette de ma vie à ne pas graviter autour d'elle et de papa.

Je ne travaillais pas ce jour-là, donc j'ai tué le temps comme je le faisais d'ordinaire : jeux vidéo, devoirs, cours avec Tim. Mais mon nouveau boulot rendait tout ça différent. J'avais hâte d'être à vendredi pour retourner bosser.

J'avais apprécié le lent défilé des clients du dimanche soir, le doux ronron du distributeur de sodas et les films diffusés en fond sonore sur les télés. J'avais trouvé cela apaisant.

Je n'allais pas tarder à apprendre que, le vendredi, au vidéoclub, ce n'était pas du tout la même ambiance.

Le magasin s'est rempli de clients à la seconde où j'ai pointé. On était tellement débordés que c'est à peine si Poppins a trouvé le temps de me présenter en speed à mes collègues. Ils étaient très occupés, eux aussi, mais ça ne m'a pas empêché de faire quelques observations à leur sujet.

Premier constat : Le Parrain était une fille. D'origine asiatique, elle avait les yeux noirs et une coupe courte audacieuse (elle me rappelait Tia Carrere dans *Wayne's World*) ; pourtant, ce n'était pas sa beauté qui m'intimidait. Elle était habillée tout en noir, mais tendance haute couture, pas gothique, et pendant qu'on nous présentait, son expression a changé très exactement zéro fois. Au lieu de me serrer la main, elle me l'a broyée en me fixant droit dans l'âme. C'était clair : Le Parrain avait une présence écrasante et assez de couilles pour mériter son pseudonyme.

Hannibal, c'était tout le contraire. Bébé avait visé juste avec sa remarque sur les gens à pseudo de méchant. Vous voyez la scène où les héros braillent « Bohemian Rhapsody » dans *Wayne's World* ? Hannibal aurait été le mec sur la banquette arrière de la voiture, en plus gras. Il avait au moins vingt-cinq ans, un catogan et un T-shirt de métalleux (le groupe : Pantera), autant d'indices tendant à confirmer que son pseudo servait à compenser quelque chose. J'aurais été prêt à parier que son vrai prénom en jetait nettement moins. Il avait une tête à s'appeler Robert.

L'Inspecteur s'est révélé plus conforme à mes attentes. Pas à cause d'une quelconque ressemblance avec Clint Eastwood, mais parce que Scarlette m'avait confié qu'il s'agissait de son « crétin de petit frère ». Il possédait les mêmes traits de base que sa sœur : stature, chevelure, profil, mais agencés de façon nettement moins avantageuse pour former un ado fluet de quinze ans. Il portait du Nike de la tête aux pieds, vraisemblablement parce que ses parents étaient pétés de thunes et non par amour du sport. Quand il m'a salué d'un « Yo ! » désinvolte, j'ai dû réprimer mon envie de lui flanquer mon poing dans la figure.

Une fois les présentations faites, Poppins m'a collé dans les mains un aquarium rempli d'étiquettes plastifiées et m'a indiqué les étagères.

– Bonne chance, Solo. Les clients sont déchainés, ce soir.

J'avais appris le dimanche précédent que les films étaient rangés suivant un système deux fois plus complexe que la fameuse classification décimale de Dewey en vigueur dans les bibliothèques. Chaque étiquette portait un code couleur doublé d'un numéro de référence et il y en avait une par film, pendue à un petit piton sous le boîtier vide correspondant, signalant aux clients quels films étaient disponibles à la location. Le code couleur servait à distinguer les vieux films des sorties plus récentes, et les chiffres, c'était pour s'y retrouver dans la base de données. Malgré la complexité de la tâche, le dimanche précédent, avec l'aide de Bébé, j'avais réussi à replacer correctement une bonne poignée d'étiquettes.

Mais, au risque de me répéter, nous n'étions plus dimanche.

À la seconde où je me suis glissé derrière la caisse, j'ai été pris d'assaut par une douzaine de clients.

– Vous avez l'étiquette 4589, jeune homme ? m'a lancé un moustachu en pointant du doigt l'aquarium. Si oui, vous me la mettez de côté ?

– Euh, je ne sais pas...

– Il me faut la 4676, m'a interrompu une femme à queue-de-cheval. Et aussi la 4589.

– Laissez-moi vérifier...

– Comme s'il allait l'avoir en double ! s'est emporté le moustachu en fusillant la nana du regard. C'est sorti en VHS jeudi ! Fallait vous réveiller plus tôt, ma p'tite dame.

Une troisième voix s'est élevée :

– Et de quel droit elle vous reviendrait à vous, la 4589 ? J'étais là avant, s'est indigné un type à lunettes noires.

– Qui va à la chasse perd sa place, lui a riposté la Moustache. Donne-moi ça, gamin.

Il a tendu la main vers mon aquarium. Queue-de-cheval l'a imité.

– Je crois que je la vois, là !

Serrant l'aquarium contre moi, j'ai chassé les mains insolentes. Ces gens étaient tarés !

Heureusement, les tarés, c'était mon rayon.

– Ho ! ai-je tonné. Tout le monde recule, ou c'est tournée générale de frais de retard !

Mon autorité me surprenait moi-même. Mais ça a marché : vingt-quatre sourcils se sont haussés à l'unisson et la foule s'est dispersée.

C'était cool d'être Solo. Il savait se faire respecter.

J'ai replacé les étiquettes, et, dans la deuxième fournée de retours, j'ai découvert celle qui attisait toutes les convoitises : la 4589. Apparemment, elle correspondait au film *La jurée*, un thriller avec Demi Moore et Alec Baldwin. Je l'ai filée à une cliente sans moustache ni queue-de-cheval ni lunettes de soleil (elle n'en croyait pas sa chance). Ce shoot d'abus de pouvoir m'a fait un bien fou.

Je n'ai pas arrêté jusqu'à la pause dîner, quelques heures plus tard, et quand j'ai repris mon poste, la boutique était moins bondée. Par contre, les clients l'avaient complètement salopée. Il y avait des emballages de bonbons partout et des gobelets de soda à moitié vides abandonnés dans tous les coins, les présentoirs étaient sens dessus dessous, les boîtiers en bazar, et il y avait même des grains de pop-corn incrustés dans la moquette, détail étrange, car on n'en vendait pas du tout fait.

– Vous vous êtes fait piller en mon absence ? ai-je demandé à Hannibal.

– C'est le week-end, mon pote, m'a-t-il répondu, flegmatique.

– T'as bien rembarré les morts de faim, tout à l'heure, dis donc ! m'a applaudi Poppins.

– C'est clair, a renchéri Hannibal. Une fois, un gars m'a taclé pour *Dumb and Dumber.* Depuis, je me planque pendant l'heure de pointe. Mais t'as assuré, mec.

Je buvais ces compliments comme du petit lait. Même si les collègues me les adressaient essentiellement pour maximiser leurs chances de me refourguer la corvée la prochaine fois.

Le Parrain et L'Inspecteur ont fini leur service les premiers. Je suis resté seul avec Poppins et Hannibal. Comme le flot de clients se tarissait à mesure que l'heure avançait, Poppins s'est installée à la caisse et Hannibal, le casque de son walkman vissé sur les oreilles, s'est mis à passer l'aspirateur. Quant à moi, armé d'un sac poubelle vide, je me suis retrouvé préposé au ramassage du bordel.

J'ai adoré.

Bon, je me doute que ça vous parait étrange, alors je m'explique. À la grande époque de mon Mal Mystérieux, des bordels, j'en avais vu, et des pires que celui qui régnait chez ROYO Vidéos. J'avais contribué à en créer certains, j'en avais subi d'autres et j'avais même été le seul auteur d'un bordel en particulier. Le bordel, c'est monnaie courante en HP.

Le plus fréquent, c'est le bordel de rage. Parmi mes pairs, beaucoup peinaient à contrôler leurs accès de colère. Quand la cocotte-minute explosait, ils balançaient au pif tout ce qui leur tombait sous la main, renversaient des tables, etc. Un petit sédatif, un peu de rangement et ni vu ni connu. Le bordel involontaire – un gars qui arrachait sa perf sans le faire exprès et arrosait la chambre de grandes giclées de sang, par exemple –, ça craignait, mais c'était la faute à pas de chance. Le pire, c'était le bordel avec préméditation. Comme on n'a pas d'armes à disposition quand on est interné, certains utilisent parfois leurs excréments lorsqu'ils cherchent à se venger. Untel pisse sur les fauteuils avant le début de la séance de thérapie de groupe. Untel tartine de sa merde les murs des cabinets. Untel repeint ma chambre à grands jets de vomi goût M. Propre (j'y reviendrai). L'arnaque, c'était que tous ces bordels, c'était en général à nous, les patients, de les nettoyer – un châtiment censé nous dissuader de recommencer. Au fil des ans, j'avais acquis une tolérance exceptionnelle aux fluides corporels d'autrui.

Le bordel qui régnait au vidéoclub n'était attribuable ni à une crise de rage, ni à un accident, ni à une vendetta, et franchement, ça me changeait. Entendons-nous : c'était un vrai champ de bataille, mais façon fête-qui-dégénère, comme dans *American College*. Les responsables du carnage avaient simplement cherché à louer une cassette pour égayer leur fin de semaine. Ils cueillaient à pleines mains ce que la vie normale avait de meilleur à offrir – le Coca, les Skittles. Ils en avaient mis partout, et alors ? Oui, j'ai dû décoller du chewing-gum à la raclette, et après ? Je nettoyais le bordel de gens normaux, comme un vrai gars normal, et je kiffais.

Quand ROYO Vidéos a retrouvé son apparence habituelle, je voyais mon job d'un œil neuf. Je n'étais pas seulement un loueur de cassettes. J'étais l'hôte de la teuf du siècle. La boutique, c'était mon salon. *Entrez, entrez, faites comme chez vous ! Choisissez un film, éclatez-vous, c'est la tournée de Han Solo, la star des cassettes vidéo !*

Il restait une demi-heure avant la fermeture alors j'ai sorti les poubelles. Nous n'avions plus qu'à compter les recettes du jour, et Poppins s'en chargeait. J'ai donc pris mon temps pour rentrer.

C'était une chaude soirée d'été, du genre que les grincheux appellent « poisseuse », bien que le Michigan soit loin d'avoir un climat tropical. Moi, j'aimais bien l'humidité, parce que qui dit humidité dit hausse des températures, et que je détestais le froid. Dans le Michigan, on compte près de sept mois d'hiver, ce qui constitue à mes yeux un crime contre l'humanité. En Virginie, les hivers étaient plus courts et plus doux (presque « poisseux »). Pas de quoi vouloir y retourner pour autant.

Si j'aimais la moiteur de l'air, c'était aussi parce qu'elle annonçait la pluie. L'humidité, c'est le signe d'un changement imminent. Or, quand on est comme moi, on apprécie de savoir à l'avance quand quelque chose se profile.

C'est pourquoi j'ai fait un bond de trois mètres quand, sans crier gare, une voix m'a interpelé :

– Pstt !

J'ai pivoté sur mes talons : personne. Les gouttelettes d'eau en suspension dans l'air faisaient des auréoles aux lampadaires. Je me suis frotté vainement les yeux.

Le parking était étroit, tout en longueur et il n'y avait pas beaucoup de voitures garées, mais je n'en distinguais pas l'habitacle. C'était déstabilisant.

– Psst !

La voix s'était faite plus forte, cette fois, et j'en ai eu la chair de poule.

Je l'avoue sans détour : je suis parano. Mon Mal Mystérieux m'avait mis les nerfs à vif au fil des ans, et disons que côté réflexe de fuite, j'avais tendance à démarrer au quart de tour. Alors, quand le troisième « Psst ! » a retenti sans que personne ne se soit manifesté, vous comprendrez que j'aie eu envie de détaler comme un champion d'athlé. Il y avait de quoi filer les pétoches à n'importe qui, normal ou pas.

Là où un individu normal aurait redouté la présence d'un kidnappeur ou d'un assassin, je craignais pour ma part une rechute de mon Mal Mystérieux.

Il faut savoir que mon Mal Mystérieux possédait une voix. Ainsi qu'une bouche, de belles boucles châtain, des yeux verts, et tout ce qui constitue une jeune fille de seize ans. Il avait même un nom : Crystal. Sauf que je n'étais pas censé l'appeler comme ça. Vu que je n'étais pas supposé interagir avec. Mon Mal Mystérieux était censé être de l'histoire ancienne.

De toute évidence, on avait oublié de lui passer le mot.

– Hep ! Attends ! m'a lancé la voix.

Des bruits de pas se rapprochaient rapidement.

On aurait pu s'attendre à ce que je file comme un lièvre me réfugier dans le magasin. Mais non. Mon corps a opté pour la réaction la plus débile qui soit en cas de danger : je suis resté complètement pétrifié de terreur.

Je vois trois explications à cela.

Premièrement, j'étais sous le choc. Jamais je n'avais cru à la possibilité d'une rechute. J'étais persuadé d'être guéri, soigné et délivré du Mal Mystérieux qui m'avait si longtemps hanté. Plusieurs médecins me l'avaient certifié. Et Crystal elle-même m'avait assuré que, si l'envie me prenait un jour de la revoir, ce serait à moi de la retrouver. Or, ça peut paraitre dingo, mais elle avait toujours tenu parole jusqu'à présent. C'est pourquoi j'étais médusé qu'elle refasse surface, pile quand j'étais enfin redevenu normal. Tellement médusé que mes putains de pieds ne m'obéissaient plus.

Seconde hypothèse : je n'ai pas tenté de m'enfuir parce que je savais que ce serait inutile. Les lois de la physique ne s'appliquaient pas à Crystal. Elle pouvait m'esquiver, mais la réciproque n'était pas vraie. Si elle avait décidé de revenir, je ne pouvais rien faire pour l'en empêcher.

La troisième raison expliquait environ 1 % de mon immobilité, mais dans un souci de transparence, je l'admets : Crystal me manquait.

À hauteur d'au moins 1 %.

Ça parait dingue, et ça l'est, mais c'est la vérité. Crystal était mon Mal Mystérieux, et, entre elle et moi, c'était compliqué. Alors, quand les pas m'ont atteint et qu'une main s'est posée sur mon épaule, je ne redoutais qu'à 99 % de reconnaitre son visage en me retournant.

Alors quand j'ai constaté qu'il s'agissait d'un inconnu en T-shirt et baggy à imprimé camouflage, je n'ai éprouvé que 99 % de soulagement.

– Tu n'es pas Crystal, ai-je observé en guise de bonsoir.

J'en étais euphorique, de façon quasi unanime en moi-même, au point que j'ai failli serrer le gars dans mes bras.

Il m'a désigné la porte du vidéoclub, et sans prendre la peine de chuchoter, cette fois, il m'a demandé :

– Tu bosses là ?

– Ouais, ai-je répondu. C'est mon deuxième jour. On est en train de fermer.

Je jacassais parce que, quand je flippe, il m'arrive de manquer de discernement et de raconter ma vie aux rôdeurs qui trainent sur les parkings obscurs. S'il m'en avait laissé le temps, je lui aurais sans doute débité mon numéro de sécurité sociale et refilé les clés de chez moi.

Le gars a hoché la tête.

– Ah... Elle travaille, ce soir, Nikki ?

– Le Parrain ? ai-je hasardé. Elle a terminé depuis un moment.

Un inconnu drapé dans un manteau de nuit surgissant d'une ruelle obscure, ça me semblait tout à fait son genre.

– Non, pas elle. Nikki. Bébé, a précisé l'autre. Elle est là ?

– Oh. Bébé. Non, pas ce soir.

J'ai sorti de mon portefeuille mon exemplaire plié en quatre de l'emploi du temps de l'équipe et j'ai consulté la colonne du samedi.

– Elle sera là demain. On fait l'ouverture ensemble.

– Merde.

Le type s'est frotté le visage et a fermé les yeux avant de demander :

– Elle tient le coup ?

J'avais suffisamment repris mes esprits pour marquer une hésitation.

– Comment ça ?

– Je ne sais pas, a-t-il grommelé en se grattant la tête. J'ai entendu dire qu'elle était... qu'elle avait un souci de santé.

C'était louche.

– T'es qui, au juste ? me suis-je enquis.

Il a mimé des guillemets autour de sa réponse :

– « Indiana Jones ». Indy. J'ai travaillé ici.

Ainsi, j'avais en face de moi le mec qui avait baptisé Bébé. Je me suis un peu détendu.

– Han Solo, lui ai-je répliqué en m'indiquant du pouce. Enfin, Solo.

– OK.

Indy a extirpé de sa poche un paquet de cigarettes. Il l'a tapoté contre la paume de sa main, en a fait sortir deux clopes et m'en a tendu une. J'ai décliné.

– Bon, donc, elle va bien ? a-t-il insisté en actionnant son briquet. Elle m'a dit qu'elle avait un truc, mais parfois les gens exagèrent.

Il a tiré une latte et recraché la fumée.

Il faisait peut-être allusion à la boulimie de Bébé, mais je ne voyais pas en quoi ça le regardait.

– On n'a travaillé ensemble qu'une seule fois.

– Ah, OK. Je vois.

Il paraissait déçu.

– Tu veux entrer ? Il y a encore Poppins et Hannibal. Tu les connais ?

– Je peux pas.

Il a fini sa clope en silence puis il a jeté le mégot par terre et nous l'avons regardé se consumer.

– Écoute, je sais qu'on ne se connait pas, mais j'ai besoin que tu me rendes un service.

Il a attrapé un truc dans la poche arrière de son baggy.

– Il faut que je file ça à Nikki, mais je quitte la ville.

Il m'a tendu une enveloppe. Une enveloppe blanche toute bête avec le véritable nom de Bébé, tracé dessus d'une main pressée.

– C'est super important.

Je l'ai prise.

– OK, pas de problème. Je la lui laisse au boulot.

– Non, il faut que tu la lui remettes en personne, a insisté Indy

– Ah, d'accord. Elle s'y attend ?

Il a haussé les épaules.

– Disons qu'elle attend un truc.

Un grondement au loin m'a appris que l'humidité ambiante s'apprêtait à mettre sa menace à exécution.

– Il faut que j'y retourne, ai-je déclaré. T'es sûr que tu ne veux pas entrer ?

– Vraiment, je peux pas, a-t-il répété.

Il a jeté un regard vers la porte de service et secoué la tête.

– Surtout, tu ne dis à personne que tu m'as vu trainer dans le coin, hein ?

– OK.

J'ai attendu une explication qui n'est jamais venue.

– Merci, mec, a conclu Indy avant de s'éloigner.

Il n'avait pas fait trois pas sur le parking que l'orage a éclaté.

Et il ne faisait pas semblant. Je me suis réfugié sous un auvent et j'ai humé l'odeur d'ozone propre aux orages d'été. Puis, dès qu'Indiana Jones a quitté mon champ de vision, mes pensées se sont reportées sur Crystal.

Crystal, c'était une vraie boîte de Pandore. Une fois qu'elle s'était frayé un chemin dans ma tête, c'était mission impossible pour l'en déloger et la remettre à sa place : dans la bonne case d'un diagnostic, sous une étiquette bien nette, celle de mon Mal Mystérieux. Déjà, je sentais que j'allais ramer pour y arriver, parce que j'avais eu la trouille de ma vie quand je l'avais crue de retour, et que la peur, ça laisse des traces.

Tout en regardant tomber la pluie, je me suis raisonné. Le décor aurait, certes, été parfait pour sa réapparition. Elle n'aurait eu qu'à se pointer, drapée d'ombres, tel un produit de l'orage, des volutes de vapeur d'eau s'élevant du bitume chaud tel un écrin pour sa silhouette. Elle aurait porté sa robe verte et braillé une chanson de Bon Jovi que je détestais.

Mais ce genre de mise en scène n'était pas le style de Crystal. Si jamais elle revenait, elle se manifesterait tout simplement quelque part un beau jour, comme si tout était parfaitement normal, comme si elle ne s'était jamais volatilisée.

J'ai attendu que l'averse se calme, puis, sachant que c'était l'unique moyen de me rassurer, j'ai couru inspecter la benne à ordures. Je savais que Crystal ne s'y cachait pas, bien sûr, mais je devais en avoir le cœur net. Sans quoi, j'allais passer la nuit à me torturer les méninges et je finirais par revenir à quatre heures du matin pour vérifier. Telles étaient mes deux options, et la première me paraissait la moins tarée des deux. Or, de deux plans tarés, il faut toujours choisir le moindre.

J'ai soulevé le couvercle et scruté l'intérieur de la benne. Je n'y ai trouvé que des détritus. J'ai quand même regardé sous ma voiture, au cas où. Et sous quatre autres véhicules. Et au sommet d'un tas de palettes en bois derrière la pizzeria.

– Euh, tu fais quoi, là ? m'a lancé Poppins tandis que je redescendais.

Plantée sous l'auvent, elle me dévisageait.

Je me suis essoré les cheveux. J'avais une réponse toute prête et je l'ai débitée sans sourciller :

– J'ai vu un chat errant. Il m'avait l'air blessé, mais pas moyen de le retrouver.

J'avais déjà eu à cacher mon Mal Mystérieux par le passé. Je n'en étais pas à mon coup d'essai.

Poppins m'a souri comme le font les filles attendries par les héros de la cause animale.

– Bon, bah rentre ! T'as l'air d'un fou furieux !

J'ai jeté un dernier coup d'œil derrière les palettes et suivi Poppins à l'abri. Passer pour un fou furieux était la dernière chose dont j'avais envie.

CHAPITRE QUATRE

Est-ce que ça me démangeait d'ouvrir l'enveloppe ? Évidemment ! Si un inconnu crevait l'obscurité pour vous demander de jouer les messagers, vous auriez vous aussi envie de connaitre la nature du message. C'est normal.

Mais hors de question de céder à la tentation. L'intimité, c'est sacré, à mes yeux. Peut-être parce que j'ai vécu trop longtemps en HP, où l'on passe au crible toutes vos possessions jusqu'à vos selles. Cela m'a appris la valeur d'une lettre reçue encore cachetée. Jamais je n'aurais dépouillé quiconque de ce luxe (que trop de gens tiennent pour acquis).

N'empêche que ça titillait ma curiosité. D'abord, pourquoi Indiana Jones n'avait-il pas déposé l'enveloppe pour Bébé au comptoir du vidéoclub ? Et quel genre de nouvelles attendait-elle de lui, au juste ? Moi qui m'étais juré de garder mes distances, je me rendais compte que Bébé m'intriguait. Et pas qu'un peu.

– Tu es bien silencieux, a remarqué ma mère le lendemain au petit-déjeuner. À quoi tu penses ?

C'était aussi pour ça que je respectais l'intimité d'autrui : chez moi, même mes pensées ne m'appartenaient pas.

– Au boulot, ai-je répondu.

– Au boulot ? a répété maman.

Tout de suite, elle s'est imaginé le pire.

– Il y a un problème ? Tu veux démissionner ? Tu te sens surchargé ?

Papa a levé le nez de son journal et tous deux ont attendu, suspendus à mes lèvres.

– Je repensais juste à hier soir. C'était speed.

Je ne mentais pas, ou alors par omission.

– Mais sympa, me suis-je hâté de préciser. Du bon stress. Je me sens occupé juste ce qu'il faut.

– Pas de visiteurs inattendus ? s'est enquise maman en s'allumant une cigarette.

Elle faisait allusion à Crystal. Elle ne l'appelait jamais par son prénom.

– Non, ai-je articulé entre deux bouchées de céréales.

Indiana Jones correspondait à la description, mais je savais que ce n'était pas de ce genre de visiteur dont elle parlait, alors là non plus, je ne mentais pas vraiment.

Satisfait, papa a lâché l'affaire et s'est replongé dans son journal.

– Je me disais, a lancé maman en tirant sur sa cigarette et en recrachant la fumée par le nez, tu devrais peut-être avertir tes collègues que tu es atteint d'anémie. Au cas où il arriverait quelque chose au travail. Tu les préviens que, si tu te mets à avoir un comportement bizarre, ils n'ont qu'à me téléphoner.

J'ai lorgné ma mère.

Pour rien au monde je n'aurais suivi son conseil. Chez ROYO Vidéos, j'avais enfin une *tabula rasa* et il aurait fallu me payer cher pour me persuader d'annoncer à la cantonade qu'il m'arrivait de péter les plombs, auquel cas j'avais besoin de ma maman.

– La copine de Devin est au courant, ai-je dit en espérant l'amadouer. Enfin, plus ou moins : elle croit que j'ai eu une leucémie.

– Encore mieux, s'est réjouie maman. Elle se montrera sûrement compréhensive, vu ce que tu as enduré.

Si vous pensez qu'elle plaisantait, pas du tout. Je lui ai décoché un regard agacé.

– Quoi ? s'est-elle récriée. C'est prouvé, les gens sont plus indulgents envers les cancéreux, surtout enfants. Tu aurais tort de ne pas en profiter.

J'ai complété mentalement : plus indulgents qu'envers les malades mentaux. Le sous-entendu m'aurait offensé s'il n'avait été vrai.

– J'en ai de la chance, ai-je grincé, sarcastique. J'ai survécu non pas à une maladie grave, mais à deux ! Et si on rajoutait que j'avais eu la polio, pour faire bonne mesure ? Jamais deux sans trois.

Ma mère a soufflé un nuage de fumée.

– Avec ça, tu feras un carton auprès des filles, m'a-t-elle assuré.

J'ai fini mon bol de céréales, chopé mes clés de voiture et brossé ma mère dans le sens du poil.

– C'est clair, j'ai la version Tom Cruise des systèmes immunitaires !

Elle s'est déridée pour de bon.

– Mon fils, ce tombeur !

Quand je suis arrivé sur le parking, la Ford de Bébé n'y était pas. Comme je n'avais pas la clé du magasin, j'ai patienté dans ma voiture en écoutant de la musique.

Depuis un mois, j'écoutais en boucle *Monster* de R.E.M., parce que j'effectuais rarement de longs trajets en voiture et que mon lecteur lançait toujours le premier titre du CD lorsque je mettais le contact. Ça m'arrivait régulièrement de me gaver d'un album *ad nauseam*. J'avais eu ma phase *Get a Grip* d'Aerosmith, ma phase *Core* de Stone Temple Pilots, et même une courte phase R&B durant laquelle je ne jurais que par *II* de Boyz II Men.

J'ai écouté une demi-chanson avant de baisser le son et de prendre dans la boîte à gants l'enveloppe adressée à Bébé.

Pour Nikki.

J'ai eu un déclic. Indy n'avait jamais eu l'intention de la lui remettre en personne. Sinon, pourquoi aurait-il pris la peine d'écrire son nom dessus ? Il avait dû trainer sur le parking en espérant croiser quelqu'un qui accepte de jouer les coursiers. Du coup, je doutais que l'enveloppe renferme des bonnes nouvelles. Pour les bonnes nouvelles, on ne fait pas appel à un intermédiaire.

Je commençais à stresser. J'étais le pigeon, dans cette histoire. Personne n'aurait aimé être à ma place.

L'heure de l'ouverture est arrivée et toujours pas de Bébé. En revanche, il y avait une Volkswagen rouge garée à quelques places de ma voiture. Peut-être que Bébé avait pris un autre véhicule. Je suis allé voir si la porte de service était ouverte.

Elle ne l'était pas, mais c'était allumé à l'intérieur, alors j'ai toqué. Quelques instants plus tard, une silhouette a émergé de la salle de repos et c'est non pas Bébé mais Scarlette qui s'est avancée dans la lumière, pieds nus, une brosse à dents dans la bouche.

Détail intéressant : elle était en sous-vêtements.

Bon, OK, pas juste en soutif-culotte. Elle portait une sorte de pyjama. Un shorty et un micro débardeur, plus exactement. N'empêche que l'ensemble était assez court et moulant pour passer pour des sous-vêtements, et pris de court, je me suis mis à transpirer.

– Salut, m'a-t-elle lancé en ouvrant la porte. Désolée, j'ai pas entendu le réveil.

Elle avait la bouche pleine de dentifrice et je ne comprenais qu'une syllabe sur deux.

– Pas de problème, ai-je dit, les yeux rivés sur ses chevilles.

Je les ai suivies le long du couloir jusqu'à la salle de repos.

– Tu remplaces Bébé ? me suis-je enquis.

Scarlette a craché dans le lavabo.

– Tu crois que je serais dans cette tenue si c'était le cas ?

Elle m'indiquait ses cuisses et son ventre nus – deux parties de son anatomie que je m'efforçais justement de ne pas mater.

– J'ai dormi ici, m'expliqua-t-elle.

– Ah ?

– Tu ne savais pas ?

Elle s'est rincé la bouche.

– Je t'ai croisé en arrivant hier soir.

– Je ne t'ai pas vue.

J'ai suivi Scarlette jusqu'au fond de la pièce. Là, dans la commode sous la télé, près du canapé, elle a pris des habits.

– Si je comprends bien, tu dors souvent ici, ai-je hasardé en m'asseyant sur l'accoudoir.

– Seulement quand ton cousin fait son connard, m'a-t-elle répliqué. Donc ouais, assez souvent.

Je tombais des nues. Entendons-nous bien : je savais que Devin pouvait se comporter comme un connard. Mais j'ignorais que Scarlette en faisait les frais.

– Désolé, ai-je murmuré.

Elle a balancé ses habits sur la table où les employés prenaient leur déjeuner et a entrepris de démêler ses cheveux à la main.

– Franchement, c'est quoi, son problème ? a-t-elle pesté.

Je n'en avais aucune idée. Devin et moi, on n'était pas proches. Nos mères l'étaient, mais pas nous. Pour autant que je sache, Dev n'avait pas de problème. Ce qu'il avait, c'était une copine canon.

– On se le demande, ai-je répondu poliment.

Et là, horreur, délice : elle a retiré son débardeur.

Cette fois-ci, je n'exagère pas. Elle s'est foutue en soutif devant moi.

– Ouais, c'est ça, a-t-elle marmonné en attrapant un T-shirt propre dans sa pile d'habits. Cause toujours.

Elle a enfilé son T-shirt et j'ai recouvré mes facultés cognitives.

– Non, mais sérieux, je ne sais plus quoi faire, avec lui, a-t-elle conclu. Qu'est-ce que t'en penses ?

Ce que j'en pensais ? Elle me demandait ce que je pensais ? Comme si elle ne se doutait pas de l'endroit où voguaient mes pensées en cet instant précis !

En attendant ma réponse, Scarlette a tombé le shorty. Sans rire.

Elle a choisi une jupe et l'a enfilée comme au ralenti tandis que résonnait dans ma tête la musique de la pub sexy pour le café (« un café nommé désir »).

En matière de pratiques normales, je n'étais clairement pas un expert, mais cette scène ne cadrait pas avec l'idée que je m'en faisais. Pourquoi une nana – ma chef, la meuf de mon cousin, le sosie de Jessica Rabbit – se désapait-elle devant moi, un quasi inconnu ? Est-ce que ça la faisait triper d'étaler son pouvoir ? S'agissait-il d'une invitation ? Ou bien était-elle simplement très fière de sa plastique, au point de l'exhiber à tout bout de champ ? En tout cas, si nos rôles avaient été inversés et que je m'étais foutu en boxer devant une nouvelle recrue, on aurait été à la limite du harcèlement sexuel. Cependant, venant de la part de Scarlette, je ne l'ai pas perçu comme ça. On aurait dit qu'elle me mettait au défi d'agir, ou de rester de marbre.

En attendant, je n'avais toujours pas répondu à sa question. L'ennui, c'est que tout le sang s'était retiré de mon cerveau, alors au lieu de lui prodiguer un conseil qui tienne la route, j'ai bredouillé la première phrase qui m'a traversé l'esprit.

– J'en pense... qu'il n'est jamais trop tard pour devenir qui on aurait pu être.

Scarlette s'est figée et son front s'est plissé.

– Hein ?

Je me suis raccroché aux branches.

– C'est vrai, ai-je affirmé en hochant lentement la tête comme le font les psys quand ils essaient de vous faire accepter leur point de vue. Tu es le seul artisan de ton propre bonheur.

Il s'agissait d'un autre des slogans punaisés chez le docteur Singh (celui qu'illustrait la photo d'un jeune avec une coupe mulet, à la mine pensive en train de s'étudier dans un miroir).

Scarlette m'a toisé.

J'avais atteint le point de non-retour. Mes pensées s'emballaient, un vrai carrousel infernal, sauf qu'à la place des chevaux de bois il y avait des bombasses à moitié nues et une tripotée d'affiches de psy à la noix. Je me suis mis à déblatérer des slogans sans pouvoir m'arrêter : celui des jambes plantées au milieu de la route pavée bordée d'arbres (« Aujourd'hui est le premier jour du reste de ta vie »), celui du papillon émergeant de son cocon (« Rien de beau en ce monde ne s'est accompli sans un grand changement »), celui avec Garfield – allez savoir d'où il sortait – (« Baisse de moral ? Garde la tête haute ! »), et enfin, celui du chat cramponné à la corde à linge (« Accroche-toi ! »).

Scarlette me dévisageait, impassible.

– Mais... qu'est-ce que tu racontes ?

– Je ne sais pas. Des conneries.

Scarlette n'a pas cherché à me détromper. Elle s'est contentée de ramasser son pyjama et d'enfiler une paire de sandales.

– Bon... En tout cas, merci de m'avoir écoutée.

Sur ce, elle s'est penchée, m'a embrassé sur la joue et a mis le cap sur le parking des employés. Dans son sillage flottait l'odeur du parfum Victoria's Secret (un parfum aux notes de fruits, de fleurs et de phéromones, et le plus divin qui soit), et je suis resté là à le renifler, tout seul, le temps d'être à nouveau en état de me lever.

Hélas ! Scarlette était à peine sortie que Bébé est entrée, cassant l'ambiance sexy pour la remplacer par une atmosphère radicalement différente.

– Y a quelqu'un ? a-t-elle appelé, en panique.

Je suis allé la rejoindre dans le couloir.

– Salut.

– Qu'est-ce que tu fais dans la salle de repos ? Pourquoi t'as pas ouvert ? Il est dix heures dix !

– Déjà ?

J'ai jeté un coup d'œil à l'horloge. J'allais me mettre à flipper quand je me suis rappelé que ce n'était pas moi qui étais en retard.

– Je n'ai encore jamais ouvert la boutique, lui ai-je signalé. Je ne savais pas quoi faire.

– Merde ! s'est écriée Bébé en me bousculant pour passer. Va allumer les lumières. Je m'occupe de la porte d'entrée. Merde ! Merde ! Merde !

En quelques coups d'interrupteur, j'ai rétabli la lumière.

– Je ne crois pas qu'on ait perdu de clients, si c'est ce qui t'inquiète.

– Mais non ! m'a craché Bébé en déverrouillant la porte. Je déteste être en retard, c'est tout.

Elle a poussé le battant et balayé la rue du regard.

– Personne n'en saura rien, lui ai-je assuré.

Je me suis bien gardé de lui apprendre que Scarlette venait de partir et que le retard de Bébé l'indifférait au plus haut point. La chef n'avait pas forcément envie que tout le monde sache qu'elle squattait la salle de repos.

– Quelqu'un doit passer aujourd'hui, m'a expliqué Bébé. On a un truc à régler.

Il m'a fallu quelques secondes pour faire le lien.

– Ah. Tu parles d'Indiana Jones ? ai-je deviné en palpant l'enveloppe dans ma poche.

Bébé en est restée bouche bée.

– Comment tu le sais ?

– On a fait connaissance sur le parking hier soir. Il m'a demandé de te donner ça.

Je lui ai tendu l'enveloppe.

Elle m'a fixé, puis elle a regardé l'enveloppe.

– C'est quoi ?

J'ai haussé les épaules et je me suis éloigné. Pour lui laisser son intimité, et aussi parce que, si grande que soit ma curiosité, j'étais bien décidé à rester en dehors des galères de Bébé.

Je l'ai entendue décacheter l'enveloppe. Un silence.

Puis un hurlement :

– Putain, mais c'est quoi ce bordel ?

Elle m'a fondu dessus (je m'étais retranché derrière la caisse).

– C'est quoi, ça, Solo ? m'a-t-elle demandé en abattant l'enveloppe sur le comptoir.

Quelques billets en ont glissé.

– De l'argent, ai-je répondu du ton neutre du gars qui ne veut pas d'embrouilles.

– Non, tu crois ? Mais c'est pour faire quoi ?

– Aucune idée. Il ne m'a rien dit.

Apparemment, il n'en fallait pas plus à Bébé pour deviner la réponse, parce qu'un instant plus tard, elle a murmuré :

– Oh.

Il y avait de la tristesse dans ce mot, et malgré ma résolution, j'avais de la peine pour Bébé.

Le silence s'est étiré pendant un petit moment puis Bébé a attrapé le téléphone sans fil posé à côté de l'ordinateur, l'a allumé et a disparu avec dans le couloir. En laissant les billets sur le comptoir et un débutant (moi) aux commandes.

Bébé s'est absentée longtemps. J'ai planqué l'argent et tâché de m'occuper en rangeant les cassettes que les clients avaient déposées la veille dans la boîte aux lettres du vidéoclub, mais je me suis vite trouvé à court de tâches que je maîtrisais. Vu la crise que Bébé semblait traverser, il aurait été gonflé de râler parce que je m'ennuyais, mais j'étais novice dans le métier et je n'avais pas encore appris à tuer le temps de façon productive. Or, l'oisiveté, comme vous le savez, ce n'était pas bon pour ce que j'avais.

Dans un placard, sous le livre de comptes, j'ai trouvé un rouleau d'essuie-tout et une bombe de dépoussiérant. Le magasin était encore propre de la veille mais de la poussière, il s'en cache même dans les endroits les plus immaculés. J'ai décidé de la débusquer.

Je me suis dirigé vers la rangée des classiques. Comme par hasard, tout le rayon des comédies musicales des années quarante, boudées par les clients, était tapissé d'une épaisse couche grise. J'ai secoué la bombe et je me suis mis au travail.

Mais pas avant d'avoir parcouru toutes les allées de la boutique pour m'assurer que j'étais seul.

Vous avez peut-être remarqué que c'était une manie, chez moi. Mais je vous jure : je n'ai pas de TOC. Mes psys l'ont cru, à une époque, mais après analyse, mon diagnostic ne faisait pas état de ce genre précis de bizarrerie. En effet, à en croire le *Manuel diagnostique et statistique des troubles mentaux*, constamment patrouiller les environs à la recherche de l'héroïne de ses hallucinations chroniques relève davantage de la schizophrénie, soit la pathologie dont on me disait affublé.

Personnellement, je refusais ce diagnostic, mais la parole d'un ado menacé d'internement ne vaut pas un clou. Pas la peine de vous fatiguer à protester que vous n'êtes pas fou. Sans arguments plus convaincants que votre opinion personnelle, vous pouvez faire votre valise.

J'avoue que, par moments, il m'arrivait de penser que je déraillais. Mais, franchement, quoi de plus normal après le Drame ? Ce Drame, ç'avait été une bombe atomique qui avait explosé au centre de mon univers, pulvérisant tous mes repères. La stabilité, la normalité et la prévisibilité s'en étaient toutes trouvées éradiquées de ma vie. Nées de la poussière, elles étaient redevenues poussière. Et moi, j'agitais ma bombe de dépoussiérant dans les gravats.

Immédiatement après le Drame, alors qu'on pataugeait dans les accusations, les questions, l'apitoiement, les enquêtes et le sentiment d'abandon, un certain nombre de choses sont passées à la trappe. Des choses importantes, comme des rendez-vous chez le dentiste (j'ai chopé trois caries) ou des travaux (mes parents n'ont jamais fait réparer la fuite du toit), et d'autres qui semblaient plus anodines. Le courrier, par exemple.

Sans surprise (c'est de circonstance après un Drame), nous avons fait l'objet d'un déluge de cartes et de lettres diverses en provenance de nos voisins et connaissances à Fairfax. Mes parents ne les ouvraient même pas. Les enveloppes s'amoncelaient sur le plan de travail ou sur la table de la cuisine où nous avions renoncé à prendre nos repas. Papa et maman prévoyaient sans doute de s'en occuper un jour ou l'autre, mais, au bout d'un moment, nous avons cessé de les considérer comme un encombrement : ces piles d'enveloppes intactes faisaient désormais partie du décor. Nous ne les remarquions même plus – jusqu'à ce qu'on déménage.

Notre ancienne maison à Fairfax avait une particularité : un vieux four à bois rustique, une sorte de tipi en briques plus haut qu'un adulte, construit dans le jardin par un ancien occupant. Les Teague n'étant pas portés sur la poterie, on s'en servait uniquement pour jouer, quand j'étais petit. Puis, ce four a connu le même sort que les lettres de nos voisins : on y était tellement habitués qu'on ne le voyait même plus. Jusqu'au jour où, au milieu des préparatifs du déménagement, Joel, dix ans au moment des faits, a eu la brillante idée de bruler toutes les cartes de condoléances qui envahissaient la maison dans le four à bois au lieu de les ranger dans un carton et de les emporter vers notre nouvelle demeure.

Je me rappelle en avoir rempli un panier à linge, l'avoir traîné jusqu'au fond du jardin, et avoir vidé son contenu dans le foyer à grosses poignées. Puis, armé d'une boîte d'allumettes que j'avais trouvée dans le garage, j'ai embrasé trois lettres et je les ai jetées sur la pile.

Juste avant que le feu ne prenne, cependant, j'ai remarqué une boîte à chaussures cachée sous une brique au fond du four, et je l'ai dégagée à coups de pied. Cela faisait un bail que je ne rangeais plus de jouets dans le vieux four et la boîte ne contenait certainement rien de bien intéressant, mais je préférais m'en assurer.

J'ai retiré les élastiques qui scellaient le couvercle de la boîte. Elle ne me rappelait rien, et son contenu, lorsque je l'ai ouverte, pas davantage. Une cassette audio intitulée *Slippery When Wet*, un stick de gloss goût bubble gum, du vernis à ongles à paillettes, un exemplaire roulé du magazine *Teen Beat*, et enfin, une robe compactée en une boule de tissu vert. Plus une feuille de papier à lettres frappé de licornes et d'arcs-en-ciel où s'égrenaient, en attaché, des prénoms – je connais désormais la liste par cœur :

Brianna

Cindy

Carol

Belinda

Tara

Gina

Christine

Crystal

Bref : que des trucs de filles.

J'ai tout examiné attentivement, tâchant de deviner à qui ça appartenait et comment ça avait atterri là. Quelque chose me disait que ces affaires comptaient beaucoup aux yeux de quelqu'un, et, du coup, elles se sont mises à compter pour moi.

C'est à ce moment-là, alors que j'essayais de percer le mystère de la boîte trouvée dans le four, que mon Mal Mystérieux s'est manifesté pour la première fois.

Elle se tenait là, claire comme le jour : une fille acculée contre le mur au fond du four derrière les liasses de lettres en flammes.

Mon cœur a failli s'arrêter de battre. Puis j'ai crié :

– Pardon ! Je ne t'avais pas vue !

J'avais été scout pendant deux ans, j'avais donc tout prévu pour parer le risque d'incendie, et je n'ai eu qu'à attraper le seau d'eau pour éteindre les flammes.

Quand la fumée s'est dissipée, il n'y avait plus personne.

Je rampais dans les cendres mouillées en cherchant à tâtons une porte escamotable ou des briques branlantes, bref : une explication rationnelle à l'apparition et à la disparition de l'inconnue dans mon brasier de papier, quand j'ai entendu un froufrou de branches derrière moi.

Je suis ressorti du four, humide et dégoûtant, et j'ai crié :

– Il y a quelqu'un ?

J'ai fait un tour d'horizon : personne. Je ne voyais plus la boîte, non plus. En revanche, la liste de prénoms était par terre, à l'emplacement exact où je l'avais laissée tomber.

C'est alors que j'ai entendu mon père me héler depuis la terrasse. Il me fixait, la main en visière.

– Joel ! m'a-t-il crié, sans colère. Qu'est-ce que tu fabriques, bon sang ?

Après un court silence, il a ajouté :

– Où est passé le courrier ?

Ma mère n'a pas apprécié mon initiative. Sans ménagement, elle m'a mis en slip et lavé au tuyau d'arrosage en pestant que j'avais fichu en l'air un jean « comme neuf » et que, grâce à moi, elle n'allait pas savoir à qui adresser ses remerciements, étant donné que j'avais détruit les cartes de nos gentils voisins. « Déjà que tout le monde nous prend pour des personnes horribles ! Ça ne va pas aider ! » Des larmes roulaient sur ses joues tandis qu'elle tirait sur une de ces cigarettes extra-fines pour femmes dont elle consommait trois paquets par jour depuis le Drame.

– Mais quelle mouche t'a piqué, Joel ? a-t-elle conclu.

– Il nous rendait service, a répliqué mon père, volant à ma rescousse.

Il était assis en tailleur dans l'allée et, armé d'une brosse à récurer et d'un paquet de lessive en poudre, s'escrimait à sauver les genoux de mon pantalon.

– Joel a compris que si on avait eu envie de lire ces cartes ou ces lettres, on l'aurait fait, depuis le temps. Je me trompe ?

J'ai opiné du chef, même si papa me prêtait des intentions plus nobles que celles qui m'avaient réellement animé.

– Tu vois ? a insisté mon père pour rassurer ma mère. Et fais-moi confiance, Maureen : personne ne s'attend à recevoir de foutus mots de remerciements.

Maman ne s'est pas abaissée à relever sa remarque. À la place, elle m'a craché :

– Mais enfin, Joel, combien de fois on t'a dit de ne pas jouer avec le feu ?

La réponse était : zéro. Tout ce que je connaissais du feu et de ses dangers me venait de mon passage chez les scouts, d'une campagne de prévention télévisée ainsi que de quelques interventions de pompiers à mon école. Pour autant que je me souvienne, mes parents ne m'avaient jamais défendu de jouer avec des allumettes, alors que, vivant sous le toit d'une fumeuse, il en trainait partout. Peut-être s'imaginaient-ils que les enfants ont une connaissance innée du feu et de ses dangers.

– Pardon, ai-je bredouillé.

Maman a rallumé le tuyau d'arrosage.

– Tu n'es pas brulé, tu es sûr ? m'a demandé mon père, levant les yeux de mon Levi's.

Maman a interrompu son arrosage pour me permettre de répondre.

– Non, ça va, ai-je affirmé en claquant des dents.

Puis le jet d'eau m'a percuté de plus belle, traçant le long de mes jambes des cascades de suie comme autant de rivières sur une carte de géographie.

– Et d'abord, qu'est-ce qui t'a pris d'aller fourrager dans ce vieux four ? m'a demandé maman. Je t'ai dit et répété de ne pas y toucher.

Faux ; elle ne me l'avait jamais dit. Pas une seule fois.

– J'avais cru voir un de mes vieux jouets à l'intérieur.

Ce mensonge me semblait plus crédible que la vérité, alors je ne me sentais pas coupable.

– C'est pour ça que je te dis toujours de ne pas laisser trainer tes affaires, Joel ! Je savais qu'un truc comme ça finirait par arriver tôt ou tard.

Bien sûr, personne n'aurait pu deviner qu'un jour, j'abimerais mon jean en brulant des kilos de cartes de condoléances, mais il était inutile d'argumenter. Nous savions tous, moi y compris, que maman réécrivait le passé afin de ne pas péter les plombs.

– Calme-toi, Maureen, lui a conseillé papa doucement. Il a brulé quelques papiers. Il n'y a pas de quoi en faire tout un plat. Il n'y a pas mort d'...

Il s'est tu. Maman l'a fusillé du regard.

– Désolé. Ce que je voulais dire, c'est que Joel n'a rien. On ne va pas se mettre martel en tête pour une broutille...

Trop tard.

– Une broutille ? C'était un signal d'alarme, Craig ! Un avertissement ! Ton fils vient d'allumer un bûcher et de se jeter dessus ! Ouvre les yeux, putain !

Maman a bazardé le tuyau d'arrosage et elle est rentrée en tapant des pieds.

Les murs de notre maison de Fairfax étaient fins comme du papier, alors on l'aurait parfaitement entendue monter l'escalier et s'enfermer dans sa chambre depuis le jardin même si elle n'avait pas fait un tas de boucan exprès pour nous démontrer sa fureur.

Je me suis accroupi et j'ai serré mes genoux contre ma poitrine pour ne pas geler sur place. Papa est allé me chercher une serviette dans les affaires de plage qu'on stockait dans le garage et qui n'avaient pas encore été mises en cartons.

Il m'a enveloppé dedans comme un petit garçon. C'est vrai que j'étais encore un jeune enfant mais, depuis quelque temps, je ne m'en sentais plus un. Par hasard, papa avait choisi ma serviette préférée, une très grande qui n'avait encore subi que quelques lavages. La dernière fois qu'elle m'avait servi, ç'avait été à la plage de Virginia Beach, quelques mois avant le Drame, le jour où on s'était goinfrés de hot-dogs après avoir nagé dans l'océan. La serviette était divisée en gros blocs de couleurs primaires : moutarde, ketchup et ciel. Quant à ce souvenir, je l'adorais mais n'osais le revisiter trop souvent de peur de l'user.

– Je suis désolé, papa, ai-je dit.

Je ne parlais pas du courrier. Le courrier, on s'en fichait, lui et moi, mais on était désolés tous les deux.

– Moi aussi, m'a-t-il répondu.

Puis, d'un pouce que la lessive avait rendu fripé, il m'a essuyé le front et montré que j'étais noir comme un ramoneur.

– Ce qui s'est passé, c'est dur pour toi et moi, mais pour ta mère, c'est encore pire. Ça te semble impossible, et pourtant c'est vrai. Elle fait de son mieux, OK ?

– Je sais, ai-je affirmé, alors que c'était faux.

Papa a croisé les jambes et m'a assis sur ses genoux et il m'a bercé contre lui comme un bébé. Mon premier réflexe a été de résister à son étreinte, mais mon besoin de réconfort a été le plus fort. Alors je me suis laissé faire et il m'a serré longtemps dans ses bras sans que je cherche à me dégager.

Plus tard, quand j'ai été lavé et prêt à me coucher, j'ai sorti la feuille de papier de mon jean sale (mais pas fichu, contrairement aux craintes de ma mère, grâce à mon père et à K2r) et je l'ai glissée sous mon oreiller. Le lendemain, ai-je décidé, je retrouverais la fille du four, la propriétaire de la boîte à chaussures, et je lui rendrais sa liste de prénoms. Et j'en profiterais pour lui demander de dire à ma mère qu'elle se cachait dans le four et que je n'étais pas fou.

Tel était mon plan. Mais la fille avait d'autres projets pour nous.

Trois heures et deux Bounty plus tard, j'avais ciré tous les meubles du vidéoclub, et sans vouloir me jeter des fleurs, ça rendait bien. Surtout l'odeur.

Pendant que je me démenais, en pleine mission propreté, Bébé était revenue. J'avais pratiquement oublié sa présence, peut-être parce que j'avais inhalé trop de vapeurs toxiques senteur citron.

– Depuis le temps que je bosse ici, je n'avais encore jamais vu personne lustrer les boîtiers de cassettes, a-t-elle commenté en me regardant jeter dans la corbeille un ultime paquet de feuilles d'essuie-tout usagées.

– Eh oui, je suis un visionnaire.

Elle paraissait de meilleure humeur, et j'en ai déduit qu'elle avait trouvé la solution à son problème.

Bébé a consulté l'horloge.

– On finit dans une demi-heure. T'as quoi de prévu, cet après-midi ?

La réponse était : rien. Mes séances chez le docteur Singh et mes cours à domicile avec Tim constituaient le summum de ma vie sociale. Or ni l'un ni l'autre ne travaillaient le samedi.

– Je ne sais pas. Je vais peut-être bien louer un film.

– Ah, ouais, moi aussi. Je n'ai toujours pas vu *Get Shorty*...

Elle s'est interrompue.

– Et merde, Solo, je ne vais pas y aller par quatre chemins.

Elle s'est passé la main dans les cheveux et elle a soupiré :

– J'ai besoin d'un coup de main. Tu peux me conduire quelque part, après le taf ?

– Euh... Où ça ?

– Écoute, je sais qu'on se connait à peine, mais je n'ai personne d'autre, là. Crois-moi, si c'était le cas, je ne te demanderais pas ça. Promis. Mais je suis en galère.

J'ai tout de suite été méfiant. Où allait-elle, et pourquoi ne pouvait-elle pas se débrouiller toute seule pour s'y rendre ? Je flairais un rapport avec Indiana Jones et l'enveloppe de billets et je trempais déjà nettement plus dans cette histoire louche que je ne l'aurais souhaité. Un peu plus et cela compromettrait mes rêves de vie normale.

– Ta voiture est en panne ? Si oui, je peux te prêter la mienne.

Cela me semblait plutôt généreux, comme compromis, et en tout point normal. Enfin, dans la mesure où sacrifier sa caisse pour se préserver des agissements suspects d'une collègue était normal.

Bébé a soupiré de plus belle.

– Non, tu comprends pas. J'ai un rendez-vous médical. Le genre où, après, t'as pas le droit de reprendre le volant.

Elle a déposé une carte de visite chiffonnée entre nous, sur le comptoir.

À contrecœur, je l'ai lissée et j'ai lu :

CENTRE DE PLANNING FAMILIAL
1398 SOUTHFIELD ROAD

Oh. *Oh.*

– Eh ouais, Solo, m'a dit Bébé. Je ne suis pas boulimique. Je suis en cloque.

Je tombais des nues. Surtout parce que je ne l'avais pas vu venir. Ça ne m'avait même pas traversé l'esprit. Pourtant, tous les indices étaient là. Avec un petit effort, j'aurais pu assembler les pièces du puzzle. J'avais vu suffisamment de films pour savoir que quand la nana vomit, c'est qu'elle est enceinte et que le film tournera désormais autour de ça. Seulement, dans la vraie vie, du moins dans la mienne en HP, des vomissements fréquents étaient presque toujours un symptôme de trouble du comportement alimentaire. C'était pour ça que j'avais cru que Bébé en était atteinte, alors que, par ailleurs, l'hypothèse ne collait pas.

Enceinte. Putain. C'était du sérieux. J'en restais sans voix. Que dire ? Pas « Félicitations », clairement. Mais il fallait bien dire quelque chose ! Au bout d'une minute de silence gêné, j'ai lâché :

– Je ne savais pas.

Elle m'a regardé comme si j'étais le dernier des imbéciles (et c'était mérité).

– Une chance pour moi que j'aie besoin d'un chauffeur et pas d'un détective, alors. Bon, Solo, c'est oui ou c'est non ?

– Oh. Oui, OK. Pas de problème.

Je n'avais plus à redouter la contagion. Le Mal Mystérieux de Bébé ne concernait qu'elle (et, présumais-je, Indy). Elle traversait une grosse épreuve, mais je ne voyais pas comment celle-ci risquait de nuire à ma quête de normalité.

– Merci. T'es mon héros, m'a rétorqué Bébé avec un sourire forcé.

Je savais qu'elle plaisantait, mais ça m'a fait du bien, pour une fois, d'être celui qui dépanne et pas celui qui rame.

CHAPITRE CINQ

On a écouté les six premières pistes de *Monster* avant d'atteindre notre destination ; « Strange Currencies » s'achevait en fondu quand je me suis garé. Pendant le trajet, Bébé avait ajusté son siège et réglé la clim et le volume sonore suivant ses préférences sans m'adresser un traître mot. Ainsi, elle me faisait savoir qu'elle se passait allègrement de mon aide. Bébé savait se débrouiller seule, sauf pour son souci du moment.

J'avais à peine coupé le contact que, déjà, elle bondissait sur le trottoir.

– Il y en a pour deux heures, à ce qu'on m'a dit. Je crois qu'il y a une librairie au coin de la rue. Mais bon, je ne sais pas si t'aimes lire. Désolée.

Dans mon rétroviseur, je l'ai regardée gravir les marches du bâtiment en parpaings, pousser le battant de la porte en verre et s'engouffrer à l'intérieur.

J'ai appuyé six fois sur le bouton « piste précédente » de mon lecteur de CD et « What's the Frequency, Kenneth ? » a retenti une fois de plus dans les haut-parleurs.

Je n'avais jamais mis de nana enceinte mais, une fois, ça n'était pas passé loin. La baise entre ados déglingués est super répandue, ça fait partie de nos mécanismes de survie, bien que nos traitements nuisent souvent à la qualité de nos ébats. D'après les médecins, c'est regrettable, mais, pour mettre en sourdine le cocktail chimique qui nous détraque le cerveau, il faut également débrancher notre libido. On pourrait y voir une mesure de prévention pour éviter que les ados tarés ne se reproduisent entre eux, mais j'ai du passif niveau paranoïa, alors je ne vous garantis pas ce que vaut cette théorie complotiste.

Quoi qu'il en soit, je me trouvais alors en HP peu après une énième crise de mon Mal Mystérieux. Lors de mes séjours précédents, j'avais séjourné en pédiatrie, où les détraqués font appel au sucre ou aux jeux vidéo pour dompter leurs déséquilibres. Une fois le cap de la puberté franchi, les barres Mars et les parties de Mario Kart ne suffisant plus, nous nous sommes tournés vers des remontants de nature plus charnelle pour nous aider à traverser nos merdiers respectifs.

Bien sûr, à partir de l'adolescence, les filles et les garçons étaient séparés en HP, mais quand on veut, on peut, et on voulait. On était même un paquet à se débrouiller pour se retrouver en douce et faire notre affaire. Au début, c'était cool, mais, en HP, le fameux « courroux d'une femme », c'est pas des blagues, et la fin de la récré a sonné quand j'ai eu la mauvaise idée de larguer une certaine Emily.

Elle était suivie pour anorexie et on couchait ensemble depuis près d'un mois, à raison de deux fois par semaine dans le placard à balais pendant que la nana qui partageait sa chambre faisait le guet, quand Emily s'est rendu compte que je lui faisais des infidélités (à savoir : je me tapais aussi sa coloc) et elle a pété les plombs.

Pour me punir, elle a englouti une demi-bouteille de M. Propre qu'elle avait chipée sur le chariot de l'agent d'entretien. J'étais en thérapie de groupe quand une infirmière l'a trouvée dans mon lit, entourée de flaques de vomi fluo ainsi que d'un petit mot dans lequel elle prétendait que je l'avais engrossée puis larguée comme une vieille chaussette. Et puis, juste pour le fun, elle ajoutait que je fauchais des antalgiques à la pharmacie pour en faire du deal auprès des autres patients.

Les quarante-huit heures qui ont suivi ont été un enfer, mais je vous épargne les détails. En gros, après un bon lavage d'estomac, et une fois son état stabilisé, Emily s'est retrouvée sous surveillance rapprochée à cause de sa TS et moi, j'ai été soumis à un interrogatoire tel un serial killer jusqu'à ce que toutes les parties concernées (médecins, parents, policiers, avocats) comprennent qu'elle pipeautait grave.

Emily a fini par avouer que je ne dealais pas et qu'elle bluffait pour sa grossesse, mais le mal était fait. Son quasi-suicide avait réveillé pas mal de traumas chez moi, si bien que mon séjour en HP a été prolongé de plusieurs mois.

Tandis que je revivais la fin cauchemardesque de ma relation avec Emily, la portière de ma Chrysler s'est ouverte à la volée, me ramenant brutalement dans l'instant présent.

Bébé était revenue.

– Il faut que tu viennes avec moi.

– Ah ?

– Ouais. Ils veulent s'assurer que je ne suis pas seule et quand je leur ai dit que Han Solo m'attendait sur le parking, bizarrement, ils ne m'ont pas crue.

Sur ce, elle a tourné les talons et repris la direction de la clinique.

– D'accord, ai-je répondu, même si elle était déjà bien trop loin pour m'entendre.

Le temps que je la rejoigne dans la salle d'attente, Bébé y était déjà assise. Une femme campée derrière une grosse paroi de plexiglas m'a fait signe de m'avancer.

– Han Solo, je présume ?

– Oui, c'est moi. Enfin, ce n'est pas mon vrai prénom...

– Pas la peine d'en faire un roman, jeune homme. Je devais juste vous voir de mes yeux pour m'assurer que votre copine était bien accompagnée.

– Ah. OK, ai-je bredouillé. Ben, c'est le cas.

La femme a hoché la tête et m'a congédié d'un signe de la main.

Je me suis installé à côté de Bébé. Maintenant que j'étais entré, je serais passé pour un salaud en repartant. Elle ne m'a même pas accordé un regard mais les salles d'attente, j'en avais pratiqué des dizaines, en mon temps, alors le silence n'était nullement gênant pour moi.

J'ai étudié les lieux. La principale différence entre les salles d'attente que je connaissais et celle du Planning familial était le code couleur : celle-ci était nettement plus rose. Le lino était rose. Les sièges en plastique moulés qui s'alignaient tout autour de la salle étaient roses. Les carreaux du papier peint à imprimé écossais étaient roses et mauves et j'étais prêt à parier qu'avant de se faire piétiner pendant des années, le tapis grisonnant qui faisait la gueule devant la porte avait dû être rose également. Chez les psys, on préférait l'association beige et bleu marine, peut-être bien à cause d'une théorie révolutionnaire selon laquelle les tons « nature » aidaient à combattre les psychoses. Quant à la théorie qui sous-tendait cette avalanche de rose, mystère !

J'ai attrapé un magazine télé avec Liv Tyler en couverture et fait semblant de le lire.

– Je ne pouvais pas leur dire qui me ramenait chez moi parce que je ne connais pas ton vrai nom, a subitement déclaré Bébé.

C'était une affirmation, pas une question, alors j'ai mis un certain temps à comprendre qu'elle voulait le renseignement.

– Oh. C'est Joel.

– Joe ?

– Non, Joel, avec un « l », mais ça se prononce « Djôle ». Comme le chanteur Billy Joel. Sauf que lui, c'est son nom de famille. Le mien, c'est Teague.

– Ah, pigé. Je ne connaissais pas de Joel. Enfin, à part le chanteur, bien sûr. Mais je ne le connais pas personnellement.

Elle s'est passé la main dans les cheveux.

– Moi, c'est Nicole. Nicole Palmer.

– Ce n'est pas Nikki ?

– Berk, non. Je déteste qu'on m'appelle comme ça. J'aime encore mieux Bébé.

– Compris.

Elle s'est remise à feuilleter un exemplaire de *Cosmopolitan*, puis, sans crier gare, elle l'a refermé d'un coup sec.

– Oh putain. Nos prénoms. Ils riment ! En anglais, en tout cas. Joel et Nicole.

– Ah ouais, ai-je répondu.

Puis, comme c'était un peu laconique, j'ai ajouté :

– Joel et Nicole sont dans une gondole...

– Hein ?

– Tu sais. Comme Pincemi et Pincemoi sont dans un bateau...

– Ah. C'est débile, m'a répliqué Bébé, agacée.

– Je sais. Je suis con, ai-je admis. J'essayais de détendre l'atmosphère.

On est retournés à nos moutons : Liv Tyler pour moi, *Cosmo* pour elle.

– Et après ? m'a-t-elle demandé au bout d'une minute.

J'ai relevé les yeux.

– Après quoi ?

– Joel et Nicole sont dans une gondole, et après, il se passe quoi ?

– Ah, ai-je dit avant de réfléchir quelques secondes. Après, ils sèchent l'école.

Bébé a hoché la tête.

– Et après ?

– Ils boivent de l'alcool.

– Et après ?

– Ils rencontrent un troll.

Bébé s'est tue puis elle a riposté :

– Et mangent des profiteroles.

J'ai souri et répliqué :

– En jouant à la console.

J'ai cru déceler l'ombre d'un sourire sur le visage de Bébé.

– Avec Dave Grohl !

– Des Foo Fighters ? Putain, moi qui étais fier de ma dernière rime ! Tu m'as battu à plate couture avec ta référence.

– Tu veux dire que je t'ai cloué au sol.

Cette fois-ci, elle m'a gratifié d'un vrai sourire. Son fameux sourire en croissant aux angles nets.

Il est retombé aussitôt. J'ai déclaré :

– Pour info, j'aime lire, et je connais bien la librairie du coin. La vieille qui bosse là-bas croit que je m'appelle Jimmy.

Bébé m'a dévisagé.

– Sérieux ? Personne ne se fait appeler Jimmy, passé l'âge de huit ans !

– C'est clair. Si je m'appelais James, mon diminutif, ce serait Jamie. Les Jamie sont toujours des mecs super cool.

– Tu m'étonnes. Je n'ai encore jamais rencontré de Jamie pas cool.

– On est d'accord.

Bébé a pris une profonde inspiration et a retenu son souffle quelques secondes avant d'expirer.

– Je suis ici pour me faire avorter.

– Je m'en doute.

– Désolée de ne pas te l'avoir dit avant. J'avais peur que tu refuses de m'accompagner pour des raisons morales.

J'ai refermé mon magazine d'un coup.

– Laisser une fille aller se faire avorter en taxi, c'est ça qui serait immoral, ai-je affirmé.

Quelques instants plus tard, une porte s'est ouverte et une femme en uniforme rose est sortie, un porte-bloc à la main.

– Numéro 1742, a-t-elle lu en louchant derrière ses lunettes.

Sans un mot de plus, Bébé s'est levée et a attrapé son sac.

– Je t'attends ici, ai-je dit.

Elle a hoché la tête et je l'ai regardée disparaitre au bout du couloir rose.

CHAPITRE SIX

Pendant le trajet du retour, Bébé s'est montrée taciturne. En fait, elle n'avait pas desserré les dents depuis qu'elle avait émergé de la salle d'opération. On roulait depuis trois chansons de *Monster* quand je me suis décidé à lui demander son adresse.

– Ramène-moi au parking du boulot, a-t-elle insisté.

J'étais perplexe.

– Tu vas reprendre le volant ? Je croyais que c'était contre-indiqué après ton opération...

– Je te dis de me ramener au parking, putain ! S'il te plait.

Je me suis exécuté, mais en regardant Bébé démarrer sur les chapeaux de roues au volant de sa Ford, j'ai regretté de ne pas avoir insisté pour qu'elle respecte la procédure.

Comme nous autres, paranoïaques, faisons toujours dans la démesure, j'ai passé les heures suivantes à imaginer que Bébé était morte dans un accident de voiture en rentrant chez elle. J'avais des flashs de sa voiture écrabouillée contre un platane, puis d'un rapport de légiste attestant la présence dans son sang de fortes doses d'anesthésiques, et de la foule en deuil à son enterrement se lamentant : « Si seulement elle avait eu quelqu'un pour veiller sur elle ! » Ce scénario m'obsédait tellement que j'ai fini par craquer et décidé de me rendre chez elle en personne pour voir comment elle se portait.

Le hic, c'est que j'ignorais où elle habitait.

D'après l'annuaire, il y avait dix Palmer à Royal Oak. Je suis passé en voiture devant les cinq premières adresses listées, sans succès, mais, dans l'allée de la sixième, j'ai reconnu un autocollant Pearl Jam sur le pare-brise arrière d'un vieux modèle de Ford Accord, et j'ai poussé un soupir de soulagement. Ainsi, je ne m'étais pas rendu coupable d'homicide involontaire.

Puisque je la savais en vie, j'ai cessé d'y penser. Cela peut vous sembler égoïste de ma part, mais en thérapie de groupe, un des premiers trucs qu'on apprend, c'est à se protéger. Les gens, c'est une chose ; leurs problèmes, c'en est une autre. Je m'explique. Disons qu'un camarade vous balance un secret choquant et qu'une seconde plus tard, il vous demande si vous avez vu le dernier épisode de *Beverly Hills* : il va falloir faire la navette entre les deux sujets et croyez-moi, ça demande un certain talent. Au début, c'est même drôlement déroutant ! Je me souviens d'une séance au tout début de mon traitement : un gamin du nom de Kyle avait révélé que sa mère mettait du nettoyant à vitre dans ses plats parce qu'elle était accro à l'attention procurée par le fait d'avoir un enfant malade (ça s'appelle le syndrome de Münchhausen par procuration – vérifiez, si vous ne me croyez pas). Dans le groupe, on trouvait ça tellement cruel qu'on pleurait tous à chaudes larmes en écoutant Kyle raconter son calvaire. Puis, une heure plus tard, au self de l'hôpital, on s'est tous retrouvés à manger des spaghettis et à parler des MTV Music Awards comme si de rien n'était. Kyle venait de nous dévoiler un truc hyper tragique, hyper perso, et on dévorait nos pâtes bolo en parlant d'Anthony Kiedis, des Red Hot, qui avait présenté la Vidéo de l'Année en mimant une fellation avec une banane. Comment ces deux séquences pouvaient-elles coexister dans la même journée, voire sur une seule et même planète ? Ça paraissait dément, et pourtant. J'ai fini par comprendre qu'entre la maltraitance infantile et le top 50, il n'y avait pas d'infraction au principe de non-contradiction. En ce bas monde, chacun trimballait son lot d'arcs-en-ciel et de merde, et on ne pouvait pas se concentrer exclusivement sur la merde.

Tout ça pour dire qu'au lieu de tourner en rond à me ronger les sangs pour Bébé jusqu'à la fin de la semaine, j'ai bouclé mes épreuves d'éco et de littérature anglaise et défoncé ce pauvre Tim à *Tekken* (soi-disant qu'il avait un petit coup de mou à cause de la rentrée scolaire).

Ah, et j'ai revu le docteur Singh.

Je lui ai décrit mes missions au vidéoclub et confirmé que mes parents n'empiétaient pas sur mon territoire. Je n'ai parlé ni de Bébé ni de son avortement, cependant, parce que cela ne regardait qu'elle.

– Je dois admettre que je suis très impressionné par tes progrès, m'a-t-il félicité en noircissant de notes son cahier.

– Euh, je loue des cassettes vidéo. Ce n'est pas comme si j'avais trouvé un vaccin contre le cancer.

– Pour le moment, a complété le docteur en m'indiquant l'affiche « jamais-trop-tard-pour etc. ».

C'était le samedi du week-end de trois jours du Labor Day, et je devais faire l'ouverture en compagnie du Parrain. Nous sommes arrivés en même temps. Elle a garé sa Mercedes rutilante à côté de ma Chrysler et elle en est sortie, impériale, tout en noir des pieds à la tête, puis a retiré ses lunettes de soleil.

– Sept, a-t-elle laissé tomber en désignant mon polo.

J'ai baissé les yeux. C'était un vieux maillot de foot que j'avais trouvé aux puces. Effectivement, il était imprimé d'un gros « sept » bien voyant.

– Tout juste, ai-je confirmé bêtement. C'est bien un sept.

Le Parrain a planté ses yeux droit dans les miens.

– C'est un chiffre porte-bonheur, m'a-t-elle répliqué froidement.

Elle détachait bien les syllabes, disant « por-te-bon-heur » et non « port'bonheur », comme tout le monde, telle une reine refusant de s'abaisser à ce genre d'indignité.

– Si tu le dis, lui ai-je répondu.

Elle m'a dépassé sans un regard et je l'ai suivie, tout aussi intimidé par cette seconde interaction avec elle que je l'avais été par la première.

Nous avons ouvert la boutique et j'y ai trouvé une liste de corvées ménagères que nous avait laissée Scarlette, devinant que la boutique tournerait au ralenti en ce week-end prolongé (pour Labor Day, les habitants de Royal Oak désertaient la ville en masse pour aller se mettre au vert près des lacs au nord de la région).

– Comment on se répartit le boulot ? ai-je demandé au Parrain. Tu préfères quoi ?

Perchée sur un tabouret, elle limait ses ongles à la manucure déjà irréprochable.

– Je ne fais pas le ménage, m'a-t-elle appris.

Comme je n'avais aucune envie de contrarier une femme aussi terrifiante, j'ai lâché un « OK d'acc' » et je me suis retroussé les manches. J'ai passé la matinée à changer des ampoules, à refaire la vitrine « Bientôt dans nos bacs » et à nettoyer le placard à fournitures. Cela représentait un boulot de malade, surtout le nettoyage du placard, mais je ne m'en plaignais pas : ça m'a évité de nouvelles interactions avec Le Parrain.

On l'appelait « le placard à fournitures », mais c'était en réalité une pièce presque aussi vaste que la salle de repos. C'était là qu'on entreposait les réserves (de sodas, de bonbecs, etc.) mais on y trouvait aussi tout un tas de bazar : vieux matériel promotionnel, décorations thématiques diverses, matériel de bureau, colonie d'araignées. L'ensemble s'est révélé facile à classer (sauf les araignées). Le plus dur, ça a été les cartons : il y en avait un stock apparemment illimité et c'était crevant de les replier et de les compacter pour qu'ils rentrent dans la poubelle de recyclage.

C'était un travail assommant mais je l'ai effectué sans me plaindre. J'étais venu à bout de la moitié des cartons quand j'ai fait une pause, et, assis sur un marchepied, je me suis ouvert une canette de Coca tiède. C'est à ce moment-là que j'ai constaté que j'avais les doigts en sang, criblés de milliers de microcoupures, ce qui n'avait rien d'étonnant, sachant que je venais de manipuler à mains nues quantité de cartons aux bords tranchants. J'ai posé mon Coca et tendu mes mains devant moi pour évaluer l'ampleur des dégâts.

Autrefois, j'avais de belles mains. Quand j'étais petit, ma mère disait toujours que le bon Dieu s'était planté en me refilant des ongles de fille (et d'ajouter : « Tu parles d'un gâchis ! »).

– C'est à cause de tous ces bonbons à la gélatine que tu t'enfiles, prétendait-elle. Ils sont faits en sabots de cheval, ça renforce.

Je n'ai jamais été vérifier, pour les sabots dans les bonbons. C'est vrai que je mangeais beaucoup de bonbons à la gélatine et que j'avais les ongles épais, alors, en ce qui me concernait, la théorie de ma mère se défendait.

D'ailleurs, Crystal pensait comme elle. Que j'avais de belles mains, pas qu'il y avait des sabots de chevaux dans les bonbecs ! Elle adorait mes mains, allez savoir pourquoi. Elle passait son temps à les tripoter, à les tenir, et à me supplier de la laisser me faire des manucures (j'ai cédé deux ou trois fois). Les choses ont toujours été comme ça entre nous, depuis la première fois où elle est venue me rendre visite, juste après l'incident du four à briques.

***

Nous étions tous allés nous coucher de bonne heure ce soir-là, épuisés par les émotions que j'avais causées en brulant le courrier. Je ne devais pas dormir depuis très longtemps quand j'ai été réveillé par une sorte de bourdonnement qui émanait de mon placard. Cela faisait le genre de bruit qu'un autre gosse, à ma place, aurait attribué à un monstre, un fantôme, ou pire, au clown tueur de *Ça* mais comme, depuis le Drame, je n'avais plus peur des trucs imaginaires, j'étais davantage intrigué qu'effrayé.

Quand j'ai ouvert la porte de mon placard, j'ai été ravi et curieusement peu surpris d'y découvrir la fille du four. Debout, sur la pointe des pieds, elle fourrageait dans une vieille boîte à déjeuner en métal remplie de cartes de baseball à troquer que je conservais sur une étagère en hauteur.

La fille ne présentait aucune trace de brulure. Ni de suie, d'ailleurs. Elle était propre et fraîche comme la rosée du matin, avec sa coiffure bouffante et son fard à paupières rose outrancier.

– C'est toi ! Je suis tellement content, me suis-je exclamé, tout excité.

– Qui d'autre ça pourrait être ? m'a-t-elle rétorqué.

– C'est moi qui t'ai surprise dans le four, tout à l'heure, lui ai-je dit.

J'ignorais si elle m'avait reconnu.

– Je sais, m'a-t-elle répondu sans cesser de fouiner dans mes cartes de baseball.

– Qu'est-ce que tu faisais à l'intérieur ?

– Je cherchais ma boîte à chaussures. Merci de l'avoir retrouvée ! Maintenant, si j'arrivais à remettre la main sur ma liste...

– Oh !

J'ai couru jusqu'à mon lit et pris sous mon oreiller la feuille de papier à lettres.

– C'est ça que tu cherches ?

Elle a interrompu ses fouilles.

– Merci, Joel ! Merci mille fois ! m'a-t-elle dit en me la prenant des mains.

Puis elle m'a enlacé. Elle portait la robe verte de la boîte à chaussures et ses cheveux sentaient le talc et le chewing-gum.

– Merci infiniment !

– De rien.

Je ne me rappelais pas lui avoir révélé mon prénom, mais j'avais dû le faire sans m'en rendre compte. Par contre, elle ne m'avait pas dit le sien ; ça, j'en étais sûr et certain. Alors je le lui ai demandé.

– Justement, c'est pour ça qu'il me fallait cette liste, m'a-t-elle rétorqué en plantant son index sur la liste de prénoms. File-moi un coup de main, petit. J'ai besoin d'un prénom qui m'aille bien.

– Tu n'en as pas ?

– Disons que j'en avais un, mais ce n'était pas le bon.

Elle m'a souri.

– Ça ne t'arrive jamais de penser que ton prénom ne te correspond pas, Joel ?

– Non. J'aime bien mon prénom. C'est comme Billy Joel, sauf que lui, c'est son nom de famille, alors que le mien, c'est Teague. En fait, j'ai failli m'appeler Gabrielle. Le médecin pensait que j'allais être une fille.

– C'est joli, Gabrielle. Bien plus joli que mon nom à moi.

La fille s'est assise par terre en tailleur et je me suis blotti sur ses genoux.

– Alors, il y en a qui te plaisent ? m'a-t-elle demandé en me tendant la liste.

Je l'ai passée en revue.

– Euh, Christine, c'est le nom de la voiture tueuse dans le film qui est sorti cet été. Les gens risquent de se moquer de toi.

Depuis que j'avais vu cette adaptation du roman de Stephen King, le prénom Christine me faisait horreur.

– Excellente remarque, petit. Exit « Christine » !

Elle a ri bouche fermée.

– Et je n'aime pas Gina non plus, à cause de la chanson de Bon Jovi, ai-je avoué.

– Quoi ? Tu n'aimes pas « Livin' on a Prayer » ? C'est ma chanson préférée !

Elle l'a aussitôt entonnée.

– En fait, j'ai connu quelqu'un qui la chantait sans arrêt, ai-je expliqué. C'était fatigant, à la longue.

Elle a ri de plus belle et m'a ébouriffé les cheveux.

– Compris. Oublions un peu les prénoms que tu n'aimes pas. Dis-moi lesquels te plaisent.

– Hum, j'aime bien Cindy, mais ça fait un peu trop Cindy Crawford, tu ne trouves pas ?

Elle m'a refait un sourire.

– OK, je raye !

Puis elle a désigné le premier prénom de la liste.

– Et Brianna, t'en penses quoi ?

Je n'ai rien dit. De tous les prénoms de la liste, c'était celui qui me mettait le plus mal à l'aise.

– Joel ? Tu aimes le prénom Brianna ?

– C'est pas la question.

– Pourquoi ?

– Je connais déjà quelqu'un qui s'appelle presque comme ça, et je n'ai pas envie d'en connaitre un autre.

– Tu ne crois pas que ça t'aiderait d'avoir une copine appelée Brianna ?

– Non.

– Dans ce cas, je ne m'appellerai pas Brianna, m'a-t-elle promis.

Je me suis tout de suite senti mieux.

– Donc, ça nous laisse Carol, Belinda, Tara et Crystal.

– Mon préféré, c'est Crystal, lui ai-je dit en pivotant vers elle pour l'admirer. C'est un prénom de jolie fille, donc c'est celui que je trouve le plus beau.

– Bonjour, je m'appelle Crystal, s'est-elle entrainée. Tu peux m'appeler Crystal. Enchantée, moi, c'est Crystal.

Radieuse, elle a conclu :

– Je crois que c'est le bon !

J'ai souri, mais aussitôt le stress s'est mis à monter.

– On doit déménager dans le Michigan dans quelques jours. Tu peux venir avec nous ?

– Ça dépend.

Elle a tapoté la moquette à côté d'elle et je m'y suis installé, puis Crystal a replié sa liste et elle s'est levée. Sur l'étagère du haut de mon placard, elle a pris la boîte à chaussures, y a rangé la feuille de papier à lettres et, à la place, elle a sorti le flacon de vernis à ongles.

– Tu as vraiment envie que je reste dans les parages ?

Elle a agité le flacon, s'est rassise à côté de moi et a entrepris de se vernir les ongles. Il s'appelait *Diamant Vert*; c'était écrit sur le capuchon.

– Parce que, si c'est ce que tu souhaites, tu peux compter sur moi. Mais si c'est trop dur, je reste ici.

La bouche en cœur, elle s'est mise à souffler sur ses ongles pour faire sécher le vernis.

– Je veux que tu viennes, ai-je décrété. J'en ai marre de jouer tout seul.

Crystal m'a saisi la main.

– Ces ongles ! Sublimes, a-t-elle commenté en lissant celui de mon pouce entre ses doigts. On dirait de la nacre. Prends-en soin, d'accord ? Ce n'est pas donné à tout le monde d'avoir des ongles en nacre.

Puis elle a collé sa paume contre la mienne afin que nos doigts soient collés.

– Les gens ne me comprennent pas, Joel. Si je te suis partout comme ton ombre, tu risques de devenir un incompris, toi aussi.

J'ai écarté et resserré les doigts deux ou trois fois, l'obligeant à en faire autant.

– On n'a qu'à parler de toi à personne.

Crystal m'a regardé. Ses yeux étaient verts.

– Je suis très douée pour me cacher, a-t-elle acquiescé.

Elle a prélevé une goutte de vernis et m'a peint l'ongle de l'index.

Je lui ai retourné un visage radieux et j'ai dit :

– Maintenant, je n'ai plus peur d'aller dans le Michigan.

***

Quand le placard à fournitures a enfin été propre, on ne pouvait plus en dire autant de moi.

J'étais en nage et couvert d'encre et de crasse, comme toute personne qui vient de manipuler des cartons. Je me suis débarbouillé de mon mieux dans les toilettes et j'ai regagné la boutique.

Je m'étais absenté si longtemps que Le Parrain était partie entretemps. À sa place, derrière la caisse enregistreuse, se tenait à présent Bébé.

J'ai souri, sincèrement content de la voir.

– Hey !

Ses yeux se sont plissés.

– Je rêve ou... c'est du sang ? a-t-elle marmonné.

J'ai inspecté mon polo et remarqué plusieurs trainées rougeâtres là où j'avais machinalement essuyé mes mains charcutées. J'ai montré mes doigts à Bébé.

– Je me suis occupé des cartons.

– Tu n'as pas trouvé le cutter ?

Je l'ai dévisagée, interdit.

– Il y a un cutter ?

Consternée, elle a secoué la tête.

– C'est quoi ta taille de T-shirt ?

Je lui ai répondu M et elle s'est mise à fourrager dans un meuble.

Pour combler le silence, j'ai envisagé de lui demander à nouveau comment elle allait mais je ne savais pas si ça se faisait, au vu des circonstances. « Et toi, ça gaze ? », c'est un peu limite comme question à poser à une nana qui se remet de son avortement.

Bébé s'est retournée, un T-shirt à la main.

– On en reçoit plein, gratos.

Elle a ouvert en grand la porte du meuble de rangement et j'ai vu des cartons étiquetés « OBJETS PROMOSSIONNELS ».

– Bon, c'est surtout des stylos et des aimants, mais parfois on hérite d'un T-shirt ou deux.

Elle a déplié celui qu'elle tenait.

– Il ne nous reste que celui de *Génération 90*.

– Ça parle de quoi ?

– Tu ne l'as pas vu ?

Bébé m'a montré l'affiche reproduite sur l'avant du vêtement : on y voyait Winona Ryder flanquée de deux mecs.

– C'est l'histoire d'un triangle amoureux : une nana, un homme d'affaires coincé et un branleur sexy, m'a-t-elle expliqué en me désignant les personnages. Devine qui elle choisit.

J'ai passé en revue les options de Winona.

– Ethan Hawke ?

– Bingo. Le branleur sexy.

Elle m'a jeté le T-shirt en râlant :

– J'te jure, il n'y a pas un film sans branleur sexy, de nos jours, et il finit toujours en couple avec l'héroïne. C'est une véritable épidémie.

– Une épidémie de branleurs sexy ? C'est grave ! ai-je blagué en plaquant le T-shirt sur ma poitrine pour voir si la taille convenait (c'était le cas).

Bébé a froncé les sourcils.

– Plus que tu ne le penses, Solo. Ces films font l'apologie de deux catégories de débiles profonds : les glandeurs immatures sans ambition et les bonnes poires qui s'obstinent à les sauver. C'est pathétique, a rouspété Bébé. Dans la vraie vie, les flemmards cachent rarement des artistes torturés au génie insoupçonné. La plupart d'entre eux sont des losers finis, point barre. Et ce n'est pas aux nanas de les aider à se reprendre en main !

J'ai étudié le T-shirt de plus près.

– Si je comprends bien, le film est nul ?

– Non, le film n'est pas mal. Mais il serait nettement mieux si Winona se choisissait elle-même à la fin.

Elle s'est passé la main dans les cheveux.

– Cela dit, tu devrais le voir. Les tares des héros ne risquent pas de te contaminer à travers l'écran, surtout que tu m'as l'air mille fois plus mûr que la plupart des mecs de notre âge.

Mille fois plus mûr que la plupart des mecs de notre âge. J'ignorais ce que j'avais fait pour mériter ce compliment. Certes, si Bébé avait l'habitude des gars du genre d'Indy, elle plaçait sans doute la barre assez bas. Peu m'importait. Des éloges pareils, on n'en reçoit pas tous les jours quand on est dans mon cas, et je ne cachais pas mon plaisir. J'étais à deux doigts de décider de faire broder la phrase de Bébé sur ma taie d'oreiller.

– Je le louerai peut-être, à l'occasion, ai-je répondu à Bébé.

Puis je suis allé me changer.

Le restant de l'après-midi, Bébé est restée dans son coin. Moi, j'ai préparé la vitrine pour la promo de *Mes doubles, ma femme et moi* dans la salle de repos, puis un orage a éclaté et le magasin s'est rempli. Avec Bébé, on s'est installés chacun derrière une caisse pour gérer l'afflux de clients.

On était en plein rush quand un type a déposé trois étiquettes devant moi et s'est mis à chercher sa carte de membre dans son portefeuille. Il avait dans les quarante ans, le teint mat, les tempes grisonnantes et une physionomie familière.

– Bonsoir, ça va ? m'a-t-il demandé.

– Bien, merci, et vous ? ai-je répliqué poliment.

– Bien. Dites, s'est-il exclamé, s'adressant à Bébé, c'est vous qui m'avez appelé il y a quelques jours pour me signaler un retard ?

Bébé, qui servait un autre client, s'est à peine interrompue pour lui répondre :

– Sûrement, monsieur Schwartz : vous êtes toujours en retard.

Il a hoché la tête et reporté son attention sur moi.

– C'est l'ennui quand on bosse de nuit. On perd le compte des jours.

– J'imagine, ai-je dit.

Je suis allé lui chercher ses cassettes et j'ai tapé son numéro d'adhérent dans le moteur de recherche. Mais quand j'ai appuyé sur la touche « entrée », un message d'erreur est apparu à l'écran. J'ai refait la manip.

Bébé a jeté un coup d'œil en direction de mon écran.

– Ah ! s'est-elle exclamée. J'oubliais. Votre femme vous a viré de sa carte.

M. Schwartz l'a fixée, hilare.

– Vraiment ? Je pensais que c'étaient des menaces en l'air !

Il a gloussé.

– Bon, je fais quoi, alors ? Vous me confisquez ma carte et je suis banni à jamais du vidéoclub ?

– Solo va s'occuper de vous, l'a rassuré Bébé en me tendant un formulaire d'adhésion.

– On va vous ouvrir un compte, ai-je confirmé.

Il a consulté mon badge.

– Solo, c'est un hommage à Han Solo dans *Star Wars ?* m'a-t-il demandé, comme si les Solo, ça courait les rues. J'adore ce film. Excellent choix.

– Merci, monsieur.

– Appelez-moi Marc. Vous êtes ici depuis longtemps ?

– Quelques semaines.

J'ai pris son permis de conduire et recopié son adresse dans le champ « coordonnées ».

– Vous avez une autre pièce d'identité ? ai-je demandé.

– Bien sûr, m'a dit Marc en tendant sa main vers la poche arrière de son jean. Vous travailliez où, avant ? J'ai l'impression de vous avoir déjà vu quelque part.

– Euh, c'est mon premier job.

– Ah.

Il m'a tendu sa carte de visite.

– Ça fera l'affaire ? C'est tout ce que j'ai sur moi.

– Bien sûr, ai-je dit en étudiant distraitement sa carte. Elle portait un logo qui ne m'était pas inconnu – un visage humain de profil avec un pansement à la place du cerveau. En dessous, j'ai lu :

Docteur Marc J. Schwartz
Chef de service en pédopsychiatrie
Clinique pédiatrique Weller Clawson

Et merde.

Je ne l'avais pas reconnu. Le docteur Schwartz. J'avais des excuses, étant donné qu'à l'époque, il portait une moustache, des lunettes et une blouse blanche.

Je lui ai rendu sa carte.

– Quelque chose ne va pas ? s'est inquiété Marc.

– Non, non.

Je me suis empressé de scanner ses vidéos.

– La première cassette est gratuite pour les nouveaux membres ; ça vous fera donc un total de cinq dollars et vingt-cinq cents.

Il m'a tendu un billet de dix et je lui ai rendu la monnaie.

– À rendre demain, à dix-neuf heures au plus tard, ai-je récité en faisant glisser les cassettes vers lui.

Alors il a changé d'expression. Il m'avait reconnu. À vrai dire, je ne sais pas s'il me remettait, mais il s'était soudain rappelé où il m'avait croisé.

– Désolé, m'a-t-il chuchoté, puis, portant son pouce et son index à sa bouche, il a fait mine de sceller ses lèvres avec une fermeture Éclair.

Ce qui n'était pas très subtil, mais au moins il n'avait pas braillé : « Alors, et ta copine imaginaire, qu'est-ce qu'elle devient ? Elle te donne toujours du fil à retordre ? »

Il a pris ses cassettes et s'est dirigé vers la sortie.

– Bonne soirée, Bébé. Ne laisse personne te mettre dans un coin !

Puis, en me jetant un dernier regard, il a ajouté :

– Ravi d'avoir fait ta connaissance, Solo.

L'idée que je puisse tomber sur des gens comme le docteur Schwartz en dehors de la clinique ne m'avait jamais effleuré, ce qui n'était pas très malin. Entre les patients et le personnel hospitalier, il y avait sans doute dans le coin une bonne centaine de personnes capables de m'identifier en tant qu'individu non conforme. Et, grâce à la maladresse du docteur Schwartz, une cent-unième en la personne de Bébé.

Je l'ai épiée à la dérobée. Apparemment, elle n'avait rien remarqué.

Il s'en était fallu de peu. J'ai relâché l'air que je retenais dans mes poumons. Ma *tabula rasa* était indemne.

Plus tard, alors que je m'apprêtais à dépointer, j'ai vu une cassette qui trainait sur le comptoir. Je m'apprêtais à la scanner et à la remettre à sa place quand un détail m'a interpelé : un post-it collé sur le boîtier.

Tu me diras ce que tu en penses.
Bébé

J'ai retiré le post-it. C'était *Génération 90.*

– Tu la rapportes demain à dix-neuf heures, m'a lancé Bébé en réapparaissant derrière sa caisse. Et si tu crois que je te ferai cadeau des frais de retard, tu te fourres le doigt dans l'œil jusqu'au coude !

Je lui ai souri.

– C'est pour te remercier, m'a-t-elle dit. Pour avoir fait le chauffeur, et... Tu sais, pour m'avoir changé les idées avec tes rimes débiles dans la salle d'attente.

Bébé s'est faite sérieuse, tout à coup.

– Sans rire, Solo. Merci beaucoup.

C'était une injonction à clore le chapitre, pas une invitation à en remettre une couche, alors j'ai hoché la tête et brandi la cassette.

– Branleur sexy, à nous deux !

Même en m'appliquant, je n'aurais pas pu trouver réplique plus embarrassante, mais je m'en fichais. J'étais mille fois plus mûr que les mecs de mon âge, alors ! En plus, ça avait fait pouffer Bébé, je jubilais donc.

J'ai regardé le film le soir même en gardant bien en tête l'analyse qu'en avait faite Bébé. Et ça m'a plu. C'était tendre et spirituel à la fois, et moi, ça ne m'a pas dérangé que Winona se maque avec Ethan Hawke à la fin. Il faut dire que j'ai un faible pour les histoires qui finissent bien.

CHAPITRE SEPT

– T'es de quel signe, Hannibal ? a demandé Poppins.

– Capricorne.

Elle a tourné la page de son magazine et s'est mise à lire à voix haute :

– « Nouvelle saison, nouvel amour ? Tout est possible ce mois-ci. »

Elle a haussé les sourcils, et poursuivi :

– « Misez tout sur les teintes automnales, qui sont flatteuses pour vous. Vous allez faire tourner les têtes ! Et pour entretenir ce corps de rêve si durement acquis, pourquoi ne pas essayer un sport original, comme le Tae Bo ? »

– Durement acquis, c'est clair ! a renchéri Hannibal en se tapotant la brioche. Ce serait dommage de gâcher tous mes efforts maintenant.

Un profond soupir a retenti et tous les regards ont convergé vers Bébé.

– On va patienter comme des cons encore longtemps, comme ça ? a-t-elle demandé, les yeux rivés sur la pendule.

C'était le dernier dimanche de septembre, il était neuf heures dix et toute l'équipe de ROYO (moins Scarlette) attendait dans la salle de repos la « réunion obligattoire » qui aurait dû débuter une demi-heure plus tôt.

– Elle est pas gênée, quand même, de nous faire poireauter alors que c'est elle qui nous a tous convoqués ! a pesté Bébé. On a une vie, nous aussi !

Dans la pièce, tout le monde a acquiescé. Elle venait de dire tout haut ce que chacun pensait tout bas.

C'était la première fois que je me trouvais au sein de l'équipe au (quasi) complet. Honnêtement, ça me rappelait un peu la thérapie de groupe : une bande hétéroclite assise autour d'une table à attendre le responsable. Les médecins étaient toujours à la bourre, eux aussi. J'en déduis que, plus on se croit important, plus on peut se permettre de bafouer la ponctualité.

La dynamique était la même, aussi. En HP, quand un toubib avait plus de dix minutes de retard, celui ou celle qui vivait le moins bien le silence s'efforçait de divertir les autres. En l'occurrence, Poppins avait dégainé l'horoscope.

La deuxième personne à se manifester était toujours la plus remontée. Le coup de gueule de Bébé ne m'avait donc pas surpris.

Justement, elle pianotait sur la table, irritée.

– Si ça se trouve, elle est à la porte depuis dix minutes, à pousser au lieu de tirer. Moi, je dis qu'on devrait sortir vérifier.

– Je parie qu'elle ne va pas tarder, a répliqué Poppins. T'es de quel signe, Bébé ?

– J'en ai pas.

– Mais si, voyons, tout le monde a un signe astrologique. C'est quand, ton anniversaire ?

– Le quarante-douze octembre.

Poppins a froncé les sourcils.

– Allez, quoi, j'essaie de tuer le temps.

Mais Bébé refusait de jouer le jeu.

– Je m'en fous de tuer le temps, Poppins ! C'est Scarlette que je veux tuer.

Poppins a changé de cible.

– Et toi, Le Parrain ? T'es née quand ?

– C'est personnel, a-t-elle articulé.

Elle se remettait du rouge à lèvres, un petit miroir à la main. Le rouge à lèvres écarlate, avais-je appris récemment, était l'unique entorse qu'elle faisait à son régime 100 % noir. Elle s'en tartinait sans arrêt les lèvres et semblait prendre un malin plaisir à signaler à qui voulait l'entendre (ou pas) que sa teinte préférée s'appelait *Baiser fatal.*

Poppins a poussé un soupir excédé.

– Sérieusement, les gars, c'est quoi votre problème ? Personne n'a envie de connaitre son horoscope ?

Elle a jeté un regard plein d'espoir à L'Inspecteur.

– C'est lequel, le signe qui ressemble à un 69 ? lui a-t-il demandé.

– Voyons... Ah : le Cancer.

– Cool. Je prends celui-là.

– Euh, ça ne marche pas comme ça. Ton signe doit correspondre à ta date de naissance, lui a expliqué Poppins. C'est quand ton anniv ?

– C'était il y a pas longtemps : le dix-sept septembre.

– D'acc, t'es Vierge.

Elle s'apprêtait à lire quand L'Inspecteur s'est récrié :

– N'importe quoi ! Vas-y, je joue pas à ça, moi !

Poppins a balancé son magazine au milieu de la table.

– OK, super ! s'est-elle énervée. On n'a qu'à tous se regarder dans le blanc des yeux jusqu'à ce que Scarlette ramène ses fesses.

– Moi, je suis Taureau, ai-je affirmé en repoussant le magazine vers elle. Et je meurs d'envie de savoir ce que me réserve le mois d'octobre.

Poppins m'a décoché un sourire plein de reconnaissance, et Bébé a levé les yeux au ciel.

Quelques semaines s'étaient écoulées depuis qu'elle m'avait fait découvrir *Génération 90*. Entretemps, elle avait insisté pour que je voie *Les glandeurs* et *Clerks, les employés modèles,* sans doute pour illustrer sa théorie du branleur sexy. Elle avait enchainé avec *Gilbert Grape,* le pendant dramatique des films précédents.

Ils m'ont tous plu, et ça me plaisait aussi d'en discuter avec Bébé après les avoir visionnés. C'était devenu notre truc, et j'aimais bien qu'on ait ce truc rien qu'à nous. Pas seulement parce qu'elle me croyait normal. Ce n'était un secret pour personne : Bébé n'appréciait pas grand-monde. En tout cas, c'était la thèse en vigueur au boulot et elle ne faisait rien pour la discréditer. Hormis Scarlette, qu'elle méprisait cordialement, elle ne détestait pas ses collègues, mais elle ne les portait pas non plus dans son cœur. Notre entente à tous les deux m'était d'autant plus précieuse qu'elle paraissait rarissime.

– Taureau, a répété Poppins en reprenant son magazine et en s'éclaircissant la voix. « Octobre est plein de promesses pour vous, mais attention : en cette période de l'année, les fantômes du passé risquent de revenir vous hanter. Ne les laissez pas vous vampiriser... »

Elle s'est interrompue.

– Waouh, mollo sur la thématique « Halloween », les mecs ! Bon, je reprends. « Attention aux excès de bonbons, les kilos en trop guettent les Taureaux ce mois-ci, et Noël n'est plus très loin ! »

– T'as qu'à venir faire du Tae Bo avec moi, mon pote, m'a suggéré Hannibal.

– Merci.

Le carillon de la porte du fond a retenti, et quelques instants plus tard, Scarlette s'est pointée comme une fleur, avec la nonchalance de la chef qui se croit parfaitement à l'heure.

Quand elle a remarqué nos mines furibondes, elle a regardé l'heure.

– J'avais pas dit neuf heures trente ?

Bébé lui a tendu son petit mot.

– Huit heures quarante-cinq, a-t-elle lu en injectant un max d'hostilité dans chacune de ces cinq syllabes.

– Oups. Désolée, a dit Scarlette, haussement d'épaules à l'appui. Bref... Tenez.

Elle nous a distribué à tous le même papier.

– C'est quoi ? l'a interrogée Poppins.

– Il va y avoir du changement ici, a expliqué Scarlette. Vu que je commence bientôt mes études.

Tout le monde l'a dévisagée.

– T'as été prise à la fac ? a éructé Bébé, incrédule, au nom de toute l'équipe.

– Ben, oui ! lui a rétorqué Scarlette, faisant fi de son mépris. Enfin, à l'école d'esthétique. Je vais devenir esthéticienne !

Silence dans la pièce.

– C'est, genre, une sorte de docteur qui répare les moches ? s'est enquis Hannibal.

Scarlette y a réfléchi un moment avant de décréter avec un sourire satisfait :

– C'est ça ! Bref, je vais devoir réduire mes horaires à cause de mes cours, donc j'ai pris quelques décisions.

Tout le monde a piqué du nez sur le papier. Il s'agissait du planning de l'équipe pour le mois suivant. Il y a eu un moment de flottement avant l'éruption des protestations.

– Non mais je rêve ! a éructé Bébé, écumante. T'as nommé Solo manager d'équipe ?

– Hein ? ai-je fait.

Poppins m'a indiqué mon nom sur l'emploi du temps. Les lettres « ME » étaient écrites à côté en caractères si petits que je ne les aurais sans doute pas remarqués si on n'avait pas attiré mon attention dessus.

– C'est quoi ?

– Une promotion, m'a craché Bébé. Tu sais : le genre de chose qu'on décroche d'habitude après plus de six semaines de « bons et loyaux services ».

Elle avait mimé les guillemets avec beaucoup d'agressivité.

– Ouais, c'est quoi, ce binz ? a renchéri Hannibal. Moi je bosse ici depuis trois ans et je n'ai jamais été promu.

– Bienvenue au club ! lui a rétorqué Bébé.

– C'est vrai que ce n'est pas juste, a ajouté Poppins. Ne le prends pas mal, Solo, mais t'oublies encore d'imposer les frais de rembobinage...

– C'est arrivé une seule fois ! me suis-je défendu.

Je me suis mordu la langue. En toute franchise, je comprenais que mes collègues soient furax (même si je n'étais pas plus avancé sur la nature de ma promotion).

– Cette décision est un scandale, a professé Le Parrain, sans toutefois paraitre affectée par la nouvelle. La séance est levée ? Nous pouvons disposer ?

Joignant les mains derrière la tête, L'Inspecteur s'est incliné contre son dossier.

– Moi, je m'en fous de qui c'est, le boss. Je me fais plus de thunes que vous, vu que mes parents sont les proprios.

Cette remarque a suscité un nouveau tollé.

– Tu déconnes, j'espère ? a hurlé Bébé, qui semblait sur le point d'exploser.

– Ben quoi ? Je suis le fils des proprios, a répété Harry comme si cet argument légitimait l'affront.

– Taisez-vous et laissez-moi parler ! a crié Scarlette dans un effort pour reprendre le contrôle de la situation.

Bébé a fermé la bouche, mais plus par curiosité que par soumission.

– Bon. D'abord, je vous signale que la décision vient de mes parents. Moi, je n'y suis pour rien, alors on se calme. Deuxièmement, je veux dire quelque chose à propos de Solo.

Un sourire aux lèvres, elle a posé sa main sur mon épaule.

J'ai écarquillé les yeux. J'ignorais ce qu'elle s'apprêtait à dire mais j'avais l'intuition que ça ne suffirait pas à faire passer la pilule.

– Depuis qu'il a rejoint l'équipe, la boutique est nickel chrome. Franchement, je ne l'avais jamais vue comme ça ! Il n'y a plus de papiers à classer qui trainent dans tous les coins, et vous avez vu le placard à fournitures ? On pourrait manger par terre, là-dedans !

– Tu te fous de nous ? a grondé Bébé. T'as promu Solo parce qu'il est maniaque ?

– Non, c'est à cause de sa « déontologie », a rétorqué Scarlette, s'essayant à son tour aux guillemets mimés (je crois qu'elle n'avait pas bien compris le principe). Il a de l'« esprit d'initiative », il n'est pas « flemmard », contrairement à d'autres.

Puis elle s'est embarquée dans une liste de prouesses par lesquelles je m'étais soi-disant distingué depuis mon arrivée, sans se douter qu'il s'agissait en fait des tâches auxquelles je m'adonnais pour repousser le spectre de la folie.

En temps normal, je crois que j'aurais bu ces louanges comme du petit-lait, surtout venant de la part de Scarlette. Après tout, c'était vrai : j'en avais fait plus que ce qu'on me demandait (soit peu de choses) et le vidéoclub était irréprochable. Mais allez donc vous rengorger quand ces louanges déclenchent une mutinerie.

– Je maintiens que c'est du foutage de gueule, a insisté Bébé. Solo n'a pas mérité de promotion.

Elle avait raison. Malgré tout, ça m'a fichu un coup de l'entendre le dire.

– Ça se voit que tu ne le connais pas très bien, a riposté Scarlette. Non seulement Solo travaille bien, mais il a survécu à l'anémie, et je parie qu'aucun de vous ne peut en dire autant.

Il y a eu quelques instants d'un silence interdit. Tout le monde cherchait le rapport.

– C'est quoi, l'anémie ? a fini par demander L'Inspecteur.

– C'est une maladie infantile, genre, euh...

Il était clair que Scarlette n'en avait pas la moindre idée. Elle a botté en touche :

– C'est très grave. Mais Solo s'en est tiré, parce qu'il est fort et qu'il ne baisse pas les bras.

Elle m'a souri de toutes ses dents, ce qui, en temps normal, aurait été euphorisant, mais n'arrangeait pas mes affaires dans le contexte actuel.

– L'anémie, c'est une carence en fer, c'est pas la mer à boire, l'a détrompée Bébé, exaspérée. Donc, je résume : Solo a dû prendre des vitamines quand il était petit, et ça lui vaut de devenir manager ? Mais bien sûr ! C'est parfaitement logique !

Scarlette n'a même pas relevé.

– Ce qui compte, c'est que Solo fait du bon boulot.

– J'ai trois ans d'ancienneté ! a riposté Bébé. Et moi aussi, je fais du bon boulot !

Scarlette a ricané.

– Ouais, c'est ça.

Ce n'étaient que quatre petits mots mais ils étaient lourds de sous-entendus.

Bébé a bondi de son siège et nous avons retenu notre souffle.

– On peut savoir ce que ça veut dire ?

Scarlette ne s'est pas démontée.

– Ça veut dire que si tu t'étais autant appliquée à bosser qu'à séduire Indiana Jones, tu l'aurais eue, ta promotion, et ça nous aurait épargné ta petite crise de jalousie.

C'était un coup bas et l'assemblée entière l'a senti ; dans la pièce, tous affichaient la même mine effarée.

Les deux rivales se défiaient du regard, immobiles, jusqu'à ce que Bébé marmonne :

– Allez vous faire foutre.

Puis elle est partie en claquant la porte.

Je me suis levé pour la rattraper, mais Scarlette m'en a empêché.

– Laisse-la, Solo. Elle va se calmer.

– C'était naze de lui dire ça, ai-je remarqué.

J'ignorais quelle part de vérité recelait l'accusation de Scarlette, mais c'était sans importance : elle s'était montrée cruelle.

Celle-ci a penché la tête de côté.

– Solo, je sais que t'essaies de jouer les gentlemans, mais Bébé avait besoin qu'on la recadre, a-t-elle roucoulé, innocente. La vérité fait parfois mal à entendre.

Un crissement de pneus a retenti sur le parking – Bébé sonnait la retraite.

J'ai fait un petit tour d'horizon. Personne ne semblait pressé de prendre la défense de Bébé, et je me suis senti faiblir. J'ai fini par me rasseoir.

La réunion a repris et duré une vingtaine de minutes mais j'étais trop bouleversé pour me concentrer. C'était la première fois que j'assistais à un face-à-face entre Scarlette et Bébé, et je m'interrogeais. Pourquoi tant de haine ? Casser du sucre sur le dos de la chef, c'était une chose (tous les employés le faisaient). Humilier une employée devant témoins, c'en était une autre. Scarlette avait à l'évidence une dent contre Bébé, et je me demandais bien pourquoi.

Quand elle m'a entrainée dans son bureau pour me parler de ma promotion (chose qu'elle aurait dû faire avant de l'annoncer à tout le monde, mais passons), j'étais déjà nettement moins sensible à ses charmes qu'une heure plus tôt.

– Alors ? m'a-t-elle lancé en me tendant un formulaire à remplir. T'es content ?

– Je devrais ?

– Ben ouais ! C'est dix dollars de l'heure.

J'ai dû serrer les dents pour empêcher ma mâchoire de se décrocher. Jusqu'à présent, j'étais payé au SMIC horaire, à savoir même pas la moitié de ce qu'elle venait de m'annoncer. Et il me semblait bien que ma mère, qui décorait des gâteaux pour le rayon pâtisserie du supermarché Farmer Jack depuis dix ans, ne gagnait que douze dollars de l'heure.

– Mais je dois faire quoi, au juste, pour mériter ce salaire mirobolant ?

Scarlette a haussé les épaules.

– Franchement, pas grand-chose de plus qu'actuellement. Tu as déjà fait tes preuves. Et je ne fais pas seulement allusion au ménage.

– Ah ? ai-je balbutié en lui retournant le formulaire signé.

Scarlette s'est assise sur un coin du bureau qui n'était pas trop encombré.

– Oui, bien sûr. Ce que je t'ai dit tout à l'heure, je le pensais. Mais il y a autre chose. Mes parents pensent que c'est grâce à toi si j'entame une formation.

– Hein ? Mais pourquoi ?

– Quand tu m'as sorti qu'il n'était jamais trop tard, que je pouvais encore devenir quelqu'un, ça m'a fait réfléchir, m'a-t-elle expliqué. Je me suis dit que t'avais raison.

Je l'ai fixée comme un débile.

– Sans blague ? C'est pour ça que tu vas faire des études d'esthétique ?

– Ça a été le déclic. Mes parents me tannent depuis le lycée pour que je fasse un truc de ma vie.

Elle m'a serré le bras.

– Cette promotion, c'est leur façon de te remercier.

Je n'en revenais pas.

– J'ai aussi prévenu Devin qu'il avait intérêt à se tenir à carreau, a poursuivi Scarlette. Et ça aussi, ça a fait plaisir à papa et maman. Depuis le début, ils me répètent que je mérite mieux que lui.

Une pensée m'a traversé l'esprit.

– Attends une seconde. J'ai été promu pour mes compétences ou parce que, d'après tes parents, j'ai une bonne influence sur toi ?

– Un peu des deux ! Ne fais pas cette tête, Solo. T'es doué. Et t'es doué pour donner des conseils. Franchement, pour un lycéen, t'as beaucoup de maturité. D'après ma mère, survivre à une maladie grave quand on est petit, ça vous arme pour la vie.

Elle a haussé les épaules.

– Si ça se trouve, si j'avais eu un cancer à dix ans, je serais avocate à l'heure qu'il est.

Chaque phrase qu'elle prononçait était plus ridicule que la précédente.

Scarlette a remarqué ma perplexité et elle s'est rembrunie.

– Je pensais que ça te ferait plaisir. C'est quoi, le blème ?

– Rien, il n'y a pas de problème, je suis ravi ! l'ai-je assurée. Je ne m'y attendais pas, c'est tout. Et accessoirement, l'équipe ne peut plus me blairer. Il va falloir que je m'habitue.

Elle a balayé mon inquiétude d'un revers de la main.

– S'il y en a un qui t'emmerde, tu le vires. Tu peux, maintenant.

– Je ne suis pas sûr que ça aide ma cote de popularité, ai-je observé.

Mais alors Scarlette a posé sa main sur la mienne et j'en ai presque oublié mes soucis.

– Moi, je peux te blairer, m'a-t-elle glissé à voix basse. J'espère que ça compte un peu à tes yeux. N'oublie pas que pour toi non plus, il n'est pas trop tard. Tout est encore possible.

Je sais. J'aurais dû rester en colère contre elle, à cause de ce qu'elle avait dit à Bébé. Mais, si mon indignation était

Superman, alors Scarlette était ma Kryptonite. Je n'avais qu'une chose en tête : tout ce qu'il aurait été possible de faire avec elle.

– Ça compte, ai-je admis. Plus que ça ne devrait, même.

Et je suis sorti.

CHAPITRE HUIT

Je suis rentré annoncer la bonne nouvelle à mes parents. Au début, ils allaient être aussi sidérés que moi, puis, j'en étais sûr, ils se rengorgeraient. Quand on a un fils comme moi, on se réjouit de peu de choses. Les éclaircies sont rares et brèves et on apprend vite à les apprécier sans se poser trop de questions.

J'aurais un peu de temps seul à la maison avant de les voir, toutefois, parce qu'ils étaient toujours occupés le dimanche matin. Ma mère allait à la messe (elle était catho) puis elle déjeunait avec tante Denise au Salad Bar ; quant à mon père, après une réunion des Alcooliques Anonymes (son église à lui), il enchainait sur un bon buffet de pancakes à volonté et une partie de bowling ou de fléchettes avec « des collègues de chez Chrysler », ainsi qu'il les appelait.

Je sens que vous allez vous faire des films, alors je vous arrête tout de suite : mon père n'était pas alcoolique. Promis, ce n'est pas de la naïveté de ma part. Bon, il buvait de la bière, et pouvait s'en siffler quelques-unes quand il y avait un match des Tigers à la télé, mais il lui arrivait aussi de ne pas consommer une goutte d'alcool pendant six mois. L'alcool n'avait jamais été son échappatoire ni sa tasse de thé, si j'ose dire, pas même après le Drame, ni plus tard, quand je lui en ai fait voir de toutes les couleurs.

Il m'a expliqué un jour qu'il affectionnait les réunions des Alcooliques Anonymes parce que c'était le seul endroit où il pouvait rencontrer des gens « vrais ». Là-bas, personne ne faisait semblant de mener une existence parfaite. On ne l'y jugeait pas, ni pour le Drame qu'on avait traversé, ni pour ses conséquences sur moi, et, d'après papa, aucune congrégation religieuse ne pouvait en dire autant.

Ni maman ni papa ne m'invitaient jamais à les accompagner le dimanche matin, et je ne leur en voulais pas : c'était leur moment à eux. Quand on a pour fils un gosse aussi taré que moi, il faut se préserver, sinon c'est le pétage de plombs assuré.

Je les attendais dans le salon en faisant mes devoirs quand j'ai reconnu l'intro d'une chanson familière, suivie par la voix du chanteur qui demandait : « What's the frequency, Kenneth ? »

Je me suis levé et je suis sorti sur le perron.

Une Ford Accord noire était garée dans ma rue, à quelques maisons de la mienne. Je m'y suis dirigé.

– Super chanson, ai-je commenté.

– En tout cas, elle a l'air de te plaire, m'a rétorqué Bébé.

Elle paraissait moins en colère que quand elle avait quitté le vidéoclub comme une furie, ce matin-là. Pas beaucoup moins, mais moins quand même.

– Tu n'es montée en voiture avec moi que deux fois, lui ai-je rappelé, alors tu ne peux pas prétendre connaitre mes goûts musicaux.

Un sourire narquois a fendu le visage de Bébé.

– Tu oublies la fois où t'es venu rôder devant chez moi, vitres baissées, la stéréo à fond. Et qu'est-ce que t'écoutais ?

J'en suis resté paralysé. J'ignorais qu'elle m'avait vu (et entendu !) lors de ma maraude après son avortement. C'étaient des semaines plus tôt et elle ne m'en avait jamais parlé.

– Désolé.

– De quoi ? De m'avoir suivie en douce ?

– Je ne t'ai pas suivie. Je... J'étais inquiet. Je voulais être sûr que tu étais rentrée chez toi en un seul morceau.

– Évidemment, m'a rétorqué Bébé en se passant la main dans les cheveux. Logique, vu que t'es le citoyen modèle, putain !

– Qu'est-ce que tu racontes ?

Elle m'a dévisagé sans ciller.

– Tu m'as tenu compagnie pendant que je gerbais sur le parking, tu m'as accompagnée au Planning familial... C'était logique que tu viennes t'assurer que j'étais bien rentrée. T'as ça dans le sang, Solo : t'es un héros, un chevalier servant, et moi, je suis la putain de demoiselle en détresse !

Elle a fait la grimace.

Personne ne m'avait jamais traité de « héros » auparavant (à part sur le mode ironique), mais ce n'était pas là le point important.

– Je ne te vois pas du tout comme ça, ai-je affirmé.

– Ben voyons. De toute façon, en ce moment, ça correspond bien à mon ressenti. Et maintenant, t'es mon boss ! Je touche le fond.

Elle a posé son front contre son volant.

– Merci, ça me va droit au cœur, ai-je plaisanté. Tes félicitations me touchent énormément.

Bébé a grogné. Puis elle m'a regardé et elle m'a proposé :

– On va faire un tour ?

J'étais à la fois surpris et ravi. Ce n'était pas tous les jours qu'une personne extérieure à ma famille recherchait activement ma compagnie (traduction : ça ne m'arrivait jamais).

– Vraiment ? ai-je dit.

Mais déjà je m'installais côté passager pour ne pas lui laisser le temps de retirer son offre.

Bébé a mis le contact et on a démarré.

– Au fait, comment tu sais où j'habite ? me suis-je étonné. T'as cherché Teague dans l'annuaire et testé toutes les adresses jusqu'à ce que tu repères ma voiture dans l'allée ?

Bébé a pouffé.

– Ben non, je l'ai trouvée sur ton formulaire d'adhésion au boulot.

Elle m'a jeté un regard incrédule.

– Attends, ne me dis pas que c'est comme ça que t'as trouvé la mienne ? Mais t'es vraiment un rôdeur, en fait !

Je me rendais compte (un peu tard) que ma façon de procéder n'était pas tout à fait normale. Je l'ai jouée désinvolte.

– Les chevaliers servants ne reculent devant rien pour leurs demoiselles en détresse.

Bébé m'a jeté un regard noir, puis « What's the Frequency, Kenneth ? » s'est terminé et l'intro de la deuxième piste de *Monster* a retenti.

J'ai changé de sujet.

– Ah, t'as le CD, toi aussi ?

Elle a plissé les yeux.

– Tu croyais quoi, que « What's the Frequency, Kenneth ? » passait à la radio pile au moment où je suis arrivée devant chez toi ? Comme par hasard ?

Elle a soupiré.

– Redescends sur terre, Solo. Ce serait beaucoup en demander à l'univers. Il n'est pas à ta disposition, tu sais, même si t'es la star montante des employés de vidéoclubs.

J'ai ri.

– Je te jure, je ne sais même pas ce qu'est censé faire un manager d'équipe. Je vais me faire rétrograder en un rien de temps.

– Pff. Scarlette a occupé le poste avant de passer gérante : si elle peut le faire, tout le monde peut y arriver. Après avoir viré Indy, ses parents ne faisaient plus confiance à personne, alors ils avaient supprimé le poste, purement et simplement. Apparemment, ils sont revenus sur leur décision.

– Indy s'est fait virer ? Pourquoi ? Je savais pas. Mais bon, si c'est tabou...

Bébé a piloté avec le genou le temps de refaire sa queue-de-cheval.

– Ce n'est pas un secret. Indy a déconné, mais alors bien.

Elle s'est tue une seconde ou deux.

– Tu vois la mise en garde du FBI au début des cassettes vidéo, celle qui rappelle qu'il est interdit de dupliquer ou de revendre des films sous peine de cinq ans de prison ou de cinquante-mille dollars d'amende ?

– Oui, bien sûr, ai-je répondu.

Tous les films que j'avais loués dans ma vie commençaient par cet avertissement.

– Apparemment, ce ne sont pas des menaces en l'air, m'a révélé Bébé. Indy copiait les cassettes pour les revendre au black. Quelqu'un l'a balancé aux flics et ils sont venus l'arrêter au vidéoclub.

Le feu était rouge. Bébé en a profité pour me regarder.

– Ça a fait une scène, je ne te raconte pas, a-t-elle conclu.

– J'imagine, ai-je lâché.

Ayant rencontré le gars en question sur un parking obscur au milieu de la nuit, j'étais tout disposé à le croire malhonnête.

– Forcément, a repris Bébé, il a été viré. Il devait y avoir un procès, mais soudain, il s'est engagé dans l'armée, et les charges contre lui ont été retirées. Pouf ! Comme par magie.

– C'est pour ça que vous avez cassé ?

Ma question a résonné dans l'habitacle pendant quelques secondes et j'ai craint d'avoir été indiscret.

Mais au bout d'un moment, Bébé m'a répondu :

– Indy n'était pas vraiment mon copain. Enfin, on sortait ensemble, bien sûr, mais pas officiellement. Et Scarlette a tout faux. Je ne lui ai jamais couru après.

Elle a mis le cligno.

– De toute façon, je m'en fous. C'est fini.

Bébé n'avait pas l'air de s'en foutre, mais une chose était sûre : elle avait fini d'en parler.

– Et toi, l'employé prodige à l'enfance difficile, quand est-ce que tu vas me raconter ton sordide passé ?

J'ai braqué mon regard vers la route.

– Je suis obligé ?

– Ben oui, tiens ! Tu vas passer à la casserole, comme tout le monde.

J'ai réfléchi un instant.

– Eh ben, je tenais un bar clandestin à Détroit pendant la Prohibition, mais l'affaire est top secrète, je ne peux pas t'en dire plus.

Bébé a levé les yeux au ciel, mais elle souriait : pour moi, ça comptait comme une victoire.

– Non, mais qui dit des trucs pareils ? a-t-elle bougonné, amusée.

Qui ? Les gens qui souffrent d'un Mal Mystérieux, voilà qui ! Ainsi, ils n'ont pas à parler du Truc qui Cloche chez Eux.

– Bon, on va où ? ai-je demandé, espérant clore ce chapitre de la conversation.

– J'ai faim, a décrété Bébé en montant le son.

Quelques kilomètres plus loin, elle s'est engagée sur le parking que se partageaient un Burger King et le Headlights, un bar local qui devait moins son succès à la qualité de ses plats qu'à l'uniforme minimaliste des serveuses choisies sur des critères, disons... plastiques. À ma stupéfaction, Bébé a choisi une place tout près de l'entrée du second établissement.

– Tu n'as rien contre les nichons ?

Je l'ai regardée, perplexe.

– C'est pour ça qu'on est là ?

– Non. On est là pour bouffer.

– Pourquoi ?

– Je te l'ai déjà dit : j'ai la dalle.

Elle est descendue de voiture.

Je l'ai suivie d'un pas incertain.

– Pour info, c'est la première fois que j'entre dans ce genre d'endroit, ai-je précisé pour lever tout éventuel soupçon.

– Vraiment ? Moi, je passe ma vie ici, m'a rétorqué Bébé en me tenant la porte.

C'était vrai : je n'avais jamais mis les pieds chez Headlights. Mais qu'est-ce que j'en avais entendu parler ! Bien qu'ayant passé le plus clair de mon existence en HP à partir de la puberté, la réputation du bar était telle que je savais ce qui m'attendait à l'intérieur. Une ancienne station-service des années cinquante laissée à l'abandon pendant des décennies avait été relookée en bar à tapas. Loin de démanteler les anciennes pompes à essence, de virer les boîtes à outils ou les tas de pneus usagés qui encombraient le lieu, le nouveau proprio s'en servait pour créer une atmosphère virile parfum huile de vidange (il avait tout de même fait le ménage). Mais personne n'était dupe : ce n'était pas la déco qui attirait le chaland, mais les pin-up à moitié nues dignes d'un calendrier Pirelli qui assuraient le service. Ce genre de bar aurait sans doute eu du succès n'importe où, mais, en banlieue de Détroit, capitale de l'automobile, où les voitures constituaient des objets de fantasme au même titre que les bimbos, c'était pratiquement un monument.

Je ne vais pas vous mentir, je n'avais rien contre le cadre de notre déjeuner. Pour tout avouer, cela faisait des années que je rêvais de voir l'endroit de mes propres yeux. Naïvement, je m'étais imaginé que, le jour venu, je serais accompagné d'une bande de copains (encore fallait-il que je m'en fasse), et pas d'une collègue de boulot.

Dans le vestibule, j'ai patienté sur un fauteuil pendant que Bébé discutait avec l'hôtesse d'accueil, une sorte de Rosie la riveteuse (l'icône sur l'affiche « We Can Do It »), à ceci près que son bleu de travail présentait un décolleté plongeant. L'ambiance faisait moins glauque que je ne l'avais craint. Les murs étaient tapissés de néons old school et de vieilles pubs pour des voitures. Un jukebox en forme de pare-chocs de Chevrolet collector diffusait un vieux tube rock de Bob Seger. Franchement, l'ensemble était plutôt cool (cxccption faitc dc la musiquc). Et pourtant, les voitures, je m'en contrefichais !

Bébé s'est assise à côté de moi.

– Ils sont en train de nettoyer ma table.

– Tu as ta propre table ?

– Je prends pratiquement tous mes repas ici.

Bébé a tendu ses jambes et posé les pieds sur le banc en face de nous comme si elle était la maîtresse des lieux.

– J'ai demandé à voir la gérante, m'a informé Bébé. Je veux lui parler de ta promotion. On va te trouver quelques serveuses pour te tenir compagnie, vu que t'es un V.I.P., maintenant.

– Tu as fait quoi ? ai-je rugi, horrifié. Pitié, dis-moi que tu plaisantes.

Bébé m'a gratifié d'un sourire en croissant.

– La voilà.

Une femme s'est matérialisée près de l'entrée. Elle était grande, mince, et portait une de ces combinaisons pigeonnantes censées évoquer une salopette de mécanicien. Elle a croisé le regard de Bébé et s'est avancée vers nous.

– Coucou, Nikki !

La femme était plus âgée que nous, cela ne faisait aucun doute ; pour autant, elle n'était pas bien vieille. Ses cheveux étaient sombres et elle était maquillée comme un top model. Sur le badge cousu à même sa salopette, j'ai lu : « Kat, gérante ».

– Alors, cette réunion, c'était comment ?

– Barbie Bimbo m'a soulée, alors j'ai séché la fin.

Visiblement, Bébé connaissait personnellement la gérante.

– Tu ne devrais pas l'appeler comme ça, c'est méchant.

Bébé a levé les yeux au ciel.

– Pff. Tu veux que je copine avec Scarlette pour qu'elle te laisse piocher dans sa garde-robe ? Bon, on peut manger ?

– Bien sûr.

Puis, avec un sourire en croissant qui valait presque celui de Bébé, elle a demandé :

– Mais tu ne me présentes pas ton ami ?

– Solo, Kat. Kat, Solo, a marmonné Bébé. La table est prête ?

La gérante a lancé un regard à Bébé puis elle s'est tournée face à moi.

– Moi qui pensais lui avoir appris les bonnes manières !

a-t-elle dit en me tendant la main. Je suis Kat, la maman de Nikki.

J'ai dû cligner des yeux cinq fois avant que l'info ne me monte au cerveau. *Kat était la mère de Bébé.*

– Enchanté, moi c'est Solo, enfin, Joel. Joel Teague. Je bosse avec Bébé. Je veux dire avec Nikki. Bref, avec elle, ai-je bafouillé en la montrant du doigt.

– C'est mon chef, a précisé Bébé.

Kat a paru déconcertée.

– Je croyais que c'était Barbie Bimbo ?

– Ouais, mais Solo aussi. Depuis ce matin, a lâché Bébé avec un sourire factice.

Kat m'a regardé, et comme je suis un couillon de première, j'ai bredouillé :

– S'il vous plait, je ne veux pas de danse privée ni rien...

– Fais pas attention à lui, il est carencé en fer, m'a coupé Bébé. Bon, et notre table, alors ?

– Elle devrait être prête, lui a répondu Kat.

Puis elle a ramené derrière l'oreille de sa fille une mèche qui s'était échappée de sa queue-de-cheval.

– Installez-vous, je vous fais servir des frites et des wings de poulet.

– Et deux Coca, a commandé Bébé.

Kat a hoché la tête et s'est éloignée en direction de la cuisine.

Moi, j'ai suivi Bébé jusqu'à une table pile derrière le jukebox.

– Donc, aujourd'hui, c'est le jour où je rencontre ta mère, ai-je récapitulé.

– Ce qu'il ne faut pas faire pour bouffer à l'œil, a grommelé Bébé. Et donc là, c'est le moment où tu me sors qu'elle est canon et qu'elle pourrait être ma sœur.

– Je n'allais pas dire ça.

Je le pensais très fort, mais jamais je ne l'aurais reconnu.

– Elle avait seize ans quand je suis née. (Bébé a fait claquer sa langue.) Je suis une bâtarde. Je n'ai jamais rencontré le gars qui l'a mise en cloque.

Je voyais bien à son attitude qu'elle s'attendait à me choquer, mais c'était raté. Après mes séjours en HP, plus rien ne me choquait, ou presque.

– Elle a l'air cool.

– Tu parles. Ma mère, c'est Scarlette dans quelques années. Elle bosse ici depuis que j'ai deux ans et demi. Non, mais t'imagines ? Tu te vois encore chez ROYO Vidéos dans quinze ans ? Rien que d'y penser, j'ai envie de chialer.

– C'est que ça doit lui plaire, non ? ai-je supposé.

– Mouais. C'est vrai qu'elle gagne correctement sa vie. Vu qu'elle est bien gaulée et qu'elle a des gros seins. Mais ça ne durera pas.

Quoi qu'on réponde dans ces cas-là, on est sûr de se viander, alors j'ai gardé le silence.

– Cela dit, je ne me plains pas, a poursuivi Bébé. Ce sont ses seins qui vont me payer mes études.

Elle a lâché ses cheveux et les a ébouriffés.

– Tu postules dans quelles universités, Solo ?

– Je n'y ai pas encore réfléchi.

Bébé a haussé les sourcils.

– Je croyais que t'étais en terminale ?

Une serveuse a déposé nos sodas et nos pailles sur notre table. J'ai déchiré le papier de la mienne, je l'ai plongée dans mon gobelet de Coca et je l'ai regardée rebondir deux ou trois fois avant de répondre.

– Oui... en gros.

– Ah ? Ton anémie t'a fait prendre du retard ?

– Si on veut.

– Genre, t'as passé du temps à l'hosto ?

– Ouais.

– C'était comment ?

– Nul.

– Et donc, c'est quoi le problème ? T'avais trop loupé de cours, t'as redoublé ? Tu vas passer le bac par correspondance ?

J'ai bu une gorgée de Coca. C'était la première fois que je papotais avec quelqu'un qui ignorait tout de mon Mal Mystérieux et l'exercice se révélait être un véritable champ de mines. Je répondais à toutes les questions de Bébé sans mentir, mais je ne me sentais pas sincère pour autant.

– Je suis au point, ça devrait le faire. Mais pour ce qui est de la rentrée prochaine, je ne suis pas encore au clair.

– Ce qui est clair, c'est que pour être accepté, il faut candidater, a observé Bébé.

J'ai siroté mon soda.

– Toi, tu as postulé où ?

Bébé a détourné le regard.

– À la base, je visais l'université Sarah Lawrence. Tu connais ?

Ça ne me disait rien.

– C'est près de New York, m'a informé Bébé. Je n'ai jamais vécu ailleurs que dans le Michigan. Et toi ?

– J'ai habité en Virginie.

Ça m'a fait tout drôle de le lui révéler. C'est un détail que je partageais rarement, d'abord parce que personne à part mes psys ne me posait de questions personnelles, et aussi parce que, hors contexte, ce fait me semblait toujours tomber comme un cheveu sur la soupe. Bébé ignorait tout du Drame qui avait bouleversé ma vie et de mon Mal Mystérieux, or il était impossible d'aborder le chapitre de ma vie en Virginie sans évoquer ces deux sujets tabous.

– En Virginie ? Je n'y ai jamais mis les pieds, m'a répliqué Bébé.

Allez savoir pourquoi, j'étais soulagé. Comme si, en franchissant les frontières de l'État, elle aurait automatiquement eu accès à tout mon historique perso.

– Tu as envie d'y retourner pour tes études ? s'est-elle enquise.

– Non, ai-je répondu sans hésiter une fraction de seconde. Je vais sans doute rester dans le coin.

En fait, je n'avais jamais envisagé de quitter la région pour faire mes études. Je devinais d'avance la réaction de mes parents si j'osais en émettre l'idée.

– Moi, je vais sans doute croupir dans le coin, a maugréé Bébé.

La phrase était lourde de non-dits, mais Bébé n'a pas eu le temps de développer sa pensée : Kat était arrivée avec nos plats.

– Alors, Joel, m'a-t-elle lancé en se glissant à côté de moi sur la banquette et en me chipant une frite. Parle-moi de toi.

Bébé lui a lancé un regard noir.

– Ne te fatigue pas à l'allumer : il ne va pas te laisser de pourboire.

– Je n'allume personne ! a protesté Kat en remuant son annulaire droit. Je te rappelle que je suis fiancée.

– Je suis au courant, merci, a grommelé Bébé.

Kat a posé le menton sur sa main baguée.

– Nikki t'a dit que j'allais me marier ? Avec Doug, le proprio.

– Toutes mes félicitations, lui ai-je dit.

– Ouais, a renchéri Bébé. Dire qu'il ne lui a fallu que dix ans pour plaquer sa femme pour toi !

Kat a secoué la tête mais la pique glissait sur elle.

– Je suppose que tu as l'habitude de l'humour tordu de ma fille, donc je ne prends pas la peine de démentir cette calomnie.

Elle s'est servie dans le gobelet de Coca de Bébé et a remis une pièce dans la machine :

– Et cette promotion, alors ? C'est toi qui vas remplacer l'autre gars, celui qui s'est fait arrêter ? Son nom m'échappe...

– À vrai dire, je n'en sais trop rien, mais oui, je crois qu'il s'agit de l'ancien poste d'Indiana Jones.

Bébé a poussé un soupir excédé dont sa mère a fait abstraction.

– Ah ! Mais oui, bien sûr, Indiana Jones, a-t-elle dit avant de repiquer du Coca à sa fille.

– Et toi, ton pseudo, qu'est-ce que c'est ?

– Han Solo.

Elle a éclaté de rire.

– Tous les mecs fantasment sur Harrison Ford, ou quoi ?

Je n'avais même pas fait le lien avant son observation.

– Ou alors, c'est seulement les mecs mignons ? a-t-elle roucoulé.

Perso, ça ne m'a pas perturbé, parce qu'en général, les nanas qui me qualifiaient de « mignon » étaient des infirmières psychiatriques pétries de compassion. Mais ça a fait bondir Bébé.

– Maman, j'ai pas ramené Solo ici pour que tu t'amuses à le draguer ! s'est-elle écriée.

– OK, ma chérie. Je vous laisse entre vous.

Kat m'a décoché un clin d'œil et elle a caressé la joue de sa fille.

– Si vous avez besoin de quoi que ce soit, je suis là.

Sur ce, elle s'est levée et, les mains sur les hanches, elle est allée flirter un peu plus loin avec deux types en costard-cravate.

– Elle me fout la honte, a lâché Bébé une fois sa mère partie.

– Ça va, ai-je commenté en mordant dans une wing de poulet.

– Mais oui, bien sûr, m'a rétorqué Bébé, en plissant les yeux.

– Sérieux, je parie qu'elle est marrante.

– Ah, super marrante, ouais.

Bébé a levé les yeux au ciel.

– En maternelle, j'étais la seule dont la mère n'avait pas encore le droit de boire de l'alcool, et maintenant que je suis en terminale, elle a plus de chances que moi d'être élue reine du bal de promo. Je vis le rêve de toute ado !

J'aurais pu me mettre à déblatérer sur ma propre mère pour lui ouvrir les yeux sur la chance qu'elle avait et lui filer des remords, mais la thérapie m'avait appris qu'interrompre les gens en pleine crise d'auto-apitoiement pour tirer la couverture à soi produisait rarement de bons résultats. J'ai donc laissé Bébé terminer sa tirade.

– Elle veut que je participe au mariage. Je dois porter une robe de demoiselle d'honneur et me pavaner dans l'allée centrale devant tous les invités. Son mec est divorcé depuis environ cinq secondes, et il a douze ans de plus qu'elle... En gros, il ne se remarie pas : il fait sa crise de la quarantaine.

Bébé a pris une gorgée de Coca.

– Accessoirement, son nom de famille compte dix lettres, mais seulement, genre, deux voyelles. Przybylski. C'est chelou.

– Je comprends. Il n'y a pas plus suspect qu'un mauvais ratio voyelles/consonnes, ai-je approuvé.

Elle a esquissé un demi-sourire et repris :

– Dans Teague, il y a... quatre voyelles ! Le tout en une seule syllabe ! Que dois-je en conclure ?

– Que je suis hyper digne de confiance, ai-je affirmé. D'après ta logique, du moins.

Le jukebox a hurlé les dernières mesures de « Don't Stop Believin' » de Journey et lancé une autre piste. Dès que j'en ai entendu la première note, j'ai failli m'étrangler avec mon poulet.

Ce qui n'a pas échappé à Bébé.

– Ça ne va pas ?

– Si, si, ai-je affirmé en secouant la tête.

Mais elle n'était pas dupe.

– Vas-y, dis-moi ce qu'il y a.

Mon rythme cardiaque commençait à s'emballer.

– Rien. Enfin... Tu as vu la personne qui a choisi cette chanson ?

– Non, m'a répondu Bébé. Pourquoi ?

L'intro instrumentale enflait dans la salle. J'ai promené mon regard dans tous les coins.

– Tu vois une fille quelque part ?

Bébé a hésité, puis elle a fait un tour d'horizon.

– T'as pas encore plus vague, comme description ? a-t-elle ronchonné. Elle ressemble à quoi ?

Il y avait du monde chez Headlights, mais la clientèle était presque exclusivement constituée d'hommes bien plus vieux que moi. Depuis notre table, cependant, je ne distinguais pas l'ensemble du restaurant alors je me suis levé pour en avoir le cœur net.

Elle n'est pas là, me suis-je raisonné. *C'est une chanson à la mode. N'importe qui a pu mettre le disque. Ce n'est pas forcément elle...*

Mais alors, pile au moment où Bon Jovi entonnait la première ligne de « Livin' on a Prayer », j'ai repéré une brunette à chignon qui me tournait le dos près d'une table voisine, et mon cœur a cessé de battre.

C'était elle.

– Je reviens tout de suite, ai-je soufflé à Bébé par-dessus mon épaule en piquant droit vers Crystal.

***

Je n'arrivais pas à dormir. Il faisait trop froid.

C'était mon premier hiver dans le Michigan, ou plutôt mon premier automne, puisque, techniquement, l'hiver ne débutait pas avant encore un mois. Sauf qu'il avait déjà neigé.

Mes parents m'avaient attribué la chambre à l'étage. « La chaleur monte, m'avaient-ils soutenu. Ta chambre sera la plus chaude de la maison. »

Mensonge.

Grelottant, j'avais hissé ma couette par-dessus ma tête. J'aurais pu enfiler un bas de jogging, mais il m'aurait fallu des heures pour récupérer la chaleur perdue en sortant du lit ; ça n'en valait pas le coup.

J'avais donc décidé d'essayer de dormir la tête sous la couette, pour me réchauffer. Hélas ! Quelques secondes plus tard, je tremblais de nouveau. Pas de froid, cette fois, mais de peur.

– Psst ! me soufflait une voix. Hé ! Joel !

Terrifié, je ne remuais pas d'un cil.

– Hé, petit, c'est moi, Crystal. Fais-moi une place !

J'ai rabattu ma couette aussi sec.

– Crystal !

Elle était là, à côté de mon lit.

– Salut, Joel ! m'a-t-elle dit en m'enlaçant. Tu m'as manqué.

Je ne l'avais pas revue depuis le déménagement. Je pensais qu'elle avait décidé de rester en Virginie, tout compte fait.

– T'en as mis, du temps ! lui ai-je reproché en la serrant dans mes bras. J'ai cru que t'avais changé d'avis.

– Je t'avais dit que je viendrais !

Elle s'est écartée et m'a ébouriffé les cheveux.

– Je rêve ou t'as grandi ?

– Tu ne rêves sans doute pas. Ça fait super longtemps qu'on s'est pas vus.

– Je sais. Je te demande pardon. Mais je suis là, maintenant.

Elle m'a souri.

Et ça m'a fait un sacré poids en moins. Je me sentais tellement seul dans le Michigan ! J'étais très réservé. Et aux yeux des gosses, la tristesse passe facilement pour du dédain.

– J'ai gardé de la place pour tes affaires, ai-je informé Crystal. Viens, je vais te montrer.

Je me suis levé et Crystal m'a suivi jusqu'à ma penderie. Là, j'ai écarté quelques vêtements pour lui révéler un tiroir intégré à la cloison.

– Ici, elles seront à l'abri.

– Tu es vraiment très attentionné, m'a félicité Crystal, attendrie.

J'ai ouvert le tiroir.

– J'y ai déjà rangé ta boîte à chaussures. Et j'ai aussi mis du maquillage et des boucles d'oreilles.

– Vraiment ?

Elle a jeté un coup d'œil dans le tiroir.

– Où est-ce que tu as trouvé tout ça ?

– C'est moi qui les ai achetés. Avec mon argent de poche.

Crystal s'est tendue.

– Tes parents sont au courant ?

– Non, lui ai-je assuré. Je vais au magasin tout seul, à vélo, et je dis à la vendeuse que c'est pour ma petite amie.

Crystal a plissé les yeux.

– Ta petite amie ? C'est comme ça que tu me vois ?

– Berk ! Non !

Elle a hésité.

– Alors... Tu me vois comme quoi ?

J'ai réfléchi quelques instants.

– Je sais pas trop, ai-je reconnu.

Puis je me suis efforcé de mettre des mots sur l'impression qui me tenaillait depuis notre dernière entrevue.

– Je dirais que t'es... à moi.

– À toi ?

– Ouais. Comme quand les gens disent « ma cousine » ou « ma copine ». Je ne sais pas ce que tu es pour de vrai, mais il me semble que tu es ma quelque chose.

Crystal est restée figée, comme si elle hésitait sur la façon de réagir, alors j'ai vite changé de sujet.

– Je voulais t'acheter une nouvelle cassette, mais je refuse de donner plus d'argent à Bon Jovi, alors tu vas devoir me citer d'autres groupes que tu apprécies.

– Mais Bon Jovi, c'est mon préféré !

Crystal a ri, pris ma main, et caressé l'ongle de mon pouce.

– Je suis super content que tu sois là, lui ai-je dit, et ça m'a fait du bien de le lui dire. Tu m'as manqué.

– Toi aussi, tu m'as manqué. J'ai pensé à toi tous les jours. Il faut dormir, maintenant.

Nous avons refermé le tiroir et nous sommes sortis de la penderie sur la pointe des pieds.

Puis Crystal s'est glissée à côté de moi sous la couette et nous nous sommes endormis instantanément.

***

J'ai traversé la salle comme un ouragan et saisi Crystal par l'épaule pour la faire pivoter face à moi.

– Qu'est-ce que tu fais là ? ai-je demandé.

Aussitôt, j'ai été coupé dans mon élan : la femme qui me dévisageait, médusée, n'était pas Crystal. Mais alors pas du tout.

– Je te demande pardon, mon chou ?

Ce n'était qu'une serveuse qui prenait la commande de deux clients.

– Tu le connais, Tiffany ? lui a demandé l'un d'eux.

L'autre s'est levé et a planté ses yeux droit dans les miens. Il n'avait pas l'air commode.

– Pardon, je l'ai prise pour quelqu'un d'autre, ai-je bredouillé à son intention.

Puis je me suis tourné vers la serveuse :

– Je suis désolé.

Pour calmer le jeu, elle s'est composé un sourire forcé.

– Pas de souci ! Ça m'arrive sans arrêt. J'ai un visage très commun, m'a-t-elle dit, sachant pertinemment que je n'avais pas vu son visage avant de l'alpaguer.

Puis elle a massé langoureusement le biceps du type qui s'était levé et lui a susurré :

– Merci d'avoir pris ma défense, beau gosse !

Ils ont échangé des sourires pleins de sous-entendus, et le gars s'est rassis.

Moi, j'ai battu en retraite. Jon Bon Jovi braillait toujours à pleins poumons.

J'ai fouillé tout le restaurant, regardé sous les tables, derrière les pylônes et même dans les toilettes, mais pas moyen de trouver Crystal. Elle s'était volatilisée.

À moins qu'elle n'ait jamais été là, tentais-je de me rassurer. Sur le parking du vidéoclub, le soir de ma rencontre avec Indy, par exemple, je m'étais trompé : elle ne s'y trouvait pas. D'ailleurs, d'après plus d'un psychiatre, elle ne se trouvait nulle part, puisqu'elle n'existait pas.

Et tant mieux si je ne la retrouvais pas. Dans le cas contraire, cela aurait prouvé que je faisais une rechute dc mon Mal Mystérieux. Or, la vie de mec normal n'était pas pour me déplaire. Elle se révélait encore mieux que la vie avec Crystal.

Il le fallait bien.

J'ai regagné ma table où Bébé m'attendait.

Elle m'a fixé.

J'ai porté ma paille à mcs lèvres.

– Tu disais ?

Bébé n'a pas cligné des yeux pendant une minute complète.

– Putain de bordel de merde, Solo, c'était quoi, ce délire ?

J'ai essayé de la jouer cool.

– J'ai cru voir une vieille connaissance.

– Qui ?

– C'est compliqué.

Ça, ça ne lui a pas plu.

– Je commence à penser que c'est toi qui es compliqué.

J'aurais tant aimé la détromper, mais je ne le pouvais pas. À mon grand dam, je venais de foutre en l'air ma *tabula rasa.*

Bébé et moi avons fini notre déjeuner en silence, puis Michael Stipe de R.E.M. nous a fait la sérénade pendant tout le trajet jusqu'à chez moi. Je me creusais les méninges, cherchant le moyen d'expliquer mon comportement irrationnel sans avoir à déballer à Bébé mon statut d'ancien aliéné.

– Désolé pour tout à l'heure, ai-je bafouillé quand elle s'est garée devant chez moi. Mon passé n'est pas sordide, mais il contenait une fille. Une fille qui ne fait plus partie de ma vie, et parfois, ça fait mal.

Bébé a coupé le contact et Michael Stipe s'est tu.

– Il y a plein de zones d'ombre dans ton histoire.

Je l'ai dévisagée. Je ne savais pas quoi dire.

– Alors ? Tu as l'intention de développer ?

– Non, ai-je répondu posément. Je n'en ai pas l'intention.

J'ai vu ses yeux s'écarquiller. Ce n'était pas la réponse attendue.

– Tu te fous de moi, Solo ? Tu sais des tonnes de trucs hyper perso à mon sujet et moi, je sais que dalle sur toi. Ce n'est pas juste ! Comment veux-tu qu'on soit amis si tu ne me lâches aucune info ?

Je n'avais rien à dire pour ma défense. Le problème était le suivant : je comprenais parfaitement sa colère. Ce qu'elle ignorait, cependant, c'était que mon Mal Mystérieux n'était pas un sujet ordinaire. Si je lui dévoilais la vérité, elle ne m'adresserait plus jamais la parole, j'en aurais mis ma main à couper. Dans la vie, il y a les doux dingues et il y a les vrais tarés, ceux avec qui personne de normalement constitué n'a envie de fricoter. Or, sur l'échelle de la folie, moi, j'explosais les scores.

Enfin, j'étais normal. Je tentais ma chance au jeu de l'existence et je ne m'en sortais pas trop mal. J'avais passé les neuf dernières années à patauger dans le marasme du Drame qui nous avait frappés, et enfin, je m'en étais extirpé. J'étais la star montante des employés de vidéoclub, merde ! Personne ne savait que j'avais un problème, un Truc qui Clochait. Et je n'avais aucune envie que ça change.

– Je n'ai rien à ajouter.

Bébé a appuyé sur un loquet, déverrouillant ma portière.

– Dans ce cas, moi non plus.

Elle a désigné ma maison d'un petit coup de menton.

– Va gober une gélule de fer, Solo.

Je suis descendu de voiture et je me suis dirigé vers la porte d'entrée. Le temps que je l'atteigne, Bébé avait déjà mis les voiles.

CHAPITRE NEUF

Mes parents jubilaient ; non : ils *exultaient* grâce à ma promotion. Je crois même que mon père a eu les larmes aux yeux lorsque je leur ai annoncé la nouvelle. Maman s'est exclamée : « Je savais que t'allais y arriver ! » (ce qui était faux, mais passons). Ils étaient ravis, et moi, j'étais ravi qu'ils soient ravis, bref : c'était un moment très *peace and love* pour la famille Teague.

Mon psy aussi était ravi, et il m'a même dispensé de revenir le voir pendant quelques semaines, le temps que je m'adapte à mes nouvelles responsabilités. Il m'a toutefois conseillé de ne pas me laisser « happer par le monde de l'entreprise » au point d'en négliger mon bien-être. En sortant de son cabinet, j'ai vu l'affiche « Jamais-trop-tard », et elle m'a tiré un sourire.

En résumé, tout allait à merveille sous le toit des Teague pour la première fois depuis des lustres et je dois avouer que ça faisait du bien.

Au travail, l'indignation générale est retombée rapidement quand il s'est avéré que j'étais plutôt cool, comme chef (seule Bébé ne décolérait pas, mais j'y reviendrai). Comme me l'avait garanti Scarlette, mon nouveau titre ne changeait pas grand-chose, si ce n'était que désormais, accomplir les tâches pénibles dont je m'acquittais déjà avant faisait officiellement partie de mes fonctions. Ce qui me convenait très bien. Comme je crois vous l'avoir dit, je n'aimais pas rester les bras croisés.

Autre nouveauté : une semaine après ma prise de fonctions, Scarlette et moi avons lancé un processus de recrutement pour me trouver un remplaçant. Et c'était plutôt chouette.

Maintenant, c'était moi qui posais les questions lors des entretiens d'embauche et c'était grisant, parce qu'interroger un candidat pour voir si ça va le faire ou pas, c'est une sorte d'évaluation psychiatrique qui ne dit pas son nom. Pour une fois, les rôles étaient inversés. Je vais vous révéler un secret : tout ce que les employeurs cherchent à savoir en entretien, c'est si le candidat risque de péter un boulon et de faire sauter le bâtiment. Comme on avait évalué ma propre stabilité mentale à plus d'une occasion, je me sentais parfaitement équipé pour débusquer d'éventuels candidats à risque.

Par chance, il n'y avait a priori aucun psychopathe parmi les postulants. Scarlette et moi avons identifié trois aspirants employés de vidéoclub tout à fait prometteurs, chacun plus normal que le précédent, pour autant qu'on puisse en juger.

Finalement, on a choisi un certain Andres qui a pris pour pseudo Maverick (le personnage de Tom Cruise dans *Top Gun*, pour ceux que ça intéresse). Il avait travaillé chez Blockbuster par le passé, ce qui lui donnait un net avantage sur ses concurrents, lesquels n'avaient aucune expérience dans notre secteur d'activité. Mais l'argument qui avait achevé de convaincre Scarlette sautait aux yeux : beau, grand, bronzé, Andres semblait tout droit sorti d'une pub Levi's.

C'était elle qui menait la barque pendant les entretiens.

– Alors, pourquoi as-tu quitté ton emploi précédent ? a-t-elle demandé au futur Maverick.

– J'y bossais seulement l'été, quand j'étais chez ma grand-mère, à Puerto Rico.

– Waouh ! s'est exclamée Scarlette en levant les yeux de ses notes. Je ne savais pas qu'il y avait des Blockbuster au Mexique.

Maverick a promené son regard entre Scarlette et moi et je n'ai pas pu résister.

– Puerto Rico, ce n'est pas au Mexique, ai-je glissé à Scarlette.

Elle n'a pas pris ombrage de mon intervention.

– Crotte, alors tu ne parles pas mexicain ? a-t-elle lancé à notre candidat. Dommage, ça aurait pu servir avec certains de nos clients.

Maverick m'a consulté du regard et j'ai secoué la tête d'un air navré.

– *Eres pendeja,* a-t-il déclaré, tout sourire. Ce qui veut dire : si, je parle mexicain.

Quelque chose me disait que ce n'était pas vraiment le sens de sa phrase. Mais quelque chose me disait aussi que ce candidat serait comme un poisson dans l'eau chez ROYO. En tout cas, il avait déjà un point commun avec Bébé.

C'est donc elle que j'ai chargée de former Maverick à son arrivée dans l'équipe. Bon, avec le recul, j'ai peut-être un peu manqué de tact, sur ce coup-là.

– Pourquoi ? m'a-t-elle riposté, hargneuse. Pour qu'il devienne mon patron dans une semaine, lui aussi ? C'est curieux, Solo, mais je ne me sens pas motivée, là.

Elle marquait un point, mais j'ai choisi de tourner les choses en dérision :

– Ben quoi ? Tu ne veux pas que ton futur chef soit compétent ?

Bizarrement, Bébé l'a mal pris.

Depuis mon craquage nerveux chez Headlights, à vrai dire, elle me faisait la gueule. Concrètement, elle me traitait comme n'importe quel collègue : avec une froideur dont je n'avais pas pris la pleine mesure avant d'en faire l'objet personnellement.

Elle ne louait plus de cassettes pour parfaire ma culture cinématographique. On ne critiquait plus de films ensemble. D'ailleurs, on ne discutait plus du tout. Elle se montrait réservée, voire renfermée (pour emprunter au registre de mes psys). Elle pointait, faisait le job pour lequel elle était payée, et repartait. Mais je la voyais à peine tant elle s'était faite discrète.

Enfin, à une notable exception près.

C'était fin octobre, jour de paie, et tout le monde passait au vidéoclub pour toucher son enveloppe. Qui, cette fois, s'accompagnait d'un rappel : la veille d'Halloween, en accord avec les directives municipales, ROYO Vidéos participait à la collecte de bonbons des enfants et nous étions priés d'y « mettre du nôtre ».

– C'est-à-dire ? a demandé Hannibal. On va devoir se déguiser ?

– Oui, lui a confirmé Scarlette, qui peinait à contenir son excitation. C'est obligé, pas d'exceptions : tout le monde s'habille comme son pseudo ! D'après mes parents, les clients vont a-do-rer !

Hannibal n'a pas caché sa perplexité.

– Sans déc', tes parents veulent que je me pointe déguisé en serial killer cannibale ?

– Ben, pourquoi pas ? C'est Halloween ! a pépié Scarlette.

– J'approuve, a déclaré Le Parrain.

Pas étonnant : elle n'avait pas trop d'efforts à fournir pour se déguiser en gangster, vu que c'était son look par défaut.

– J'ai une semaine pour me procurer un costume de Mary Poppins ? Sacré challenge ! a soupiré Poppins.

Mais elle était enchantée, ça se voyait comme le nez au milieu de la figure.

L'Inspecteur ne partageait pas son enthousiasme.

– La galère ! Maman a intérêt à me fabriquer le chapeau à hélices, le gyrophare et les bras à rallonge, sinon, c'est mort !

– Qu'est-ce que tu racontes ? lui a demandé Hannibal.

Je me posais la même question.

– T'as pas la télé ou quoi ? lui a rétorqué L'Inspecteur d'un ton condescendant.

– Et toi, tu ne serais pas en train de te tromper d'inspecteur ? lui a patiemment répondu Hannibal. L'inspecteur *Gadget* a plein d'accessoires, comme son nom l'indique...

– Tandis que l'inspecteur *Harry*, c'est un flic dur à cuire des années soixante-dix, a complété Maverick, qui, en une petite semaine de travail, avait déjà compris que le frère de Scarlette était un crétin fini. Tout le monde sait ça.

– Pff, n'importe quoi, Harry, c'est le prénom de l'inspecteur Gadget...

– Non, l'avons-nous tous détrompé d'une même voix, Poppins, Le Parrain et moi.

– Bon, on s'en fout de qui c'est ! Tant que c'est maman qui me coud mon déguisement.

– Tu me fous la honte, parfois, a bougonné Scarlette.

– Toi, la ferme ! C'est toi qui as supplié maman, pour les déguisements ! l'a balancée L'Inspecteur. Je t'ai entendue. Tout ça parce que t'as repéré un costume de pétasse au centre commercial...

Scarlette l'a fusillé du regard.

– Tais-toi, Scott. On se déguise, c'est comme ça !

Nous avons donc capitulé et chacun s'est remis au travail, sauf L'Inspecteur, qui a dû aller pleurer dans les jupes de sa mère.

Bébé était la seule à camper sur ses positions.

– C'est ridicule. Je refuse de me déguiser, a-t-elle décrété, prête à en découdre.

Scarlette lui a répondu très posément :

– C'est comme ça et pas autrement.

Et elle a fait mine de s'éloigner.

Mais Bébé lui a barré le chemin.

– Me déguiser le jour d'Halloween est contraire à ma religion. Je refuse.

Scarlette a croisé les bras.

– Tu te fiches de moi ? T'es pas croyante, Bébé.

– Qu'est-ce que t'en sais ?

– OK, alors en quel Dieu tu crois ?

– Tu n'as pas le droit de me demander, lui a rétorqué Bébé. C'est interdit.

– N'importe quoi...

– Le Code du travail, ça te dit quelque chose ? l'a interrompue Bébé, qui savait pertinemment que non. Je pourrais te faire un procès, si je voulais.

Scarlette a levé les yeux au ciel et s'est tournée vers moi.

– Je te laisse gérer, Solo.

J'ai promené un regard affolé entre elle et Bébé.

– OK, mais comment ?

– T'es son manager, toi aussi. Tu lui fais comprendre que c'est moi qui décide comment elle s'habille !

Bébé en est restée bouche bée, et je dois dire que moi aussi.

– Euh, je ne crois pas qu'on ait le droit de lui dire ça, lui ai-je chuchoté. Et elle a raison pour le Code du travail.

Scarlette m'a décoché une moue.

– Alors, t'es de son côté ?

Puis elle s'est rapprochée et m'a susurré à l'oreille :

– Allez, Solo. C'est important pour moi.

Je vous ai déjà dit que Scarlette sentait super bon ? Bon, je me doute que oui, mais ça mérite d'être souligné. En plus, elle portait ce jour-là une sorte de kilt écossais d'inspiration uniforme scolaire, mais en beaucoup, beaucoup plus court.

J'ai considéré Scarlette, puis Bébé.

Finalement, et vous avez le droit de me détester, j'ai dit :

– Allez, Bébé. Fais un effort.

Sa tête disait «Judas ! », et sa bouche a dit :

– Allez tous vous faire foutre.

Elle a tourné les talons et filé droit vers la sortie.

Scarlette triomphait.

– Ça va être trop fun ! a-t-elle annoncé en se trémoussant de joie.

– Sincèrement, je suis d'accord avec Bébé, ai-je dit (hélas ! trop tard pour l'impressionner). Je n'ai pas super envie de me déguiser, moi non plus.

– Fais-moi confiance, on va s'éclater ! J'ai hâte de te voir en costume. Tu vas être trop sexy. Et je parie que mon déguisement va te plaire, à toi aussi, a-t-elle ajouté, clin d'œil à l'appui.

Soudain, je me suis rappelé la description que Bébé m'avait faite de Vivien Leigh sur l'affiche d'*Autant en emporte le vent*.

– Bah, si c'est bon pour le business..., me suis-je résigné.

Scarlette rayonnait.

– Tu peux me croire, a-t-elle conclu avant de partir. Ça va être une journée inoubliable !

CHAPITRE DIX

La cave de mes parents était du genre spartiate. On y entreposait des affaires à la lueur blafarde d'ampoules nues. Il y faisait toujours froid et humide et c'était plein de mille-pattes. Je l'évitais comme la peste, mais pas uniquement à cause du décor que je viens de planter. C'était à la cave que nous stockions tout ce qui risquait de nous rappeler la vie d'avant le Drame. D'où ma répugnance à y descendre.

Mais nous y conservions également d'autres choses, notamment tout le contenu de notre ancien grenier, un tas de bazar qu'on avait trimballé tel quel pendant le déménagement sans même prendre la peine de faire du tri : vieux cahiers de cours, vêtements et disques démodés ainsi qu'une foule de trucs dignes d'être refourgués au plus offrant à la première brocante. Et (du moins je l'espérais) de quoi me bricoler un déguisement de Han Solo.

La tenue de base du personnage n'était pas spécialement voyante ni sophistiquée. Pantalon, gilet, blouson... On trouvait tout ça dans la garde-robe de l'individu lambda. Si la

Force était avec moi, j'allais dénicher tout ce qu'il me fallait en un temps record, et je n'aurais plus qu'à remonter.

Boudant les cartons étiquetées BAT, j'ai fourragé parmi des tonnes de chemises en polyester et de pantalons pattes d'eph et j'ai même écarté une vieille ceinture de smoking satinée (sérieux, papa ?). J'ai déterré une veste de pêcheur, un pantalon en toile bleu marine et une chemise écrue – c'était tout ce dont j'avais besoin pour mon déguisement.

Tout en replaçant les vêtements inutiles dans leur carton, j'en ai remarqué un autre, dans le coin, étiqueté « JOUETS ».

Et soudain je me suis rappelé le sabre laser.

On avait le vrai sabre laser de *La guerre des étoiles*, du temps où l'on vivait en Virginie. Je le revoyais parfaitement : son manche en plastique noir, le bouton qui faisait jaillir le laser jaune comme une lame. De tous les jouets de mon enfance, c'était celui que j'avais le plus chéri. J'ignorais complètement si nous le possédions encore, mais, si oui, il complèterait à merveille mon déguisement de Han Solo.

J'ai soulevé le couvercle du premier carton de jouets et je me suis mis à fouiller.

Je n'ai trouvé dedans que mes figurines Musclor et le jeu de plateau *L'Île infernale*. Le deuxième carton était plein de G.I. Joe et de Transformers. J'ai résisté à l'envie de m'immerger dans mes souvenirs, de crainte qu'ils n'en fassent remonter d'autres à la surface. En plus, je me gelais les fesses et j'en étais déjà à mon quatrième mille-pattes écrasé.

Je perdais rapidement espoir de remettre la main sur l'accessoire convoité, mais j'ai malgré tout ouvert le dernier carton. Je me doutais qu'il y avait peu de chances que ma mère ait conservé quoi que ce soit en rapport avec *La guerre des étoiles* (je vous expliquerai pourquoi), aussi ai-je été à peine surpris de ne pas y trouver ce que je cherchais. Ce qui m'a surpris, en revanche, c'est ce que j'ai trouvé à la place.

Des poupées. Des sacs à main. Une dînette en porcelaine. Des posters de Wonder Woman.

Ça ne me rappelait rien du tout.

J'ai poursuivi mes fouilles. Ces objets ne pouvaient pas avoir appartenu à ma mère. Les poupées paraissaient vieilles, oui, mais pas à ce point. Les sacs à main, à la rigueur, mais je n'étais pas convaincu.

C'était bizarre. Pour autant que je puisse en juger, ces affaires trainaient à la cave, oubliées, comme les autres, depuis notre déménagement. Mon unique cousine était née en Virginie après notre départ, donc ces objets ne pouvaient pas être les siens. C'était incompréhensible.

Mais d'un coup, le jour s'est fait dans mon esprit.

Crystal. Ces affaires lui appartenaient.

Ça se tenait, enfin, plus ou moins. À qui d'autre pouvaient-elles bien être ? Cela dit, tout ce que Crystal possédait, c'était moi qui le lui avais acheté. Or, je n'avais jamais vu ces objets-là de ma vie.

C'est alors que je me suis rappelé la boîte à chaussures.

Elle avait surgi de nulle part, elle aussi. Je n'avais rien à voir avec son existence.

Peut-être que tout était en train de recommencer.

***

Six mois environ après l'arrivée de Crystal dans le Michigan, maman avait fouiné dans ma chambre et découvert la planque au fond de ma penderie.

J'avais à peine franchi le seuil de la maison en rentrant de l'école qu'elle avait sorti l'artillerie lourde.

– Putain, Joel, c'est quoi ce bordel ?

Elle tenait la robe verte de Crystal, et elle pleurait. Moi, je suis resté figé, la main sur la poignée.

– Tu as fouillé dans mon placard ? ai-je bredouillé, désarçonné.

– Oh oui, je l'ai fait ! m'a rétorqué maman. Et j'ai trouvé tes bijoux et ton maquillage, aussi !

Elle a tiré sur sa cigarette et séché une larme du revers de la main.

– Alors, c'est ça, ton truc ? C'est ça que tu fais quand tu es seul dans ta chambre ?

Je devinais que j'étais censé avoir honte à cause du ton qu'elle employait, mais je ne comprenais vraiment pas ce qui la mettait dans cet état.

– Qu'est-ce que tu veux dire ?

Elle s'est mise à crier.

– Tu te travestis ! Tu fais semblant d'être une fille !

L'accusation était tellement grotesque que j'ai éclaté de rire.

– Mais non ! Pourquoi je ferais un truc pareil ?

– Arrête de mentir ! a hurlé ma mère en me jetant la robe à la figure, si bien que j'ai dû lâcher mon cartable pour l'attraper au vol. Tu dois me dire la vérité ! Je refuse que tu me mentes à... à propos de *ça !*

– C'est bon, maman, je ne me déguise pas en fille ! Calme-toi ! Et d'abord, pourquoi tu fouilles toujours dans mes affaires ?

Ma perplexité virait à la colère.

– Donc, tu avoues ! a rugi ma mère. C'est à toi !

– Non, mais c'était dans *ma* chambre !

– Ne me mens pas ! Je sais ce que tu traficotes ! Je sais que tu te vernis les ongles ! Ton père m'a dit de ne pas t'emmerder avec ça, mais je ne suis pas aveugle, Joel. Tu es malade ! Tu as un problème dans ta tête ! T'es complètement détraqué !

Elle s'est mise à sangloter, incontrôlable.

J'étais choqué. Je n'en revenais pas qu'elle me dise des choses pareilles. Je ne pensais pas que les mères étaient autorisées à parler comme ça à leurs propres enfants.

– Je n'ai pas de problème, maman ! ai-je protesté sur le même ton. Je suis parfaitement normal ! Promis !

– Les adolescents normaux ne planquent pas des bijoux et du maquillage au fond de leurs tiroirs, Joel ! Ils planquent le catalogue de Victoria's Secret !

Des larmes m'ont brulé les paupières.

– Fiche-moi la paix, ai-je grommelé. Je veux juste que tu me fiches la paix !

La robe de Crystal au poing, je suis sorti, j'ai enfourché mon vélo et je me suis enfui en pédalant comme un dératé.

J'étais furieux. Jamais de ma vie entière je n'avais été aussi furieux.

J'ai pédalé longtemps et je suis parti loin. Si loin que, lorsque je me suis enfin arrêté de pédaler, bien plus tard, je ne savais pas où j'étais.

J'ai échoué dans un parc avec une aire de jeux, des bancs et un étang. J'ai jeté mon vélo par terre et couru en direction de l'eau.

C'était au mois d'avril, je crois. Il faisait encore froid. On sortait du plus long hiver que j'aie connu de ma vie et tout n'était encore qu'à moitié dégelé. L'aire de jeux était déserte. J'étais seul.

J'ai longé l'étang, mes chaussures s'enfonçant dans la gadoue. À chacun de mes pas je sentais l'eau transpercer la toile de mes baskets.

– T'es vraiment con, maman, ai-je marmonné à voix basse. C'est toi qui es détraquée, pas moi !

J'ai ramassé un caillou et je l'ai jeté dans l'étang.

Puis j'ai recommencé. Et encore.

Je ne me suis arrêté qu'au bout d'une bonne cinquantaine de cailloux, et encore : j'aurais certainement continué si je n'avais pas aperçu quelque chose qui remuait dans l'eau.

Il y avait un pont pas loin alors j'ai couru m'y jucher pour voir de quoi il retournait.

Plus un remous. Mais j'ai vu un truc qui flottait à la surface. J'ai d'abord pensé à des algues de mer, enfin, d'étang. Mais elles bougeaient.

Se pouvait-il que ce soit... des cheveux ?

J'ai scruté l'eau et vu le visage de Crystal qui me fixait sans ciller.

Ses yeux étaient grand ouverts et un petit chapelet de bulles s'élevait de l'une de ses narines. Elle se débattait comme si elle était coincée et incapable de remonter à l'air libre pour respirer.

– Hé ! lui ai-je crié, mon cœur battant la chamade. Hé, je te vois !

J'ai lâché ma poignée de cailloux et tapé du plat de la main sur la rambarde pour conserver son attention.

– Crystal ! T'inquiète pas ! J'arrive !

J'ai retiré mes chaussures et mon blouson et j'ai sauté à pieds joints dans l'étang.

L'eau était glaciale ; à son contact, tout mon corps a été saisi d'un spasme. Ma chute avait soulevé des nuages de vase sous la surface et je n'y voyais pas clair dans l'eau trouble. J'ai cherché Crystal désespérément – j'avais les yeux en feu mais je refusais de les fermer. Il fallait que je la sauve.

Des minutes se sont écoulées, pareilles à des heures, sans que je retrouve sa trace. Enfin, quand j'ai crevé la surface, je l'ai entraperçue, toute floue, et pas dans l'eau, mais assise sur le pont, les jambes pendantes, toute sèche dans sa robe verte.

J'étais tellement soulagé que je me suis mis à pleurer.

– Qu'est-ce qui ne va pas, Joel ? m'a lancé Crystal, soucieuse, en guise de salutation comme je m'approchais d'elle en pataugeant.

Il m'a fallu des plombes pour reprendre mon souffle.

– J'ai cru que tu te noyais, ai-je enfin réussi à articuler. J'étais fou d'inquiétude !

Elle m'a pris la joue.

– Je suis là, Joel.

– J'ai cru que je ne te reverrais plus jamais !

Je sanglotais si fort que je me demande comment elle a fait pour comprendre ce que je disais, et pourtant.

– Je suis désolée que tu aies eu peur. Merci d'avoir voulu m'aider, Joel.

Crystal a noué son bras autour de mes épaules et elle m'a étreint tendrement. Puis elle a caressé en rond l'ongle de mon pouce et m'a murmuré :

– De la nacre...

Ça m'a calmé.

– Ma mère a trouvé tes affaires, lui ai-je confessé. Elle était hors d'elle.

Crystal a contemplé l'eau et hoché la tête.

– Tu lui as dit que c'étaient les miennes ?

– Bien sûr que non ! me suis-je indigné. Mais je ne crois pas qu'elle nous les rendra.

Elle m'a souri.

– Ce n'est pas grave. Il me reste ma robe.

J'ai essayé de lui sourire mais je claquais trop fort des dents.

Crystal s'est levée.

– Il faut que tu rentres chez toi, Joel. J'imagine que tu n'en as pas envie, mais ce sera pire si tu n'y retournes pas.

– Qu'est-ce que je vais dire à ma mère ? Elle ne me croit pas quand je lui dis que ces affaires ne sont pas à moi, alors que c'est la vérité !

Crystal s'est mordillé la lèvre.

– Ça ne m'étonne pas.

Elle a détourné le regard avant d'ajouter :

– Parfois, quand la vérité est trop dure à entendre, il arrive que les gens lui préfèrent un mensonge.

– Mais je dis quoi, alors ? Que j'avais acheté tout ça pour elle, que c'était censé être une surprise et qu'elle a tout gâché ? Ça la ferait culpabiliser... Mais tant pis. Bien fait pour elle !

– Dis-lui n'importe quoi, pourvu que tu te protèges, Joel, m'a conseillé Crystal.

Elle semblait profondément abattue.

Je me suis levé et je l'ai longuement serrée dans mes bras.

Mais Crystal a insisté pour que je rentre chez moi alors je suis remonté en selle et je suis reparti là d'où j'étais venu. Je ne me rappelais pas comment j'étais arrivé au parc, mais je sentais que je n'aurais pas de mal à retrouver mon chemin.

Quelques minutes plus tard, une voiture de police s'est approchée et un policier m'a accosté par la vitre ouverte.

– Joel Teague ? m'a-t-il demandé.

J'ai opiné du chef.

Il a garé son véhicule et ajusté sa casquette.

– Je te ramène. Tes parents se font un sang d'encre, tu sais.

***

J'ai pris le carton plein de poupées et je suis sorti avec dans la rue. J'ai marché jusqu'au parking du caviste. Sa benne à ordures était toujours ouverte : j'y ai déversé tout le contenu du carton et je suis rentré à la maison.

CHAPITRE ONZE

La veille d'Halloween, c'est moi qui ai fait l'ouverture chez ROYO Vidéos.

La collecte de bonbons organisée par la mairie débutait officiellement à quatorze heures, donc je ne sais pas trop pourquoi j'étais déjà déguisé en Han Solo à neuf heures tapantes, mais le fait est que je l'étais.

Bébé, qui avait le même emploi du temps que moi ce jour-là, avait apporté son déguisement dans un sac, comme l'aurait fait n'importe quel individu normal. À grand renfort de bigoudis et d'épingles à cheveux, elle avait réussi à recréer la coiffure de Jennifer Grey sur le boîtier de *Dirty Dancing* (c'était mon unique point de comparaison), mais, à ce détail près, son look était le même que d'habitude.

La première phrase qu'elle m'a adressée ce matin-là a été :

– J'ai dû me farcir *Dirty Dancing*.

Derrière le comptoir, elle ouvrait des paquets de bonbons et les vidait dans un énorme saladier en forme de citrouille en prévision de la distribution.

– Tu ne pouvais pas te contenter d'imiter le style de l'actrice sur l'affiche ? ai-je suggéré, certes, un peu tard.

Elle m'a fusillé du regard.

– Ben si, couillon, mais j'espérais que le film contiendrait de longues scènes de Bébé en pyjama : ça m'aurait évité de me déguiser.

– Et ?

– Raté, a-t-elle marmonné. En revanche, dans une scène, elle trimballe une pastèque. Va savoir pourquoi !

Elle a grimacé.

– Ah ! J'oubliais : la scène de l'avortement bâclé ! Pile ce qu'il me fallait en ce moment.

– Sans déconner ?

– Ouais, sans déconner ! Mais ne t'en fais pas, chef. J'ai bien tout regardé jusqu'au bout. Je ne voulais pas désobéir à tes ordres.

Elle a exécuté un salut militaire.

– Je serai déguisée à quatorze heures, chef !

Je n'en menais pas large.

– Arrête, Bébé. S'il te plait...

– Et pourquoi j'arrêterais ? m'a-t-elle rétorqué, cinglante. Putain, ce que je suis déçue ! Je pensais que t'étais différent, mais tu baves sur Miss Roploplos comme tous les autres mecs. Je pensais que tu valais mieux que ça. Loupé !

Elle a ouvert le paquet suivant avec tant de violence que ça a créé une éruption de bonbons dans la pièce.

– Si j'avais une bite, il y a longtemps qu'elle m'aurait promue, moi aussi ! a-t-elle conclu.

Mais elle avait touché une corde sensible. J'ai riposté :

– Je suis un mec comme les autres, et alors ? C'est mon droit, et d'ailleurs ça me va très bien comme ça.

C'était même mon rêve le plus fou.

Bébé n'a pas caché son dégoût.

– Tu ne pouvais pas me faire une dispense, pour une fois ? m'a-t-elle craché en portant la main à ses cheveux, avant de se rappeler sa coiffure et de se raviser. Tu devais pourtant te douter que j'avais une bonne raison de ne pas vouloir me déguiser !

– Enfin, ce n'est pas la mer à boire...

– Pour moi, si ! Et t'aurais dû me soutenir.

La porte s'est ouverte, coupant court à notre dispute. Des enfants sont entrés et se sont rués vers notre sélection de films « spécial Halloween ».

– Maman, ils l'ont ! a piaillé un garçon en attrapant l'étiquette et en faisant des bonds sur place. Ils ont *L'étrange Noël de monsieur Jack !*

– Bonjour et bienvenue chez ROYO Vidéos ! a lancé Bébé aux parents qui passaient devant elle. On est là si vous avez besoin de quoi que ce soit.

– Merci, lui a répondu le père.

Puis il m'a montré du doigt et a lancé :

– Sympa, le costume ! Que la Force soit avec vous.

Je lui ai souri.

– Et avec votre esprit, lui ai-je répondu sans réfléchir.

Quand la famille s'est suffisamment éloignée, Bébé a braqué sur moi un regard intraitable.

– Je te préviens, je ne veux pas t'entendre t'excuser aujourd'hui, m'a-t-elle avertie à mi-voix. Mets-toi bien ça dans le crâne. Rappelle-toi que, quoi qu'il arrive, ça aurait pu être évité si tu y avais mis du tien, alors tu peux te brosser pour que je te pardonne.

Elle m'a flanqué le saladier de bonbons dans les mains et s'est éloignée en tapant des pieds.

Je n'avais aucune idée de ce dont elle parlait mais sa mise en garde a résonné dans ma tête toute la matinée. Bébé n'était pas du genre à lancer des menaces en l'air. Quel concours de circonstances pouvait donc conduire un mec à implorer la clémence d'une nana qu'il a forcée à se grimer en héroïne de film ? Cela me dépassait, mais j'étais convaincu d'une chose : à quatorze heures, je serais fixé sur la question.

Plus l'heure de l'animation municipale approchait et plus la foule envahissait le centre-ville de Royal Oak. Le magasin n'a pas désempli de toute la matinée. Du coup, je n'ai pas eu une seconde à moi pour faire part à Bébé de mes regrets : je n'aurais jamais dû appuyer la décision de Scarlette. J'aurais dû me battre pour que Bébé soit dispensée de se déguiser. Même sans raison valable. Loin de ma Kryptonite (la boss en minijupe), j'avais retrouvé ma lucidité et je me rendais compte que je m'étais comporté comme un connard. J'avais envie de rattraper le coup.

– Chanmé, le costume, m'a lancé Hannibal quand il a pointé.

J'ai levé les yeux de ma caisse.

– Merci, lui ai-je répondu.

J'ai cherché un compliment adéquat à lui retourner. Il portait la combinaison orange des détenus américains et un masque de hockey coupé en deux dans le sens de la longueur qui évoquait parfaitement la grille censée empêcher Hannibal Lecter de faire de nouvelles victimes.

– Tu es flippant à souhait.

– Mission accomplie, s'est-il réjoui.

Poppins est arrivée quelques minutes plus tard en chemisier blanc cintré et nœud papillon rouge. Elle avait sur la tête un petit chapeau melon à plume et, dans sa main, un parapluie.

– Alors, je suis supercalifragilistique ?

– Expialidocious ! ai-je approuvé.

Quelques minutes plus tard, Maverick et Le Parrain ont fait leur entrée. Ils avaient soigné leur costume, eux aussi. Bon, Le Parrain n'avait pas eu à changer grand-chose à son look habituel, mais elle avait pris la peine d'épingler une rose à son blazer et d'enfiler un nœud pap' noir, et elle s'était gominé les cheveux et fait un chignon ultraserré, enfin bref, elle était plus glaçante que Morticia Addams. Quant à Maverick, il portait un bomber qui faisait très aviateur, avec des écussons et tout. De toute façon, avec sa gueule d'acteur, il aurait pu s'habiller comme Tom Cruise tous les jours sans que ça ne choque personne.

Bébé a terminé sa pause après leur arrivée et elle est repartie aussitôt pour enfiler son déguisement. Je l'ai rattrapée dans le couloir. Nous étions seuls.

– Hé, Bébé, j'ai bien réfléchi... Tu devrais rentrer chez toi. On n'a qu'à dire que t'es malade.

Elle a croisé les bras et m'a demandé :

– Et pourquoi ça ?

– Comme ça, pas besoin de te déguiser. Et Scarlette ne pourra pas t'engueuler, parce que je confirmerai que tu avais bien apporté ton costume et que tu étais prête à le mettre, mais que tu t'es mise à vomir et que j'ai dû te renvoyer chez toi.

Ma suggestion a paru l'amuser.

– Je vois. Donc, mentir à Scarlette pour me permettre de me défiler, ça ne te pose pas de problème, mais si j'ai une raison valable de ne pas vouloir me déguiser, tu ne veux rien savoir ? J'ai bon ?

– Là, maintenant, tout de suite, oui, t'as bien résumé la situation. Écoute, j'essaie de t'aider, Bébé.

J'ai fixé ses chaussures. Des Converse vertes.

– Accepte, OK? ai-je insisté.

Elle a hésité une minute avant de lâcher :

– OK.

– Vraiment ?

– Ouais, OK.

J'ai poussé un soupir de soulagement.

– Donc, on n'est plus fâchés ?

– Non, Solo. On n'est plus fâchés.

Bébé m'a décoché un sourire forcé, sans croissant ni jolis coins bien nets, et s'est engouffrée dans le placard à fournitures.

Je me sentais mieux. Le problème réglé, je suis retourné travailler.

Une ribambelle d'enfants déguisés envahissait le magasin, et Poppins, à l'entrée, distribuait sucettes et barres chocolatées.

– Allons, allons, gazouillait-elle avec un accent *so British.* En rangs, bien sagement ! Et fermez donc la bouche, vous avez l'air d'un poisson hors de l'eau !

Des joueurs de baseball, des fées, des pompiers et des monstres en tous genres se sont mis à la queue leu leu et ont tendu paniers et taies d'oreiller pour recevoir leurs friandises.

Avec ce trafic inhabituel dans la boutique, on ne chômait pas, en caisse, et je me concentrais sur mes activités mais je dois avouer que j'étais attendri par le touchant tableau. J'avais cessé de faire la tournée des bonbons après notre déménagement. Je n'avais personne avec qui y aller et, tout seul, ce n'est pas rigolo.

Je travaillais machinalement depuis un bout de temps, scannant les cartes de membre, allant récupérer les films demandés, encaissant les clients, quand un nom sur l'écran de mon ordinateur a soudain attiré mon attention.

– Jana Schwartz, ai-je lu à haute voix. Vous êtes la femme de Marc Schwartz ?

– C'est moi, a confirmé la femme que j'avais en face de moi. Mais s'il a des frais de retard, je m'en lave les mains ! Je l'ai fait virer de mon compte.

– Aucun frais de retard, l'ai-je rassurée en allant lui chercher sa cassette. Il a ouvert son propre compte.

J'ignorais si le docteur avait parlé de moi à sa femme, mais ce n'était pas exclu. Entendons-nous : je ne suis pas mégalo, mon cas n'était pas si remarquable qu'on parle de moi sans arrêt. Mais, à la place de Marc, si j'avais eu à gérer le jeune Joel Teague après la TS au M. Propre de sa copine cinglée, j'en aurais probablement touché deux mots à ma femme. Et si, quelques années plus tard, j'étais retombé sur le Joel en question en train de bosser comme un ado ordinaire, visiblement réinséré, je l'aurais probablement évoqué, sous la rubrique « Que sont-ils devenus ? ».

Dans le doute, j'ai tâché de me présenter à Jana sous mon jour le plus normal et conforme.

– Et voilà pour vous, *Entre chiens et chats*, ai-je déclaré en scannant le code barre sur le boîtier. Mais une comédie romantique, ce n'est pas de saison, si je puis me permettre. C'est Halloween !

Je sais : un mec normal n'aurait jamais dit « si je puis me permettre », mais on fait ce qu'on peut.

Jana Schwartz s'est déridée.

– Je sais. Mais j'ai besoin de quelque chose de fun, aujourd'hui. Remarquez, ici, ce n'est pas ce qui manque ! a-t-elle observé en étudiant la salle pleine d'enfants.

– N'est-ce pas ? ai-je acquiescé en lui décochant ma plus belle expression de mec cool. J'adore cette ambiance.

– Moi aussi, m'a-t-elle répondu avec une nonchalance qui a apaisé mes craintes : si elle savait qui j'étais, elle donnait drôlement bien le change.

– Vous voyez la petite fille déguisée en citrouille ? m'a-t-elle demandé en m'indiquant la porte.

J'ai vu un tourbillon orange disparaitre au détour d'une étagère.

– Ouais. C'est la vôtre ?

– Oh, non, s'est empressée de me détromper Jana. Non, mais son costume est adorable. Je n'ai pas d'enfants.

– Désolé, ai-je dit.

J'ignore pourquoi j'avais cru qu'elle était maman. Peut-être parce qu'à ma connaissance, toutes les femmes adultes l'étaient.

– Il n'y a pas de mal, vous ne pouviez pas savoir.

– Savoir quoi ?

– Rien.

Elle a pris sa cassette.

– Merci. Au fait, bravo pour le déguisement ! C'est sympa, l'idée d'incarner vos pseudos.

– Merci.

Je ne faisais plus du tout ma tête de mec cool. Manifestement, plus je m'efforçais de paraitre normal, plus je mettais les pieds dans le plat.

– Rapportez-nous le film demain avant dix-neuf heures, ai-je récité. Sinon, gare aux frais de retard !

Jana a hoché la tête et quitté la boutique.

J'ai envisagé de replacer quelques étiquettes mais les allées du magasin grouillaient d'enfants alors j'ai remis la tâche à plus tard. J'ai chargé Le Parrain de me remplacer en caisse. Je voulais parler à Scarlette avant qu'elle ne s'aperçoive que Bébé avait filé, mais je ne l'avais pas vue arriver alors je suis allé jeter un coup d'œil dans son bureau.

Pas de Scarlette. J'ai attrapé quelques paquets de bonbons pour remplir le seau dévalisé de Poppins et je suis ressorti.

C'est à cet instant que je suis tombé sur la patronne. Au propre comme au figuré.

– Pardon ! ai-je bredouillé en reculant après la collision.

J'ai mis un moment à identifier Scarlette à cause de sa perruque.

Et de sa « tenue ».

Je ne sais pas comment décrire ce qu'elle portait mais une chose est sûre, on ne trouvait rien de tel dans *Autant en emporte le vent*, à moins que ce ne soit un porno.

Elle était coiffée d'une capeline vert et blanc nouée sous le menton. Sa perruque, châtain foncé, était bouclée. Pour le reste, comme je manque de vocabulaire dans le domaine de la mode, je me contenterai de dire que Scarlette était affublée de mon fantasme le plus hot devenu réalité. On aurait dit un maillot de bain croisé avec le truc que portent les ballerines sous leur tutu, et ses collants blancs ne lui arrivaient que jusqu'aux cuisses et étaient fixés au maillot par des espèces de crochets métalliques. Pour couronner le tout, elle était juchée sur des chaussures à talons vertigineux, ce qui fait qu'elle me surplombait, et, en gros, elle me faisait l'effet d'une sorte de pièce montée sexy. Je crois qu'on ne fait pas mieux en matière de pâtisserie.

Elle a recouvré l'équilibre en se cramponnant à mon biceps (oui, j'aurais pu dire « à mon bras », mais je me fais plaisir).

– Waouh, Solo, t'es canon ! m'a-t-elle dit.

Mais, vu la façon dont elle minaudait, une main sur la hanche, ce qu'elle voulait dire, c'était : « Regarde, Solo, je suis canon ! »

Ce qui n'était pas faux.

– Et les autres, ils sont comment, leurs déguisements ? m'a-t-elle demandé en scrutant le magasin par-dessus mon épaule.

« Plus couvrants que le tien », ai-je pensé.

– Top, ai-je lâché, laconique.

– Vraiment ?

Elle m'a regardé droit dans les yeux.

– Même celui de Bébé ?

– Ah, justement. À ce propos. Bébé...

J'ai dû tout donner pour m'arracher à mon fantasme pâtissier.

– Je l'ai renvoyée chez elle. Elle n'était vraiment pas en forme.

Scarlette s'est rembrunie.

– T'es sérieux ? Elle a fait semblant d'être malade pour ne pas se déguiser ? C'est pathétique.

– Non, elle ne faisait pas semblant, et d'ailleurs elle ne voulait pas partir, j'ai dû la forcer...

La porte du placard à fournitures s'est ouverte à la volée.

– Comme si tu pouvais me forcer à faire quoi que ce soit, m'a dit Bébé, désinvolte, en émergeant dans le couloir. Dans tes rêves, Solo.

Si le déguisement de Scarlette m'avait choqué, celui de Bébé m'a troué le cul.

Elle portait des baskets blanches (jusqu'ici, pas de quoi trouer quoi que ce soit), un bermuda en jean coupé au-dessus du genou (idem) et un T-shirt blanc coupé au ras du nombril (re-idem). Sur son ventre nu et très, *très* rond, Bébé avait peint une grosse pastèque verte.

J'ai lâché les paquets de bonbons.

Bébé était enceinte. *Toujours* enceinte.

(Pouce ! On fait pause une seconde.

Peut-être que vous l'aviez vu venir. Clairement, il y avait des indices, des trucs qui auraient dû me mettre la puce à l'oreille. Mais ce n'est pas la peine de faire les malins. C'est moi qui raconte l'histoire alors ces indices, c'est à moi que vous les devez. Dans la vie, la vraie, il n'y a pas de narrateur pour vous mettre sur la piste. Si tel était le cas, peut-être qu'on aurait pu éviter le Drame et que je n'aurais jamais été atteint de Mal Mystérieux. Quand on vit les évènements au jour le jour, dans le présent, on n'est pas toujours en possession des éléments qui éclairent tout rétrospectivement. C'est pour ça qu'avec le recul, on est tous clairvoyants, tandis que quand on conjecture sur l'avenir, le plus souvent, on se plante dans les grandes largeurs. Et c'est pour ça que la révélation de Bébé m'a complètement estomaqué.

On est d'accord ? Bon.

Reprenons.)

– C'est quoi, ça ? a demandé Scarlette en tendant un index accusateur vers le ventre protubérant de son employée.

– J'ai grossi, a rétorqué Bébé, haussement d'épaules à l'appui. J'ai pas dû me faire vomir assez.

Scarlette la fixait.

– T'as l'air enceinte.

Bébé s'est mise à applaudir au ralenti, condescendante.

– Tes pouvoirs de déduction m'éblouissent, Sherlock.

– Bébé... Bébé..., répétais-je, infichu de prononcer un autre mot.

Elle a pivoté vers moi.

– Tu m'appelles ? Ou tu désignes le contenu de mon utérus ?

Elle désignait son ventre. Puis elle a fait semblant de pouffer.

– Je rigole, Solo ! Si tu savais depuis combien de temps j'attends de faire cette blague ! Ah, bouge pas, je dois pouvoir te calculer ça..., a-t-elle continué en faisant mine de compter sur ses doigts. Ça fait environ vingt-deux semaines.

– Arrête de déconner, Bébé ! a grondé Scarlette. Tu ne te rends pas compte. Être enceinte, c'est grave !

Cette fois, Bébé a éclaté de rire.

– Sans blague ! La gravité de la situation m'a percutée de plein fouet il y a quatre mois quand j'ai pissé sur le bâtonnet et qu'il a viré au bleu.

– Bébé, je suis vraiment, vraiment désolé, lui ai-je dit.

Je comprenais maintenant pourquoi elle refusait de se déguiser. Et moi, je me faisais l'effet d'un beau salaud.

Mais elle a levé la main pour m'arrêter.

– Je t'avais dit : pas d'excuses.

J'ai hoché la tête. Elle m'avait effectivement prévenu.

Scarlette m'a dévisagé, les yeux ronds.

– Il est de toi ?

J'avais oublié sa présence, ce qui est un bon indicateur de mon état de choc (un gâteau 100 % pur sexe, ça ne s'oublie pas facilement).

J'ai promené mon regard entre Scarlette et Bébé, une fois, deux fois, mais je restais sidéré. Bien sûr que le bébé n'était pas de moi, mais (ne me demandez pas pourquoi) je l'aurais reconnu sur-le-champ si ç'avait été la volonté de Bébé.

Ça ne l'était pas.

– Non, heureusement, a-t-elle répliqué. Il n'est pas de lui, Scarlette. Tu peux continuer de l'allumer tranquille, va, il est tout à toi. Pas de danger qu'un chiard vienne te casser la baraque.

Elle a ramassé les bonbons que j'avais laissés tomber.

– Si vous voulez bien m'excuser, j'ai du boulot.

Sur ce, Bébé a fait volte-face et s'en est allée.

– On devrait faire quelque chose, a suggéré Scarlette.

– Comme quoi ?

– Je ne sais pas. L'empêcher de le dire à tout le monde ?

– Pourquoi ? Elle est enceinte, Scarlette. Ça finira par se savoir.

Elle s'est dandinée d'un pied sur l'autre.

– Ben, elle ne va quand même pas l'élever ! Alors, inutile de le crier sur tous les toits.

– Je n'en sais rien, moi ! Je tombe des nues, comme toi.

– Il faut qu'elle le fasse adopter, a décrété Scarlette aussi sec. Bébé ferait une mère épouvantable.

Je l'ai regardée, puis j'ai jeté un œil en direction du couloir où Bébé s'était engouffrée.

– Qu'est-ce qui te fait dire ça ?

Ensemble, nous avons regardé Bébé s'installer derrière une caisse.

– Quoi ? J'ai pas raison ?

– Je n'en sais rien. D'abord, c'est quoi, une bonne mère ?

Je ne lâchais pas Bébé des yeux.

– Déjà, c'est pas une lycéenne, a persiflé Scarlette.

Dans la boutique, une Poppins épouvantée s'approchait de Bébé. « C'est ton vrai ventre ? » ai-je lu de loin sur ses lèvres tandis qu'elle dardait son index sur la pastèque.

– Bébé finit le lycée dans quelques mois, ai-je fait remarquer à Scarlette.

Celle-ci a failli s'étrangler.

– Alors, tu penses qu'elle devrait le garder ?!

La porte donnant sur le parking a claqué derrière nous et L'Inspecteur a inséré sa carte dans le lecteur.

– Yo ! Ça gaze ? nous a-t-il lancé en interrompant notre conversation.

Nous avons pivoté sur nos talons, et aussitôt, j'ai eu envie de lui coller mon poing dans la tronche.

Il n'était pas déguisé en inspecteur. Ni Harry, ni Gadget, rien. Il était sapé en Nike de pied en cap, comme tous les jours.

– Où est ton déguisement ? lui ai-je demandé en le fusillant du regard.

– Ben, j'en ai pas pris.

– En quel honneur ?!

Il a haussé une épaule.

– J'sais pas. J'avais pas envie.

– Scott ! l'a réprimandé sa sœur. Tout le monde était censé jouer le jeu !

Il a jeté à sa sœur un regard mauvais, comme si c'était elle qui était en tort.

– C'est bon, lâche-moi, j'avais pas envie, j'te dis. Les déguisements, c'est un truc de pédés. Je ne dis pas ça contre toi, a-t-il précisé à mon intention, notant mon propre accoutrement.

– Je ne suis pas vexé, ai-je répondu. Tu es viré.

Il s'est décomposé puis il a éclaté de rire.

– Mort de rire !

Et il a tenté de poursuivre son chemin.

Mais je lui ai fait barrage avec mon corps.

– Je sais, ai-je acquiescé, je suis hilarant, comme mec. Tu n'en es pas moins renvoyé.

L'Inspecteur et Scarlette ont ouvert des yeux ronds comme des billes de loto.

– Hein ? ont-ils bredouillé d'une même voix.

J'ai jeté un coup d'œil au bout du couloir et vu Bébé se hisser sur la pointe des pieds pour attraper une cassette. Quand elle s'étirait, cela faisait ressortir sa pastèque.

– Tu avais pour consigne de venir déguisé. Tu ne l'as pas fait, donc tu es viré.

Il m'a décoché un rictus.

– Tu te fous de ma gueule.

– Pas le moins du monde.

Il a interrogé Scarlette du regard.

– Ta sœur s'est montrée très claire sur la question : oui, je suis en mesure de licencier les employés pour insubordination. Cela fait partie de mes attributions de manager d'équipe.

J'employais exprès des mots compliqués, misant sur le fait que L'Inspecteur n'en connaitrait pas le sens et ne serait donc pas à même de discutailler.

– Tu peux disposer. J'enverrai ta dernière paie directement à ton domicile.

– Mec, ton autorité, elle vaut que dalle pour moi. C'est mes parents les proprios, au cas où tu l'aurais oublié, m'a-t-il expliqué avant d'éclater de rire. Si je veux, c'est moi qui te fais virer !

– Oh bordel ! a tonné Hannibal dans la boutique. T'es en cloque ?

Scarlette s'est tournée vers la source du bruit et elle s'est rembrunie, puis elle a reporté son attention sur son petit frère.

– N'importe quoi, Scott, a-t-elle lâché. Solo a raison. Tu es viré.

Elle lui a arraché des mains son porte-clés pour lui reprendre celle du magasin.

– Rentre à la maison, lui a-t-elle craché en lui lançant le reste du trousseau.

Une moue boudeuse a chiffonné la frimousse de L'Inspecteur.

– M'en fous, de toute façon, j'avais pas envie de bosser, aujourd'hui.

Il s'est éloigné vers la sortie d'un pas rageur, mais soudain il s'est retourné pour me crier :

– Je vais le dire à mes parents, et tu peux dire adieu à ton poste ! Et toi, a-t-il hurlé en pointant sa sœur du doigt, tu vas te faire défoncer, sale pute !

Avant que j'aie le temps de l'étrangler, Scarlette lui a balancé sa chaussure et l'a percuté à l'arrière du crâne si violemment qu'il a failli en basculer en avant.

– Hé ! a-t-il protesté en indiquant le point d'impact.

Puis, au lieu de renvoyer le projectile à sa sœur, il s'est enfui avec.

– Merde ! a pesté Scarlette en chancelant sur son unique escarpin à talon. Bon, je suis bonne pour passer la journée pieds nus.

Et de retirer le soulier restant.

– Désolé de ne pas t'avoir consultée avant de prendre cette décision, lui ai-je dit par politesse uniquement, car je ne regrettais rien. Seulement...

D'un geste impérieux, Scarlette m'a réduit au silence.

– Mon frère est un petit con pourri gâté et mes parents le savent très bien. Ils ne t'en voudront pas du tout de l'avoir viré, au contraire. Ils vont sans doute te refiler une nouvelle promotion.

– N'empêche, je ne pensais pas que ça prendrait de telles proportions. Je regrette.

– Pas moi !

Mais elle a soupiré :

– Je devrais appeler mes parents pour les prévenir, qu'ils soient de mon côté avant qu'il n'aille pleurnicher.

Elle a lancé un dernier regard gêné dans la direction de Bébé, puis, son escarpin à la main, elle s'est enfermée dans le bureau.

Une fois seul, j'ai pris le temps de digérer les rebondissements des dix dernières minutes.

Bébé attendait un enfant, et en gros, je l'avais contrainte à faire son *coming out* de grossesse contre son gré. J'avais bafoué son intimité et foulé aux pieds sa confiance. Et ça me donnait physiquement la nausée de m'être comporté ainsi envers elle. De quel droit lui avais-je imposé cette foutue mascarade ?

Le magasin pullulait toujours d'enfants. Du fin fond du couloir, j'en ai repéré un habillé en Batman. Assis par terre, il étalait son butin à même la moquette, condamnant une allée. Un Robin minuscule s'est laissé tomber sur le popotin à côté de lui et a entrepris de l'imiter.

Batman a déballé un mini Kit Kat, l'a coupé en deux et en a donné la moitié à Robin. Robin, en échange, a prélevé une poignée de bonbons dans sa pile et l'a déposée dans le seau de Batman. «JORDAN L.», y était-il écrit au marqueur. Et, sur l'autre, de la même main: «DEREK L».

Je ne voyais pas de parents dans les environs, mais les enfants ne semblaient pas s'en soucier. Ils n'étaient pas vraiment seuls, puisqu'ils étaient tous les deux. Ensemble, à se gaver de sucreries, insouciants et heureux.

– Solo, ça va?

Poppins claquait des doigts sous mon nez.

J'ai sursauté. Je ne l'avais pas vue approcher.

– Nickel, pourquoi?

Elle semblait embêtée.

– Parce que... tu pleures.

– Quoi? Non, je ne pleure pas.

Je me suis touché le visage. Mes joues étaient mouillées.

– J'étais à la caisse quand je m'en suis aperçue, m'a-t-elle informé. Qu'est-ce qui ne va pas?

Je les sentais, à présent. La pression dans mes sinus, la morve dans mes narines, la boule dans ma gorge.

Et merde. Je pleurais bel et bien.

Mais pourquoi? Et comment avais-je pu me mettre à pleurer à mon insu?

– Je suis allergique, ai-je menti. Au malt. J'ai mangé un Mars sans faire gaffe.

Les mots sortaient tout seuls.

Poppins a écarquillé les yeux.

– Oh, non ! Il faut que tu ailles à l'hôpital ? Je ne sais même pas ce que c'est, le malt ! Je ne savais pas qu'on pouvait être allergique à ça !

Moi non plus.

– Ça va aller. Mais il faut que je rentre chez moi prendre mon médicament, lui ai-je répliqué en me dirigeant vers la sortie des employés.

– Je vais te ramener, a-t-elle décrété.

– Pas la peine ! Par contre, préviens Scarlette !

J'ai réussi à gagner le parking et j'ai roulé un moment puis, n'y tenant plus, je me suis garé dans une rue secondaire de je ne sais quel quartier résidentiel et j'ai sangloté sans retenue pendant longtemps, très longtemps, laissant libre cours à une foule de sentiments purs et non coupés aux psychotropes tandis que Michael Stipe hurlait « What's the Frequency, Kenneth ? » dans le vide.

CHAPITRE DOUZE

Le lendemain, au réveil, j'avais la gueule de bois. Pas de celles qu'on se paie après une cuite, mais de celles dont on écope (en tout cas moi) quand on a trop pleuré.

– Tu m'accompagnes aux Alcooliques Anonymes, aujourd'hui ? a blagué mon père au petit-déjeuner quand il a vu ma tête.

Je ne sais pas s'il s'imaginait vraiment que j'avais picolé. J'étais rentré à dix-sept heures trente la veille et j'étais monté directement me coucher. Pour être bourré à cette heure, il fallait ne vraiment pas tenir l'alcool.

– Tu peux baisser le son de la télé ? ai-je marmonné à ma mère qui me proposait à manger.

Maman a appuyé trois ou quatre fois sur le bouton du volume.

– Tu es malade ? s'est-elle inquiétée.

Elle m'a palpé le front.

– Tu n'as pas de fièvre.

– Je ne me sens pas bien, c'est tout, ai-je déclaré.

– Je sais.

Maman m'a tendu un Post-it où elle avait griffonné un numéro de téléphone.

– Une de tes collègues a téléphoné hier soir. Elle se faisait du souci pour toi. Mais comme elle prétendait s'appeler Mary Poppins, j'ai cru à une blague...

– Merci.

J'ai collé le Post-it sur la table. Maman s'est allumé une cigarette, l'a calée dans un cendrier et a siroté son café.

– Alors, elle s'appelle vraiment comme ça ? s'est-elle étonnée. Faire ça à son propre gosse, je vous jure...

– Non, c'est son pseudo, ai-je dit en croisant les bras et en y posant la tête. Je ne connais pas son vrai nom.

– Vous travaillez tous sous pseudo ? a compris papa en mordant dans sa tartine. Et toi, comment t'appellent les autres ?

– Boss, ai-je lâché, esquivant le sujet.

Maman a tiré sur sa cigarette.

– En référence à Bruce Springsteen ?

– Non, Maureen, l'a détrompée mon père. Il veut dire « patron ». Parce que c'est lui le chef, tu te souviens ?

– Ah, a fait maman.

Puis elle a secoué la tête.

– Je ne crois pas que ce soit ce que ton père te demandait, Joel.

Papa a reporté son attention sur son journal.

– Il le sait, voyons. Il se paie notre tête. Les employés ont probablement tous un nom de personnage de film.

– Ah, chouette, a commenté maman.

Elle s'est mise à me grattouiller le cuir chevelu.

– Alors, tu es qui, Joel ? Superman ?

Je n'ai pas répondu, mais j'ai rapproché ma chaise de la sienne pour lui faciliter la tâche. Maman avait les ongles super longs et j'adorais ses massages crâniens. Elle aussi, elle avait de belles mains.

– Je parie qu'ils t'appellent Ferris Bueller, a lancé mon père. Ou Marty McFly, peut-être ?

J'ai compris qu'ils n'allaient pas me lâcher, alors je me suis lancé et je leur ai dit la vérité.

– En fait, je suis Han Solo.

Ma mère a retiré sa main comme si je l'avais mordue.

– Vraiment, Joel ? Pourquoi ?

Mon père aussi était déçu.

– On n'a pas besoin de ce genre de rappel, fiston.

– C'est le nom qui m'a été assigné, ai-je menti. Je n'avais pas le choix.

Maman a soupiré et jeté un regard à papa.

– Ils auraient pu le laisser choisir autre chose, vu les circonstances.

Sa bouche s'était réduite à une ligne droite.

Elle ne s'adressait pas à moi, mais je lui ai répondu quand même :

– Ils auraient sans doute accepté si j'avais protesté. Mais j'ai jugé préférable de ne pas faire le difficile, comme je venais juste de débarquer. Et vous, vous n'êtes pas obligés de m'appeler comme ça, alors où est le problème ?

– Personne dans cette famille n'a besoin de ce genre de rappel, Joel, a répété maman. Surtout pas toi.

Elle a écrasé sa cigarette dans le cendrier.

– Je vais à la messe.

Elle s'est levée, a attrapé son sac à main et elle est sortie.

– Il ne faut pas que je tarde, moi non plus, a renchéri mon père.

Il s'est levé, a ouvert le frigo et déposé quelque chose devant moi sur la table. J'ai entrouvert un œil. C'était une canette de bière light.

– Il faut soigner le mal par le mal, m'a-t-il chuchoté en déposant un baiser sur ma tête. N'en parle pas à ta mère.

– Promis.

Papa est sorti, mais un instant après, il a rouvert la porte d'entrée et lancé un objet sur le canapé.

– Il y avait un colis pour toi sur le perron, a-t-il affirmé.

Et cette fois, il est parti.

J'ai replacé la bière dans le frigo et je suis allé récupérer mon courrier.

J'ai déchiré l'enveloppe et j'en ai sorti une VHS dans son boîtier, avec un petit mot qui disait :

Tu me dois bien ça !
Bébé

Le film, c'était *Dirty Dancing.*

Pour la première fois de la matinée, j'ai souri.

CHAPITRE TREIZE

Les parents de Scott et Scarlette n'ont pas fait de scandale en apprenant le renvoi de L'Inspecteur. Mieux : ils ont approuvé. Bon, ils ont aussitôt recasé leur rejeton dans la pizzeria d'à côté, qu'ils possédaient également, donc je doute que Scott ait compris la leçon, mais c'était un détail.

Quand le reste de l'équipe a su pourquoi je l'avais viré, tous ont trouvé que c'était un peu raide. « Refus de se déguiser le jour d'Halloween », ça leur paraissait light, comme motif.

– Je sais que c'est pour moi que tu l'as fait, m'a cependant glissé Bébé quelques jours après les faits.

– Parfaitement, ai-je acquiescé. Et aussi parce que c'était un petit con.

Elle m'a souri (en croissant).

– D'habitude, je déteste le favoritisme, mais comme L'Inspecteur était vraiment relou, ça ira pour cette fois. Et pendant que j'y suis, pas la peine d'embaucher quelqu'un pour le remplacer : tu me refiles ses heures.

Après quoi Bébé a estimé que j'avais suffisamment fait pénitence et notre amitié semblait en voie de rétablissement. Je crois que le fait que j'aie visionné *Dirty Dancing* et validé à 100 % le verdict de Bébé (à savoir que c'était une daube) m'a fait marquer des points.

De manière générale, maintenant que son secret était éventé, Bébé paraissait plus détendue. Grand cachottier moi-même, je vous garantis que c'est éreintant de faire comme si tout allait bien alors qu'on en bave en secret. Bien qu'on n'ait pas beaucoup parlé de sa grossesse (pas du tout, en fait), je crois que Bébé était soulagée de savoir tout le monde au courant. D'ailleurs, passé le choc initial, personne ne l'a embêtée avec ça.

Sauf Scarlette.

– Tu le sais, pas vrai ? me harcelait-elle jour après jour. Tu sais si elle va le garder.

– Je ne sais rien du tout, me défendais-je, sans mentir. Et d'abord, qu'est-ce que ça peut te faire ?

– Rien ! Je m'en fiche ! Je veux être fixée, c'est tout, me répondait ma boss, qui n'était pas à une contradiction près.

Je me demandais bien pourquoi la grossesse de Bébé l'obsédait à ce point. Puis j'ai appris que c'était tendu entre elle et Devin, et j'ai supposé qu'elle se focalisait sur le sort de son employée pour se distraire de ses propres tracas.

C'est ma mère qui m'a annoncé leur rupture.

– Il faut que tu téléphones à ton cousin, m'a-t-elle intimé un dimanche de novembre après sa sortie Salad Bar avec ma tante Denise. Cette Jessica vient de lui briser le cœur.

Il m'a fallu quelques instants pour comprendre de qui elle parlait. J'ai levé le nez du sandwich que j'étais en train de me préparer.

– Qu'est-ce qu'il s'est passé ?

– Je lui avais bien dit, à Denise, de se méfier de cette fille, a poursuivi maman en retirant son manteau. Tu verrais comme elle s'habille ! On dirait qu'elle fait le tapin.

– Je la vois toutes les semaines, maman. Jessica et moi, on travaille ensemble.

Ça me faisait sacrément bizarre d'appeler Scarlette « Jessica ».

Maman a opiné du chef.

– Donc, tu sais que j'ai raison.

J'ai repris la confection de mon sandwich là où je l'avais laissée, feignant l'indifférence alors que j'étais dévoré par la curiosité.

– Tu sais pourquoi ils ont rompu ? ai-je demandé.

Maman s'est allumé une cigarette.

– D'après Denise, Jessica a pris ses cliques et ses claques et elle est partie sans prévenir, hier soir, pendant que Devin dînait chez eux.

Elle a fait tomber la cendre de sa cigarette dans l'évier.

– Évite-la comme la peste, Joel. Denise dit qu'elle est cinglée.

Ma mère était toujours prompte à déceler des signes de folie chez les autres.

– Ça arrive aux meilleurs d'entre nous, ai-je lâché en attaquant mon déjeuner.

Maman m'a jeté un regard noir.

– Appelle ton cousin, a-t-elle insisté. Il a besoin de soutien en ce moment.

– D'acc.

Je n'en ai rien fait. En revanche, sitôt mon sandwich avalé, j'ai fait un saut au vidéoclub.

Vous vous imaginez peut-être que j'essayais de jouer les bons copains, que je voulais m'assurer que Scarlette tenait le coup. À moins que vous ne me prêtiez des motifs moins nobles. L'envie, par hasard, d'exploiter à mon avantage sa vulnérabilité.

Sincèrement, j'ignore à laquelle de ces théories la vérité s'apparentait le plus, et d'ailleurs, c'est sans importance, puisque Scarlette n'était pas chez ROYO Vidéos, ce matin-là.

Bébé, en revanche, si, et elle a tout de suite flairé un loup en me voyant débarquer pendant un de mes jours de congé.

– Qu'est-ce que tu fais ici ? m'a-t-elle demandé, autoritaire, quand j'ai émergé du couloir.

Elle gérait les étiquettes ; Maverick servait un client.

– C'est mon lieu de travail, lui ai-je rétorqué.

– Justement : tu ne travailles pas aujourd'hui. Ne me dis pas que tu es en train de te transformer en l'un de ces patrons pathétiques qui passent leur temps au taf parce qu'ils n'ont pas de vie en dehors ?

– Si, sans doute, ai-je répondu.

Puis j'ai eu l'idée d'affirmer :

– En fait, je venais louer un film.

– Oh, a fait Bébé.

Elle s'est dirigée vers les caisses, a attrapé un truc et me l'a rapporté.

– J'ai pris les devants, m'a-t-elle dit en arrachant le Post-it collé sur le boîtier.

– *Rose bonbon ?* ai-je lu en haussant les sourcils. Allez, Bébé ! Tu m'as assez torturé avec *Dirty Dancing.*

– Rien à voir ! m'a-t-elle assuré. Le scénar est de John Hughes.

– Et alors ?

Elle m'a décoché un de ces regards !

– Et alors, c'est un film culte ! Un classique, un incontournable !

– Mouais. Il y a les mots « rose » et « bonbon » dans le titre. C'est encore un film de gonzesses, ton truc.

– Et ça te pose un problème ? m'a riposté Bébé, les bras croisés. Techniquement, tous les films que j'ai loués pour toi répondent à cette description et c'est la première fois que je t'entends te plaindre.

– Justement, j'ai besoin d'un peu de diversité, lui ai-je expliqué. Quand est-ce que tu vas me choisir un film plein de morts et d'explosions ? Ou avec au moins une scène avec des bombasses en bikini ?

– Dégueu. Fais pas ton macho, Solo.

– Macho ou pas, je suis sûr que les mecs ne connaissent pas ton nanar.

Pour prouver que j'avais raison, j'ai interpelé Maverick.

– Hé, Mav ! T'as vu *Rose bonbon* ?

Il s'est fendu d'un sourire de mannequin et m'a répliqué :

– Évidemment ! C'est culte.

– Oups, a ricané Bébé.

Je lui ai rendu *Rose bonbon.*

– Tu ne peux pas me filer un film d'action, pour une fois ?

– Bon, bon, d'accord...

Elle a réfléchi un moment.

– À vrai dire, il y a un film d'action que j'ai envie de voir, mais il n'est pas encore sorti en VHS. Il passe encore en salle.

– Donc, je ne peux pas le louer, en ai-je brillamment déduit.

Elle a consulté l'horloge.

– Tu veux qu'on aille le voir ?

– Au cinéma ? ai-je précisé. Genre... ensemble ?

Bébé a levé les yeux au ciel.

– Non, Solo. Je propose qu'on aille voir le même film, mais dans des salles différentes, et qu'on se donne rendez-vous après pour en parler. Ben oui, ensemble !

C'était à mon tour de regarder l'horloge.

– Quand ?

Elle a haussé les épaules.

– J'appelle pour demander les horaires.

– D'accord, ai-je dit, de plus en plus emballé par l'idée.

Je n'étais pas allé au ciné avec un ami depuis longtemps. La dernière fois, ç'avait été avec ma troupe de scouts, pour voir *Les Goonies*. J'avais six ans.

– Tu es sûr que ça te dit ? m'a lancé Bébé tout en composant le numéro du ciné.

– Je n'ai rien de mieux à faire. Je suis un de ces patrons pathétiques qui n'ont pas de vie en dehors du boulot, lui ai-je rappelé.

– Ouais, il parait, m'a souri Bébé.

Le film que Bébé voulait voir passait au Main Art Theatre une demi-heure après la fin de son service. On a décidé d'y aller à pied parce qu'il faisait beau, que Bébé n'était pas d'humeur à écouter du R.E.M. et qu'elle était persuadée que je lui en infligerais si on s'y rendait en voiture.

Elle a payé nos places et moi, le popcorn et les boissons, et on s'est retrouvés dans la file.

– Salle 2, bon film à vous, nous a dit le type en déchirant nos billets et en les rendant à Bébé.

– Merci, lui ai-je dit.

Puis je me suis tourné vers Bébé.

– Au fait, on va voir quoi ?

Elle a tendu le bras. Au-dessus de la porte de la salle 2, on pouvait lire : « ROMÉO + JULIETTE ».

– C'est une blague ? C'est ça, ton film d'action ?

Je me sentais floué.

Bébé a avalé une poignée de popcorn.

– Relax, Solo. La pièce regorge de meurtres et de violence. Tu ne l'as pas lue en troisième, comme tout le monde ?

Justement, non. Tim, mon tuteur, avait suggéré que je lise *Jules César*, une autre pièce de Shakespeare, à la place.

– OK, je viens, me suis-je empressé de dire. Mais s'il n'y a pas d'explosions, ça va barder !

Je plaisantais. C'était ma première sortie depuis le fiasco chez Headlights et je n'allais pas laisser une broutille gâcher mon plaisir.

J'ai suivi Bébé dans la salle et elle a choisi nos fauteuils.

La pièce était bondée, ce qui m'a étonné, sachant qu'on allait voir l'adaptation d'une pièce au programme de troisième.

Il y avait une majorité de couples, ce qui, en revanche, ne m'a pas surpris : les histoires d'amour, c'est le film de rencard par excellence.

– Qu'est-ce que tu penses de Tybalt ? m'a demandé Bébé.

– De qui ?

– Le cousin de Juliette, m'a-t-elle renseigné.

– Ah ! Ce Tybalt-là.

J'ai fait semblant d'y réfléchir.

– Il est cool.

– Je parlais du prénom. Pour le bébé, a-t-elle explicité. Si c'est un garçon.

– Oh.

La question s'est abattue sur moi comme une chape de plomb.

– Ben, ce n'est pas courant, donc je ne sais pas si c'est rédhibitoire pour toi mais sache qu'il ne trouvera jamais de gobelet pré-imprimé à son nom dans les parcs d'attraction, ai-je répondu.

Mais Bébé ne paraissait pas m'écouter. Elle se passait les mains dans les cheveux en fixant l'écran noir d'un air absent.

– En fait, je n'ai pas encore décidé ce que j'allais en faire, m'a-t-elle confié.

Elle s'est mise à agiter le pied. Ça faisait un tap-tap couinant sur le lino du ciné.

– Mais dans tous les cas, il va lui falloir un prénom, à ce gamin. Et comme c'est moi qui accouche, c'est moi qui le choisis !

J'ai médité son affirmation.

– Ça n'est que justice, ai-je approuvé. Et si c'est une fille ?

– Aucune idée, a admis Bébé.

– Juliette ?

Elle a grimacé.

– Tu déconnes, j'espère ? Juliette, c'est pas exactement un exemple à suivre, Solo, m'a-t-elle rembarré avant de hausser les épaules. Bon, Tybalt non plus, puisqu'il bute le meilleur pote de Roméo. Merde, j'espère que ce bébé ne deviendra pas un assassin...

– Un espoir que partagent sans doute la plupart des mères, ai-je remarqué.

Bébé s'est tue un instant avant de marmonner.

– « Mère ».

Les lumières se sont tamisées pile à ce moment-là et les bandes-annonces ont commencé.

Comme je viens de vous le dire, je n'avais jamais lu *Roméo et Juliette*, mais je connaissais l'intrigue dans les grandes lignes, tant la célébrissime pièce a imprégné notre culture populaire. Voici ce que j'en savais : des membres de clans ennemis vivaient un amour interdit, Juliette déclamait « Ô Roméo, Roméo, pourquoi es-tu Roméo ? », et à la fin, tout le monde mourait.

Il se trouve qu'en fait, l'histoire est riche de nombreux rebondissements.

Des gangs font péter une station-service, par exemple.

Certes, dans cette scène, Baz Luhrmann a dû s'éloigner du texte d'origine, mais c'est ainsi que démarre son adaptation, et franchement, il ne m'en fallait pas davantage : en une seconde, j'étais scotché. Les acteurs avaient beau parler en anglais du XVIe siècle, ça ne choquait même pas tant l'action était haletante. Il y avait des scènes de baston, des scènes de défonce, des *drags queens* et des explosions et oui, bien sûr, il y avait une histoire d'amour au cœur de l'intrigue mais on ne pouvait vraiment pas qualifier l'œuvre de « film de gonzesses ».

Je me suis laissé complètement happer par l'histoire. En fait, j'étais à 200 % jusqu'à ce que le prêtre, ou le curé, bref, Frère Laurent, s'en mêle.

Et c'est là que ça m'aurait été utile d'avoir lu la pièce avant, parce que, si j'en avais connu la fin, j'aurais refusé tout net l'invitation de Bébé. C'était trop me demander.

Pour ceux qui sont largués, une précision : je savais que tout le monde mourait à la fin, mais j'ignorais comment. Or, dans ce cas précis, ça compte. Et pas qu'un peu.

Quand le curé (?) a donné le poison à Juliette pour qu'elle simule sa propre mort, j'ai senti le stress monter. Ça sentait le plan foireux à plein nez, il pouvait capoter d'environ mille façons. Alors, quand, ô surprise, les choses ont mal tourné, j'ai un petit peu pété les plombs.

Je ne vous refais pas la pièce, je suis sûr que vous la connaissez, mais, pour ma part, je tombais des nues. Quand Roméo et Juliette ont fini par se foutre en l'air et que le film s'est achevé, autant vous dire que j'étais dans un sale état.

– Waouh !

C'est le premier mot qu'a émis Bébé quand le générique de fin a commencé.

– C'était incroyable, a-t-elle ajouté.

Je n'ai pas desserré les dents.

– Le réalisateur a pris des libertés, mais ça marche, a-t-elle poursuivi.

Elle a porté sa paille à ses lèvres et le ronflement caractéristique du fond de soda a retenti dans la salle obscure. Bébé a remué son gobelet, faisant tinter les glaçons, cherchant une ultime goutte de liquide, avant de m'interroger.

– Et toi, Solo, t'as aimé ?

– Pas vraiment, ai-je grommelé.

– Ah ? Pourquoi pas ?

– C'était à chier.

Je l'ai vue hausser un sourcil.

– Tu ne mâches pas tes mots. D'habitude, on a les mêmes goûts en films. Mais bon, il faut un début à tout...

– J'hallucine qu'on fasse étudier ce bouquin à des collégiens. C'est criminel, putain !

Bébé a reposé son gobelet.

– Comment ça ?

Je me suis efforcé de contrôler ma voix.

– Ça parle de gamins qui se suicident. Et c'est censé être une histoire d'amour ! Super morale !

– C'est une tragédie, Solo. C'est écrit dessus noir sur blanc : *La tragédie de Roméo et Juliette*. Ce n'est pas comme si la pièce s'appelait *L'amour expliqué aux ados !* Il ne s'agit pas d'un mode d'emploi.

– C'est une histoire d'amour qui fait l'apologie du suicide. C'est de la merde.

Bébé a pouffé, bouche fermée.

– Ce n'est pas parce qu'une œuvre parle du suicide qu'elle en fait l'apologie, a-t-elle observé en se passant la main dans les cheveux. Sinon, la pièce ferait aussi la promotion de l'inceste, puisque Lady Capulet emballe son neveu.

Mais je n'arrivais pas à lâcher l'affaire.

– Pourquoi est-ce qu'ils ne s'enfuient pas ensemble à la place ? Ça ne ferait pas une meilleure fin ?

Bébé s'obstinait à aspirer de l'air goût Coca à travers sa paille.

– Peut-être. Mais s'ils ne meurent pas, les Capulet et les Montaigu ne peuvent pas enterrer la hache de guerre. Or, c'est tout l'intérêt du truc...

– De mieux en mieux ! Le suicide peut avoir des retombées positives ! C'est pile le message que les jeunes ont besoin d'entendre ! Zigouille-toi, tout le monde s'en portera mieux !

Elle a soupiré et s'est levée, agacée.

– Zen, Solo ! On a compris. Je suis désolée que le film ne t'ait pas plu. Pas la peine de piquer une crise.

J'aurais dû prendre une profonde inspiration. Ou compter jusqu'à dix. Ou faire n'importe quoi pour me calmer. Mais ce film avait réveillé un truc qui sommeillait depuis longtemps en moi, et maintenant qu'il avait pointé le bout de son nez, impossible de le renvoyer à son hibernation.

Une chanson de Radiohead accompagnait le générique. Je l'ai détestée instantanément. Je détestais tout. Le film, sa B.O., William Shakespeare. Tout.

J'étais hors de moi. Et sans médocs pour émousser cette fureur démente que je ne parvenais pas à canaliser, j'ai fait une connerie.

J'ai donné un coup de poing dans un fauteuil.

Il faut savoir que, pendant tout mon parcours de malade mental, pas une fois je n'avais recouru à la violence. Je n'avais jamais frappé qui que ce soit ni quoi que ce soit, pas même un mur ou un coussin. Tout simplement parce que je ne possédais pas ce genre d'instinct et que l'idée que cogner puisse me soulager ne m'avait jamais effleuré.

Pourtant, allez savoir pourquoi, ce jour-là, au cinéma, c'est ce que j'ai fait. J'ai serré le poing, et de toutes mes forces, je l'ai écrasé contre le dossier du siège devant moi.

Il était en plastique souple, ce qui fait qu'il a absorbé le choc. Traduction : il n'a pas volé en éclats, il ne s'est pas enfoncé, bref, à ma grande frustration, mon acte n'a pas imprimé la moindre marque sur ce foutu dossier. J'avais flanqué mon poing dans un bout de plastoc et je suis resté là comme un con.

Mais Bébé ouvrait des yeux ronds.

– Non, mais ça va pas, la tête ? Qu'est-ce qui te prend ?

Je l'ignorais, alors j'ai dit :

– Je sais pas.

– Ne mens pas, m'a-t-elle grondé. Tu le sais très bien.

– Le film ne m'a pas plu, c'est tout.

– C'est ça. Tu me prends pour une conne, comme l'autre fois chez Headlights.

Bébé me dévisageait.

– On est sortis ensemble deux fois, et les deux fois t'as pété un câble et fait comme si de rien n'était. Dis-moi ce qui se passe !

– Je suis anémié.

Elle a grogné, exaspérée.

– Eh merde, j'en peux plus ! C'est trop dur.

Elle a attrapé son sac.

– Quoi ? ai-je bredouillé. Où tu vas ?

– Si tu n'arrives pas à tomber le masque malgré tout ce que tu sais sur moi, ma vie et ma putain d'œuvre, alors ciao, je me casse, Solo. L'amitié, c'est censé être donnant-donnant. Je ne vais pas me fatiguer à ramer toute seule, surtout en ce moment (elle indiquait son ventre) et pour un maboul (là, c'est moi qu'elle pointait du doigt).

Elle est sortie du ciné en tapant des pieds.

Je ne me suis pas élancé à sa poursuite. Peut-être que j'aurais dû, mais je ne savais pas quoi lui dire. Je suis resté seul dans la salle jusqu'à la fin du générique sans savoir ce qui me faisait le plus souffrir : ma main meurtrie, ou bien la vérité.

CHAPITRE QUATORZE

– Assieds-toi, Joel. Tu as bonne mine.

– Merci.

– Alors, voyons... Cela fait un moment qu'on ne s'est pas vus. Comment vas-tu ?

– Bien. J'ai de bonnes notes.

– Ah, bonne nouvelle ! Le contrôle continu, ça se passe bien ?

– Oui.

– Et après le lycée ? Tu as décidé de ce que tu voulais faire ?

– Je sais pas. La fac, peut-être. On verra.

– Bien, bien. Et ton humeur ? Sur une échelle de un à dix ?

– Euh, je dirais sept.

– Hum. La dernière fois, tu étais à huit. Est-ce qu'à ta connaissance, quelque chose a changé ?

– Hein ? Non. Je ne me rappelais pas ce que j'avais dit la dernière fois.

– D'accord. Tu penses à une raison qui pourrait expliquer cette baisse de moral ?

– Pas spécialement. Je vous le dis, je ne pensais pas à la note de la dernière fois.

– Bon... Tu veux que je te prescrive un nouvel antidépresseur ?

– Non, ça va ! J'ai dit « sept », après tout. C'est bien, « sept », non ? Ce n'est pas comme si j'avais répondu « trois » ou un truc comme ça.

– Mais tu n'as pas dit « huit » non plus.

– OK, compris. La prochaine fois, je vous demanderai de me rappeler ce que j'avais dit à la dernière séance et je me calerai là-dessus.

– Avançons, tu veux ? Comment ça se passe au travail, avec tes nouvelles responsabilités ?

– Ça se passe. J'ai eu l'occasion de virer quelqu'un. C'est plutôt cool.

– Ah ? Cela devait être une situation stressante.

– Non. Le gars le méritait. C'était un vrai branleur. Il n'y a pas de quoi en faire tout un plat.

– Je te sens très décidé.

– Ouais, ben, c'est pour ça qu'on me paie, maintenant.

– Ta promotion a-t-elle fait des vagues dans ton cercle social ? La dernière fois, tu redoutais cette éventualité...

– Bof, pas tellement. Finalement, ça s'est tassé.

– Dois-je en déduire que tu te fais des amis ?

– Je ne sais pas. Quelques-uns, peut-être.

– Peut-être que cela devrait être ton prochain objectif.

– Vous voulez que je me fixe pour but de me faire un

copain ? Docteur, on dirait le conseil d'une mère à son fils qui entre en C.P.

– En l'occurrence, ta métaphore n'est pas si mal trouvée, Joel. Tu n'es pas sans points communs avec un tout jeune enfant, sans vouloir te vexer. L'épreuve que tu as traversée t'a amené à dresser des murailles autour de toi afin de te protéger de ton entourage, et c'est tout naturel. Mais cela t'empêche de nouer des relations saines avec tes proches. Y a-t-il quelqu'un dans ton cercle dont tu souhaiterais te rapprocher ?

– Ouais. Enfin, peut-être.

– Un garçon, une fille ?

– Une fille.

– Vous couchez ensemble ?

– Hein ? Non ! Non, bien sûr que non.

– Je ne voulais pas me montrer indiscret, Joel, seulement, tu as eu ton lot d'aventures sans lendemain, par le passé ; j'ai donc préféré poser la question.

– Ouais, ben, c'est pas le cas.

– Entendu. Parle-moi d'elle.

– Que voulez-vous savoir ?

– Pourquoi elle ? Qu'est-ce qui fait que c'est de cette fille en particulier que tu as envie de devenir l'ami ?

– Ah... Je sais pas. Disons qu'elle est... intéressante.

– Tu peux développer ?

– Hum... Elle dit beaucoup de gros mots.

– Elle est fiable ?

– Ouais. Je dirais que oui.

– Bien. Bien. T'es-tu confié à cette fille ? Lui as-tu parlé de ce que tu as vécu ?

– Même pas en rêve !

– Tu réagis fortement.

– Pardon. Je voulais dire : « non ».

– Et pourquoi pas ?

– Vous êtes sérieux ? Vous avez besoin que je vous explique pourquoi je préfère rester discret sur ma décennie d'allers-retours chez les fous ?

– Je comprends que tu ne souhaites pas partager ton intimité avec le monde entier, Joel. Mais tu te doutes bien qu'il te faudra aborder le sujet si tu souhaites forger des amitiés.

– Non. Pas forcément. J'aime l'idée d'avoir une *tabula rasa.*

– Une page vierge ?

– Ah, vous connaissez ?

– Bien sûr.

– C'est génial de pouvoir remettre les compteurs à zéro. Et ça me plait que les gens ignorent tout de moi.

– Je vois. Et cette fille, qu'est-ce qu'elle en pense ?

– Ce qu'elle pense de tout ce qu'elle ignore à mon sujet ? Ben, rien. Puisqu'elle n'est pas au courant !

– D'accord, mais dans vos discussions, elle ne te pose jamais de questions personnelles ? Peut-être est-elle du genre à ne parler que d'elle-même...

– Non, elle s'intéresse aux autres. J'esquive ses questions, et voilà.

– Et elle n'en prend pas ombrage ?

– Si, un peu. Mais seulement parce qu'elle ignore ce qu'elle ignore. Si je lui déballais tout, elle regretterait le temps où elle ne savait rien. Donc, au fond, je lui rends service.

– Tu permets que je te pose une question ? Elle t'a confié des choses intimes la concernant ?

– Oui.

– Est-ce que tu regrettes qu'elle t'en ait parlé, ou est-ce que ces choses contribuent à la rendre « intéressante » à tes yeux, comme tu dis ?

– Où voulez-vous en venir ?

– Je m'explique : je crois que tu n'as pas bien compris ce que c'était que de faire table rase du passé. Dans nos interactions avec autrui, nous sommes tous une page vierge, au début. Mais c'est un état transitoire. Ensuite, assez vite, même, des impressions se forment, que nos interlocuteurs soient volubiles ou taiseux. L'esprit humain tend à combler les trous des récits lacunaires. En attendant d'en savoir plus, du moins. Tu vois ?

– Oui. On s'imagine des trucs.

– Tout juste. Ce qui m'amène à la remarque suivante. Joel, tu ne te limites pas à ton vécu, mais il fait partie de toi, et tu ne pourras pas le cacher toute ta vie. Ce n'est d'ailleurs pas souhaitable, à mon avis. C'est pourquoi je te conseille de t'ouvrir un peu à ton entourage. Pas à n'importe qui, cela va sans dire. Peut-être que la fille dont tu me parlais n'est pas la bonne personne auprès de qui t'épancher, mais cela se pourrait, qu'en penses-tu ?

– Mais je lui dis quoi ? Je ne vais quand même pas tout lui balancer !

– Encore une fois, ce n'est pas une obligation ! Toutefois, si tu souhaites nouer des relations saines et authentiques avec tes pairs, tu vas devoir accepter de t'exposer un peu.

– Et si je refuse ?

– Je reviendrai à la charge. Je crois que tu aspires à des relations de confiance. Tu en as toujours eu envie. D'après moi, c'est même ce besoin qui t'a conduit ici.

– Pour bâtir une « relation de confiance » avec vous ?

– Non ! Tu es ici parce que la seule relation profonde et sincère que tu connaisses te lie à quelqu'un qui n'existe pas.

– Ah. Ça.

– Le trou dans ta vie que « Crystal » t'a permis de boucher, il est toujours là. Si tu ne le combles pas avec de vraies amitiés, cette fois, avec des copains en chair et en os, je crains que tu ne te tournes vers des substituts...

– Comme quoi ? L'héroïne ? Les prostituées ? Les combats de chiens clandestins ? J'ai l'embarras du choix, rien ne m'empêche de tout essayer pour trouver ce qui me branche le plus...

– Joel.

– Quoi ?

– Un peu de sérieux, je te prie.

– OK.

– Il est temps d'envisager de parler de ton passé.

– Bon, bon. OK.

– C'est-à-dire ? Tu vas en parler, ou tu vas y réfléchir ?

– Je vais y réfléchir. Peut-être.

– C'est ton prochain objectif.

DEUXIÈME PARTIE

CHAPITRE QUINZE

De manière générale, je ne suis pas fan du mois de novembre. Il fait froid. Il fait gris. Il y a une quantité obscène de matchs de football américain à la télé. Et, à l'échelle du calendrier, ce mois se situe aux antipodes de la période où le monde extérieur me semble attrayant. Novembre, c'est le mois où ma raclette à vitres disparait systématiquement de ma boîte à gants et où je constate une fois de plus que je ne possède pas de bon manteau d'hiver. C'est également le mois qui donne le coup d'envoi de mon pire cauchemar : les fêtes de fin d'année.

Je me doute que je suis en minorité, sur ce coup-là. Vous devez adorer Noël. Mais un peu d'indulgence. De toute ma vie, rien n'a jamais accentué le Drame comme les fêtes de fin d'année. Avant le Drame, les Teague étaient joyeux et gais pendant les fêtes, comme tout le monde. Au temps où on vivait en Virginie, mes parents mitonnaient un vrai festin pour Thanksgiving, on décorait le sapin, on posait vêtus de pulls kitsch qui grattent pour la traditionnelle photo à envoyer aux grands-parents, et, quelques semaines plus tard, on remettait le couvert pour le réveillon.

Mais le Drame s'est produit, nous avons déménagé dans le Michigan, loin des festivités de mon enfance. Maintenant, pour Thanksgiving et pour Noël, on va dîner chez tante Denise et oncle Jim, où l'on se contente de faire acte de présence.

Le soir de Thanksgiving 1996, donc, mon père regardait la télé en jogging mité et ma mère, en robe de chambre, tuait le temps en feuilletant des prospectus et en fumant cigarette sur cigarette. À la toute dernière seconde, papa a enfilé un pantalon digne de ce nom, maman a mis un pull à col roulé puis, munis d'une tarte surgelée, nous nous sommes mis en route tous les trois, en famille.

Comme je n'avais pas daigné accéder à la requête de ma mère, à savoir appeler mon cousin après sa rupture avec Scarlette, nous ne nous étions pas revus depuis. En route, maman m'a fait promettre de me montrer aux petits soins pour ce pauvre Devin en deuil de sa bombe sexuelle de copine (OK, j'ai adapté la fin de sa recommandation). Lorsqu'on est arrivés, j'étais donc dans les starting-blocks, prêt à simuler compassion et intérêt pour lui. Mais il suspendait des ornements de Noël avec une brunette athlétique, alors j'ai rétropédalé.

Elle s'appelait Vaness' et ne jurait que par le fitness. Elle était souriante et polie à la manière de toutes les petites amies en période d'essai, j'imagine. J'ignorais si elle avait joué un rôle dans la rupture, mais, vu le degré d'intimité qu'elle partageait avec Devin, cela ne me semblait pas exclu.

J'ai passé la majeure partie du dîner à les fusiller du regard par-dessus le gratin de patates douces.

Soyons clairs. J'estime que quiconque vient de perdre une nana comme Scarlette a droit à une relation pansement, voire à des palliatifs encore plus douteux. Mais ce n'était pas l'énergie qui se dégageait du couple Devin & Vanessa. Ils étaient à fond, constamment en train de se tripoter et de se faire des mamours, et, allez savoir pourquoi, ça me donnait furieusement envie d'exploser les couilles de Devin.

Peu après la tarte, ce dernier a enfin remarqué qu'il ne dînait pas en tête-à-tête avec sa chérie et m'a adressé la parole :

– Yo, mec, ça boume ?

(Si vous imaginez ces mots prononcés avec le ton d'un footeux bas de plafond : bingo.)

– Et ta maladie de sang, ça va mieux ?

– Super, ai-je répondu.

Sachant qu'il ne connaissait rien à l'anémie, j'ai ajouté :

– La greffe a pris.

Vaness' m'a décoché un sourire apitoyé et j'en ai déduit qu'elle était aussi débile que lui.

– Cool, m'a congratulé Devin.

Ensuite, il a demandé à Vanessa (ou à « bichette », ainsi qu'il l'appelait) d'aller lui chercher une autre part de tarte dans la cuisine, et en son absence, il a changé de sujet.

– Alors, tu bosses toujours avec Jess ?

– Ouais.

Il a jeté un coup d'œil dans la direction de Vanessa.

– Elle va comment ?

– Super, ai-je menti. Elle adore son nouvel appart.

Quand elle était partie de chez Devin, Scarlette s'était installée dans le studio au-dessus du vidéoclub. Il s'agissait en réalité des anciens locaux d'une agence immobilière, mais équipés d'une douche et d'une kitchenette.

– Tant mieux, a dit Devin sans que je puisse déterminer s'il le pensait. Elle t'a parlé de moi ?

– Non, ai-je menti de plus belle. Elle se consacre à ses études d'esthétique.

– Ah. Tu sais si elle a retrouvé quelqu'un ?

– Je l'ai vue avec deux ou trois types, récemment, ai-je improvisé.

On ne m'arrêtait plus.

– Vraiment ?

Devin a eu l'air ahuri. D'un autre côté, il avait toujours l'air ahuri.

– Bon, ben tu lui diras bonjour de ma part, a-t-il conclu.

Une dernière fois, j'ai menti :

– Je lui dirai.

C'était comme la fois où Indiana Jones m'avait demandé des nouvelles de Bébé. Il ne m'appartenait pas de rencarder Devin sur son ex, qu'il avait remplacée comme un vulgaire rouleau de PQ. La vérité, c'était qu'elle en bavait depuis leur séparation.

Permettez-moi d'illustrer mon propos.

La semaine précédant Thanksgiving, en arrivant chez ROYO Vidéos, j'avais surpris des éclats de voix. Ils provenaient du placard à fournitures, aussi les cris étaient-ils étouffés, mais je n'en avais pas moins distingué le dialogue suivant.

– Pour la dernière fois, Scarlette, mêle-toi de tes fesses ! criait Bébé. Maintenant, fous-moi la paix !

– Mais comment tu peux envisager de le garder ? s'époumonait Scarlette. Tu crois pouvoir élever un gamin, Bébé ? Ouvre les yeux, c'est mort ! Tu lui gâcherais la vie ! Sans parler de la tienne !

J'ai foncé et ouvert la porte à la volée. Dans le placard, j'ai vu Scarlette, cramoisie, toiser une Bébé aux poings serrés qui semblait à deux doigts de commettre un homicide volontaire.

– Bon sang, mais qu'est-ce qui se passe, ici ? ai-je demandé.

Nul n'a fait attention à moi.

– T'es trop jeune ! Tu serais nulle, comme maman !

Scarlette a tendu le doigt vers Bébé si brusquement qu'elle a failli se casser la gueule.

D'ailleurs, elle avait la voix pâteuse et elle butait sur ses mots.

Bébé m'a regardé.

– Solo, fais sortir Barbie Bimbo avant que je lui colle un pain.

Enceinte ou pas, Bébé en était capable, alors je me suis exécuté.

– Scarlette, on peut se parler cinq minutes dans ton bureau ?

– Non ! a-t-elle vociféré. Je suis chez moi ! J'étais là d'abord ! T'as qu'à faire sortir Bébé !

Bébé a planté ses yeux dans les miens.

– Mais, chef, tu m'as dit de faire l'inventaire. Or, tu sais que je ne vis que pour te servir.

Je me suis interposé entre elles.

– Bébé, s'il te plait, tu nous laisses un moment ?

Bébé a jeté avec humeur son porte-bloc sur une étagère et elle est sortie.

La porte dûment claquée, je me suis retourné vers Scarlette.

– C'est quoi, cette scène ?

– C'est elle ! a braillé Scarlette en m'indiquant la porte d'un moulinet du bras digne d'un ivrogne professionnel.

Elle a porté à ses lèvres une bouteille de Coca dont j'aurais parié qu'elle ne contenait pas que du sucre et des bulles et l'a posée sur l'étagère.

– Pourquoi est-ce que la grossesse de Bébé te contrarie à ce point ? l'ai-je interrogée en plaçant discrètement la bouteille hors de sa portée.

Elle a fait la moue et s'est perchée sur une pile de cartons de barres chocolatées.

– J'ai pas envie d'en parler, m'a-t-elle répliqué.

– J'insiste.

– J'ai pas envie, a-t-elle répété comme une enfant repoussant son assiette de brocolis. Moi, j'ai envie de ça.

Scarlette m'a empoigné par un passant de mon jean et attiré tout contre elle, elle a noué ses jambes autour de ma taille, et avant que j'aie le temps de comprendre ce qui m'arrivait, sa langue se trouvait dans ma bouche.

Je l'avoue : parmi tous mes fantasmes impliquant Scarlette (et ils étaient légion), certains commençaient exactement de cette façon : je bossais seul, innocent, dans le placard à fournitures quand elle me sautait dessus. Plutôt excitant comme scénario, vous en conviendrez.

Mais ajoutez à cela une alcoolémie élevée et le comportement d'une enfant de quatre ans, et le charme était rompu.

– Arrête, Scarlette, ai-je dit en me dégageant doucement. Pas comme ça.

– T'inquiète ! Devin et moi, on a cassé.

Avec ses cuisses, elle a resserré sa prise et elle a plaqué sa bouche contre la mienne.

Elle portait un gloss à la fraise et j'ai dû mobiliser chaque miette de mon self-control pour résister.

– Je sais. Vous venez tout juste de rompre. Ça fait partie des raisons pour lesquelles ce n'est pas une bonne idée de faire ça.

J'ai ôté ses mains de mon cou, je les ai rangées le long de son corps et je me suis extirpé de son étreinte.

Scarlette a éclaté de rire.

– Tu crois que j'en ai quelque chose à foutre de Devin, après tout ce qui s'est passé ?

Elle m'a assailli de plus belle.

– Allez, Solo. Fais-moi un bébé.

– Hé là, hé là !

J'ai brandi mes mains comme deux panneaux « STOP » lumineux et reculé jusqu'au fond de la pièce. Je doute que tout le langage humain contienne des mots plus terrifiants à l'oreille d'un ado de dix-sept ans que « Fais-moi un bébé », même prononcés par un spécimen idéal d'un point de vue purement reproductif.

– Rassure-moi, c'est l'alcool qui parle, Scarlette ? Parce que c'est l'idée la plus foireuse que j'aie entendue de ma vie.

– Pourquoi ? s'est-elle vexée. Bébé en attend bien un, elle !

– Ce n'est pas une compétition.

Elle semblait au bord des larmes.

– Je déteste Devin. Je déteste sa sale tronche de cake.

– Pas de problème ! Déteste-le autant que tu veux. C'est vrai qu'il a une tronche de cake ! me suis-je exclamé, soulagé de voir la conversation prendre un cap moins flippant. Mais tu ne peux pas passer tes nerfs sur Bébé.

À ce moment-là, elle a éclaté en longs sanglots de fille bourrée – les pires sanglots qui soient, dans ma hiérarchie personnelle.

Et n'allez pas croire que je sois insensible. Je sais que Scarlette était en vrac et je suis bien placé pour savoir qu'il est important d'exprimer ses émotions. Mais c'est délicat d'être un mec en présence d'une fille bourrée qui pleure. Quoi qu'on fasse, on ne peut pas arranger les choses (l'alcool annihilant toute faculté de raisonnement), et il y a de fortes chances pour qu'on les aggrave (au hasard, en acceptant de faire un gosse à sa chef).

Comme je ne savais pas quoi dire, une fois de plus, j'ai sorti la première phrase qui m'est venue à l'esprit :

– Je sais que c'est dur pour toi en ce moment, mais la seule façon de surmonter une épreuve, c'est de la traverser.

J'empruntais ce slogan à l'affiche qui trônait pile en face de ma chambre à la clinique Weller Clawson. Elle représentait un immense rocher percé d'un trou. La photo n'était pas retouchée, le rocher existait réellement dans je ne sais quel parc national. Il se dressait en travers d'un sentier de randonnée et l'on distinguait, à travers, la silhouette de promeneurs.

Cela faisait longtemps que je n'avais pas pensé à cette affiche, qui comptait pourtant, à mon sens, parmi les moins cons de la collection. En tout cas, je tire mon chapeau à mon subconscient de l'avoir repêchée en cette occasion. Il aurait pu me souffler une niaiserie illustrée d'un Garfield ou d'un Charlie Brown, ou Dieu sait quelle autre ineptie.

Hélas ! Scarlette n'était pas d'humeur.

– Tu peux partir, Solo ?

– Pas de problème.

Je ne demandais que ça. Mais j'ai ajouté, parce que c'était vrai :

– Je suis désolé que tu souffres.

Je suis allé trouver Bébé. Elle scannait les retours avec Maverick, derrière la caisse.

– Hé, ça va ?

– À merveille, m'a-t-elle répondu d'un ton qui démentait son affirmation.

– C'était quoi, cette crise ? Qu'est-ce qui l'a déclenchée ?

– Aucune idée, Solo. J'étais en train de compter les cartons de Skittles quand elle m'a agressée façon Freddy-sort-de-la-Nuit.

– Je vais replacer les étiquettes, s'est aussitôt dérobé Maverick.

Bébé s'est passé la main dans les cheveux.

– Je te jure, Solo. Elle a déboulé dans le placard à fournitures et exigé que je lui révèle si j'allais faire adopter le bébé. Quand j'ai refusé, elle s'est mise à me lister un million de raisons de ne pas le garder, comme quoi je serais la pire mère du monde, et autres amabilités.

Bébé était en colère. Comme toujours, mais un cran de plus encore.

– Qu'est-ce que ça peut lui foutre, si je le garde ou non ? En quoi ça la regarde ?

Elle a croisé les bras.

– Tu sais, j'hésitais encore, mais finalement, je crois que je vais l'élever rien que pour la faire chier. Même que je serais une mère tellement géniale que mon gosse sera prix Nobel de la Paix. Scarlette sera bien obligée de fermer sa grande gueule.

– Je suis sûr que la vengeance est dans le top 5 des raisons pour lesquelles les gens choisissent de devenir parents, ai-je blagué. C'est le genre de vengeance qui coûte un bras, mais on n'a rien sans rien.

Bébé n'a pas relevé ma tentative d'humour.

– Scarlette part en vrille, a-t-elle affirmé. Maverick prétend qu'elle a passé la journée à se souler dans son bureau. Je crois même qu'elle a essayé de lui sauter dessus.

J'ai honte, mais cette révélation m'a blessé. J'aurais préféré être le seul objet de ses avances, même fortement alcoolisées.

– Ah ? ai-je fait.

– Ouais, mais il l'a envoyée bouler, m'a appris Bébé. Ouf.

J'ai épié le mannequin Levi's à la dérobée.

– Un bon point pour lui, ai-je approuvé.

Parce qu'il n'avait pas abusé de la situation, et parce que j'en déduisais qu'il ne courait pas après Scarlette. Non que nous ayons été rivaux, tous les deux ! Si nous l'avions été, il m'aurait rétamé.

– Il faut que tu rappelles à Scarlette qu'on ne harcèle pas ses employés à propos de leur vie privée, a ajouté Bébé. Je pourrais saisir les syndicats. Lui coller un procès au cul.

– C'est ton intention ?

Elle a fait la moue et haussé les épaules.

– Nan, ça a l'air trop galère.

À cet instant a retenti dans le couloir un grand boum suivi d'un cri perçant.

J'ai foncé et Maverick et moi sommes arrivés pile en même temps devant le placard à fournitures. Il a ouvert la porte, révélant un immense tas de bouteilles de soda format deux litres et des cartons de sucreries renversés. Quelque part sous tout ce bazar, la voix de Scarlette s'est élevée :

– Quelqu'un peut me filer un coup de main ?

Ensemble, nous l'avons déterrée et Maverick l'a soulevée de terre et emportée dans la boutique.

– Qu'est-ce qu'il s'est passé ? lui a-t-il demandé. Tu n'as rien ?

– J'étais assise, et la pièce s'est mise à tanguer, a expliqué Scarlette. Je me suis retrouvée par terre...

Maverick l'a examinée rapidement.

– Tu as mal quelque part ?

– À la main, a gémi Scarlette, les paupières à demi baissées. Je ne me sens pas bien.

Maverick l'a juchée sur le comptoir et elle a failli s'écrouler dessus.

– Merde, tu saignes, a-t-il observé, indiquant sa paume. Tu as dû te couper sur une des caisses de soda. Les bords peuvent être tranchants...

Scarlette a jeté un coup d'œil à sa coupure et gerbé en plein sur Maverick.

Bébé, le voyant couvert de dégueulis, a couru aux toilettes et un bruit de régurgitation familier s'en est élevé.

– Pardon, a lâché Scarlette.

Avant de s'évanouir sur le comptoir.

– Il faut que j'aille me changer, a observé Maverick au bout d'un moment. Tu gères la situation ?

Il désignait Scarlette.

Je ne gérais que dalle. Je n'avais toujours pas bien compris ce qu'était « la situation ». Les dix minutes qui s'étaient écoulées depuis mon arrivée au travail me faisaient l'effet d'un épisode de *Melrose Place* (ma mère regardait, OK?), mais passé en accéléré. N'empêche, j'ai dit :

– Pas de souci.

Puis j'ai regardé Maverick filer jusqu'à la sortie en se retenant de dégobiller à son tour.

J'ai tapoté la joue de Scarlette.

– Hé ! Il faut que tu te réveilles.

Elle a grogné, mais ses yeux sont restés fermés.

Je me suis retroussé les manches et j'ai inspecté sa plaie. Je n'arrivais pas à en déterminer la profondeur mais elle avait l'air de nécessiter des soins qui dépassaient mes compétences.

– Hé, Scarlette ! Debout ! Il faut que je t'emmène chez le docteur !

– Quel genre de docteur ? a-t-elle marmonné.

– Hein ?

J'essayais de me rappeler quelle quantité de sang perdu légitimait la pose d'un garrot tout en mesurant à vue d'œil celle qui s'écoulait de la main de Scarlette (et en tâchant de me souvenir de ce qu'était, au juste, un garrot).

– Je n'en sais rien, moi. Un docteur, quoi !

– Je suis docteur, a déclaré une voix dans mon dos. Que se passe-t-il ?

L'idée que la scène puisse avoir des témoins ne m'avait pas effleuré, alors, quand j'ai pivoté sur mes talons et vu Marc Schwartz planté là, deux étiquettes de film dans la main droite et une boîte de popcorn dans la gauche, ma mâchoire a failli se décrocher.

Quelques minutes plus tôt, je me rendais au travail au son de R.E.M. par une journée ordinaire, et voici que je surplombais une Scarlette ensanglantée et à moitié K.O. en présence de mon ancien psy. Mes rêves peuplés de dinosaures parlants me paraissaient plus plausibles.

– Je parlais d'un médecin, pas d'un docteur en psychiatrie, ai-je rectifié en indiquant le sang.

Marc n'a pas sourcillé.

– Comme tout docteur en psychiatrie, j'ai fait médecine, Joel, m'a-t-il appris. Il y a un kit de premiers secours dans le coin ?

Il y en avait un dans le meuble aux T-shirts. Je l'ai tendu à Marc. Il en a extrait une paire de gants en latex et m'a suggéré de fermer temporairement le magasin, « le temps que le calme soit rétabli », alors je suis allé mettre le verrou et retourner le panonceau « OUVERT » pour qu'il affiche « ON REVIENT TOUT DE SUITE ».

Nous avons porté Scarlette jusqu'à la table de la salle de repos. Marc a imbibé des compresses stériles de solution antiseptique.

– Elle s'est fait ça comment ? m'a-t-il demandé posément tout en lui tamponnant la paume.

Je lui ai résumé les faits aussi succinctement que possible.

– Elle a consommé des substances ? Drogues, médicaments ? Autre ?

– Je crois qu'elle a simplement trop bu.

– Elle revient d'une fête ou quelque chose comme ça ? s'est enquis Marc en s'emparant d'une nouvelle compresse.

– Elle vit mal sa rupture, ai-je lâché sans développer.

Marc a hoché la tête.

– Je vois. Tu as de la Super Glue ?

– De la Super Glue ?

– Fais-moi confiance, c'est un procédé tout ce qu'il y a de plus classique.

Ayant récemment rangé le placard à fournitures de fond en comble, je savais que nous en avions. J'ai décidé de m'en remettre au docteur Marc (pour les invraisemblances, on n'était pas à ça près ; je devais être en train de rêver) et je suis allé la lui chercher.

Le temps que je revienne, Bébé avait rejoint mon psy dans la salle de repos.

– Hep, chef, si tu veux que je me remette au boulot, il va falloir que tu me nettoies ce vomi. Sinon, je vais passer la soirée à gerber, et je ne peux pas te garantir que j'atteindrai toujours les toilettes à temps.

Elle fixait la main de Scarlette par-dessus l'épaule de Marc, aussi pâle que le jour de notre première rencontre.

Dans un soupir, j'ai tendu la colle au docteur.

– Merci, Joel, m'a-t-il dit. Il va te falloir de la Javel pour bien désinfecter. Et mets des gants !

Je n'avais pas besoin de ses conseils, mais je me suis bien gardé de lui rappeler ma riche expériencc en matière de nettoyage-du-vomi-d'autrui.

La tâche m'a occupé un certain temps (je vous épargne les détails) mais, quand j'ai eu fini, Bébé était toujours immobile. Je l'ai trouvée plantée devant la porte de la salle de repos, la mine encore plus perturbée qu'avant. J'en ai déduit qu'il y avait eu de nouvelles péripéties.

– Scarlette a revomi ? ai-je hasardé.

– Non, m'a-t-elle répondu, distante. J'étais perdue dans mes pensées.

J'étais curieux de savoir lesquelles, mais j'avais renoncé au droit de lui poser des questions perso le jour de ma crise au ciné, alors je me suis contenté de déclarer :

– C'est bon, j'ai tout lavé. Tu peux t'y remettre. Enfin, si tu le sens. Sinon, tu peux rentrer chez toi. C'est une drôle de journée.

– Ah. Non, c'est bon. Je vais m'y remettre.

– Tu es sûre ? Tu n'as pas l'air dans ton assiette.

– Tu l'as dit : c'est une drôle de journée, a-t-elle murmuré en me regardant à peine.

Elle m'a légèrement bousculé en regagnant son poste. J'aurais pu la suivre, mais Marc m'a appelé.

Scarlette dormait sur le canapé, une corbeille à papier en guise de bassine à ses côtés. Marc était assis dans le fauteuil voisin ; il écrivait.

– Ah ! Joel, m'a-t-il dit sans lever le nez de sa feuille. Tu peux me dire comment elle s'appelle ?

– Scarlette, ai-je répliqué. Euh, non, attendez, si c'est pour un formulaire officiel, son vrai prénom, c'est Jessica.

– Non, je lui écris juste un petit mot. Je ne savais pas à qui l'adresser. Mais peut-être que tu ne sais pas trop non plus ?

– Ici, tout le monde l'appelle Scarlette, en référence à l'héroïne d'*Autant en emporte le vent*, ai-je affirmé.

– Mais oui, bien sûr : les pseudos, a acquiescé Marc en continuant de noircir sa feuille de papier. Tu sais, c'est pour ça qu'il m'a fallu un moment avant de te reconnaitre, la première fois. Je ne suis pas physionomiste pour deux sous, alors que je n'oublie jamais un prénom. Enfin, c'est surtout l'association visage-prénom que je retiens. Ton pseudonyme m'a décontenancé, mais je me souviens très bien de toi. Ne va pas croire que tu n'as pas marqué les esprits !

– Je ne sais pas si je dois m'en réjouir. Pour vous marquer à ce point, je devais être sacrément déglingué.

Mais ce n'était pas là ce qu'il avait voulu dire, je le voyais à sa tête.

– Tu sais, dans mon métier, tous les patients sont inoubliables, et en même temps, ils font partie du train-train quotidien des médecins, a précisé Marc Schwartz en continuant d'écrire. Alors ? Ces dernières années, ça a été ?

– Pas d'internement forcé en HP, alors je dirais : pas mal.

Il a ri.

– C'est de ça que je me souvenais : ta répartie.

Un grand sourire aux lèvres, il a rangé d'un clic la mine de son stylo et m'a tendu la feuille. Il y avait listé les symptômes de l'intoxication alcoolique aiguë (même si, d'après lui, Scarlette était hors de danger) ainsi que quelques précisions relatives aux soins à apporter à sa blessure. Enfin, il m'a remis sa carte de visite.

– Je sais : d'après toi, il lui faut un médecin, pas un docteur en psychiatrie, m'a-t-il taquiné. Mais je te demande de lui laisser mes coordonnées, au cas où elle voudrait demander des comptes au charlatan qui a scellé sa plaie à la Super Glue.

– Merci.

– Ça me fait plaisir de te croiser de temps en temps. Prends soin de toi, Joel.

– Merci. Vous aussi.

Il est parti payer ses cassettes vidéo.

J'ai sorti une couette de la commode et j'en ai couvert Scarlette. Elle respirait très fort, la bouche ouverte, sa main pansée en visière au-dessus des yeux comme pour se protéger de la lumière. J'ai éteint l'une des lampes pour tamiser l'éclairage et lu les instructions que Marc lui avait laissées. Au bas de la feuille, il concluait :

Il parait que tu traverses une période difficile. Si jamais tu ressens l'envie d'en parler à un professionnel, n'hésite pas à appeler ma secrétaire pour prendre rendez-vous. Dans le cas contraire, je suis heureux de savoir que tu as des collègues sympas qui veillent sur toi.

J'ai souri.

Maverick est revenu peu après et nous nous sommes relayés au chevet de Scarlette entre deux séances de rangement de foutoir dans le placard à fournitures. Elle a émergé peu avant l'heure de la fermeture et Maverick a proposé de la conduire chez une copine à elle pour qu'elle ne passe pas la nuit toute seule. Elle a eu beau lui jurer avec de grands serments qu'elle n'allait pas revomir, il lui a fait emporter un sac poubelle, au cas où. Je l'ai aidée à boucler sa ceinture et je les ai regardés s'éloigner.

Parmi les pépites de sagesse que j'ai glanées en thérapie, j'ai appris que quiconque souffre d'un Mal, Mystérieux ou non, touche le fond tôt ou tard. Tant que ça demande moins d'efforts d'ignorer ses problèmes que de s'y attaquer, on se laisse dériver jusqu'à l'inévitable dégringolade. On se retrouve au trente-sixième dessous. Alors seulement, la lente et pénible ascension vers la lumière peut commencer.

En thérapie, on se rend compte aussi qu'en général, on ne touche pas le fond à la suite d'une chute violente et subite. Ce n'est pas comme si on se promenait, peinard, et que la terre s'ouvrait soudain sous vos pas. Ça se fait progressivement et insidieusement.

C'est un peu comme les sables mouvants. Et, le temps qu'on s'aperçoive qu'on est dans la panade, on n'est généralement plus seul. Souvent, tous vos proches s'escriment sur la rive à vous lancer des perches, des lianes, n'importe quoi pour vous extraire avant que vous ne sombriez tout à fait. Parfois, pour vous sauver, certains d'entre eux se retrouvent eux-mêmes à patauger jusqu'à la taille dans le bourbier. Parfois, quand on se débat, on les entraine au fond avec soi.

Pendant la période qui menait au Drame, je n'ai pas remarqué les sables mouvants sur lesquels nous évoluions. Dans le cas contraire, je me serais certainement noyé en m'efforçant de prévenir la catastrophe.

Je ne suis pas en train de dire que Scarlette vivait un truc semblable. Peut-être qu'elle était aux prises avec ses sables mouvants personnels, mais peut-être aussi qu'elle avait picolé pour se changer les idées et que ça avait dégénéré, tout simplement. Tout ce que je savais, c'était que si elle se rapprochait du fond, Devin comptait parmi les raisons de son naufrage.

C'est pour ça que, au dîner de Thanksgiving, pendant qu'il parlait avec mon père et mon oncle des performances désastreuses des Lions cette saison, je suis allé glisser à « Vaness' » que son chéri se trimballait tout un éventail de MST.

CHAPITRE SEIZE

Astuce imparable : vous avez envie de faire souffrir vos collègues au moment des fêtes ? Forcez-les à participer au jeu « Secret Santa ».

Pour ceux d'entre vous qui ont la chance de ne pas connaitre, Secret Santa est une tradition de Noël qui consiste à assigner au hasard à tous les employés d'une boîte un collègue à qui offrir un cadeau de manière anonyme. Qu'ils s'apprécient et se fréquentent en dehors des heures ouvrées ou non.

C'est du moins ce que j'ai retenu des explications de Poppins lors de la réunion d'équipe de début décembre.

– On va suspendre des chaussettes dans la salle de repos ; il y en aura une par personne. D'ici au vingt-trois décembre, chacun devra y glisser trois cadeaux pour la personne dont il aura tiré le nom : deux petits et un plus gros, pour une valeur totale ne devant pas dépasser vingt-cinq dollars, a-t-elle annoncé fièrement. Des questions ?

– Oui, a dit Bébé, agacée. Et si on refuse de participer ?

Poppins a échangé un regard avec Scarlette, qui a répondu à sa place :

– Dommage pour toi. Quand j'ai demandé des volontaires pour organiser une activité de team building de saison, Poppins a été la seule à se manifester, alors si ça ne te plait pas, tant pis pour toi. D'autres questions ?

Poppins rayonnait.

– Minute, a repris Bébé. Tu es en train de me dire que mon employeur m'oblige à dépenser ma paie durement gagnée pour offrir un cadeau à une personne que potentiellement je ne peux pas saquer ?

Elle a fait un tour d'horizon.

– Sans vouloir vous vexer, les gars, j'ai mieux à faire de mon argent que de vous acheter des cadeaux.

Elle a posé la main sur son ventre, entretemps devenu protubérant. Au cours des dernières semaines, elle avait (je cite) « explosé » et ne pouvait plus planquer sa grossesse sous ses fringues. Elle avait fait main basse sur les T-shirts promotionnels en XL afin de constituer sa garde-robe de grossesse – ce jour-là, elle était une pub ambulante pour *Black Sheep* avec David Spade et Chris Farley.

Scarlette évitait son regard.

– Tu as tout compris, a-t-elle lâché sèchement.

Depuis leur affrontement dans le placard à fournitures, leur relation restait tendue. J'espérais qu'avec le temps, ça se tasserait, mais j'allais apparemment devoir m'armer de patience.

Cette fois, je me suis fait l'avocat de Bébé, comme j'aurais dû le faire lorsqu'elle s'était insurgée contre le diktat des déguisements.

– Qu'on soit bien d'accord : vingt-cinq dollars, c'est le maximum ? On n'est pas obligés d'aller jusque-là. La seule règle, c'est qu'on n'a pas le droit de dépasser ce montant ?

Poppins a réfléchi.

– Oui, je suppose que tu as raison. Mais bon, ce ne serait pas très juste si tout le monde recevait pour vingt-cinq dollars de cadeaux, sauf la personne que Bébé aura tirée au sort...

– Ben, en fait, moi non plus, je ne tiens pas à claquer vingt-cinq balles, s'en est mêlé Hannibal. C'est pas pour faire ma radasse, mais ma mère s'est mise à me réclamer un loyer, alors je suis un peu à sec en ce moment.

Poppins s'est décomposée.

– Allez, quoi ! C'est Noël !

– Les cadeaux sus-cités doivent-ils nécessairement être de nature concrète ? s'est enquise Le Parrain. Pourrait-il éventuellement s'agir de quelque bienfait immatériel ? Les services rendus n'ont pas de valeur monétaire en soi, mais ils peuvent être précieux, voire inestimables.

Elle a dégainé son miroir de poche pour s'assurer que son rouge à lèvres n'avait pas bavé.

– Bon, OK, vous n'êtes pas obligés *d'acheter* tous vos cadeaux, a concédé Poppins. Tant que vous y mettez du cœur !

L'équipe semblait à court de doléances, aussi avons-nous procédé, bon gré mal gré, au tirage au sort.

Poppins a dégainé un saladier et l'a rempli de petits morceaux de papier.

– Qui commence ?

Maverick, toujours de bon esprit, s'est dévoué. Il a plongé la main dans le bol, déplié discrètement son bout de papier, souri et s'est incliné contre le dossier de sa chaise.

– Ah, j'oubliais, a précisé Poppins. Si vous tirez votre propre nom, ça ne vaut pas, vous devez rejouer.

Maverick s'est rembruni et a remis son papier dans le saladier pour en tirer un autre.

Je ne savais pas quoi espérer. Je me demandais ce qui serait le mieux (ou le moins pire). Au cours des huit années passées, j'avais acheté un total de cinq cadeaux, dont quatre flacons d'eau de toilette *White Shoulders* pour ma mère.

Quant au cinquième cadeau, c'est une longue histoire ; je vous la raconterai plus tard.

J'ai décidé qu'il serait mieux que je tombe sur un mec, parce qu'il me suffirait de glisser quelques numéros de *Maxim* ou de *Rolling Stone* dans la botte de Maverick ou d'Hannibal et le tour serait joué. Alors que si je tirais le nom de Poppins, par exemple, je serais bien embêté. Elle allait tout donner pour trouver les cadeaux parfaits ; je n'avais aucune chance d'être à la hauteur (je ne savais même pas par où commencer). Décidément, tirer son nom serait sans doute la pire éventualité.

Quand mon tour est venu, j'ai pris un papier au hasard et découvert dessus le nom du Parrain. Je ne savais pas trop quoi en penser.

– Rappelez-vous que la moitié du plaisir consiste à essayer de deviner qui a tiré quel nom, alors on garde le secret, s'il vous plait ! nous a signalé Poppins quand tout le monde a été fixé.

Elle n'avait pas plus tôt fini sa phrase que Bébé m'a tapoté l'épaule et m'a demandé :

– T'as tiré qui ?

Cela m'a surpris. Pas qu'elle enfreigne le règlement idiot de Poppins, mais qu'elle engage la conversation avec moi. On se parlait encore depuis mon coup de sang au ciné, mais Bébé campait sur ses positions et se montrait distante à mon égard (sauf pendant la mésaventure éthylique de Scarlette).

Pour autant, n'allez pas croire que je l'avais chassée de mes pensées, parce que ce n'était pas le cas. Je ressassais aussi les conseils de mon psy, et je savais qu'il avait raison : j'avais besoin d'un ami. Mon Mal Mystérieux était en grande partie dû à une putain de solitude qui durait depuis bien trop longtemps. Je n'avais aucun mal à admettre que j'aspirais à plus de transparence et de partage dans ma relation avec Bébé. Là n'était pas le problème. Le problème, c'était que chaque fois que j'envisageais de lui parler de mon passé, je la visualisais, un marqueur indélébile à la main, en train d'écrire « MALADE MENTAL » sur ma belle *tabula rasa*, de cette écriture inclinée que je lui connaissais depuis qu'elle avait inscrit les lettres « SOLO » sur mon badge le tout premier jour, et m'envoyer bouler à tout jamais.

J'ai attendu que la pièce se vide et j'ai montré mon bout de papier à Bébé.

Elle en est restée bouche bée.

– Putain, tu me l'as dit ! J'en reviens pas. Tu ne me confies jamais rien, d'habitude.

Sa remarque m'a un peu blessé. Ce qui était le but recherché.

– Et toi, t'as eu quel nom ?

Elle m'a gratifié d'un rictus.

– Comme si j'allais te le dire !

– Dois-je en déduire que c'est le mien ? Pour info, je suis très dur en cadeaux.

– T'es le boss : t'as déjà tout ce dont on peut rêver. Sauf peut-être...

Elle a ouvert son sac et en a extirpé une enveloppe rosâtre.

– C'est quoi ? Une carte de vœux ?

– Tais-toi et ouvre-la.

J'ai décacheté l'enveloppe et découvert un faire-part illustré d'animaux en tenue de gala. Un chien du nom de Doug, et un chat du nom de Kat.

– Tu ne rêves pas, il y a bien un chien et un chat sur leur faire-part de mariage. Parce qu'ils s'appellent Doug et Kat. C'est consternant.

Bébé secouait la tête.

J'ai désigné les animaux.

– Tu plaisantes ? C'est canon !

D'après l'invitation, ils se mariaient le jour de la Saint-Valentin.

– Ne te sens pas obligé de venir, m'a dit Bébé en se passant la main dans les cheveux. T'es le bienvenu, hein. Mais si ce n'est pas ta came d'assister au mariage de deux illustres inconnus qui se représentent sous les traits de héros de dessin animé, je ne te jetterai pas la pierre. Moi-même, je m'en passerais bien, mais je suis obligée.

– Tu es sûr que je suis invité ? me suis-je étonné. Je n'ai

rencontré ta mère qu'une seule fois. Ce serait bizarre que je sois là, non ?

Bébé s'est dandinée d'un pied sur l'autre.

– Ben, non... tant que t'es mon cavalier.

– Oh, ai-je fait. Donc en fait, je ne serais pas leur invité, mais le tien ?

– C'est une offre gratuite et sans obligation d'achat. Seulement, si j'y vais seule, je vais mourir d'ennui, s'est-elle empressée d'ajouter. Et va donc trouver un rencard pour le 14 février avec le bide que je me paie !

Elle a joint le geste à la parole.

Elle me tendait un rameau d'olivier et j'ai fondu dessus comme la misère sur le pauvre monde.

– Au fait, comment a réagi ta mère, pour ta grossesse ? Je ne te l'ai jamais demandé.

Bébé a soupiré.

– Disons qu'un des rares avantages à avoir été conçue par une ado, c'est que votre mère ne peut pas vous reprocher de tomber enceinte au lycée.

– Tu vois le verre à moitié plein, bravo, ai-je blagué.

Elle a levé les yeux au ciel.

– Kat m'a demandé si l'enfant était de toi. J'ai dit non, bien sûr. Elle a semblé un peu déçue.

– Tu lui diras que je suis flatté.

– Dégueu, m'a rétorqué Bébé en grimaçant. Quoi qu'il en soit, elle est au courant et elle ne m'a ni étripée ni même flanquée à la porte quand je lui ai tout dit, alors je dirais qu'elle ne m'en veut pas à mort.

– Tant mieux, lui ai-je dit.

Puis, n'y tenant plus, j'ai ajouté :

– Et cette invitation, c'est une façon de me dire que tu ne m'en veux pas à mort, toi non plus ?

Elle a haussé les épaules.

– Je ne t'en ai jamais vraiment voulu, Solo. Le fauteuil du ciné et toi, vous avez des trucs à régler, mais ça, c'est entre vous.

Le soulagement m'a envahi.

– Vraiment ?

Elle a hoché la tête.

– Ouais. Je sais que tu ne vas pas te livrer à moi, alors j'ai décidé que ça m'indifférait.

– Oh.

Cela n'aurait pas dû me faire mal, et pourtant.

– OK, ai-je lâché.

J'avais dû m'assombrir, parce que Bébé a aussitôt repris :

– Je ne dis pas ça par méchanceté, Solo. Je suis passée à autre chose, c'est tout.

Et elle a mis les choses à plat :

– C'est simple : tu n'as pas envie de me parler de tes problèmes. Message reçu. Je regrette que tu connaisses les miens, mais bon, c'est comme ça. En plus, si tu me balances l'explication derrière ta crise chez Headlights, ça va me donner envie de me confier en retour, puis tu surenchérirais et on finirait dépendants l'un de l'autre et liés par une obligation tacite cheloue de tout se raconter. Et ensuite ?

Elle a marqué une pause.

– Imagine qu'on se brouille pour une raison x ou y. Qu'on ne soit plus amis. Je ne tiens pas à ce qu'un ennemi connaisse mes plus noirs secrets ! C'est trop risqué.

Cette logique me parlait complètement. C'était le contre-argument parfait au petit speech de mon psy sur l'importance de se mettre à nu en amitié.

N'empêche que, venant de Bébé, ce laïus me blessait.

Elle a conclu :

– Je ne veux pas qu'on arrête de se voir, Solo. On n'aura qu'à garder nos tracas pour nous et s'en tenir à des sujets superficiels. Comme les films. Ça tombe bien, j'ai encore beaucoup à t'apprendre de ce côté-là.

Je lui ai adressé un sourire forcé, mais j'étais effondré. Je me rendais compte – un peu tard – que je n'avais vraiment, mais alors vraiment pas envie d'une amitié superficielle avec Bébé.

– Deal, ai-je répondu en empochant mon faire-part. Dis à Kat et Doug qu'ils peuvent compter sur moi. Je leur achèterai un grille-pain.

Bébé a opiné du chef, mais sans sourire.

– Parfait.

CHAPITRE DIX-SEPT

Au rayon cosmétiques du grand magasin Hudson, un bâton de rouge à lèvres Chanel « Baiser Fatal » coûtait vingt-huit dollars. Je me contrefichais que cela explose mon budget Secret Santa, et même que la vendeuse me demande si je souhaitais l'essayer tout de suite. On était le 22 décembre, j'avais repoussé mes achats de Noël jusqu'à la dernière minute, et ce truc était le seul susceptible de trouver grâce aux yeux du Parrain. Or, comme je m'étais ramassé pour ses deux premiers petits cadeaux, j'avais intérêt à me rattraper sur le dernier.

Comme prévu, toute l'opération Secret Santa avait été un calvaire pour moi. D'abord, j'avais complètement oublié qu'il y aurait trois séances de déballage. Le jour de la première, n'ayant rien sous la main, j'avais glissé dans la botte du Parrain un paquet de M&M's fauché dans le placard à fournitures en guise de (minable) ersatz de cadeau.

J'étais loin de me douter que Le Parrain était allergique aux cacahuètes.

– Je ne trouve pas cela drôle, avait-elle décrété à l'équipe au complet lors de la distribution de la paie. Sachez qu'en cas de nouvel attentat à mes jours, je me verrai dans l'obligation de sévir.

Rebelote le jour du deuxième déballage : ça m'était sorti de l'esprit et Le Parrain a hérité d'une carte de fidélité Subway qui trainait au fond de mon portefeuille, et qui donnait droit à un sandwich à la dinde gratuit pour l'achat d'une boisson.

C'est là que j'ai appris que Le Parrain était végétarienne.

– Mon Père Noël secret est mon ennemi juré, a-t-elle sifflé entre ses dents en jetant mon « cadeau » à la poubelle.

Et de deux.

Pour ne rien arranger, mon propre Père Noël se révélait génialissime. Comme premier cadeau, j'avais reçu un porte-clés en forme de Han Solo congelé dans la carbonite. Il était minutieusement emballé dans une de ces petites boîtes habituellement réservées aux bijoux, avec bolduc à frisottis et tout et tout. Mon deuxième cadeau était un modèle réduit minuscule mais super détaillé du Faucon Millénium. Il s'agissait à l'évidence d'un article de collection et il avait dû couter bonbon. Le paquet semblait lui aussi réalisé par un pro, mon nom sur l'étiquette tracé par un calligraphe de métier.

Bref : tout désignait Poppins.

Je n'en étais que plus soulagé de ne pas avoir tiré son nom.

Je n'ai pas fait attention à ce que les autres recevaient dans leurs chaussettes, sauf Bébé, qui avait hérité de tétines et d'anneaux de dentition.

Mais comme nous ne nous parlions plus que de sujets superficiels, je ne pouvais pas lui demander ce qu'elle pensait de ses cadeaux, même si j'en mourais d'envie.

D'ailleurs, je mourais d'envie de lui poser bien d'autres questions interdites. Par exemple, avait-elle décidé de garder le bébé ? Avait-elle informé Indy qu'elle avait renoncé à se faire avorter ? Avait-elle été recontactée par les universités où elle avait postulé ? Mais ces derniers temps, quand on se voyait, on se bornait à établir un classement des films de Jim Carrey où à débattre au sujet de *Piège de cristal* (film de Noël ou non ? Telle était la question).

Qu'on ne s'y méprenne pas : j'étais ravi que nous soyons toujours amis. Seulement, cette amitié n'était pas celle que le psy m'avait prescrite.

La vendeuse du rayon cosmétiques a insisté pour me faire un paquet cadeau puis, muni de mon rouge à lèvres pour Le Parrain, j'ai rebroussé chemin et refait l'expédition jusqu'au centre commercial voisin devant lequel je m'étais garé parce que j'ignorais qu'on ne vendait pas de produits Chanel dans les grandes surfaces (qu'est-ce que j'en savais, moi ?).

Il ne restait que trois jours avant Noël alors, forcément, le centre commercial était bondé. Tout en jouant des coudes parmi la cohue, je me suis rendu compte que je n'étais jamais venu là en cette période de l'année (j'achetais le parfum de ma mère à la supérette de mon quartier). En revanche, c'était bien ici, chez le disquaire, que j'avais acheté le seul autre cadeau que j'aie jamais offert à quiconque. Vous l'avez deviné, il était pour Crystal.

Je vous arrête tout de suite : les boucles d'oreilles, le maquillage et les autres babioles que je lui avais procurées, ça ne compte pas. Lorsqu'elle était arrivée de Virginie, elle ne possédait que le contenu de sa boîte à chaussures et les habits qu'elle avait sur le dos, alors, ces trucs, ce n'était pas tant un cadeau qu'un nécessaire de survie. Son vrai cadeau, ç'avait été des places pour le concert de Bon Jovi lors de leur tournée *Keep the Faith.* Un cadeau extraordinaire, sans vouloir me vanter.

***

– T'es sérieux, Joel ?

Les yeux ronds comme des soucoupes, Crystal s'est couvert la bouche de la main.

– Tu m'emmènes à un concert de Bon Jovi ?

– Et ce n'est pas de gaieté de cœur, crois-moi !

– Merci, merci, merci ! a-t-elle pépié. J'ai tellement hâte ! Je porterai ma robe verte.

Le concert se tenait au Palace of Auburn Hills, ce qui représentait un défi majeur : c'était à 25 kilomètres de la limite extérieure de mon périmètre cyclable autorisé (dixit mes parents), et papa et maman n'auraient jamais permis à leur fils de treize ans de se rendre seul à un concert de rock.

Par chance, Devin venait de passer le permis et il ne posait pas trop de questions. Je lui ai filé tout l'argent de poche que j'avais économisé pour acheter un T-shirt à Crystal au concert et, en échange, il m'a déposé au Palace en promettant de passer me chercher à vingt-deux heures, heure de la fermeture du centre de frappe couvert (pour mordus du baseball frileux).

Dès qu'il s'est éloigné au volant de sa voiture, j'ai retrouvé Crystal. Elle s'était débrouillée pour venir par ses propres moyens, et elle portait sa robe verte sans manteau alors qu'on était début mars.

– J'y crois pas ! Joel, tu te rends compte qu'on sera bientôt dans la même pièce que Jon Bon Jovi et Richie Sambora ?

– J'en ai des palpitations, ai-je répondu, sarcastique.

Mais pour de vrai, j'étais super content de la voir aussi heureuse.

Un groupe appelé The Jeff Healey Band a fait l'ouverture. Puis Bon Jovi est entré en scène et, même depuis nos places pourries (les seules que j'avais pu me permettre), tout en haut des gradins, ce fut spectaculaire. Il y avait de la fumée, des lasers et des explosions ainsi bien sûr que des riffs de guitare tonitruants. Et il y avait Crystal s'égosillant à mes côtés, au septième ciel.

J'ai passé plus de temps à la regarder qu'à suivre ce qu'il se passait sur la scène. Elle connaissait toutes les chansons par cœur, au mot près, elle sautait sur place, braillant les paroles en faisant tressauter ses boucles brunes comme autant de ressorts de dessin animé. Ce fut l'une des rares joies de mon existence, d'assister à l'exultation de Crystal ce soir-là. Il devrait y avoir un mot pour décrire ce que ça fait de voir quelqu'un qu'on aime aussi euphorique que Crystal à ce concert. Je crois que c'est un truc qu'on ne peut pas vivre à la première personne.

Je n'arrêtais pas de consulter ma montre, craignant de rater mon couvre-feu et mon chauffeur. À dix heures moins cinq, j'ai prévenu Crystal que je devais partir.

– Tu ne peux pas me laisser avant qu'ils aient joué « Livin' on a Prayer », m'a-t-elle rétorqué. Il faut que tu restes, parce que c'est ma chanson préférée !

– OK, ai-je accepté à contrecœur.

Elle me demandait si peu de choses que je lui aurais accordé tout ce qu'elle voulait. Et ce n'était pas sa faute, me répétais-je, si le groupe n'avait entonné sa chanson préférée qu'à la toute fin du concert, vers onze heures et quart.

– C'était la meilleure soirée de toute ma vie, Joel, m'a assuré Crystal quand les lumières se sont rallumées dans la salle. Personne n'avait jamais fait une chose comme ça pour moi. Jamais. Je ne pensais pas que ça m'arriverait un jour. Je te sous-estimais, je regrette. Je te demande pardon.

Elle m'a serré dans ses bras et m'a gratté la tête de ses ongles couleur Diamant Vert.

– Je regrette qu'on n'ait pas plus de temps à passer ensemble.

– On se revoit bientôt ? lui ai-je demandé.

– Oui ! m'a-t-elle répondu avant de disparaitre dans la foule.

Il était minuit et quart quand j'ai enfin trouvé Devin, debout sous un lampadaire devant la salle de concert. Flanqué de ma tante Denise hagarde, d'un agent de police, et de ma mère cramoisie.

Le lendemain, on me faisait interner à la clinique Weller Clawson.

***

Je ne sais pas si ça vous est déjà arrivé, mais j'avais beau me creuser la tête, pas moyen de me rappeler où j'avais garé ma foutue voiture. Je n'avais pas du tout fait attention à l'entrée du centre que j'avais empruntée et j'ignorais donc totalement par où sortir.

Plutôt que d'errer dehors dans le froid au petit bonheur la chance en attendant de tomber sur ma Chrysler, j'ai déambulé dans les galeries et scruté les environs dans l'espoir que la mémoire me revienne. Hélas ! Je ne reconnaissais rien, ni la vitrine 100 % jeans du rayon femmes, ni les mannequins affublés de T-Shirts No Fear au rayon hommes. Je ne me rappelais même pas si j'avais croisé le gars de l'armée du salut avec sa clochette et son seau à collecte avant d'entrer, c'est dire si j'étais concentré sur mon objectif.

Pile au moment où je me résignais à m'établir pour toujours dans le centre commercial, j'ai reconnu mon père au rayon bijouterie.

J'ai plissé les yeux, pensant me tromper, mais plus personne ne portait de blouson Members Only à l'époque à part lui. Je n'avais pas la berlue.

C'était étrange de le croiser dans ce contexte, et pas seulement parce qu'il s'agissait d'une drôle de coïncidence. Pour commencer, mon père ne pratiquait pas le shopping. Cela faisait partie des attributions de ma mère. Papa détestait tellement faire les boutiques que maman s'achetait même ses propres cadeaux de Noël pour lui épargner la corvée. En général, il découvrait le 25 au matin, quand elle le lui montrait, ce qu'il lui avait payé cette année-là.

En plus, c'était dimanche après-midi. Papa aurait dû être en train de manger des pancakes dans son *diner* habituel. Il ne dérogeait jamais à cette tradition à moins d'être malade. Or, il paraissait en pleine forme.

Mais cela m'était égal. J'étais ravi de le voir, parce que ça signifiait que j'allais pouvoir chercher ma voiture depuis le confort de la sienne.

– Papa ! ai-je appelé, mais la foule entre nous a absorbé ma voix.

À côté de mon père, une blonde à cheveux courts essayait un bracelet. Je l'ai regardée le tendre à mon père puis, dans un geste que mon cerveau a mis plusieurs secondes à analyser, elle a glissé sa main dans la sienne.

J'ai pilé net au beau milieu de l'allée.

Papa a entrelacé ses doigts avec ceux de la dame blonde. Elle lui a souri, il s'est penché vers elle et il l'a embrassée sur la bouche.

Oh putain.

Comme s'il avait senti mon regard sur lui, papa a tourné la tête vers moi.

Je me suis frayé un chemin jusqu'à la sortie la plus proche et j'ai décampé.

CHAPITRE DIX-HUIT

Quand je suis arrivé chez moi, j'ai dit à ma mère que je passais la nuit chez un copain. J'ai dû ramer pour l'en persuader.

– Un copain ? C'est la première fois que tu me parles d'un copain.

– C'est Hannibal. On bosse ensemble.

– Il est fréquentable ?

– Super fréquentable.

– Qu'est-ce que vous allez faire ?

– Jouer à la console.

– Il a une petite amie ?

– Dans ses rêves !

– Ses parents seront à la maison ?

– Bien sûr.

– Hannibal, c'est son prénom ou son nom de famille ?

– C'est son pseudo, maman.

– Oh. Comment il s'appelle pour de vrai ?

– ... Robert.

– OK. Tu me laisses son numéro près du téléphone.

J'ai noté le numéro du vidéoclub, vu que c'était là que je me rendais en réalité. Scarlette n'ayant plus besoin de squatter la salle de repos, le canapé me tendait les bras.

Je quittais l'allée en marche arrière au volant de ma Chrysler quand j'ai vu le pick-up de papa dans mon rétroviseur.

J'étais bien content de ne pas avoir eu à l'affronter. Je ne savais pas encore comment j'étais supposé réagir à la scène de la bijouterie. Tant que je n'étais pas au clair sur la question, je ne voulais pas le croiser.

Il ne m'était pas facile de déterminer ce que je ressentais. De la colère, sans doute... Mais une colère aux motifs nébuleux, parce que ce qui me fâchait n'était pas tant l'existence de cette maîtresse blonde que le fait de l'avoir inopinément découverte. Cela doit vous sembler naze. Je ne le nie pas, mais je n'y peux rien.

Malgré tout ce qu'il avait enduré (le Drame, et ce que ce dernier avait fait de moi), mon père n'avait jamais flanché. Il était resté tellement fort que c'en était presque surhumain. Après les faits, il avait tout géré, notre déménagement dans le Michigan, la reconstruction de notre vie, avec beaucoup plus de sang-froid que ma mère et moi. Non qu'il soit resté de marbre (il avait ses crises, comme tout le monde), mais là où le Drame nous avait bousillés, maman et moi (quoique différemment), mon père gardait le cap avec un aplomb qui m'avait toujours sidéré.

Je m'étais leurré sur son compte. Je m'en apercevais, à présent. Il y avait aussi un Truc qui Clochait chez Lui.

Seulement, son Mal Mystérieux à lui avait visiblement pris les traits d'une aventure extraconjugale.

Je n'avais pas envie d'y penser. Par chance pour mon cerveau, les parents de Scarlette avaient exigé des bilans de fin d'année. Rien de tel que de s'abrutir de travail pour se changer les idées.

Maverick et Poppins étaient en train de fermer la boutique. Je leur ai dit de ne pas mettre le verrou et m'en suis chargé moi-même après m'être changé et brossé les dents. Puis, je me suis installé pour la nuit.

J'ai allumé la télé mais la vieille antenne ne captait presque aucune chaine. Au final, j'ai arrêté mon choix sur un talk-show grésillant et je me suis enivré de l'odeur de Scarlette dont la couette était imprégnée.

Elle se trouve pile au-dessus de toi, m'a soufflé une petite voix.

La petite voix n'a pas eu besoin d'insister. D'un bond, je me suis levé, j'ai empoigné mon manteau, je suis sorti et, quelques secondes plus tard, je frappais à la porte qui menait à l'appart du dessus.

Autant mes intentions étaient douteuses quand je suis allé voir Scarlette au lendemain de sa rupture, autant cette fois, c'était moi qui étais vulnérable, aussi n'avais-je aucun scrupule. Tant qu'elle n'était pas ivre, tous les coups étaient permis. N'importe quel mec normalement constitué aurait rêvé de pécho Scarlette. Or, être normal, c'était mon Graal.

– Qu'est-ce qui t'arrive, Solo ? m'a demandé Scarlette quand elle est descendue m'ouvrir, vêtue d'un tablier d'esthéticienne et de pas grand-chose d'autre.

– Désolé de te déranger. Je peux squatter la salle de repos, cette nuit ?

Elle a haussé les sourcils.

– Il fait froid dehors. T'as qu'à monter.

Bingo ! C'était pile ce que j'espérais. Je l'ai suivie sans hésiter dans l'escalier.

– Qu'est-ce qu'il t'arrive ? m'a-t-elle demandé en gravissant les marches.

– Rien. C'est mes vieux. Tu sais ce que c'est.

L'escalier débouchait sur une vaste pièce éclairée par des néons et ressemblait en tout point à une ancienne agence immobilière. On y trouvait même de vieux bureaux, que Scarlette utilisait comme commode et comme console pour sa télé. Dans le coin, près de la fenêtre qui donnait sur Washington Street, il y avait un matelas posé à même le sol. À gauche, une chaise solitaire trônait sur le lino du coin kitchenette.

– Tu veux boire quelque chose ? m'a-t-elle proposé. J'ai du soda, de la sangria, et il doit me rester quelques bières...

Déjà, elle se dirigeait vers le réfrigérateur.

Je lui ai emboîté le pas.

– Non, merci.

Elle a ouvert le frigo et pris une canette de soda.

– Je me rends compte que je ne sais quasiment rien de ta vie en dehors du boulot.

Elle a ouvert sa canette dans un sifflement.

– D'après Devin, tes parents sont super sévères. Ils t'ont fait un sale coup ?

– On pourrait parler d'autre chose que de mes parents ?

Je lui ai touché le coude. OK, ce n'était pas un geste de tombeur, mais on fait ce qu'on peut.

– Ou mieux, ai-je murmuré. On ne parle pas du tout.

Scarlette a laissé ma main là où elle était mais n'a pas caché son étonnement.

– Je pensais que ça ne t'intéressait pas de « ne pas parler » avec moi, a-t-elle remarqué.

– Oh, si, ai-je avoué. J'adorerais ne pas parler avec toi, là, tout de suite, maintenant.

J'ai eu du mal à interpréter sa réaction quand je me suis penché pour l'embrasser, sans doute parce qu'une seconde après, j'ai été interrompu par le bruit d'une porte qui s'ouvrait derrière moi et que j'ai littéralement bondi à l'autre bout de la kitchenette.

Un homme en serviette de toilette est apparu.

– Hé, Jessica, j'étais couvert de petits poils alors j'ai pris une douche et... Oh, bonsoir.

– Bonsoir, ai-je bredouillé.

Je me sentais bête, mais bête !

– Chase, je te présente Solo, a dit Scarlette. Chase est passé se faire couper les cheveux.

Elle m'a montré la chaise. De fait, le plancher tout autour était jonché de cheveux.

Chase a traversé la pièce et m'a serré la main, retenant de l'autre sa serviette.

– Tu dois être le petit frère de Jessica.

– Euh, non. On bosse ensemble.

– Au vidéoclub, a précisé Scarlette.

– OK, a fait Chase en haussant les épaules.

Sur ce, au lieu de regagner la salle de bain pour se rhabiller, de partir et de nous laisser seuls, Scarlette et moi, il a pris une bière dans le frigo et s'est assis, vêtu en tout et pour tout de sa serviette, sur la seule autre chaise de la cuisine.

– Puisque t'es là, tu devrais te faire couper les cheveux, m'a-t-il suggéré. Elle assure, Jessica !

– Hein ? ai-je fait. Euh, non, merci. Je ne voulais pas déranger.

J'ai battu en retraite, cap sur la sortie.

Comment avais-je pu m'imaginer un seul instant que Scarlette serait seule ? Les filles qui possédaient son physique ne l'étaient jamais. Des millions de Chase rampaient à leurs pieds. J'en savais quelque chose : je rampais parmi eux.

– Oh, oui ! a pépié Scarlette. Je rêve de te faire une coupe, Solo.

Elle a passé ses doigts dans mes cheveux deux ou trois fois puis elle m'a guidé jusqu'à son salon de coiffure improvisé.

– Euh... bon, d'accord, mais que les pointes, hein ?

Je n'ai pas eu le temps de prononcer un mot de plus : déjà, elle me vaporisait de l'eau glacée sur le visage. Il s'agissait d'humidifier mes cheveux en vue de la coupe, évidemment, mais en l'occurrence la douche froide m'était utile à d'autres égards.

– Alors, ça fait longtemps que tu travailles au vidéoclub ? m'a demandé Chase.

– Quelques mois, ai-je répliqué en contenant un soupir exaspéré.

Je détestais parler de la pluie et du beau temps. Plus encore, constatais-je, quand ce genre de conversation insipide m'était imposé par un bellâtre en serviette que je soupçonnais fortement de gonfler ses pecs exprès. Mais comme un con, je lui ai poliment retourné la question.

– Et toi, tu fais quoi dans la vie ?

– Je suis coach sportif.

Bien sûr.

– Si ça t'intéresse, je te fais cadeau des premières séances. Tu soulèves quoi, trente, quarante kilos ?

Je n'aurais pas su dire si son estimation, juste ou non, se voulait insultante. Probablement que oui.

– Avec mon aide, tu pourras doubler tes perfs en quelques mois.

– J'y songerai, ai-je ânonné. Pour mes résolutions de nouvelle année.

– Je suis contente de te l'entendre dire, Solo, m'a félicité Scarlette en me tendant une mèche de cheveux dont elle venait de me délester.

Sa longueur était effarante.

Génial. En guise de châtiment pour avoir tenté de la pécho, j'allais me faire tondre la boule à zéro tout en subissant les conseils muscu d'un bouffon torse-poil. Bien joué, l'univers.

Aujourd'hui, si on me donnait le choix entre revivre les trente minutes qui ont suivi ou l'intégralité de mes séjours en HP, le choix serait cornélien. À un moment, Chase m'expliquait comment obtenir des abdos en béton (il m'a fait palper les siens pour illustrer son propos) et j'ai envisagé de plonger sous l'évier pour m'envoyer un demi-litre de M. Propre. Pas de quoi me tuer. Juste de quoi mettre un coup d'arrêt à ce cauchemar.

Quand Scarlette a reposé ses ciseaux, je lui ai dit que la coupe était top sans même me regarder dans la glace. Puisque le mal était fait, à quoi bon ? Au reste, quand bien même elle m'aurait tondu à blanc, je m'en moquais, tant qu'elle me libérait.

Elle m'a raccompagné jusqu'à la sortie.

– Désolé, ai-je marmonné sans réussir à la regarder dans les yeux. Je ne savais pas que t'avais un rencard.

Elle a balayé de la main mes inquiétudes.

– T'inquiète, Chase n'est sûrement pas jaloux de toi.

Et vlan ! En plein dans les couilles de mon ego.

– Je vois, ai-je grommelé.

– Enfin, je veux dire : entre nous, ce n'est pas du sérieux. Il s'en fout si les mecs défilent ici.

– Me voilà soulagé.

J'ai tendu la main vers la poignée.

– Attends !

Elle a posé sa main sur la mienne.

– Je sais que t'as eu une rude journée. Et quand les rôles sont inversés, t'as toujours un super conseil à me donner. Laisse-moi te rendre la pareille.

– Oh, ce n'est pas la peine...

– Si, si. Je vais te trouver un truc profond.

L'expression de ses yeux noisette s'est soudain faite très sérieuse. Il lui a fallu quelques secondes de réflexion mais soudain elle m'a annoncé :

– Ça y est. J'ai trouvé.

Elle s'est humecté les lèvres, éclairci la voix et a déclaré :

– Donte chésse ouateur folls.

Je l'ai dévisagée.

– Pardon ?

– « *Don't chase waterfalls* ». Ça vient d'une chanson de TLC.

– Celle avec les gangs et le sida et tout ça ?

– Ouais. Ça veut dire « Ne fais pas la chasse aux chutes d'eau ». Prends soin de toi, quoi.

– OK.

Au fond, son conseil n'était pas plus idiot que ceux que je volais effrontément aux affiches de mes psys.

– Je vais essayer, lui ai-je promis.

Elle m'a souri, satisfaite, et j'ai déguerpi.

Il s'était mis à neiger pendant mon passage chez elle et j'ai laissé des empreintes sur le parking tout saupoudré de blanc. La température avait chuté, aussi. Enfin, j'en avais l'impression, mais peut-être que c'était dû à ma nouvelle calvitie.

Il régnait dehors un de ces silences propres à l'hiver. La neige est la façon qu'a la nature de mettre le monde en sourdine, ai-je songé. Plus de feuilles mortes qui craquent, plus d'oiseaux qui gazouillent. Tout est comme insonorisé.

Absent.

Mon petit coin du monde était couvert. Caché. Pas de traces dans la neige, ni de pas, ni de pneus. Pas d'allées et venues. Pas signe de quiconque venu à ma recherche, inquiet pour moi. Nulle âme qui tienne assez à moi pour me tenir compagnie.

Crystal me manquait.

Cette fois, je l'admettais sans honte. Elle me manquait à fond.

Et pas qu'à 1 % de moi. À 100 %.

J'ai fourragé dans mes poches et enfilé mes gants.

Pourquoi avait-il fallu qu'elle s'en aille ? Elle ne faisait de mal à personne ! Au contraire : elle m'avait aidé. Plus que qui que ce soit d'autre, elle m'avait aidé à surmonter le Drame qui nous avait frappés. Vous pouvez me croire.

J'ai poussé du pied un petit monticule de neige jusqu'à former une boule et je l'ai fait rouler sur le parking. Au début, elle était d'un blanc immaculé, mais plus elle récoltait de neige sur le bitume, plus elle se salissait. J'ai continué de la sorte jusqu'à ce qu'elle soit trop lourde puis je l'ai abandonnée près de la porte et j'en ai façonné une autre.

Où était Crystal ? J'avais l'intuition de le savoir. Depuis longtemps, j'avais ma petite idée concernant l'endroit où elle était partie – l'endroit où elle demeurait depuis tout ce temps. À m'attendre, peut-être. Ou pas. Mais c'était loin. Et quand bien même elle s'y serait trouvée, j'ignorais ce que je lui aurais dit.

La deuxième boule, je l'ai faite plus petite, et la troisième encore plus. Je les ai empilées pour fabriquer un bonhomme de neige. Il ne neigeait jamais en Virginie et je n'étais plus vraiment un enfant en arrivant dans le Michigan alors, concrètement, il s'agissait de mon premier.

Je lui ai confectionné des yeux et une bouche en cailloux mais, n'ayant pas de carotte sous la main, je ne lui ai pas fait de nez. Ensuite, je lui ai bricolé des bras en bâtons et j'ai retiré mes gants, qui étaient verts, pour figurer les mains. Puis j'ai reculé pour admirer mon œuvre.

J'avais fait de mon mieux.

Je suis rentré dans la boutique et je me suis endormi.

CHAPITRE DIX-NEUF

Le lendemain matin, ROYO Vidéos devait ouvrir ses portes un peu plus tard que d'habitude afin de permettre à l'équipe de se réunir pour des « festivittés de saizon ».

Je croisais les doigts pour que le Père Noël secret de Scarlette lui offre un dictionnaire.

Je suis sorti de bon matin acheter du jus d'orange comme Poppins m'en avait chargé (c'était ma contribution à notre petite sauterie), et tout en faisant les courses, je me suis demandé s'il ne serait pas de bon ton que j'offre une babiole à tous mes collègues, puisque j'étais leur patron et que c'était le genre de choses que ferait un patron normal pas trop con. Celui de mon père, par exemple, lui offrait toujours un jambon juste avant les vacances de Noël. Dans la famille, ça nous faisait toujours plaisir, mais vu le fiasco du bon d'achat Subway, j'ai préféré éviter les cadeaux à base de viande. Mon choix s'est finalement porté sur des assortiments de chocolats (j'en ai même trouvé des « garantis sans trace d'arachide » pour Le Parrain).

Le temps que je rentre du supermarché, Poppins et d'autres étaient arrivés. Celle-ci tendait une nappe imprimée de poinsettias sur la table de la salle de repos, et à ma vue, elle s'est écriée :

– Solo ! Tes cheveux !

Maverick et Hannibal ont pivoté vers moi.

– On dirait Brad Pitt ! s'est extasiée Poppins.

– N'importe quoi, ai-je marmonné (quoique secrètement flatté).

– C'est vrai, m'a confirmé Maverick. Il est coiffé comme ça dans *L'armée des douze singes.*

Même Bébé y a mis son grain de sel :

– J'ai failli ne pas te reconnaitre. Mais ça te va bien !

J'ai souri.

– C'est Scarlette qui m'a coupé les cheveux.

– Elle t'a massacré, a rétropédalé Bébé.

Mais je voyais bien qu'elle plaisantait.

– Je vais peut-être lui confier ma tignasse, a blagué Hannibal en secouant coquettement sa queue-de-cheval.

C'était chouette de voir l'équipe de si bonne humeur.

Les autres n'ont pas tardé à nous rejoindre les bras chargés de moules à cake et de Tupperwares pour notre festin, ainsi que de cadeaux, bien sûr. Je n'étais pas le seul à avoir pensé à un petit quelque chose pour les collègues ; je ne m'en sentais que plus normal. En fait, tous y avaient pensé, à part Hannibal et Bébé. Nous avons procédé à la distribution tout en nous régalant d'un assortiment de donuts, de bananes flambées (une spécialité de la mère de Maverick) et de brochettes de fruits. On a déballé nos sucres d'orge, nos brownies maison, nos sachets de chocolat chaud « gourmet » et... nos paires de Ray-Ban. Car tel était le « petit quelque chose » que Le Parrain avait choisi de nous offrir à tous.

– J'hallucine ! a commenté Scarlette en essayant les siennes. C'est hyper cher !

Le Parrain a condamné d'un claquement de langue cette allusion à l'argent.

– Vous me témoignerez votre reconnaissance un jour, peut-être, a-t-elle lâché. Si cela s'avère nécessaire.

Elle nous a tous regardés droit dans les yeux, l'un après l'autre.

Malgré le malaise diffus que j'éprouvais toujours en sa présence, je passais un bon moment, et pas seulement parce que je venais d'hériter de super lunettes de soleil.

Peut-être que Noël ressemble toujours à ça pour les ados qui ont des amis, mais la vie ne m'avait pas habitué à cela. D'habitude, mon moment préféré, à Noël, c'était quand j'ouvrais la carte de vœux de mes grands-parents et que je découvrais un chèque dedans. Cette fête de boulot était bien mieux.

– Bon, je doute que les Secret Santas puissent rivaliser avec des Ray-Ban, mais c'est parti pour le grand déballage des chaussettes ! a clamé Poppins, excitée comme une puce.

Elle était encore plus dans l'esprit de Noël que moi. Non seulement elle arborait une robe en forme de sapin avec de vraies guirlandes électriques intégrées, mais elle a décrété :

– Je commence !

Sur quoi elle a posé devant elle une boîte emballée dans un papier cadeau imprimé de feuilles de houx.

Le paquet était moins soigné que les deux premiers, mais je ne lui en tenais pas rigueur. C'était l'intention qui comptait, et Poppins m'avait déjà tellement gâté qu'elle pouvait largement se permettre un peu de relâchement.

C'est alors qu'elle a poussé le cadeau vers Hannibal.

– Excellent, c'était toi ! s'est exclamé celui-ci avec un sourire en coin.

– Ouvre ! a-t-elle pépié.

L'enthousiasme d'Hannibal n'était pas feint quand il a sorti de la boîte un ourson orange en peluche affublé d'un collier de bouffon.

– La mascotte des Grateful Dead, trop bien ! s'est-il exclamé. Je vais l'appeler Jerry.

Poppins en tressautait de joie.

– Je savais que ça te plairait !

C'était le tour d'Hannibal. Il avait tiré le nom de Scarlette.

Tandis qu'il lui remettait un sac en papier kraft orné d'un petit nœud adhésif, je m'interrogeais. Qui, sinon Poppins, avait pu se donner autant de mal pour mes cadeaux anonymes ?

Scarlette ? J'étais sceptique. Elle m'avait tout de même appelé *Hans* Solo. Sa maitrise de l'univers de *La guerre des étoiles* était sans doute trop limitée pour lui permettre d'apprécier à sa juste valeur un modèle réduit ultra détaillé du Faucon Millénium.

– Du Soho, a lu Scarlette sur l'étiquette de la bouteille d'alcool qu'elle venait de dévoiler. Parfait !

Pendant qu'elle nous la montrait, je n'ai pas pu m'empêcher de remarquer la cicatrice encore fraîche sur sa main, vestige de sa cuite dans le placard à fournitures.

– Tiens, c'est pour toi, a-t-elle dit en déposant son offrande devant Bébé, qui l'a aussitôt lorgnée d'un air méfiant.

Bébé, cela ne m'avait pas échappé, était la plus discrète de l'équipe, ce matin-là. Maintenant que je l'observais plus attentivement, je lui trouvais les traits tirés et la mine un peu triste.

Mais, lorsqu'elle a déballé son cadeau, son expression est restée neutre.

– *Pour en finir avec John et Jenny : cinquante-mille idées de prénoms originaux*, a-t-elle lu, crispée, avant de détourner les yeux du livre.

– Je sais que tes cadeaux sont plus pour le bébé que pour toi, a commenté Scarlette, désinvolte. Je me suis dit que tu ne m'en voudrais pas.

– Je vois ça, a répondu Bébé.

– Je ne sais pas si tu as déjà choisi un prénom, a insisté Scarlette. Pour info, si c'est une fille, j'aime bien Taylor. Tyson si c'est un garçon.

– C'est noté.

– Qu'est-ce qu'il y a, ça ne te plait pas ? a insisté Scarlette, mécontente de sa réaction. J'essaie juste de te soutenir...

– De me soutenir ? a répété Bébé. C'est-à-dire ?

– Ben, tu sais... comme tu vas devenir maman, lui a tranquillement rétorqué Scarlette. Je sais qu'au début, je n'ai pas été cool. Mais ça y est, j'ai compris. En fait, tu as besoin d'aide.

Elle semblait faire un gros effort de sincérité, mais Bébé n'y croyait pas.

– Putain mais c'est quoi ton problème ? D'abord, tu me traites de mère indigne, et maintenant tu veux choisir le prénom à ma place ? Je ne t'ai pas sonnée, Scarlette, garde ton avis pour toi !

Elle l'avait blessée.

– Pardon d'en avoir quelque chose à foutre, Bébé, a répliqué Scarlette, pincée. J'essayais d'être sympa, c'est tout.

– Depuis quand t'es sympa avec moi ? a riposté Bébé.

Scarlette l'a fusillée du regard.

– Il faut toujours que tu compliques tout ! Je viens de te faire un cadeau. Ça te ferait mal de me remercier ?

– Oui, a affirmé Bébé sans ambages. Parce que ton cadeau est merdique et que je ne peux pas te saquer.

Elle s'est levée, a poussé un paquet vers Maverick et dit :

– Joyeux Noël, Mav, j'espère que t'avais besoin d'une écharpe.

Puis elle a tourné les talons, quitté la salle et, à en croire le carillon de la porte d'entrée, elle est partie.

Nous nous sommes tous dévisagés.

Scarlette enrageait.

– Non, mais pour qui elle se prend ?

Allez savoir pourquoi, la question paraissait m'être adressée. Scarlette me fixait et semblait attendre des explications.

Explications que je n'avais aucune envie de lui fournir. Ma relation avec Bébé ne m'autorisait pas à répondre à sa place. Nous n'étions pas assez proches pour ça. Mais tout le monde me dévisageait alors j'ai fait de mon mieux.

– Je crois que c'est dur, pour elle, en ce moment.

Scarlette a levé les yeux au ciel et maugréé :

– Pauvre chou. Bienvenue au club !

Ça, je ne l'ai pas digéré. À chaque séance de thérapie de groupe, il y a toujours un petit con pour balancer une remarque déplacée. En général, c'est le privilégié de service, qui se figure que son Drame Personnel est la pire chose qui puisse arriver à qui que ce soit sur Terre. Alors, je sais bien que le malheur, ça ne se mesure pas, mais une rupture amoureuse et une grossesse adolescente, ce n'est vraiment pas comparable.

– Bébé est enceinte, lui ai-je rappelé avec emphase. Comment tu le vivrais, à sa place ?

C'est ainsi que les psys géraient les interventions des petits cons (quoique sur un ton moins malveillant que le mien). Histoire de les amener à « se mettre dans la peau d'autrui », ce qui « favorisait » soi-disant « l'empathie ».

– La vie est dure pour tout le monde, Solo, s'est défendue Scarlette. Je ne comprends pas pourquoi Bébé est tellement en rogne. Cet enfant, personne ne l'a obligée à le faire !

Tout le monde la fixait.

– Ben quoi ? s'est-elle enfoncée. La contraception, ça existe ! Et l'abstinence, aussi.

– J'ai une idée, a (Dieu merci !) lancé Maverick, l'écharpe de Bébé au cou. Et si j'offrais mon cadeau ?

– Ouais, on enchaine, a approuvé Poppins.

Aussitôt, Maverick s'est levé, il s'est dirigé vers le canapé, a récupéré un gros carton orné de rubans frisottés et a regagné la table.

– Joyeux Noël, Solo, a-t-il déclaré en le déposant devant moi.

– Quoi ? ai-je bredouillé.

J'avais du mal à connecter Maverick avec l'image que je me faisais de mon Père Noël secret. Depuis le début, j'étais persuadé qu'il s'agissait d'une fille.

– Tu es surpris ?

– Carrément ! ai-je avoué. C'est à cause des paquets. C'est ta mère qui les a faits ?

– Euh, oui, a-t-il opiné. J'espère que ça va te plaire.

J'ai ouvert la boîte, j'en ai sorti mon cadeau et j'en suis resté bouche bée.

C'était un tableau encadré, une scène de *La guerre des étoiles* réalisée à l'encre et à l'aquarelle, avec espace infini, tirs de laser et chasseurs X-Wing ainsi qu'une étoile noire en train d'exploser à l'arrière-plan. Au premier plan, sous l'équipage, on pouvait lire les mots LE RETOUR DU ROYO tracés dans la même police que le titre du *Retour du Jedi*.

– C'est incroyable, ai-je murmuré, encore perdu dans la contemplation de l'œuvre.

– Regarde de plus près, m'a encouragé Maverick.

J'ai examiné les membres de l'équipage.

– Mais... C'est moi ? ai-je demandé bêtement, me reconnaissant sous les traits de Han Solo.

Maverick rayonnait.

– Oui. Enfin, on y est tous, mais ouais, Han Solo, c'est toi. Avec ton ancienne coupe de cheveux.

Je n'en revenais pas. La ressemblance était bluffante et il n'avait fallu que quelques traits d'encre et de peinture pour substituer mon visage à celui d'Harrison Ford.

Toute l'équipe s'est massée autour du portrait.

– Fais voir ! a gazouillé Poppins en se penchant. Oh mais non, je suis Obi-Wan Kenobi ?

– Oui, lui a confirmé Maverick. Il y a étonnamment peu de femmes dans la trilogie, alors j'ai dû prendre quelques libertés avec les personnages masculins. Et un des droïdes.

– C'est toi qui as dessiné ça ? me suis-je exclamé, estomaqué.

J'étais un peu lent à la détente, ce matin-là.

– Ben... oui. Dessiner, c'est mon truc, a expliqué Maverick. Poppins a dit qu'on pouvait fabriquer certains de nos cadeaux... Je me suis dit que ça ne poserait pas de problème.

– Yes ! Trop bien, je suis Chewbacca ! s'est réjoui Hannibal en lorgnant le portrait par-dessus mon épaule.

– Je suis Dark Vador ? a énoncé Le Parrain, circonspecte, avant que l'ombre d'un sourire vienne flotter sur ses lèvres. J'approuve.

– Donc, je dois être la princesse Leia, a présumé Scarlette en contournant la table pour mieux voir.

– Non, je crois que tu es là, sous les traits de C-3PO.

Poppins lui a indiqué le droïde aux deux gros obus de métal.

– Quoi ? Mais pourquoi ? a protesté Scarlette, manifestement vexée. Et c'est qui, alors, Leia ?

– Bébé, l'ai-je informée en regardant la fille aux cheveux en pains aux raisins et au sourire en croissant pendue au bras de Han Solo.

Je lui ai rendu son sourire.

Maverick a haussé les épaules.

– Comme je le disais, pour les filles, je n'avais pas beaucoup d'options.

– Oooh ! Tu t'es représenté en Luke Skywalker ! a remarqué Poppins en désignant le Jedi top model à la gauche de Han. Il te ressemble à fond !

Cela faisait trop d'attention d'un coup pour Maverick. Il s'est empourpré.

– Mec, merci de ne pas m'avoir dessiné en Jabba le Hutt, lui a lancé Hannibal. La tentation devait être forte. Je ne l'oublierai pas, mon pote.

– Et toi, Solo, tu en penses quoi ? m'a demandé Maverick avec ferveur. Ça te plait ?

J'étais sans voix. Si je suis complètement honnête, je crois bien que je me retenais de pleurer.

Au palmarès des cadeaux que j'avais reçus dans ma vie, il n'y avait certes pas beaucoup de concurrence mais celui de Maverick décrochait la palme, et de très loin. C'était le plus attentionné, le plus personnalisé, le plus original. Sans compter que son auteur avait dû mettre des heures à le réaliser ! Le résultat était canonissime. Je n'arrivais pas à en détacher mon regard.

– C'est génial, ai-je réussi à articuler. Merci.

– Je t'en prie.

– Tu pourrais m'en faire un, à moi aussi ? a demandé Poppins.

– Ouais, mec. Je t'en achète un, a renchéri Hannibal. C'est trop cool !

Les deux derniers cadeaux ont suscité nettement moins d'émoi : mon rouge à lèvres pour Le Parrain (qui a semblé touchée, pour autant qu'on puisse en juger, que j'aie choisi la bonne teinte, et m'a pardonné mes bourdes précédentes), et un livre creux « pour cacher des trésors » pour Poppins de la part du Parrain. Bien après la fin du cérémonial, l'équipe se passait et se repassait encore le dessin de Maverick.

– Les gars, il faut qu'on traine ensemble plus souvent ! s'est exclamée Poppins quand tout a été terminé. Je ne m'étais pas autant amusée depuis des siècles.

J'étais bien d'accord avec elle. J'étais prêt à retirer tout le mal que j'avais pu dire de la tradition des Secret Santas.

On s'est attardés autant que possible mais l'heure d'ouvrir la boutique est arrivée et les autres ont vaqué à leurs occupations, me laissant seul dans la salle de repos avec mon dessin et un livre de prénoms dont personne ne voulait.

Je m'efforçais de ne pas penser à l'absence de Bébé mais c'était plus fort que moi. Il me semblait qu'elle aurait adoré le dessin de Maverick, d'autant plus qu'il l'avait choisie pour incarner Leia et que ça avait fait rager Scarlette.

J'ai pris le bouquin de prénoms et entrepris de le feuilleter.

Jamais je ne l'aurais avoué à Bébé mais, dans le fond, je trouvais le cadeau de Scarlette plutôt attentionné. Je la croyais animée de bonnes intentions. Mais c'était peine perdue : venant d'elle, Bébé n'aurait rien apprécié. Elle semblait déterminée à la détester. Détestation méritée ou non, je n'aurais pas su le dire.

J'ai ouvert le livre à la lettre N.

Nicole (prénom féminin) : victorieuse.

J'ai souri. À mes yeux, le prénom de Bébé ne lui allait pas. Il n'avait pas assez de mordant. Cela me faisait plaisir de découvrir qu'au moins, il avait une chouette signification.

Victorieuse. Bébé était une gagnante. Plus exactement, une combattante doublée d'une gagnante. On ne vainc pas sans affronter d'adversaire. On ne dit pas du gagnant du loto qu'il est « victorieux », on dit qu'il a du bol. Une Nicole, en revanche, arrachait ses triomphes à ses ennemis. C'était une guerrière, une *warrior.*

Je suis revenu en arrière jusqu'à la lettre J.

Joel (prénom masculin) : volontaire.

C'était loin d'être aussi cool.

Quoique, à la réflexion, nos prénoms allaient plutôt bien ensemble. Les gens victorieux le deviennent en remettant en cause l'ordre établi, ou du moins en commettant un acte qui les distingue de la masse des non-victorieux, ce qui revient à être volontaire. À s'obstiner. À persévérer, à ne jamais désespérer.

La volonté conduit à la victoire. Ou, reformulé façon dissert' de philo : « La volonté est à la victoire ce que Joel est à Nicole, ce que Solo est à Bébé. Vous avez quatre heures. »

Merde. Elle devait vraiment me manquer pour que j'invente des sujets de dissertation à propos d'elle.

D'ailleurs, je ne le niais pas : elle me manquait. Si cela n'avait tenu qu'à moi, j'aurais passé le plus clair de mon temps en sa compagnie, au boulot et en dehors. Mais étant donné le cadre très strict qu'elle avait défini pour notre amitié, cela semblait exclu.

À moins que...

Officiellement, rapporter son livre à Bébé constituerait un geste parfaitement superficiel. Il ne s'agissait que d'un livre, et encore : d'une vulgaire liste de prénoms. Rien de profond là-dedans. J'étais donc en droit de le lui rapporter sans transgresser les règles de notre amitié de surface. J'en profiterais pour lui faire admirer le dessin de Maverick, on parlerait de tout et de rien et je repartirais.

Et puis, qu'aurais-je bien pu faire d'autre de ma journée ? Je n'avais pas envie de rentrer chez moi. Or, je ne prenais du service qu'en fin de soirée. J'avais intérêt à décamper si je ne voulais pas finir dans la peau du manager pathétique qui passe son temps libre au boulot.

J'ai attrapé mes clés de voiture.

Les vitres closes et R.E.M. en sourdine, j'ai longé la rue de Bébé en guettant sa Ford. Elle n'était pas dans l'allée. Je ne connaissais qu'un seul autre endroit où Bébé avait pu se rendre alors je m'y suis dirigé.

Le parking du Headlights était relativement vide, mais j'y ai repéré une Ford Accord avec un autocollant Pearl Jam sur le pare-brise arrière.

Je me sentais assez victorieux.

La pin-up qui servait d'hôtesse d'accueil m'a menée jusqu'à une table où j'ai vu Bébé, seule, de dos, penchée au-dessus d'une liasse de documents, une assiette de wings à portée de la main.

– Salut, lui ai-je dit en m'avançant.

Elle s'est retournée et, surprise, m'a répliqué :

– Salut.

J'ai posé le bouquin sur la table.

– Tu connais la signification de ton prénom ? lui ai-je demandé.

Elle me fixait toujours.

– Non.

– Victorieuse.

– Ah, a-t-elle réagi, blasée. Bizarre. J'aurais cru que ce serait le sens de « Victoria ».

Elle n'avait pas tort.

– J'imagine que c'est aussi le cas. Je n'ai pas vérifié.

On se regardait.

– C'est tout ce que tu avais à me dire ? m'a lancé Bébé.

– Non, ai-je dit. J'avais envie de te parler, aussi.

Elle m'a toisé, dubitative.

– De quoi ?

– De films, ai-je répondu. C'est sur la liste des sujets qu'on a encore le droit d'aborder, pas vrai ?

– Ouais, m'a répondu Bébé, déstabilisée. Mais je suis occupée, là. Ça peut attendre qu'on se voie au boulot ?

– Je voulais juste savoir si tu avais vu le film sur la fille qui se prend la tête avec sa chef à la fête du boulot. Parce que moi, j'ai loupé la fin et j'aimerais savoir comment ça se termine pour l'héroïne.

Bébé a croisé les bras et m'a décoché un regard noir.

– Tu te fous de moi, Solo ?

– Pas du tout ! Comment ça finit, alors ? Le suspense me tue.

Elle a soupiré mais accepté de jouer le jeu.

– Franchement, ce film, c'était une bouse. J'espérais que la chef se ferait renverser par un bus, mais même pas.

– Et l'héroïne ?

– Elle finit seule dans un restau scabreux.

J'ai haussé les sourcils.

– Ambiance ciné d'art et d'essai. Je vois.

Bébé a levé les yeux au ciel et décrété :

– La critique lui a mis deux étoiles.

– J'ai hâte de voir la suite. Il parait que l'héroïne et son pote super cool font le casse du siècle dans une bijouterie et deviennent riches et célèbres.

Bébé luttait pour ne pas pouffer, je le voyais bien.

– Un casse, Solo ? Tu ne saurais même pas voler un sac en plastique.

– Ne me sous-estime pas, ai-je protesté. D'après ton bouquin, je suis volontaire.

Elle a secoué la tête, consternée, mais aussitôt après elle m'a fait signe de m'asseoir à sa table et la sensation de victoire s'est affermie en mon sein.

– Je sais que j'avais dit que j'arrêtais, m'a-t-elle dit, mais je peux te parler d'un truc ?

J'étais euphorique.

– Tout ce que tu veux.

– T'es sûr ? Parce que c'est satisfaisant de faire de la rétention d'informations pour te punir de ne jamais rien me raconter, mais là, j'ai trop besoin de parler à quelqu'un.

– Hé, ça tombe bien : je suis quelqu'un. Je t'écoute.

Cependant, au lieu de se confier à moi, Bébé m'a tendu un de ses documents.

Il s'agissait d'un courrier officiel du bureau des admissions de l'université Sarah Lawrence.

Chère Mlle Palmer,

Félicitations ! Au nom de tout le corps enseignant de l'université Sarah Lawrence, j'ai le plaisir de vous informer que votre candidature a été acceptée, et que nous serons heureux de vous accueillir parmi nos rangs à la rentrée de septembre 1997…

J'ai immédiatement relevé les yeux.

– Putain, mais c'est génial, Bébé ! Tu es prise ! Bravo !

Je rayonnais.

Pas elle.

– Qu'est-ce que je fais ? m'a-t-elle demandé.

– Euh… T'y vas ?

– Et le bébé ? Je l'emporte ?

La mémoire m'est revenue.

– Oh, ai-je fait.

Bébé a soupiré.

– J'avais décidé de l'élever. Enfin, je me sentais assez sûre de moi. Jusqu'à ce que je reçoive cette lettre. Et maintenant, je ne sais plus.

Elle s'est tue un instant.

– Ça craint, putain ! Je n'arrête pas de changer d'avis ! Quel genre de mère est-ce que je vais faire ?

J'ai tout de suite reconnu la question sans réponse. Dans mon expérience, il y en a un paquet, des comme ça.

Bébé a poursuivi :

– Kat et Doug sont d'accord pour l'élever le temps que je fasse mes études, si c'est mon souhait, mais je ne trouve pas ça juste. Ce serait trop égoïste d'abandonner mon bébé de six mois pour aller dans une bonne université à New York, alors qu'il y a des facs tout à fait correctes à quelques kilomètres de chez moi. En plus, a ajouté Bébé en se frottant les tempes, les gosses de Doug sont grands, il tolère ma présence parce que je vais bientôt quitter le nid, mais un bébé, ça ne figurait pas dans le contrat pour maman et lui.

Elle a poussé un nouveau soupir et s'est passé la main dans les cheveux.

– Soit je reste ici et je l'élève, soit je pars et je l'abandonne, et en gros, quoi que je fasse, c'est la merde pour tout le monde.

Elle a abattu son front contre la table. Elle ne s'est pas redressée tout de suite.

– Maverick a aimé son écharpe ?

– Il ne la quitte plus.

– Ouais, mais ça ne veut rien dire, il est super gentil. Même s'il la détestait, il ferait semblant. Et lui, il t'a donné quoi, au final ?

– Tu savais que c'était lui, mon Père Noël secret ?

– Ouais, m'a avoué Bébé en se redressant enfin pour boire une gorgée d'eau. Il ne savait pas quoi t'offrir, alors j'ai suggéré un truc en rapport avec *La guerre des étoiles*, mais il n'avait vu aucun des films.

Elle tripotait sa paille. Son propre propos l'ennuyait.

– J'ai trouvé qu'il s'en était bien sorti avec tes deux premiers cadeaux, a-t-elle observé.

– Plutôt, oui ! ai-je acquiescé. J'ai le troisième dans ma voiture. J'avais envie de te le montrer. Je peux ?

– Si tu veux.

Je suis allé récupérer le dessin.

J'étais à mi-chemin quand un truc m'a frappé. Maverick n'avait jamais vu *La guerre des étoiles.* Ça m'a paru doublement étrange.

Premièrement, quel genre d'individu n'avait jamais vu *La guerre des étoiles*?

Deuxièmement, le dessin était tellement détaillé et les portraits si fidèles aux héros de la trilogie que j'avais pris Maverick pour un fan inconditionnel, comme moi. Je ne voyais pas comment il serait parvenu à recréer l'univers des films autrement, ni pourquoi il s'y serait efforcé. Pour mon cadeau, il aurait pu se contenter de m'offrir une carte de fidélité Subway, et basta.

Bizarre.

Quand j'ai montré le dessin à Bébé, elle a été aussi époustouflée que moi.

– Waouh ! C'est ouf ! Il est tellement doué qu'il pourrait en faire son métier.

– Ouais, hein ? Surtout quand on pense qu'il n'a pas vu les films. Il a assuré !

– En fait, il a fini par les regarder, m'a confié Bébé, les yeux rivés sur le dessin. Il m'a dit qu'il en avait besoin pour ton dernier cadeau. Mais je ne me doutais pas du tout qu'il te préparait ça !

– Ah ?

De plus en plus bizarre.

– Je n'en reviens pas qu'il se soit donné autant de mal pour un collègue, ai-je affirmé.

– Moi, si, m'a répondu Bébé en haussant les sourcils. Hé ! Je viens de remarquer un truc : je suis la princesse Leia, et Scarlette, c'est C-3PO ! Je t'en supplie, dis-moi que ça l'a énervée.

– Pourquoi ça ne t'étonne pas que Maverick ait fait ça ? ai-je demandé en tapotant le cadre du tableau.

Bébé m'a regardé.

– Allez, Solo.

– Quoi ? ai-je insisté, sentant que je passais à côté d'une info qu'elle jugeait évidente. Il veut une augmentation, c'est ça ?

Je sentais déjà la colère monter. Exploiter une tradition de Noël à des fins personnelles, c'était mesquin. Les gens étaient-ils donc incapables de générosité ? Pourquoi fallait-il toujours que leurs actes soient intéressés ?

– Mais non, andouille, m'a détrompé Bébé en secouant la tête, affligée. Ne me dis pas que tu ne sais pas !

– Que je ne sais pas quoi ?

– Pour Mav.

– Quoi, Mav ? Qu'est-ce qu'il a ?

– Il est...

Elle étirait la phrase, comme si elle me soufflait la réponse. Puis, comme je ne la complétais pas, elle a explicité :

– Disons que les filles, ce n'est pas son truc.

– Quoi ? ai-je éructé. Non, tu te trompes.

Bébé s'est contentée de hausser les épaules.

– Il te l'a dit ? Qu'il était homo ? ai-je précisé dans un murmure.

Prononcer ce mot dans un lieu pareil me semblait une invitation à se faire tabasser.

– T'en connais beaucoup, des homos qui se revendiquent comme tels ? m'a rétorqué Bébé. Autant se promener avec une cible dans le dos ! La plupart des parents aiment encore mieux avoir une ado en cloque qu'un gosse homo.

– Donc, tu spécules, en fait, en ai-je conclu. Tu veux juste être méchante.

Ma remarque a paru l'offenser.

– Tu m'expliques en quoi je suis méchante ?

– Parce que c'est dégueulasse, Bébé ! ai-je pratiquement crié. Une accusation pareille, ça peut te gâcher la vie !

Elle a mis un certain temps à répondre :

– À qui ça gâcherait la vie si Maverick flashait sur toi ? À lui, ou à toi ?

– Tu ne comprends pas, ai-je répliqué dans un soupir. Qu'il flashe sur moi, c'est absolument hors de question.

– Mais pourquoi ? s'est enquise Bébé, plissant les yeux. T'as quelque chose contre les Portoricains ?

– Hein ? Mais pas du tout ! me suis-je récrié.

J'ai baissé la voix.

– Simplement, je ne tiens pas à plaire aux mecs.

Elle m'a décoché une moue dégoûtée.

– Putain, Solo, je n'aurais jamais cru que t'étais homophobe.

– Tu viens de suggérer que Maverick était amoureux de moi ! T'en connais beaucoup, des mecs à qui ça ferait plaisir ?

– Je pense que les gays ne s'en plaindraient pas. Maverick est génial.

– Ouais, ben, flash info : je ne suis pas gay, ai-je chuchoté.

– Et alors ? Qu'est-ce qui te met dans cet état, Solo ? Maverick est super et, côté physique, tu ne lui arrives pas à la cheville. Tu devrais être flatté.

– Ben, c'est raté, ai-je répété. Attends, tu croyais que j'étais gay, ou quoi ?

– Vu comment tu baves sur Scarlette, certainement pas. Tu préfères clairement les filles. Vulgaires, mais bon, c'est ton problème si t'as des goûts de chiottes.

– Mais Maverick, il me croit gay ? Je ne veux pas qu'il s'imagine avoir la moindre chance avec moi.

– Je n'en sais rien, Solo. Déstresse ! Il a un faible pour toi, mais l'homosexualité, ce n'est pas contagieux. Alors pète un coup, merde !

Mais je ne déstressais pas du tout. À la place, j'ai dit :

– Putain, mes parents vont criser.

Cette remarque pouvait sembler incongrue au vu de la situation mais, dans mon cas, elle était parfaitement logique, croyez-moi sur parole. Malheureusement, pour le comprendre, il fallait connaitre un tas de trucs sur moi que Bébé ignorait.

– Tes parents ? C'est quoi le rapport avec eux ? m'a-t-elle bien sûr demandé.

– Laisse tomber, ai-je lâché.

J'étais si furieux que j'en tremblais.

– Il faut que j'y aille.

Je me suis levé pour partir.

Le problème, c'était que je n'avais nulle part où aller. J'évitais la maison et voici que j'en étais réduit à fuir le seul autre endroit que je fréquentais, parce qu'un de mes collègues me faisait du rentre-dedans.

Bébé m'a empoigné le bras.

– Ah, non !

Elle avait réussi à attirer mon attention.

– Tu ne vas pas me refaire le coup, Solo ! Je viens de m'ouvrir à toi, une fois de plus, et maintenant que c'est ton tour, tu te casses ?

Avec sa force surhumaine de femme enceinte, Bébé m'a forcé à m'asseoir à côté d'elle sur la banquette.

– J'en ai ras le cul de notre pseudo amitié à deux balles ! à partir de maintenant, c'est tout ou rien. Je ne te cache rien, alors putain, tu vas me parler ! Même si c'est un dégueulis homophobe, tu balances ! Pourquoi c'est la fin du monde pour toi, de plaire à Maverick ?

J'ai plongé mon regard dans les yeux de Bébé. Ils étaient verts.

Vous devez vous demander pourquoi je m'enferrais dans le silence. Ce n'était qu'une malheureuse petite question, après tout. Ce n'était pas comme si Bébé m'interrogeait sur le Drame ou sur mon Mal Mystérieux. Ce qu'il faut comprendre, c'est que je ne pouvais pas lui répondre sans aborder ces deux autres chapitres de mon existence. Tout était étroitement entremêlé. Vous voyez ces labyrinthes sur les sets de tables qu'on file aux mômes au restaurant ? Ceux qui partent des quatre coins du rectangle et aboutissent tous au même point, le trésor, au milieu ? Vous pouvez choisir n'importe quel point d'entrée, pourvu qu'on évite les culs-de-sac, tous les chemins mènent inexorablement à la même chose. Le Drame.

Je savais qu'en répondant à la question de Bébé, je m'engageais à tout lui révéler. Et je n'étais pas prêt. D'ailleurs, elle l'ignorait, mais elle n'y était pas prête, elle non plus.

– C'est compliqué, ai-je murmuré.

Bébé a levé les yeux au ciel.

– Je ne sais pas ce que tu caches, mais ça ne peut pas être si terrible que ça.

– Oh que si.

Elle a grogné mais elle a fait une concession.

– OK. Oublie ma question. Commençons par autre chose. Tant que tu me confies un truc. Parle-moi de la fille.

Je me suis figé.

– Quelle fille ?

– La fille, bon sang ! La fille, Solo. Celle que tu as cru voir ici l'autre jour quand t'as craqué pendant la chanson de Bon Jovi !

Bébé a lancé ses mains en l'air.

– Qu'est-ce qu'elle t'a fait pour te mettre dans cet état ? Elle t'a trompé ? Elle t'a brisé le cœur, ou quoi ?

J'ai secoué la tête.

– Non. Tu n'y es pas.

– Alors éclaire ma lanterne.

J'ai dégluti et réfléchi. En fait, il m'était possible de lui parler de Crystal sans entrer dans les détails. Peut-être même que ça accréditerait mon personnage de mec normal. Tous les gens normaux ont vécu une relation foireuse à un moment ou à un autre. C'est comme un rite de passage. Rien ne m'obligeait à préciser que la mienne, je l'avais vécue avec une fille que nul ne voyait à part moi.

– OK, ai-je lâché. Cette fille, je tenais énormément à elle. Et elle m'a abandonné. Elle m'a planté au moment où j'avais le plus besoin d'elle, et ça m'a anéanti.

En une fraction de seconde, j'ai vu l'expression de Bébé passer de la rage à la compassion.

– C'était qui ?

Pendant quelques instants, nous sommes restés à nous défier du regard.

Je n'étais pas disposé à en dévoiler davantage, mais mon amitié avec Bébé était en jeu.

Alors je me suis résolu à tout lui avouer.

Enfin... je crois.

Personne ne saura jamais ce qu'il en aurait été, parce qu'avant que Bébé réussisse à me tirer les vers du nez, un fracas métallique a retenti dans la cuisine, suivi de cris, puis d'un nuage de fumée : Kat a déboulé dans la salle en hurlant « Au feu ! », sur quoi les extincteurs automatiques se sont allumés et tout s'est brouillé dans le chaos, la panique et les jets d'eau glacée.

Et ça va vous paraitre tordu mais, pendant qu'on fuyait le restaurant, Bébé et moi, je ne pensais qu'à une chose : l'univers avait orchestré cet incendie rien que pour moi, Joel Teague, la star montante des employés de vidéoclub.

CHAPITRE VINGT

L'une des particularités de notre langue, c'est qu'« *in*flammable », ça veut dire : qui s'enflamme facilement. C'est contre-intuitif, mais c'est comme ça. Manque de pot, le nouveau chef de chez Headlights était d'origine étrangère et personne n'avait jugé bon de lui expliquer cette particularité. Aussi avait-il laissé la bombe de graisse alimentaire (hautement *in*flammable) sur une des plaques chauffantes. Laquelle fonctionnait au gaz. Et était allumée.

Par miracle, l'accident n'avait pas fait de blessé.

Comme il était encore tôt, il n'y avait que trois personnes en cuisine au moment des faits. Le cuisinier avait subi de légères brulures, Kat et une serveuse écopant de quelques bleus quand une batterie de cuisine s'était abattue sur elles. Tout le monde était secoué, mais on avait échappé au pire, et chacun en avait conscience.

Les dégâts matériels semblaient limités. Les extincteurs automatiques avaient tout trempé et il y avait du boulot de nettoyage en vue, mais ils avaient permis de stopper l'incendie avant l'arrivée des pompiers, ce qui fait que ni le feu ni la fumée n'avaient eu le temps d'endommager l'établissement. Il faudrait fermer Headlights pendant quelques semaines pour tout remettre en état mais, comme Doug le rappelait à Kat (qui sanglotait, incontrôlable), ils étaient intégralement couverts par l'assurance.

Je me suis changé dans les toilettes du fast-food voisin, remettant mes habits de la veille à la place de ma tenue trempée (et me félicitant au passage d'avoir découché). Comme Bébé était enceinte, les urgentistes lui ont fait enfiler une blouse d'hôpital et l'ont installée sous de grosses couvertures à l'arrière de l'ambulance, puis ils ont contrôlé sa tension, son pouls et sa température, et par mesure de précaution, ils l'ont emmenée faire une échographie à l'hosto.

Comme je lui disais au revoir, elle m'a rendu mon dessin encadré qu'elle avait réussi à sauver pendant la débandade.

J'avais beau bouder mes parents, je suis rentré chez moi. À ce moment-là, j'aimais encore mieux croiser mon père adultère que Maverick. En plus, on était en semaine : la maison devait être vide.

La chance a continué de me sourire. Seul chez moi, j'ai pu prendre une longue douche en paix et faire le point sur ces quelques jours bien pourris de la vie de Joel Teague.

Ça se bousculait dans ma tête mais, allez savoir pourquoi, c'était l'incendie qui me hantait.

Je ne dirais pas que le feu chez Headlights a fait remonter à la surface l'épisode du four à bois. Ce n'est pas vraiment ça. Mais ça a réveillé un souvenir bien précis qui s'est mis à tourner en boucle dans ma tête.

« Pardon ! Je ne t'avais pas vue ! »

Les flammes. L'eau. Les cendres.

« Je ne t'avais pas vue... »

Le tuyau d'arrosage. Le froid.

« Je ne t'avais pas... »

Crystal.

« Pardon ! Je ne t'avais pas vue ! »

Crystal.

Crystal.

Crystal.

– Franchement, Joel, je ne sais pas comment tu peux avaler la nourriture de l'hosto.

Elle a planté une fourchette dans la salade de pâtes congelée qui avait conservé la forme de la louche avec laquelle elle avait été servie.

– Je ne suis pas censé te parler, ai-je dit en fermant les yeux. Les médecins disent que tu n'existes pas, alors va-t'en.

J'ai rouvert les yeux quelques secondes plus tard. Elle était toujours là.

– Ce n'est pas gentil, m'a dit Crystal. Où veux-tu que j'aille ?

– Je n'en sais rien, lui ai-je répondu.

Dans le tiroir de ma table de chevet, j'ai trouvé le mode d'emploi du lit d'hôpital électrique sur lequel j'étais allongé. J'ai entrepris de le lire pour me changer les idées.

– T'as qu'à retourner d'où tu es venue, ai-je marmonné.

– Ça, c'est impossible.

Crystal a soupiré, tiré sur une de ses boucles de cheveux et l'a regardée reprendre sa forme initiale.

– Je croyais qu'on était amis, Joel.

– J'en ai envie, mais être ton ami, ça veut dire être fou, lui ai-je signalé. Je n'ai pas envie d'être fou.

– Peut-être que ta mère te croit fou, mais pas les autres. Pas vraiment, a-t-elle rectifié. Je te le dis, Joel. C'est elle qui a un problème, pas toi.

J'ai posé le mode d'emploi et mordu à l'hameçon.

– Pourquoi tu dis ça ?

Crystal a ricané.

– Elle a peur ! En général, quand les gens sont comme elle, c'est qu'ils ont peur.

L'idée que ma mère puisse avoir peur de quoi que ce soit ne m'avait jamais traversé l'esprit. La colère, c'était son rayon. Les reproches, pareil. Et la paranoïa, à fond ! Mais la peur ?

– De quoi elle a peur, à ton avis ? ai-je demandé.

– Des conséquences obscures du fait de s'être trompée, m'a (très vaguement) expliqué Crystal. C'est la peur la plus répandue.

Il me semblait comprendre vaguement ce que Crystal tentait de me dire, mais je n'en étais pas sûr. Elle avait l'air de savoir un tas de trucs que j'ignorais.

– Moi, ce n'est pas ça, ma peur, ai-je affirmé. J'ai peur d'être fou, c'est tout. Et c'est pour ça que tu dois partir.

– Ah ouais ? Je tiens de source sûre qu'il y a d'autres choses qui t'effraient.

Je lui ai jeté un regard sceptique.

– Comme quoi ?

Elle s'est approchée de mon lit et s'y est appuyée nonchalamment.

– Je pense à trois choses bien spécifiques.

– De quoi tu parles ?

– Tu sais. Ces trois fameuses choses...

Les yeux verts de Crystal pétillaient.

Je savais, en effet. Mais pas elle. C'était impossible. Elle devait bluffer.

– Je ne t'en ai jamais parlé.

– Mais si. Rappelle-toi, dans *La guerre des étoiles.*

Crystal s'est penchée et m'a soufflé à l'oreille :

– Les wampas, les banthas et les rancors.

Je me suis senti rougir.

– Comment tu le sais ?

Elle a reculé d'un pas et haussé les épaules. Puis elle a répété, un ton plus haut :

– Wampas, banthas, rancors !

Je l'ai fixée en secouant la tête.

– De toute façon, ça fait des années que ces monstres ne me font plus peur. Allez, dis-moi qui te l'a dit !

Elle s'est mise à scander sa petite liste sur l'air de « nananananère ».

– Wampas-banthas-rancors !

– Change de disque, on a compris !

– Wampas-banthas-rancors !

– C'est pas drôle !

Mais Crystal n'était manifestement pas de cet avis, parce que tout d'un coup, elle s'est collée à moi, m'a crié « BOUH ! » et a éclaté de rire en me voyant sursauter.

J'ai rejeté mon drap et je me suis levé.

– Je vais le dire ! lui ai-je crié, et je me suis rué dans le couloir, furieux.

Mais lorsque j'ai quitté la chambre, je n'étais plus à la clinique. Le sol à mes pieds était sablonneux, le soleil brillait et il faisait doux. J'étais dehors. Sur une plage.

– Wampas-banthas-rancors ! m'a lancé Crystal une fois de plus.

Quand je me suis retourné vers ma chambre d'hôpital, toutefois, elle avait disparu.

Et Crystal aussi.

« Ces médicaments sont bizarres », ai-je pensé.

Mais alors j'ai compris où j'étais : à Virginia Beach.

Bon sang, qu'est-ce que cette plage m'avait manqué...

– Maman ? Papa ?

– Wampas... banthas... rancors..., résonnait une voix par-delà l'océan.

– Elle recommence ! ai-je crié. Crystal se moque encore de moi à cause de *La guerre des étoiles* !

– Ce ne sont que des marionnettes ! m'a répondu sa voix moqueuse. Il ne va quand même pas trembler pour des marionnettes ?

La plage était pleine de baigneurs mais pas un seul n'était Crystal. Sur des kilomètres et des kilomètres, serviettes et parasols s'étiraient à perte de vue. Des kilomètres et des kilomètres de sable et d'océan.

– Ce sont des monstres ! me suis-je défendu. Les monstres, ça fait peur, c'est même le but recherché.

Soudain, j'ai vu mon vieux sabre laser qui dépassait du sable. Je me suis précipité.

– Alors, c'est là que je l'avais oublié !

Et moi qui le croyais à la cave !

– Wampas-banthas-rancors ! a poursuivi Crystal.

J'ai saisi mon arme et appuyé sur la détente. La lame a jailli.

– T'es où ? Montre-toi, je vais te zigouiller !

Dans sa cachette, Crystal s'est mise à glousser.

– Essaie seulement, Han Solo !

Et de glousser de plus belle en ânonnant :

– Wampas-banthas-rancors !

J'ai fait des moulinets du bras, mon sabre laser à la main, visant tous les baigneurs qui n'étaient pas Crystal.

– Prête ou pas, j'arrive, princesse Leia !

– Chut ! m'a rabroué une autre voix.

C'était ma mère.

– Je te l'ai déjà dit : ce jeu, c'est fini !

Elle a surgi dans mon dos, m'a saisi le poignet et arraché le laser des mains.

– Ce truc, il dégage ! Han et Leia, ils dégagent. *La guerre des étoiles*, ça dégage ! C'est terminé !

– Mais on ne fait que jouer, maman ! ai-je tenté de lui expliquer. C'est pour de faux.

Elle a soupiré.

– Tu ne comprends pas.

Sur ce, elle a balancé mon sabre laser dans l'océan, aussi loin que possible.

– Non ! ai-je rugi.

J'ai couru vers les vagues et me suis avancé jusqu'à ne plus avoir pied. Alors, je me suis mis à nager.

Je voulais récupérer mon jouet. Je voulais que le jeu continue. Mais le jouet avait disparu et le jeu n'était plus possible.

J'ai mis la tête sous l'eau et c'est là qu'enfin, j'ai trouvé Crystal.

Du moins, la moitié d'elle que n'avait pas encore engloutie le fond sableux de l'océan. Qui, pour ne rien arranger, était en flammes.

Crystal avait les yeux fermés et son corps ondulait, bras et cheveux ballant au gré des vagues à mesure que, lentement, elle s'enfonçait dans le sable.

Du sable mouvant. Le fond de l'océan était tapissé de sables mouvants.

Je n'avais pas le temps de me demander si les incendies sous-marins et les sables mouvants subaquatiques existaient réellement. Je devais agir, et vite.

J'ai plongé, hurlant son nom en vain sous l'eau, esquivant les flammes qui dansaient autour de moi. J'ai commencé par l'attraper par les cheveux mais quand j'ai tiré, ses boucles me sont restées dans les mains. Poignée après poignée, je me suis obstiné, jusqu'à ce qu'elle soit presque chauve. Ça la changeait du tout au tout. On aurait dit qu'il s'agissait d'une tout autre personne.

C'est à ce moment-là que je m'en suis rendu compte : ce n'était pas Crystal qui se noyait.

Soudain, il a ouvert les yeux et il m'a saisi par le bras avant de disparaitre complètement sous le sable.

J'ai eu beau lutter, je n'ai pas réussi à me dégager de sa poigne et en l'espace de quelques secondes, j'ai été englouti à mon tour.

Je me suis réveillé en sursaut, sur mon lit, encore en serviette de toilette, le cœur battant la chamade et trempé d'une sueur glacée.

CHAPITRE VINGT-ET-UN

Cet après-midi-là, j'ai appelé ROYO Vidéos pour prévenir que j'étais malade, ce qui aurait fait de moi un lâche si ç'avait été du pipeau, mais le thermomètre indiquait 38.5 et le mercure ne ment pas.

J'ai pris une aspirine et j'ai regagné mon lit. Je me suis réveillé treize heures plus tard, vers quatre heures du matin, et j'ai repris une douche.

J'ai attendu qu'il soit six heures pour descendre au rez-de-chaussée parce que cela me semblait une heure raisonnable pour être debout et que maman serait partie travailler, ce qui me permettrait de prolonger un peu ma solitude. J'avais omis un détail : nous étions le 24 décembre, et nous nous sommes surpris l'un l'autre lorsque j'ai débarqué dans la cuisine.

– Tu t'es coupé les cheveux.

Maman m'a salué d'un baiser sur la joue et d'une gratouille sur la tête.

– Il était temps. Tu commençais à ressembler à une fille.

Puis elle m'a pris par la joue et étudié plus attentivement.

– Tu as des petits yeux, Joel. Tu as attrapé froid ?

– Ouais, mais c'est rien.

Elle est allée prendre dans le frigo une canette de Vernors, un soda au gingembre réputé miraculeux contre toutes les maladies bénignes.

– Tu crois que tu seras assez en forme pour aller chez tante Denise ce soir ?

Elle a sorti une clope et se l'est allumée.

– Non, ai-je dit, trop heureux d'avoir une excuse en béton pour couper à la corvée.

J'ai ouvert ma canette et bu un peu de Vernors.

– Dommage.

Maman a froncé les sourcils et soufflé la fumée de côté.

– Je n'aime pas te savoir seul le soir de Noël.

– Je dormirai, de toute façon.

Elle a siroté son café.

– Si ton état empire, tu fonces aux urgences. Je traine ton père dans les magasins aujourd'hui pour quelques achats de dernière minute, mais on t'appellera pour prendre de tes nouvelles.

Maman a tiré longuement sur sa cigarette.

– Des envies particulières, pour tes cadeaux ? Papa se sent d'humeur généreuse.

Je me suis assombri, me remémorant la blonde du comptoir à bijoux. D'humeur généreuse, tu m'étonnes !

– Je n'ai besoin de rien.

– Rien du tout ? a insisté maman. On aimerait marquer le coup, cette année.

– Je te fais confiance, prends-moi ce que tu veux.

Mon père est entré à ce moment-là, encore en robe de chambre, et il a embrassé ma mère sur le sommet du crâne.

– Je crois que je vais aller me recoucher, ai-je annoncé avant de remonter.

J'ai redormi quelques heures. Puis je me suis levé, j'ai joué à *Tekken*, je me suis fait réchauffer un Hot Pocket et je me suis enfin habillé. Sur le plan physique, je me sentais nettement mieux. Pour ce qui était du reste, j'avais toujours la tête à l'envers.

Je suis allé récupérer mon CD de R.E.M. dans ma voiture, espérant que Michael Stipe m'aiderait à m'éclaircir les idées, mais, là, mon regard est tombé sur le dessin de Maverick. Il fallait bien que j'en fasse quelque chose, alors je l'ai emporté dans ma chambre.

Si je décidais de le garder (et, franchement, j'en avais envie), je devais trouver une super cachette parce qu'à la maison, *La guerre des étoiles*, c'était tabou (comme vous l'aurez compris). J'avais planqué le porte-clés carbonite et le mini Faucon Millénium dans ma boîte à gants, mais un truc aussi grand que le dessin de Maverick n'avait pratiquement aucune chance d'échapper à l'œil de lynx de maman.

J'avais beau être sorti d'HP depuis maintenant plusieurs années, elle persistait à fouiller ma chambre régulièrement. J'essayais de ne pas m'en offusquer. Je savais que c'était plus fort qu'elle. Elle avait besoin d'être sûre que son fils ne gardait plus de blush ni de bijoux pour son amie imaginaire.

Quand maman avait trouvé la robe verte et que j'avais sauté dans l'étang, mes parents m'avaient conduit illico chez le pédiatre, qui avait suggéré que mon stock clandestin de trucs féminins indiquait une homosexualité naissante... confirmant les pires craintes de ma mère.

Pour étouffer dans l'œuf mes tendances divergentes, mes parents m'avaient inscrit à une sorte de club de garçons encadré par l'Église et censé m'inculquer la virilité.

On commençait par potasser en groupes une histoire tirée de la Bible et peuplée de héros machos de l'Ancien Testament, puis on coupait du bois à la hache, on grimpait à la corde et on faisait des parcours d'obstacles. Je me souviens aussi avoir ingurgité pas mal de barbaque. Les femmes des monos nous faisaient cuire des steaks à volonté. C'était d'ailleurs la seule partie du programme qui me plaisait.

Au bout de quelques mois, trouvant que je tardais à me transformer en bûcheron à l'ancienne, mes parents m'ont retiré du club et inscrit à un autre programme pour ados appelé « Devenir un Homme ».

Et là, gros malaise. Ça causait attirances sexuelles et envies « naturelles » (comprendre : embrasser des filles, peloter des nichons). J'ai un souvenir indélébile de la fois où les animateurs nous ont montré des photos d'une femme à poil en nous dressant la liste des pratiques auxquelles nous aimerions vraisemblablement nous adonner avec elle une fois adultes.

C'était humiliant à souhait.

Peu après la fin de la formation (il s'agissait peut-être de l'examen final, je ne l'ai jamais su), les pages lingerie d'un catalogue de vente par correspondance sont apparues comme par magie sur mon lit. Je les ai mises de côté pour mon usage personnel et mes parents ont dû en conclure que j'étais sauvé parce que ça a signé la fin de l'Opération Droit Chemin.

Tout ça pour dire : connaissant l'homophobie profonde de mes parents, je n'osais imaginer la réaction de ma mère si elle tombait sur le dessin de Maverick. Je n'avais pas deviné les intentions de l'artiste, mais ma mère possédait, pour ce genre de choses, un radar intégré. En moins de temps qu'il n'en faut pour le dire, je me retrouverais à bord d'un bus en route pour un stage de reconversion à destination des homosexuels.

J'ai ouvert le cadre par l'arrière et, entre la plaque de verre et le dessin, j'ai glissé une photo de Yasmine Bleeth arrachée dans un magazine. Voilà qui emplirait ma mère de fierté.

Moi, par contre, j'avais un peu honte.

Bébé me prenait pour un homophobe. Ce n'est pas comme ça que je me voyais. Si la croisade grotesque de mes parents m'avait appris une chose, c'était que les homophobes étaient nettement plus flippants que les homos.

En revanche, j'étais carrément phobique de ma mère, et elle, dans le registre homophobe, elle se posait là. Donc, en vertu des lois de la transitivité, j'avais peur de sa peur. Pour une raison ou pour une autre (foi catholique, hantise du sida, lucidité quant à la manière dont le monde traitait les pédés ou raison lambda inconnue), ma mère redoutait plus que tout d'avoir enfanté un homo. C'était un fait.

Je glandouillais devant la télé, zappant à la recherche d'une émission moins naze qu'un talk-show pour occuper mon après-midi, quand le téléphone a sonné. J'ai su avant même de décrocher que c'était ma mère qui venait aux nouvelles.

– Salut, maman.

– Tu dormais ? Tu as mangé ?

– Non, et oui. Je me sens mieux.

– Alors, tu nous accompagnes chez tante Denise ?

– Pas à ce point.

– Bon. On est chez Chi-Chi, on mange des burritos, m'a informé ma mère.

Mon père détestait ce qu'il appelait la cuisine « exotique ». Il devait se sentir sacrément coupable.

– On te ramène quelque chose ? Pour fêter Navidad ?

Maman a pouffé, amusée par son propre trait d'esprit. Elle avait dû s'enfiler une margarita.

– Si tu veux, ai-je dit.

– On a croisé quelqu'un au centre commercial. Un de tes anciens psys. Papa m'a assuré que c'était bien lui, même si, dans mon souvenir, il avait une moustache.

– Ah, cool, ai-je commenté, pressé de raccrocher.

– Eh bien, tu ne devineras jamais. Il était avec sa femme et leur fille ado, et elle était enceinte ! a ragoté ma mère. Comme quoi, même les psys peuvent avoir des enfants dégénérés. Qu'est-ce que tu en dis ?

Rien. J'avais la flemme de lui démontrer par A plus B tout ce que sa phrase avait de choquant et d'irrespectueux.

– Donc, vous rentrez bientôt ? ai-je demandé.

– Pas tout de suite. Je veux voir combien d'argent j'arrive à claquer en une seule journée.

Enfin, elle m'a libéré.

MTV diffusait les cent clips les plus populaires de 1996 et, bien que j'aie déjà visionné le palmarès quelques jours plus tôt (« Ironic » d'Alanis Morissette se classait en tête), je n'ai pas changé de chaine.

J'étais donc là, à regarder passivement le clip de « Blow Up the Outside World » de Soundgarden quand une remarque de ma mère a déclenché un effet de dominos dans ma tête.

Marc Schwartz est l'un de mes anciens psys et il avait une moustache, dans le temps.

Le jour d'Halloween, sa femme m'a confié ne pas avoir d'enfants.

L'ado enceinte que maman a vu en leur compagnie n'était donc pas leur fille.

Peut-être que l'ado enceinte, c'était Bébé.

J'ai accordé toute mon attention à cette dernière pensée.

Marc m'a appelé Joel et pas Solo le soir de l'accident de Scarlette.

Si ça se trouve, Bébé a compris que je le connaissais.

Dans ma tête, c'était la spirale.

Marc et Bébé sont restés seuls dans la salle de repos pendant que je nettoyais le vomi de Scarlette.

Si ça se trouve, il lui a révélé qu'il était docteur... en psychiatrie.

La nervosité me gagnait. Que dis-je ? La paranoïa.

Peut-être que Bébé en a eu marre d'attendre que je lui révèle ce qui Cloche chez Moi.

Peut-être que notre conversation chez Headlights, ça a été la goutte d'eau.

Peut-être qu'elle a résolu d'interroger Marc Schwartz.

Je n'avais pas envie d'y croire, mais c'était trop tard : le soupçon s'était insinué dans mes pensées.

Bébé était-elle du genre à faire ça ? Et quand bien même, Marc lui aurait-il dévoilé quoi que ce soit à mon sujet ?

J'espérais que non. Mais je n'avais aucune garantie.

Le problème quand on est parano, c'est que le doute peut vous rendre dingue, mais vraiment dingue.

Mon cœur tambourinait dans ma poitrine.

J'ai éteint la télé.

Je me suis mis à faire les cent pas.

Et j'ai pris une décision.

J'ai chopé mes clés de voiture et je suis sorti de la maison.

CHAPITRE VINGT-DEUX

Au volant de ma Chrysler, j'ai sillonné les allées du parking du centre commercial à l'affût de la Ford de Bébé. Ayant fait chou blanc, je me suis rendu chez elle, espérant l'y trouver.

J'ai conduit les tempes battantes, songeant (quoiqu'un peu tard) que j'aurais dû forcer la dose de médicaments, vu la crève que je me payais. Mais tous les antalgiques du monde n'auraient pas suffi à calmer ma parano, alors j'ai poursuivi ma route jusqu'à destination. Par chance, la voiture de Bébé était dans l'allée.

– Qu'est-ce que tu fais là ? m'a-t-elle demandé en guise de salutation. Et où est ton manteau ? Ça caille !

Elle m'a attiré à l'intérieur.

Je ne m'étais pas rendu compte que je grelottais. Ni qu'un voile était tombé devant mes yeux.

– Tu as vu Marc Schwartz aujourd'hui ? lui ai-je demandé. S'il te plait, dis-moi que non, et je te laisse tranquille.

Comme je ne parvenais pas à faire la mise au point, je n'ai pas pu analyser sa réaction. D'après le ton de sa voix, cependant, elle était choquée.

– Quoi ?!

La voix de Kat a retenti :

– Nicole ? C'est qui ?

– J'ai besoin de savoir de quoi vous parliez, c'est tout, ai-je imploré d'une voix tremblante.

– C'est Joel, maman, a crié Bébé à sa mère. Il a un problème...

– Non, je te jure, je n'ai pas de problème ! ai-je protesté. C'est ce que t'a dit Marc Schwartz ? Avant, oui, j'avais quelques petits soucis, mais c'est du passé...

Je plissais les yeux, atrocement ébloui par les lumières du couloir, mais entre mes paupières j'ai discerné un banc à proximité et je me suis pratiquement écroulé.

C'est à cet instant que Kat est apparue.

– Joel ?

J'ai senti sa main se poser sur mon front.

– Joel, tu es malade ?

– Je crois que je suis en train de perdre la vue, ai-je répondu sans mentir.

J'avais entendu parler de gens aveuglés par la rage. Mais par la paranoïa ? Jamais. J'étais un vrai mystère de la médecine moderne.

– Hein ? s'est étranglée Bébé.

J'aurais réagi pareil, à sa place.

– Il est défoncé, Nicole ? lui a demandé Kat d'un ton

sévère. Est-ce que ce garçon s'apprête à faire une overdose sous mon toit ?

– Qu'est-ce que j'en sais ? s'est récriée Bébé.

– Je ne me drogue pas, ai-je tenté d'articuler, mais ma langue était comme engourdie.

– Amenons-le jusqu'au canapé, a ordonné Kat.

Chacune a noué l'un de mes bras autour de ses épaules et elles m'ont traîné de la sorte jusqu'au salon.

– Joel, tu as mal à la tête ? m'a demandé Kat.

J'ai opiné du chef.

– OK, m'a répondu sa voix dans un écho lointain. Ne bouge pas, je reviens.

– Qu'est-ce que tu nous fais, Joel ? a ronchonné Bébé en calant ma tête contre l'accoudoir et en étendant mes jambes sur le canapé de façon à ce que je sois complètement allongé. Putain, t'as pas intérêt à me claquer entre les doigts ! Si tu te pointes chez moi la veille de Noël pour clamser sur mon canapé, je ne te le pardonnerai jamais.

Kat est revenue quelques instants plus tard avec des médicaments et un gant de toilette humide.

– Tu es sujet aux migraines ophtalmiques, Joel ? m'a-t-elle demandé.

Je ne savais pas ce que c'était, alors j'ai grogné :

– Euh, non ?

– Parce que moi, avec le stress de l'incendie, hier, j'en ai fait une. Je les sens venir, en général, parce que ma vue se brouille, m'a-t-elle expliqué. Tu es stressé, en ce moment ?

– Oui, ai-je admis.

C'était l'euphémisme du siècle.

– Tu seras bientôt remis. Le plus souvent, les migraines, c'est intense, mais ça passe vite. Tu veux rester te reposer ici un moment ?

Je me sentais tellement mal que je n'avais guère le choix.

– Ouais.

Kat m'a apporté une couverture, une compresse froide et une poubelle vide au cas où je serais pris de nausées, ce qui, d'après elle, pouvait arriver en cas de migraine. Puis elle et Bébé ont éteint toutes les lumières, et il faisait si chaud et sombre et calme que je me suis endormi en un rien de temps.

Je me suis réveillé en sursaut un peu plus tard sans savoir où j'étais. Ma mémoire était distante et comme embrumée.

– Tu ronfles, m'a annoncé une voix dans la pénombre.

– Bébé ?

Lentement, tout m'est revenu.

Une lampe tamisée s'est allumée, éclairant Bébé, assise sur un fauteuil.

– Tu baves, aussi.

– Pardon, me suis-je excusé en tâchant de me redresser.

Une douleur lancinante me vrillait le crâne. Nettement plus supportable qu'avant ma sieste, mais je n'en ai pas moins grimacé.

– Tu vas avoir une sorte de gueule de bois, m'a prévenu Bébé. Maman en a toujours après ses migraines. Il parait que le café, ça aide.

– Merci du tuyau.

Puis, décontenancé, j'ai observé :

– T'es super chic.

– Chez les Przybylski, on a le sens de la fête, m'a expliqué Bébé en lissant sa robe de la main.

Il me semblait que je la voyais en robe pour la première fois. Ou alors, c'était son ventre imposant qui faisait ressortir sa tenue. C'est drôle, mais la grossesse de Bébé n'arrêtait pas de me prendre de court, alors qu'on se côtoyait tous les jours.

– D'ailleurs, en parlant de fête, elle a commencé il y a une heure, a poursuivi Bébé. Kat est déjà partie ; elle était chargée d'apporter le dessert.

– Oh, ai-je fait en me levant tant bien que mal. Je vais m'en aller, alors.

– Non, m'a arrêté Bébé d'un ton sans réplique. Il faut qu'on parle, Solo.

Elle s'est râclé la gorge.

– Comment tu sais que j'ai vu Marc Schwartz aujourd'hui ?

Sa question a transpercé le brouillard qui m'enveloppait.

Quand on est parano, 90 % du temps, on s'inquiète pour rien. Ça fait partie des trucs à se rappeler pour se calmer pendant les crises, même si en fait, ça ne fonctionne pas du tout. Ben oui, ça peut rendre un peu superstitieux sur les bords : tant qu'on flippe, il ne peut rien nous arriver, hein ? On en arriverait à croire que la crise empêche le pire de se produire. S'il existe une possibilité, si infime et ténue soit-elle, que la vie soit régie par ce genre de lois, alors, statistiquement parlant, on s'épargne par nos délires irrationnels 90 % de catastrophes qui nous seraient autrement échues. En partant du principe que ça-ne-mange-pas-de-pain et que ça-ne-peut-pas-faire-de-mal, on se félicite donc et on poursuit nos petites fixettes sur des trucs qui ne devraient pas nous inquiéter, parce que merde, ça marche, quoi !

En tout cas, c'est la logique à laquelle on adhère jusqu'à ce qu'une fois sur cent, un truc super tiré par les cheveux se révèle ne pas être le produit de notre imagination malade ainsi qu'on l'espérait. Et alors, la peur se déchaine.

– Quoi ? Attends. Tu l'as vu, pour de vrai ?

Ma crainte, désormais avérée, s'est abattue sur moi comme une lame de fond. J'avais l'impression d'avoir avalé une brique.

– Oh putain, ai-je lâché.

– Euh, pourquoi t'as l'air surpris ? m'a interrogé Bébé. Tu débarques chez moi en panique à cause de ça, et maintenant tu tombes des nues ?

– Je pensais me gourer. J'ai supposé que c'était toi à cause de la description...

La brique avait atteint mon estomac. *Que savait Bébé ? Qu'est-ce que mon ancien psy lui avait raconté à mon sujet ?*

Elle a croisé les bras.

– La description, c'est-à-dire ?

– Ma mère. Elle était au centre commercial. Elle vous a vus ensemble.

Bébé a accusé la surprise.

– Ta mère sait à quoi je ressemble ?

– Non, mais une fille enceinte en compagnie de Marc Schwartz, ça ne pouvait être que toi.

Pour moi, cela tombait sous le sens, mais Bébé paraissait dubitative.

– J'ai besoin de savoir de quoi vous avez parlé, mot pour mot, ai-je enchainé.

Elle m'a toisé, les yeux étrécis.

– Tu te fous de ma gueule ?

– Je sais : j'aurais dû t'en parler moi-même. D'ailleurs, j'avais commencé à le faire, au restau, avant l'incendie.

Bébé en est restée comme deux ronds de flan – une expression que je n'emploie jamais, d'habitude, parce qu'elle est ridicule, mais en l'occurrence, elle collait parfaitement.

– Hein ? a-t-elle fait.

J'ai soupiré.

– Ne te fie pas à la version de Marc avant d'avoir entendu la mienne.

– Mais ta version de quoi ? s'est impatientée Bébé. Et de quel droit tu aurais ton mot à dire ?

Sa pique m'est allée droit au cœur.

– Ce n'est pas parce que Marc était mon médecin qu'il sait tout sur ce que j'ai vécu, me suis-je défendu. J'y étais, moi ! Lui, non !

– Mais qu'est-ce que tu me chantes, Solo ? Marc Schwartz n'a pas pu être ton médecin. Il bosse dans une clinique psychiatrique !

– Ouais. Je sais.

On s'est dévisagés. Les pièces du puzzle s'assemblaient, pour elle comme pour moi.

Ma bouche s'était complètement asséchée.

– En fait, ai-je articulé, vous ne parliez pas de moi, aujourd'hui. Si ?

Lentement, Bébé a secoué la tête.

– Ben, non. Pourquoi on aurait parlé de toi ?

J'ai encaissé le coup.

– Merde, ai-je lâché.

– Solo, m'a demandé Bébé avec un calme exagéré. Qu'est-ce qui se passe, bordel ?

Elle était en droit d'attendre une réponse. Bébé se doutait depuis longtemps qu'il y avait un Truc qui Clochait chez Moi, et je venais de le lui confirmer. Je ne pouvais pas m'en sortir par une pirouette, un mensonge ou un coup de poing dans le mobilier. Je ne pouvais pas compter sur un incendie ou une intervention divine pour me sauver les miches cette fois. J'étais au pied du mur. Ma *tabula rasa* était foutue.

Pour parler à Bébé de mon Mal Mystérieux, c'était le moment ou jamais. Il n'y aurait pas de seconde chance pour moi si je me défilais encore une fois – je n'en aurais pas mérité.

J'ai pesé le pour et le contre. Soit je me taisais et je la perdais. Soit je parlais... et je la perdrais sans doute quand même, sauf qu'en plus, elle me croirait fou.

J'étais foutu. Ce dilemme craignait. Mon Mal Mystérieux craignait. Mais Bébé, elle, ne craignait pas. Au fond, je savais que le jeu en valait la chandelle, qu'il valait mieux risquer le tout pour le tout afin qu'elle continue de faire partie de ma vie plutôt que de déclarer forfait et de me résoudre à une vie garantie 100 % craignos et 0 % Bébé.

– Tu as combien de temps devant toi ? Parce que tu vas arriver très en retard à la soirée de Doug, l'ai-je avertie.

Elle s'est inclinée contre son dossier.

– Je suis tout ouïe.

Au cours de mon parcours psy, j'ai vite appris à ne pas prendre la parole en premier pendant les séances de groupe. De même que les rockstars invitent des groupes obscurs à assurer leur première partie, je laissais deux ou trois patients confier leur histoire avant de me lancer, parce que la mienne les éclipsait toutes, immanquablement.

Pas de chance pour Bébé, il n'y avait personne dans le salon pour me chauffer la salle.

J'ai commencé par l'épisode du four à bois. Je faisais une entorse à la chronologie, mais l'origine réelle de mon Mal Mystérieux datait du Drame et il n'était pas question que j'aborde ce chapitre. Non seulement c'était l'horreur absolue pour moi d'en parler, mais c'était également un supplice pour autrui à écouter. Je ne voyais pas l'intérêt de nous infliger ce martyre à tous les deux.

Après le four, j'ai raconté à Bébé tout ce que vous savez déjà : l'apparition de Crystal dans ma penderie, sa venue dans le Michigan, la découverte de ses affaires par maman, le concert de Bon Jovi et mes séjours en HP. J'ai même évoqué Emily et le vomi goût M. Propre, parce que Marc Schwartz jouait les *guest stars* dans cet épisode.

J'ai parlé longuement, sans autre interruption qu'un appel de Kat, venue aux nouvelles (j'ai profité de cette coupure pour appeler mes parents chez tante Denise). Pendant que je déballais toute ma saga à Bébé, celle-ci m'a écouté en silence, attentive, sans poser aucune question, le regard perdu par la fenêtre, comme si je ne m'adressais pas à elle mais à un interlocuteur qui se serait trouvé de l'autre côté de la vitre.

Dehors, le sol était tapissé de neige et, les uns après les autres, les voisins de Bébé ont allumé leurs lumières de Noël. Rouges, dorées, bleues, vertes. J'ai regardé les voitures aller et venir dans la rue avec à leur bord des parents et des gosses en pulls qui grattaient, en route pour le réveillon chez papi et mamie et l'indispensable photo au pied du sapin – des familles auxquelles avaient ressemblé les Teague, naguère.

J'ai conclu ma confession par le récit de ma dernière entrevue avec Crystal, que je ne vous ai pas encore narrée, je sais – patience. Quand j'ai eu fini de vider mon sac, j'étais exténué.

N'ayant jamais confié tout cela à quelqu'un de normal auparavant, je n'avais aucune idée de la façon dont Bébé réagirait. Il aurait été illusoire d'espérer qu'elle ne me croie pas fou, et pour cause : je l'étais. Mais tout était question de dosage. Restait à croiser les doigts pour qu'elle me trouve délicieusement déjanté et non abominablement dément.

Enfin, j'ai trouvé le cran de la regarder, pensant être fixé. Raté. Sa mine était impossible à résumer en un mot. Ou même en cinq (l'expression « comme deux ronds de flan » ne suffisait pas à la décrire, cette fois). Admettons qu'on vous remette soudain les joyaux de la Couronne, la preuve que les extraterrestres existent ou un vaccin contre le cancer. Il y a des chances pour que vous vous disiez : « Je sais que c'est super important mais merde, qu'est-ce que je suis censé faire de ça ? » D'après sa tête, Bébé en était à peu près là de sa réflexion.

Je ne lui jetais pas la pierre. Ça faisait beaucoup à encaisser. Mais elle ne disait rien, pas un traître mot, et plus le silence s'étirait entre nous, plus mon malaise croissait. On dit que se montrer vulnérable, ça revient à se mettre à nu et je valide cette métaphore. Je m'étais déjà retrouvé métaphoriquement nu devant d'autres gens, en thérapie de groupe notamment. Mais on l'était tous plus ou moins ; ça aidait. Ça réchauffait le cœur – ou les miches, pour filer foireusement la métaphore. Tandis qu'avec Bébé, j'étais tout seul à poil à me les cailler. Je m'étais entièrement désapé tandis qu'elle était équipée pour une journée au ski. Pire que ça. J'étais nu, je m'étais chié dessus, j'avais glissé dans la crotte et j'étais couvert d'excréments. Et pour toute réaction, Bébé avait enfilé des moufles sur ses sous-gants.

Après bien dix minutes d'un silence insoutenable, je lui ai demandé :

– Tu veux que je m'en aille ?

– T'en as envie ? a-t-elle répliqué du tac au tac, une note d'espoir dans la voix.

– Euh, je peux.

La brique dans mon ventre a doublé de volume.

– Donc, on se parle plus tard ?

– OK, a lâché Bébé en se levant pour m'escorter jusqu'à la sortie.

Je ne me rappelle pas ce que j'ai dit en remettant mes chaussures. Une excuse maladroite, peut-être. Un message de remerciement à transmettre à Kat de ma part. Ce que je sais, c'est que Bébé n'a pas prononcé un mot de plus. Son silence reste à ce jour gravé dans ma mémoire.

Il résonnait encore dans ma tête des heures plus tard alors que, couché sur mon lit, je me rejouais la soirée en boucle, l'analysant par le menu. En bon paranoïaque, j'avais toujours pensé que me confier à quelqu'un était le moyen le plus sûr de me voir éjecté illico de sa vie. Statistiquement parlant, psychoter sur cette issue aurait dû suffire à m'en prémunir. Mais non. Comme tout le reste de ma putain de vie, ma logique était déglinguée.

CHAPITRE VINGT-TROIS

Le matin de Noël, j'ai trouvé à mon réveil plus de cadeaux que je n'en avais vu de toute ma vie.

Papa et maman buvaient leur café devant la télé où défilait une parade de saison. Contre le mur se dressait notre pauvre sapin piteusement décoré, une mer de paquets multicolores à ses pieds.

D'habitude, le matin de Noël, je recevais six paquets, dont deux qui ne comptaient pas vraiment parce qu'ils contenaient toujours des slips et des chaussettes. Ce qui ramenait le total à quatre. Cette année, la récolte semblait au moins trois fois plus abondante.

– Qu'est-ce que c'est que tout ça ?

– C'est à cette heure-ci que tu te lèves ? Joyeux Noël, tire-au-flanc !

Mon père me souriait comme un concessionnaire cherchant à me refourguer une voiture d'occasion.

Je l'ai toisé, les yeux plissés. « Tire-au-flanc » ne faisait pas partie de son vocabulaire (ni de celui de personne de moins de soixante ans, d'ailleurs).

– Qu'est-ce qui se passe ? ai-je insisté.

Ma mère s'est approchée pour me serrer dans ses bras.

– Quelqu'un est mort ? me suis-je affolé. C'est mamie ?

– Tout va bien, m'a assuré mon père. On est contents que tu sois debout, c'est tout. C'est l'heure de voir ce que le Père Noël t'a apporté !

– Tu te sens mieux qu'hier ? m'a demandé maman en me palpant le front.

– Ouais, ça va, ai-je dit, m'apercevant que c'était vrai.

J'avais apparemment assez dormi pour me curer de ma fièvre, de ma migraine ophtalmique et de la gueule de bois subséquente. Mais tous mes souvenirs de la veille ont alors afflué et la brique s'est aussitôt matérialisée dans mon ventre.

– Enfin, à peu près, ai-je nuancé.

– Super ! s'est réjoui mon père.

J'ai constaté que, depuis que je l'avais croisé au bras de sa blonde trois jours plus tôt, j'avais à peine accordé une pensée à l'incident. Je m'en suis étonné. Chez moi, des choses nettement plus anodines que prendre mon père en flag avec une maîtresse tournaient vite à l'obsession. Mon psy en aurait déduit que je faisais l'autruche pour ne pas avoir à gérer les conséquences de ma découverte. Mais je ne crois pas qu'il s'agissait de cela.

Quand je regardais mon père, dans ses petits souliers avec son sourire crispé, je ne ressentais pas d'envie irrépressible de lui flanquer mon poing dans la gueule ni de l'insulter ni rien. Je n'étais même pas tenté de le dénoncer à maman. Je crois que toute l'affaire me laissait indifférent. Ce qui n'était guère reluisant de ma part, comme réaction. Mais soyons sérieux deux minutes. Mon père trompait ma mère. Les Teague avaient connu bien pire. Et même toute une série de choses bien pires. La liste n'avait cessé de s'étoffer au cours des neuf dernières années. Je ne cherchais pas à minimiser les coucheries de papa, mais j'avais assez de recul pour décider que le grand règlement de comptes attendrait la fin des festivités.

J'ai souri à papa et je l'ai vu se détendre.

– Allez, fiston, m'a-t-il lancé. Déballe tes cadeaux !

En thérapie, on nous apprend à apprécier les rares moments où la vie ne craint pas un max. Quand on traverse le genre de merdier que ma famille a traversé, ça devient dur de positiver, alors, dès qu'on éprouve une miette de joie, il faut savoir la mettre sous cloche et la garder précieusement. Plus tard, quand on se retrouvera aux prises avec les ténèbres, ce souvenir nous rappellera que le bonheur existe.

Bref, Noël 1996 s'est révélé un excellent cru.

Mes parents m'avaient acheté des cadeaux géniaux : un T-shirt de R.E.M., *Tekken 2*, une tonne de fringues, des Doc Martens, un lecteur DVD, et, pour couronner le tout, un ordinateur. L'espace d'une seconde j'ai cru que j'étais atteint d'une maladie mortelle et que mes parents, au lieu de m'en parler, avaient organisé une collecte de fonds en mon nom et tout claqué au centre commercial. Heureusement, ma paranoïa s'est dissipée et, pour une fois, je me suis autorisé à savourer le moment, tout simplement.

Après le déballage, maman a enfourné un plateau de roulés à la cannelle puis j'ai fait avec elle un puzzle cinq-cents pièces (un marché italien qui n'existait sans doute que dans l'imagination du peintre), et papa, qui installait mon ordinateur dans ma chambre, passait de temps en temps constater nos progrès.

C'était un phénomène rare. On ne faisait jamais rien ensemble, tous les trois, ou en tout cas rien de sympa. On évitait, parce qu'au lieu de nous faire plaisir, ces instants ne servaient qu'à souligner ce qui manquait au tableau. Allez savoir pourquoi, cependant, ce matin-là, c'était différent. Nous participions tous les trois sans rechigner à une activité de famille.

Ça, c'était vu de l'extérieur. Dans ma tête, c'était plus compliqué. J'avais beau m'efforcer de profiter de l'instant présent et de me concentrer sur ce fichu étal vénitien, mes pensées dérivaient constamment vers Bébé. Et comment aurait-il pu en être autrement? Moins de vingt-quatre heures s'étaient écoulées depuis que mon pire cauchemar s'était réalisé. Il y avait matière à ruminer.

Je savais que je ne pouvais pas en vouloir à Bébé pour sa réaction. M'en serais-je mieux tiré à sa place? Rien ne permettait de l'affirmer. Si j'avais été sain d'esprit et que Bébé m'avait confié entretenir une amitié profonde avec une créature qu'elle était seule à percevoir, j'aurais sans doute pris mes jambes à mon cou. C'est ce qu'aurait fait toute personne normalement constituée.

N'empêche, je ne pouvais m'empêcher de regretter la façon dont les choses s'étaient passées. Traduction : ça me tordait le bide, ça me vrillait les tripes, j'en crevais. J'aurais dû lui mentir. Lui sortir un bobard – une histoire d'ex cruelle couchant avec mon meilleur pote. Ou tout simplement lui raconter pour Emily sans m'étendre sur le décor dans lequel l'épisode s'était joué (il était assez choquant en soi pour rendre un mec zinzin). Avec le recul (c'est magique, le recul), je me rendais compte que j'aurais très bien pu satisfaire la curiosité de Bébé sans évoquer Crystal. J'aurais pu reprendre les rênes, pour une fois, au lieu de me laisser trimballer, comme d'hab. Mais je ne l'avais pas fait.

La vérité, c'était que je n'avais pas eu envie de pipeauter Bébé. En fin de compte, mon psy m'avait percé à jour. Je mourais d'envie de tomber le masque avec quelqu'un et que ce quelqu'un m'accepte tel que j'étais. Alors, j'avais fait le grand saut et tout balancé à Bébé.

Laquelle s'était enfuie avec le ballon pile au moment où je m'apprêtais à shooter.

Putain, que ça faisait mal !

Au boulot, ça allait être compliqué. Je ne nous voyais pas continuer de bosser comme si de rien n'était. J'envisageais donc de démissionner et de me trouver un autre job, idéalement solitaire et ne requérant pas l'usage de la parole. Planqué sous un déguisement de clown dans un fast-food, par exemple. Un travail à la portée de n'importe qui, même d'anciens malades mentaux : tant qu'ils s'acquittaient de leurs fonctions sagement, sans péter les plombs, nul ne percerait jamais leur secret. Et on devait rafler pas mal de frites et de burgers invendus : un élément à prendre en considération.

Oui, quitter le vidéoclub semblait la meilleure solution. J'étais sûr que Bébé serait ravie de ne plus me revoir. En bonus, je couperais aux éventuelles avances de Maverick.

J'essayais de ne pas y penser, mais ça aussi, ça me turlupinait. Je ne savais pas par quel bout aborder le problème. Si je l'intéressais vraiment, il suffirait sans doute que Bébé lui fasse part de mes révélations pour calmer ses ardeurs. Au fond, les choses allaient peut-être s'arranger d'elles-mêmes.

Bref.

Mes parents et moi avons bouclé le puzzle en moins de deux heures, à la suite de quoi chacun s'est retiré dans son coin pour glander tranquille, loin des autres. Papa faisait la sieste sur le canapé. Maman enchainait les clopes en feuilletant de vieux numéros de *People.* Et moi, terré dans ma chambre, je jouais à *Tekken 2* (qui, déception, ressemblait beaucoup au premier volet).

Le 25 au soir, chez les Teague, on mangeait chinois. Les traiteurs « cuisine du monde » ouverts le jour de Noël ne manquaient pas, autour de Détroit. Une aubaine pour ceux qui, comme nous, ne voulaient pas s'embêter à cuisiner pour cette fête. Cependant, sachant que, pour mon père, les nems constituaient le summum de l'exotisme, nous ne nous aventurions guère hors des sentiers culinaires battus. Mais manger chinois à Noël, c'était une tradition, chez nous, et qui datait d'avant le Drame. Or, comme ces traditions se comptaient sur les doigts de la main, je me gardais bien de quémander un pad thaï ou un curry indien, pour changer.

L'odeur de poulet aux cacahuètes m'a chatouillé les narines avant même que papa ne crie « À table ». Je suis descendu dans la cuisine. Papa et maman étaient en train de déballer nos plats. Nous nous sommes assis à la table et avons entamé notre dîner. Quelques secondes plus tard, on a frappé à la porte.

Si vous aviez vu notre tête ! On aurait dit qu'on s'attendait à une rafle de la Gestapo. Personne ne nous rendait jamais visite, à l'exception de tante Denise, qui ne prenait jamais la peine de frapper.

– Qui ça peut être ? a demandé papa.

– Sans doute les témoins de Jéhovah, a supposé maman.

– Je crois qu'ils font relâche pour Noël, Maureen.

Papa est allé regarder par le judas en marmonnant :

– Sans doute des chants de Noël.

Mais il a reculé, surpris.

– Ou pas.

Il a vérifié, m'a jeté un regard inquiet puis a ouvert la porte.

– Bonsoir, jeune fille. Je peux t'aider ?

– Euh, oui, lui a répondu une voix familière. Désolée de vous déranger le soir de Noël, mais vous pourriez donner ça à Joel de ma part ?

Le temps qu'elle ait fini sa phrase, j'avais rejoint mon père sur le seuil.

Bébé se tenait sur le paillasson, vêtue d'un manteau dont elle ne parvenait plus à fermer la glissière par-dessus son gros ventre. Elle tenait dans ses mains une enveloppe et un plat recouvert de papier alu.

– Qu'est-ce que tu fais là ? lui ai-je demandé.

Mon père a promené ses yeux entre elle, son ventre et moi.

– Joel ? a-t-il dit. Tu fais les présentations ?

– Papa, je te présente Nicole. On travaille ensemble, l'ai-je informé, sur quoi Bébé lui a souri et tendu la main.

Il l'a serrée et a fait entrer Bébé.

– Ne reste pas dans le froid, jeune fille.

– Je ne m'attarde pas, a-t-elle promis en me fixant.

Moi, j'évitais son regard. Bébé me devançait. J'ai désigné l'enveloppe.

– T'es venue démissionner ?

– Quoi ? Non !

Elle a eu un rire nerveux.

– Kat tenait à ce que je t'apporte de la tarte.

Elle m'a remis le plat et ma mère, qui s'était rapprochée, me l'a pris des mains.

– Je suis la maman de Joel, a-t-elle annoncé froidement.

Bébé a hoché la tête.

– Enchantée.

Ma mère lui a fait signe d'entrer puis elle m'a chuchoté :

– Je peux te parler deux secondes ?

– Il n'est pas de moi, maman, lui ai-je répondu sur le même ton. Promis, juré.

Aussitôt, elle s'est détendue.

– Je ne voulais pas m'incruster, vraiment, a bredouillé Nicole. C'est juste que je devais parler à Joel d'un truc qui ne pouvait pas attendre.

– Tu ne t'incrustes pas, voyons, lui a soutenu papa. Tu aimes la cuisine chinoise ? On a de quoi faire un vrai festin. Joins-toi à nous !

Bébé s'est tournée vers moi, incertaine. Comme j'ignorais ce qu'elle était venue me dire, je ne savais pas sur quel pied danser.

– Kat ne t'attend pas pour le dîner ? lui ai-je finalement demandé.

– Non. Elle est au restau avec Doug. Ils font évaluer les dégâts. C'est un sacré chantier.

– Que s'est-il passé ? s'est enquise maman, qui avait une ouïe supersonique, quand elle voulait.

– Il y a eu un incendie au restau où ma mère travaille, lui a répondu Bébé en me lorgnant. Joel ne vous a pas raconté ?

– Non, lui ont répondu mes parents à l'unisson.

– Tu parles du feu de cuisine qui a pris chez Headlights ? a demandé mon père.

– Ouais, lui ai-je confirmé.

Je ne tenais pas à savoir comment il était au courant (j'avais ma petite idée sur la question).

– Ma mère est la gérante, a expliqué Bébé. Elle est fiancée au proprio.

Mon père s'est déridé.

– Tu es la fille de Kat ? Mes félicitations à elle !

Maman et moi, on a froncé les sourcils.

– Tu y passes ta vie, ou quoi ? l'a questionné maman, une note de dégoût dans la voix.

Papa a fait comme s'il ne l'avait pas entendue.

– En tout cas, ils en ont pour un moment, a poursuivi Bébé en me toisant. Donc, je peux rester. Si toi, ça te va.

Elle s'exprimait bizarrement, comme si elle essayait de me faire passer un message codé.

– Mais toi, ça te va ? ai-je insisté.

Elle tripotait son enveloppe. Soudain, elle l'a glissée dans sa poche et a hoché la tête.

Nous avons dû exhumer notre quatrième chaise. Puisque nous ne recevions jamais personne, nous nous en servions pour entasser tout ce qu'on avait la flemme de ranger. Papa a sorti un quatrième set de table et Bébé s'est assise à côté de moi.

– Alors, Nicole, ça fait longtemps que tu travailles chez ROYO Vidéos ? lui a demandé ma mère en lui passant le riz.

– Trois ans, a-t-elle répondu. Depuis mes quinze ans.

– T'as dix-huit ans ? me suis-je étonné.

Je ne sais pas pourquoi, je me croyais plus vieux qu'elle.

– Ouais. Depuis le mois d'octobre.

– On se connaissait déjà, lui ai-je signalé. Pourquoi tu ne l'as pas dit, que c'était ton anniversaire ?

– J'étais censée imprimer des faire-part ? Réclamer un gâteau ? Je n'ai pas cinq ans.

Sa réplique a fait rire mes parents.

– Trois ans dans le même job, c'est admirable, surtout à ton âge, l'a félicitée maman. Mais attends ! Comment se fait-il que Joel soit ton supérieur ? Tu as nettement plus d'ancienneté que lui.

– Bonne question, lui a rétorqué Bébé, ironique, en attaquant son repas. C'est à Scarlette qu'il faut la poser.

– Elle parle de Jessica, ai-je traduit pour maman. L'ex de Devin.

Maman a grimacé.

– Ah, elle. Je ne l'aime pas beaucoup, celle-là.

– Vraiment ? s'est enthousiasmée Bébé. Moi non plus.

Il n'en fallait pas plus pour que le courant passe entre elles deux.

– Elle s'est très mal comportée vis-à-vis de mon neveu, a précisé cette dernière. Elle lui a brisé le cœur...

– Il s'en est vite remis, lui ai-je rappelé avant que Bébé puisse exprimer de la compassion pour mon cousin.

– Dieu merci, a commenté maman. Quand je pense à la gosse qu'il a perdue...

J'ai cru qu'elle avait dit « la garce ». Ce n'était pas le genre de ma mère de parler des filles ainsi, mais peut-être qu'elle essayait de faire cool en présence de notre invitée. Quoi qu'il en soit, je venais de mordre dans un morceau de poulet et j'ai dû mastiquer comme un dingue pour pouvoir demander :

– Qui ? Scarlette ?

Mais maman m'a dévisagé, déconcertée.

– Comment, tu n'es pas au courant ? Je pensais que Devin t'aurait raconté.

– Raconté quoi ?

– Maureen, a grondé papa.

– Il est assez grand, Craig, lui a rétorqué maman en lui décochant un regard.

Bébé m'a décoché un regard à moi.

– Ce n'est pas la question, a affirmé papa. Ils travaillent ensemble. C'est la vie privée de cette fille, il faut le respecter.

– Et je le respecte. C'est de la vie privée de mon neveu que je parle, s'est défendue maman. Il faut être deux pour faire un enfant !

Les yeux de Bébé se sont écarquillés.

– Attendez, vous voulez dire que Scarlette était enceinte ?

J'ai avalé ma bouchée et fixé ma mère sans ciller.

Elle hochait la tête.

– Oui, Jessica est tombée enceinte, mais ça ne l'arrangeait pas, alors...

Elle a laissé sa phrase en suspens, abandonnant à sa moue pincée le soin de nous dire le reste.

– J'ai cru que Devin ne s'en remettrait jamais, a-t-elle conclu.

– Maureen, tout ça ne nous regarde pas.

– Oh merde, a murmuré Bébé, résumant parfaitement mes propres pensées.

– Si tu avais vu ta tante, Joel ! Elle était effondrée. Forcément : il s'agissait de son petit-enfant, m'a signalé maman, sa fourchette braquée sur moi.

Bébé et moi, on ne mouftait pas.

– Si vous voulez mon avis, ça devrait être interdit, a continué maman.

– Personne ne te l'a demandé, a grogné papa.

– De nos jours, les filles choisissent la solution de facilité. Elles font des bêtises puis refusent d'en assumer les conséquences. Enfin, pas toutes, heureusement, a précisé maman en se rappelant la grossesse de Bébé. Tu as fait le bon choix, je te félicite.

– Maman ! me suis-je écrié. C'est bon, change de sujet !

J'ai adressé un regard navré à Bébé, mais elle encaissait encore les révélations de ma mère sur notre manager.

– Ne me parle pas sur ce ton ! a aboyé maman à son tour.

– Joel a le droit d'être en colère, Maureen, est intervenu papa. Qu'est-ce que ça te ferait, à toi, si des inconnus te bassinaient avec un sujet sensible que tu as personnellement vécu ?

Il avait visé juste, car maman, après un court silence, a changé de sujet.

Enfin, presque.

– Alors, Nicole, tu connais le sexe ou pas encore ?

– Pas encore.

Maman lui a tendu les nouilles sautées au bœuf.

– Si c'est un garçon, il va te falloir beaucoup de viande rouge. C'est bon pour la virilité, ce qui est essentiel par les temps qui courent.

– Ah. D'accord.

Bébé s'est servie avec parcimonie.

– Je vois, a commenté maman. Tu préférerais une fille. Une petite fée, née dans une rose... D'ailleurs, si c'est une fille, il va y en avoir, du rose, dans ta vie !

Papa a soupiré.

– Mais enfin, Maureen, quelle mouche t'a piquée ?

– Quoi ? Je pense au bébé, c'est tout ! s'est fâchée maman. Les petits garçons ont besoin d'un régime alimentaire bien spécifique pour être en bonne santé.

Rassasié ou soulé au point d'en perdre l'appétit, mon père a roulé sa serviette en boule et est allé déposer son assiette dans l'évier.

– Joel, je vais brancher ton lecteur DVD, m'a-t-il annoncé. Faites donc un tour avec ton amie, si vous voulez un peu d'intimité pour papoter.

Maman a attendu qu'il parte pour relancer Bébé.

– Tu as des bons livres sur la grossesse ? Des études récentes montrent que ce qu'on mange pendant la grossesse joue sur les tendances de l'enfant.

Bébé a avalé sa bouchée.

– Je n'ai pas lu ça.

Elle a porté son verre d'eau à sa bouche puis, comme elle se montrait toujours polie envers les adultes, elle a demandé :

– Les tendances, c'est-à-dire ?

Maman m'a jeté un regard oblique avant de lui répondre :

– Tu sais : les garçons manqués, les efféminés. Ça vient du régime alimentaire de la mère.

Bébé a fait une drôle de tête.

– Ah ? C'est bien la première fois que j'entends dire ça.

– Normal, suis-je intervenu, c'est des conneries.

J'ai débarrassé mon assiette non sans avoir gratifié ma mère d'un regard noir.

– Pas du tout, c'est prouvé, s'est obstinée ma mère. Et Nicole ferait bien de s'en souvenir si elle veut que son enfant se développe sainement. Je me permets de le lui dire parce que j'aurais bien aimé le savoir, moi, à l'époque.

Je me suis planté derrière Bébé.

– T'as fini ? l'ai-je pressée.

– Euh, oui, m'a-t-elle répliqué en engloutissant précipitamment trois bouchées de plus.

Je m'en voulais d'ôter le pain de la bouche à une femme enceinte, mais j'étais prêt à tout pour échapper aux délires de ma mère.

– On sort se promener, ai-je décrété en m'emparant de nos manteaux.

– Pendant ce temps, je fais réchauffer la tarte que Nicole a apportée, nous a lancé maman, sourde à mon irritation.

J'ai claqué la porte.

On avait parcouru quelques dizaines de mètres quand Bébé m'a crié, essoufflée :

– Tu sais que je suis, genre, super méga enceinte ? D'abord, tu m'arraches mon assiette des mains, et maintenant tu me fais courir un marathon. Qu'est-ce qui te prend ?

– Pardon. Et désolé pour ma mère.

Elle a dû reprendre sa respiration avant de parvenir à répondre.

– Tu n'y es pour rien. Par contre, je comprends mieux ta crise quand tu as su, pour Maverick. Ta mère a l'air mortellement allergique aux gays.

– Si tu savais...

– Merci, je ne préfère pas.

Bébé a pointé du doigt une aire de pique-nique couverte non loin de là et nous nous y sommes dirigés.

On est restés assis un moment sans rien dire. De toute évidence, elle rassemblait son courage pour couper les ponts avec moi.

Je n'aime pas atermoyer. Je préfère crever l'abcès et qu'on n'en parle plus, alors j'ai décidé de lui faciliter la tâche :

– Pour info, je pose ma dem' demain matin.

Bébé s'est décomposée.

– Tu démissionnes ? Pourquoi ?

J'y suis allé cash.

– Ben, parce qu'on ne va plus pouvoir travailler ensemble. T'étais là avant moi, donc c'est à moi de partir, normal.

– Mais pourquoi on ne pourrait plus travailler ensemble ?

Je l'ai toisée.

– Arrête. Je t'ai vue, hier. Je te fais flipper. Si je pars, on pourra faire comme s'il ne s'était rien passé.

– C'est ce que tu souhaites ? m'a-t-elle demandé.

Puis, avant que j'aie le temps de lui répondre, elle a précisé :

– Pas moi.

– Ah ? Non ?

– Non.

– Oh. Alors... qu'est-ce que tu souhaites ? ai-je lancé.

– Comment ça ?

– Qu'est-ce que tu attends de moi ? Maintenant que tu sais que je suis taré, on fait quoi ? Et d'abord, pourquoi tu es passée chez moi si ce n'était pas pour couper les ponts avec moi ?

– Putain, Solo, déstresse, t'en fais des caisses, là ! Je peux te sortir mille raisons de passer te voir, mais toi, il faut toujours que tu t'imagines le pire ! Franchement, parfois, tu m'épuises.

– Ah ouais ? ai-je rétorqué, piqué au vif. J'ai bien vu comment tu réagissais hier soir, Bébé – je suis pas fou de penser que tu veux mettre de la distance entre nous. Enfin, si, je suis fou, pour un tas de raisons, mais dans ce cas précis, non !

– Arrête, m'a ordonné Bébé. Arrête de dire que tu es fou.

– Pourquoi ? C'est le cas. J'ai des années de folie à mon actif.

Elle s'est passé la main dans les cheveux.

– Moi, je ne te crois pas fou.

Elle a soupiré.

– Je sais que j'ai merdé hier soir, et je te demande pardon. Je ne savais pas quoi te dire parce que je m'attendais à tout sauf à ce que tu m'as confié. Je m'en veux de t'avoir obligé à vider ton sac.

– Attends. Tu t'en veux ? Toi ?

– Ben oui, évidemment ! m'a pratiquement crié Bébé. Moi, je pensais que tu me cachais des trucs d'ado classiques, que tu ne me faisais pas assez confiance pour me parler de ton ex ou de ta famille tordue. Et comme tu savais un tas de trucs sur moi, ça me frustrait de ne rien savoir à ton sujet.

– Oh, ai-je marmonné.

La brique dans mon ventre commençait à s'effriter.

Un pli perplexe barrait le front de Bébé.

– Bon, à vrai dire, je ne sais toujours pas comment j'aurais dû réagir hier soir, a-t-elle admis. Mais je ne vois pas ce qui aurait pu être pire que mon mutisme.

– Tu aurais pu m'asperger d'eau bénite et tenter de m'exorciser.

– Attends, c'est du vécu ?!

– Ouaip. C'est l'un des tout premiers traitements que mes parents ont tentés.

C'était la vérité. L'anecdote n'est pas palpitante, c'est pourquoi je ne l'ai pas évoquée plus tôt. En gros, maman m'a trainé chez un prêtre qui m'a tamponné d'eau bénite en baragouinant en latin (je présume, du moins) puis on est partis et je suis allé bavarder avec Crystal dans ma penderie.

Bébé ouvrait des yeux ronds comme des billes.

– Tu vois ! J'ai tellement de questions ! Mais je ne sais pas ce qui est tabou et non. J'ai le droit de te poser des questions, ou c'est déplacé ?

Elle me prenait de court. L'idée que j'aie pu piquer la curiosité de Bébé et la laisser sur sa faim ne m'avait même pas effleuré.

– Fais-toi plaisir, ai-je dit en posant les mains à plat sur la table. Mais ça t'intéresse vraiment ? Mes parents déboursent une fortune chaque année pour que des pros m'écoutent en parler, et toi, tu ferais ça gratuitement ?

– Tu en as parlé à beaucoup de monde ?

– Juste à toi.

– Ben voilà. Je ne te vois pas comme une bête de foire, Solo, mais depuis que tu m'as parlé de Crystal, je te trouve un million de fois plus intéressant qu'avant. Sans rire, je ne pense qu'à ça depuis que tu es parti de chez moi hier soir !

C'était bizarre de l'entendre prononcer le prénom de Crystal avec une telle désinvolture.

– J'ai toujours rêvé de voir un fantôme, a-t-elle conclu. Et toi, ça t'est arrivé !

J'ai esquissé un sourire.

– Tu crois que Crystal est un fantôme ?

– Toi non ? Quoi d'autre ?

– Une manifestation de mon trouble mental, à en croire une horde de psys.

– Mouais. Je préfère ma théorie, a tranché Bébé. Bon, j'avoue : tout ce que je sais en matière de fantômes, je l'ai appris dans des films, mais, selon des critères purement cinématographiques, c'est l'explication la plus vraisemblable à ce que tu as vécu.

– Je ne sais pas.

Bébé n'était pas la première à formuler cette hypothèse. En thérapie de groupe, d'autres étaient parvenus aux mêmes conclusions qu'elle. Mais comment savoir ? Les gens qui souffrent de troubles mentaux et les gens qui croient aux fantômes étant souvent les mêmes...

– Allez, Solo. Il existe des dizaines de films sur les fantômes. Tu ne crois pas que certains ont été inspirés par des faits réels ? Perso, j'ai toujours espéré que c'était le cas de *Jusqu'au bout du rêve*. Ou de *Ghost*. Et *Drôles de fantômes* avec Robert Downey Jr ? Si ça se trouve, ce sont toutes des histoires vraies.

– Je n'ai vu aucun de ces films.

Bébé a fermé les yeux et secoué la tête.

– On va remédier à ça, a-t-elle déclaré. Tu vas devoir en bouffer, des films de fantômes, si tu veux qu'on résolve l'énigme de Crystal.

Une fois de plus, elle s'est passé la main dans les cheveux, puis elle a affirmé :

– On va y arriver.

– Tu espères réussir là où une armée de toubibs et des années de thérapie ont échoué ? Et tu vas faire ça à coups de cassettes vidéo ?

– Pas moi. Nous.

Bébé rayonnait. J'ai vérifié qu'on s'était bien compris.

– Donc, tu veux bien qu'on reste amis ? Crystal ne te fait pas trop flipper ? Ni moi ? Ni ma confession d'hier soir ?

– Sincèrement, non.

Elle a laissé une minute s'écouler puis elle a repris :

– Je crois tout ce que tu m'as dit. Il faudrait être cinglé pour inventer des trucs pareils. Et, je te l'ai déjà dit, je ne te crois pas fou.

Elle a haussé les épaules.

– En plus, il ne t'aura pas échappé que je n'aime pas grand monde. Alors je ne vais pas tourner le dos à mon meilleur pote juste parce qu'il est compliqué.

Quand elle a prononcé ces mots, mon cœur s'est arrêté de battre. Vous pouvez trouver que j'en fais des caisses, je m'en moque. Vu mon passif, j'estime que j'ai eu de la chance de ne pas mourir foudroyé sur place après une telle déclaration.

– T'es ma meilleure amie, toi aussi.

C'était presque aussi euphorisant à dire qu'à entendre.

Un silence s'est étiré. Bébé l'a rompu.

– Top. On ira s'acheter une paire de colliers en forme de cœurs au centre commercial.

– « Joel et Nicole, Meilleurs amis pour la Vie ».

– « Bébé et Solo », m'a-t-elle corrigé.

J'ai souri.

Bébé a frissonné.

– Je ne vais pas tarder à rentrer chez moi. Je me les gèle.

Ma mère nous attendait pour le dessert mais je n'ai pas insisté. Et je ne me suis pas étonné que nous n'abordions même pas l'autre grand sujet de la soirée, à savoir le secret de Scarlette. Peut-être le ferions-nous plus tard, peut-être pas. Tout ce que je savais, c'était qu'en l'espace de vingt-quatre heures, le monde dans lequel j'évoluais s'était métamorphosé. Et que, pour une fois, le changement était positif.

J'ai raccompagné Bébé jusqu'à sa voiture.

– Tiens, avant que j'oublie.

Elle m'a fourré dans les mains l'enveloppe qu'elle tenait en arrivant.

– C'est quoi ?

Elle ouvrait déjà sa portière.

– Tu te souviens, après l'incendie, on m'a embarquée à l'hosto pour faire une écho ?

J'ai hoché la tête.

– Tout va bien, m'a rassuré Bébé. Mais, au passage, le gynéco a découvert le sexe de l'enfant. Je lui ai demandé de me le noter sur un papier. Tu peux le garder ?

– OK, mais pourquoi ?

Elle a secoué la tête.

– Je ne l'ai pas lu, m'a-t-elle avoué. Je ne voulais pas savoir.

Haussant une épaule, elle a ajouté :

– Mais toi, j'aimerais que tu le lises.

– T'es sûre ?

– Je veux que tu saches absolument tout, m'a-t-elle dit en s'installant derrière son volant. Joyeux Noël, Solo.

Sur ce, elle a claqué la portière et elle a démarré.

J'ai souri.

– Joyeux Noël, Bébé.

La neige a crissé sous ses pneus et j'ai suivi sa Ford des yeux jusqu'à ce qu'elle disparaisse à l'angle de la rue. Alors seulement, j'ai décacheté l'enveloppe.

Une fille

Je ne le révèlerais à personne.

CHAPITRE VINGT-QUATRE

Les quelques semaines qui ont suivi furent les plus belles de toute ma vie.

Je pense que je ne vous apprends rien, mais la vie est carrément plus sympa quand on a quelqu'un avec qui la partager. Et si ce quelqu'un est au courant pour le Truc qui Cloche chez Vous et vous aime bien quand même, c'est encore mieux.

Après les fêtes, on a passé beaucoup de temps ensemble, Bébé et moi, au boulot et en dehors. Si cette histoire était un film, ce serait le moment d'envoyer le montage : scènes de nous deux rigolant au vidéoclub, matant un film, en tête-à-tête chez Buddy's Pizza, etc. Nous vivions comme deux ados normaux. Bien sûr, Crystal revenait parfois dans la conversation mais notre relation ne gravitait pas autour d'elle. En fait, depuis que je ne m'épuisais plus à cacher mon secret à Bébé, il m'arrivait de trouver que j'avais fait tout un foin pour trois fois rien. Au fait, la B.O., ce serait un tube joyeux de R.E.M., « Shiny Happy People », peut-être, ou « Radio Free Europe ».

Et le montage regorgerait de sourires en croissant et de gros plans sur moi en train d'être celui que j'aurais pu devenir. Même qu'à le visionner, on verserait sa petite larme en se disant *Waouh, il en a parcouru, du chemin, Joel !*

Enfin, pour la petite larme, je ne sais pas. Je pars du principe que vous me soutenez, mais parfois, quand le vent tourne en faveur des losers, il arrive que les autres les lâchent ou deviennent méfiants.

C'est ce qui s'est passé avec nos collègues.

– Allez mon pote, avoue : tu couches avec Bébé ? m'a lancé Hannibal un jour qu'on assemblait le matériel promotionnel de *Phénomène*, le dernier film avec Travolta.

– Non, ai-je démenti tout en pliant les languettes en carton à insérer dans les fentes correspondantes. On s'entend bien, c'est tout.

– Allez, crache le morceau. C'est toi le papa ?

– Non, ai-je répété un peu plus fermement. On est amis, je te dis.

Hannibal m'a tendu un nouveau morceau de la structure en carton.

– Mais oui, bien sûr, a-t-il dit, plein de scepticisme.

Les gens normaux mentaient-ils à propos de ce genre de chose ? Cachaient-ils leurs conquêtes au lieu de s'en vanter ?

– Mais enfin, pourquoi je mentirais ? me suis-je énervé.

Il a haussé les épaules et émis un grognement :

– Parce que t'es son chef ?

– Et alors, c'est grave ? On n'a pas de ressources humaines chez ROYO, tu sais.

Il s'est frotté le menton, pensif.

– Ouais, je vois ce que tu veux dire. Alors peut-être que tu la joues discret pour que Scarlette ne l'apprenne pas.

– Pourquoi je ferais une chose pareille ?

– Ben, parce que Bébé et Scarlette ne peuvent pas se saquer, tiens ! Si l'une des deux apprend que tu te tapes l'autre, ça te flingue toutes tes chances avec la deuxième.

J'ai reformulé pour être sûr de suivre sa logique.

– J'aurais persuadé Bébé de coucher avec moi en secret pour ne pas me griller auprès de son ennemie jurée, c'est bien ça ?

Hannibal ne s'est pas démonté.

– Ben quoi ? C'est de Scarlette qu'on parle. Reconnais que ça vaudrait le coup.

– Tu te goures complètement.

Plus tard, Poppins, Maverick et Scarlette s'y sont mis à leur tour.

– Vous êtes comme Zack et Kelly dans *Sauvés par le gong*, a déclaré Poppins.

– Qu'est-ce que tu veux dire par là ?

– Tu sais : le genre de couple qui passe son temps à casser et à se remettre ensemble, m'a expliqué Poppins.

– N'importe quoi, ai-je juré à la cantonade. Bébé et moi, on est les deux autres.

– Qui, Jessie et Slater ?

– Ouais.

– Ils sont sortis ensemble, eux aussi.

– Ah. Zut. Alors, comment il s'appelle le grand maigrichon ? Et la nana avec qui il est pote, en tout bien tout honneur ?

– Euh, tu parles de Screech et Lisa ?

Poppins a secoué la tête.

– Il est fou d'elle ! T'as plein d'épisodes qui tournent autour de ça !

De toute évidence, je ne connaissais rien à *Sauvés par le gong*.

– Bon, alors, euh...

Rien ne me venait à l'esprit.

– Je ne sais pas. Dans quelle série il y a un mec et une fille qui sont juste amis ?

– Aucune, m'a rétorqué Poppins du tac au tac. Parce que personne n'y croirait une seconde. Les garçons et les filles ne sont pas proches comme Bébé et toi à moins d'être secrètement amoureux. Ou alors, c'est que l'un d'eux est gay !

Sans réfléchir, j'ai levé les yeux vers Maverick et surpris son regard sur moi.

Je ne savais toujours pas si la théorie de Bébé le concernant était vraie ni s'il avait réellement flashé sur moi, mais, dans le doute, je préférais être clair :

– Dans ce cas, Bébé et moi sommes les premiers hétérosexuels de sexes opposés à être amis-sans-plus de l'histoire de l'humanité.

Poppins semblait sceptique. Maverick, mal à l'aise.

Scarlette a sorti la tête de son bureau pour me demander d'imprimer un rapport. Poppins en a profité pour la sonder.

– Hé, Scarlette, Solo prétend que Bébé et lui sont « juste amis ». T'y crois, toi ?

Je lui ai lancé un regard noir.

Mais Scarlette a éclaté de rire.

– Comme si un mec allait s'intéresser à Bébé ! Elle est enceinte, Poppins.

Depuis la gaffe (intentionnelle) de ma mère à propos de son avortement, je comprenais mieux l'obsession de Scarlette pour la grossesse de Bébé. Il y avait un lien, si obscur soit-il, entre les deux phénomènes, j'en étais certain. Quand deux individus ont le même choix difficile à faire, ça me semble normal qu'ils soient curieux de savoir où mène la voie qu'ils n'ont pas empruntée.

– C'est vrai, a concédé Poppins. Mais tu sais que c'est temporaire, n'est-ce pas ? Elle ne sera pas enceinte toute sa vie. Elle finira par se maquer.

– Mais pas avec Solo, parce qu'elle ne lui plait pas. Hein, Solo ? m'a lancé Scarlette avec assurance.

J'ai poussé un soupir. Ils commençaient à m'énerver.

– On s'entend bien, c'est tout.

– Tu vois ! a dit Scarlette à Poppins. C'est ce que les mecs disent des filles qui ne les attirent pas.

– Elle est jolie, Bébé, a objecté Poppins. En tout cas, elle l'était avant de tomber enceinte. Mais bon, c'est vrai qu'elle est méchante, ce qui n'est pas très sexy.

– Tu peux parler ! me suis-je insurgé, même si Poppins ne pensait pas à mal.

– Tout ce que je dis, c'est qu'il n'y a pas que le physique qui compte.

– Sous-entendu : Bébé a une personnalité de merde, ai-je traduit.

Puis, comme cela me semblait relever du devoir d'un meilleur ami, j'ai ajouté :

– Moi, je l'adore.

– Mais tu n'as pas envie de coucher avec elle, a observé Scarlette.

J'ignorais comment réagir à cela sans insulter Bébé. Que je confirme ou que j'infirme la déclaration de Scarlette, je risquais de passer pour un salaud.

Les autres ont pris mon silence pour de l'hésitation.

– Alors ? m'a lancé Maverick. T'en as envie, oui ou non ?

Tout le monde était suspendu à mes lèvres.

– Il n'y a que deux options ? me suis-je emporté. Soit Bébé est une harpie, soit j'ai envie de me la taper ? Une nana ne peut pas être sympa et mignonne sans que j'aie forcément envie de coucher avec ?

– Franchement ? Non, a affirmé Scarlette. Si elle te sautait dessus, tu te laisserais faire ?

Là, j'ai dit stop.

– Je ne parle plus de ça avec vous.

– Ouais, a renchéri Maverick, changeant soudain de camp. C'est pas cool de parler de Bébé comme ça en son absence.

Scarlette a levé les yeux au ciel et s'est adossée au comptoir.

– OK, je reformule. Si tu pouvais avoir n'importe quel membre de l'équipe à poil dans ton lit... tu choisirais Bébé ?

Je me suis senti rougir. D'abord, parce que cette question sortait de nulle part. Ensuite, parce que Scarlette avait prononcé les mots « lit » et « à poil ».

Tous les regards convergeaient sur moi et plus je me taisais, plus j'avais les joues en feu. Étant un fervent partisan de la franchise, j'ai dit :

– Non.

Puis j'ai levé les yeux sur Scarlette.

Elle souriait de toutes ses dents.

– J'en étais sûre.

***

Un dimanche soir vers la mi-janvier, après le boulot, on a fini par se faire notre marathon de films de fantômes, Bébé et moi. Elle n'avait pas cours le lendemain (c'était férié à cause de l'anniversaire de Martin Luther King), et en ce qui me concernait, mes cours étaient à la carte. J'avais vu Tim quelques jours auparavant et il m'avait annoncé le programme du trimestre. Je n'avais plus que six matières à valider pour décrocher mon diplôme d'études secondaires et devenir enfin celui que j'aurais pu être. Je voyais la lumière au bout du tunnel et c'était jubilatoire de penser que j'allais bientôt mettre tout ce merdier derrière moi.

Tim m'a aussi rappelé que, si j'envisageais sérieusement de m'inscrire à l'université, il ne fallait pas trainer et, malgré mes hésitations, j'ai suivi ses conseils. J'adorais bosser au vidéoclub, mais je n'irais pas loin dans la vie avec mes dix dollars de l'heure.

Au cours de l'année écoulée j'avais reçu des tonnes de prospectus sur diverses universités (comme toute la promo 1996 ; je ne faisais pas l'objet d'un traitement spécial). En digne fils de mes parents (les Teague, rappelez-vous, avaient une fâcheuse tendance à laisser s'amonceler le courrier), j'avais tout fourré dans une boîte en plastique dans ma chambre. Après ma discussion avec Tim, j'ai exhumé les prospectus, fait ma sélection (les trois universités le plus proches de la maison), rempli les formulaires de candidature et j'ai posté le tout avec les quarante balles de frais de dossier (du vol à main armée). En douce, j'avais aussi chargé Tim de se renseigner sur une certaine université new-yorkaise, Sarah Lawrence, pour ne rien vous cacher, même si je doutais d'avoir la moindre chance de l'intégrer. N'empêche, je n'avais rien à perdre. Enfin, sauf les frais de dossier (soixante dollars ! Un vrai hold-up). Vous n'êtes pas sans savoir que quand je fais un truc, je le fais à fond et jusqu'au bout, alors ça ne vous étonnera pas d'apprendre que, sitôt notre statut de meilleurs amis officialisé, j'étais prêt à suivre Bébé jusqu'à l'Empire State et à planifier la suite de ma vie à ses côtés.

En revanche, j'ai gardé ma démarche pour moi. Je n'ai rien dit à Bébé. Ni à mes parents. C'était mon petit secret. À quoi bon en parler ? C'était voué à l'échec, de toute façon.

– Avant qu'on commence, m'a dit Bébé en s'installant avec moi sur le canapé de la salle de repos, trois cassettes à la main, j'ai quelques questions à te poser à propos de Crystal.

Je m'étais habitué à l'entendre parler d'elle comme d'une personne réelle. Avant Bébé, j'avais été le seul à la traiter comme telle.

– Qu'est-ce que tu veux savoir ?

– J'y ai beaucoup réfléchi. Si Crystal est un fantôme, ce qui reste à mes yeux l'explication la plus plausible, elle doit être le fantôme de quelqu'un, m'a expliqué Bébé ; la question est : de qui ?

Je l'ai fixée bêtement.

– Je suis censé connaitre la réponse ?

– Réfléchis, m'a-t-elle répliqué en mâchonnant un bâton de réglisse. Quand tu vivais en Virginie, t'as entendu parler d'une ado morte brutalement ? D'un meurtre irrésolu ou d'une affaire dans le genre ? D'une nana portée disparue ? Aucune légende urbaine, rumeur ?

J'ai secoué la tête.

– Pas que je sache. Mais j'étais petit. Je ne sais pas si j'aurais été au courant.

Elle a fait la grimace.

– Ouais, je vois. Dommage que tu n'aies pas rencontré Crystal dans le Michigan : on aurait pu aller fouiner dans les archives, déterrer les vieux faits divers...

– Promis, la prochaine fois que je me fais hanter, je m'arrangerai pour que le revenant soit du coin pour te simplifier la vie.

Bébé m'a tapé avec son bâton de réglisse.

– Je ne plaisante pas ! Si on arrive à déterminer qui Crystal était de son vivant, on comprendra peut-être pourquoi elle t'a choisi pour la venger.

– Crystal ne cherchait pas à ce qu'on la venge. On trainait ensemble, c'est tout. Elle ne m'a jamais laissé entendre qu'elle avait des comptes à régler avec quelqu'un.

Ma remarque a déplu à Bébé.

– Ça me rend dingue de ne pas arriver à piger qui elle est !

– Bienvenue au club.

– Oups, a-t-elle fait en se passant la main dans les cheveux. Pardon.

Après *Jusqu'au bout du rêve* et *Ghost*, Bébé et moi n'étions guère plus avancés sur la nature et l'identité de Crystal, mais les films étaient sympas et, comme toujours, c'était chouette d'en discuter avec Bébé. On aurait volontiers débriefé *Drôles de fantômes*, dans la foulée, mais il était presque trois heures du mat et on s'est endormis devant.

On aurait pu roupiller jusqu'à l'ouverture du magasin, ce qui aurait fait jaser (même si on dormait tout habillés et aux deux extrémités opposées du canapé), mais ce n'est pas arrivé parce que le téléphone a sonné et nous a réveillés.

Complètement dans les vapes, j'ai cherché le sans-fil à tâtons, sans succès.

– Pourquoi tu décroches ? a marmonné Bébé d'une voix pâteuse. C'est la nuit.

– Si ça se trouve, c'est ma mère, ai-je répondu.

– Maureen ? Salue-la de ma part. Et dis-lui que le dodo, ça se respecte.

Je suis allé décrocher dans la boutique.

– ROYO Vidéos, Solo à l'appareil, ai-je ânonné en bâillant.

– Solo ? a répété la voix au bout du fil.

Ce n'était pas ma mère.

– Oui. Qui appelle ?

– Monte.

– Scarlette ?

J'étais soudain parfaitement réveillé.

– Qu'est-ce qui se passe ? Tout va bien ?

Dans la salle de repos, Bébé a pesté :

– Et merde ! Maintenant, j'ai envie de pisser !

Et elle s'est dirigée vers les toilettes en tapant des pieds.

– Bébé est avec toi ? m'a susurré Scarlette.

– Quoi ? Euh, oui. On s'est endormis devant un film.

J'ai consulté ma montre.

– Il est cinq heures et quart. Qu'est-ce que tu fais debout ?

– J'étais sortie, je viens de rentrer, m'a-t-elle appris. Monte. Je suis seule et j'ai envie de compagnie.

– Sortie avec Chase ? me suis-je enquis pour une raison qui m'échappe.

– On s'en fout, non ? J'ai envie que tu montes.

– Pour quoi faire ?

Elle a haussé la voix.

– Je ne vais pas te faire un dessin, Solo ! Monte, je te dis. J'ai envie de toi.

Je devais être en train de rêver parce que je ne percutais toujours pas.

– Quoi ?

Elle s'est impatientée.

– Je sais que t'en meurs d'envie. Je sais que tu pensais à moi, l'autre jour, quand je t'ai demandé avec qui t'avais envie de coucher dans l'équipe. C'est ta chance. Saisis-la.

– Euh, je...

J'avais commencé ma phrase sans savoir ce que j'allais dire.

– T'as cinq minutes, puis je ferme ma porte à clé, a conclu Scarlette. Ne me déçois pas.

Et elle m'a raccroché au nez.

Dans certains dessins animés, pour montrer qu'un personnage vient de détaler, on voit parfois sa silhouette découpée au centre d'un nuage de poussière. Puis, quand la poussière retombe, on se rend compte que le personnage a filé. Vous y êtes ? Eh bien, ce nuage aurait dû être tout ce qu'il restait de moi quand Bébé est revenue des WC.

Mais j'étais tellement sous le choc que j'en restais paralysé.

– C'était qui ? m'a interrogé Bébé, bâillement à l'appui, en désignant le téléphone d'un petit coup de menton.

– Scarlette, ai-je dit sans me demander si c'était une bonne idée de le lui révéler.

Et, dans le même état d'esprit, j'ai avoué :

– Elle vient de m'inviter à tirer mon coup.

Bébé s'est réveillée aussi sec.

– Tu déconnes ?

– Non.

– Elle te faisait marcher ?

– Franchement, je ne crois pas. Elle m'a dit que j'avais cinq minutes avant qu'elle ne change d'avis.

Bébé me défiait du regard.

– Tu vas y aller ?

– Je ne sais pas.

– Tu ne sais pas ? a-t-elle répété.

– Oui. C'est ça. Je ne sais pas.

– Tu sais forcément ! s'est agacée Bébé. La balle est dans ton camp. Tu sais forcément ce que t'as l'intention d'en faire !

– C'est-à-dire que je ne m'attendais pas à ça ! Je n'ai pas vraiment eu le temps d'y réfléchir...

– Mais tu envisages d'accepter ? Tu coucherais avec Scarlette ?

– Peut-être.

– Je croyais que tu ne l'aimais pas.

– Ben non, mais ce n'est pas la question...

– Alors, tu coucherais avec quelqu'un que tu n'apprécies même pas ?

J'entendais dans ma tête le tic-tac de mes cinq minutes qui défilaient.

– Ce ne serait pas la première fois. Tu le sais.

– Je ne te juge pas pour les trucs que tu as pu faire en hôpital psychiatrique, Solo. En prison aussi, les gens ont des pratiques sexuelles cheloues, parce qu'on fait avec les moyens du bord. Mais t'es pas en prison, là.

– Peut-être, mais ça ne se bouscule pas pour coucher avec moi.

– C'est ça, ta logique ? Tant que la nana est d'accord, ça te suffit ? Les sentiments, tu t'en fous, si la meuf est bonne ?

Bébé paraissait écœurée.

– Je n'aurais pas cru ça de toi, Solo. Sincèrement, tu me déçois.

– J'ignorais que tu accordais autant d'importance à mes partenaires, ai-je maugréé. (Tic-tac, tic-tac.) Merde, pourquoi t'en fais tout un plat ? En plus, je n'ai pas encore décidé ce que j'allais faire.

C'était un mensonge. J'étais décidé à près de 100 %.

– Je n'ai pas envie que tu couches avec elle, m'a répondu Bébé sans détour.

– Mais qu'est-ce que ça peut te faire ?

– Tu connais l'expression « Dans le doute, abstiens-toi » ?

– Oui. Et alors ?

– Alors, abstiens-toi ! Scarlette est conne comme ses pieds ! En plus, tu vas attraper des morpions. Et puis, je sais pas. Le sexe, ça devrait vouloir dire quelque chose, tu ne trouves pas ?

C'était à présent une véritable course contre la montre et je n'ai pas réfléchi une seconde avant de riposter :

– Et ça voulait dire quoi quand t'as couché avec Indy ?

J'ai vu Bébé accuser le coup, et visiblement j'avais frappé en dessous de la ceinture. Sans doute ne connaissais-je pas la moitié de l'histoire. En tout cas, Bébé m'a indiqué la porte.

– C'est bon, vas-y, qu'est-ce que t'attends ? On sait tous les deux que tu en meurs d'envie.

Ça allait se jouer à quelques secondes. Si je m'entêtais à persuader Bébé que je pouvais me taper Scarlette en toute bonne conscience, ma fenêtre de tir allait se refermer. Alors je me suis contenté de lui lancer :

– Tu sais que tu restes ma meilleure amie ?

– Message reçu. Mets une capote.

Elle paraissait amèrement déçue par mon comportement, mais je n'avais pas le temps de m'en émouvoir.

Elle a tourné les talons et, quant à moi, j'ai foncé aussi vite que mes jambes voulaient bien me porter.

CHAPITRE VINGT-CINQ

Au rez-de-chaussée, la porte était ouverte. J'ai mis le verrou avant de monter l'escalier. Scarlette se tenait dans la kitchenette, habillée pour une soirée en boîte de nuit. Elle fixait le parking par la fenêtre.

Elle s'est retournée en m'entendant entrer et elle m'a gratifié d'un sourire plein de fatuité.

– Je savais que tu viendrais, m'a-t-elle dit.

Je me suis avancé jusqu'à elle et on a commencé à s'embrasser.

C'était exactement comme dans mes fantasmes.

Elle était assise sur le plan de travail, les jambes nouées autour de ma taille, et sa bouche glissait sur mon torse avant de remonter jusqu'à la mienne.

– Apporte-moi sur le lit, m'a-t-elle glissé à l'oreille et, docile, je l'ai soulevée dans mes bras.

Mais la tâche relevait du parcours du combattant. L'appart était nettement plus en bazar que le soir où elle m'avait coupé les cheveux.

Sans rire, on aurait dit qu'il avait été cambriolé. Il y avait des chaussures, des fringues, des cartons, des assiettes sales partout, et même une plante verte renversée. Sans parler des tas de cheveux qu'elle n'avait pas pris la peine de balayer après les coupes dont elle avait dû gratifier, à vue de nez, une bonne dizaine de Chase.

Mais la langue de Scarlette était dans ma bouche. Son appart, je m'en foutais.

Quand, enfin, nous avons atteint le matelas posé à même le sol, il a fallu le déblayer avant de pouvoir l'utiliser. Nous sommes demeurés enlacés pendant que je balançais par terre des paquets de vêtements. Une fois satisfait, j'ai déposé Scarlette sur le lit et je l'ai surplombée...

– Aïe ! a-t-elle crié.

Je me suis écarté aussi sec.

– Quoi ?

Elle a fourragé sous son dos et en a extirpé une bouteille vide qui avait échappé à ma vigilance. Elle l'a flanquée dans un coin et s'est remise à m'embrasser le torse.

Je l'ai regardée faire et l'ai vue porter ses mains à ma ceinture. Elle a tiré dessus.

Je n'en croyais pas ma chance. Tous les films que je me faisais à son propos étaient sur le point de se réaliser. Depuis Emily, je m'interdisais de coucher avec des filles atteintes d'un quelconque Mal Mystérieux et pour me récompenser de mon sacrifice l'univers m'envoyait une bombe atomique du calibre d'Hélène de Troie. Je n'osais cligner des yeux de crainte que la scène ne s'évapore tel un mirage sexuel.

Mais j'ai cligné des yeux. Forcément. Je n'ai pas pu m'en empêcher.

Scarlette n'avait pas disparu comme je le redoutais en les rouvrant, mais...

– Qu'est-ce qu'il y a ? m'a-t-elle demandé en déboutonnant ma chemise. Pourquoi tu t'arrêtes ?

J'ai regardé autour de moi. La bouteille qu'elle avait flanquée par terre, ce n'était pas la seule dans la pièce. Il y en avait partout. Plus qu'il n'en fallait pour une soirée fun. Assez pour une soirée méchamment destroy.

J'ai considéré les cheveux et les ordures dont le sol était jonché. Les gens normaux ne vivaient pas dans des conditions pareilles. Visiblement, il y avait un Truc qui Clochait sévère chez Scarlette.

Et j'ai eu le déclic. Elle traversait une mauvaise passe et adoptait tout naturellement des mécanismes malsains pour garder la tête hors de l'eau. Des mécanismes malsains comme coucher avec moi.

Je connaissais tout ça par cœur. J'avais moi-même souvent recouru à ce genre de stratégies, dans une vie antérieure. En HP, le sexe sans lendemain faisait une excellente diversion. Une super roue de secours. Sauf que ça finissait mal, invariablement, et que je m'étais promis de ne jamais retomber dans le panneau.

Et MERDE.

Pourquoi avait-il fallu que je reçoive l'illumination pile en cet instant ? Mon cerveau n'aurait-il pas pu me donner quelques minutes (soit le temps de conclure, je suis lucide) avant le moment eurêka ? C'était foutu, maintenant.

Scarlette a cessé d'embrasser mon cou et a repris haleine.

– Sérieux, Solo, qu'est-ce que tu me fais, là ?

J'ai poussé un soupir saturé de frustration et je lui ai posé la question que me soufflait avec insistance mon emmerdeuse de conscience :

– Scarlette... Est-ce que ça va ?

Elle s'est crispée.

– Comment ça ?

– Tu vas bien, en ce moment ? Tu n'as pas l'air dans ton assiette, depuis quelque temps.

Elle a paru agacée.

– T'as vraiment envie de parler de ça, là, tout de suite ?

Si ma libido avait pu, d'un putsch, renverser ma conscience, je ne doute pas que j'aurais fermé ma grande gueule.

Au lieu de quoi, j'ai dit :

– Je crois que tu fais une dépression.

Scarlette a plissé les yeux.

– Tu te fiches de moi ?

– Hélas, non.

J'ai pris une inspiration et je me suis rassis.

– Écoute, tu vis une rupture douloureuse. T'as trop bu et tu t'es coupé la main. Ton appart...

Je l'ai désigné du menton – ça se passait de commentaire.

– Je me demande si tu n'aurais pas besoin de parler à un psy, ai-je conclu.

Elle s'est redressée.

– Je te propose un plan cul et tu m'envoies me faire soigner ?

– Ne le prends pas comme ça, ai-je bredouillé, cherchant désespérément une façon de formuler mes inquiétudes avec tact. Je sais que c'est dur, avec Bébé qui est enceinte...

– Qu'est-ce que tu viens de dire ? m'a-t-elle coupé. Pourquoi ça serait dur pour moi ?

Merde.

Ça vous est déjà arrivé de mettre les deux pieds dans le plat ? De lâcher une info qui vous trahit sur toute la ligne ?

– Je ne sais pas.

Elle n'y a pas cru. Je l'ai vu à son regard haineux.

– T'es au courant. T'es au courant !

Lentement, j'ai hoché la tête.

En moins d'une seconde, Scarlette était debout.

– Dégage ! m'a-t-elle hurlé d'une voix stridente. Sors d'ici, Solo !

– Désolé.

Je me suis levé pour partir.

– Dégage, putain ! a-t-elle répété en fondant en larmes. Va-t'en !

J'ai trébuché trois fois en gagnant l'escalier. Enfin, j'ai atteint la sortie et j'ai fui le studio de Scarlette.

CHAPITRE VINGT-SIX

Pour la première fois depuis notre arrivée dans le Michigan, j'ai apprécié le froid mordant. Quelques secondes dans l'atmosphère polaire de la nuit et mes testicules se sont recroquevillées dans leur coquille, ce qui m'a permis d'oublier ma bite et de me concentrer sur la scène qui venait de se jouer.

J'ai conclu de ma réflexion que j'avais bien agi (même si j'avais envie de me coller des baffes).

N'ayant encore jamais refusé mes faveurs sexuelles à qui que ce soit (sauf à Scarlette, déjà, dans le placard à fournitures, parce qu'on ne couche jamais, jamais avec une fille bourrée qui vous demande de lui faire un bébé, et encore moins à l'âge de dix-sept ans), j'ignorais le protocole en vigueur. Étais-je censé lui adresser un mot d'excuses ? Lui envoyer quelqu'un pour s'assurer qu'elle allait bien ? (Mais qui ? Ses parents ? Chase ?) Lui signer un chèque en blanc pour faveurs sexuelles à utiliser quand elle irait mieux ?

Je me les caillais et je n'arrivais pas à prendre de décision. J'ai cherché mes clés de voiture dans ma poche quand ça m'est revenu : obsédé par mon envie de sexe, je les avais laissées sur la table basse dans la salle de repos.

Ainsi que mon manteau.

Merde.

Un rapide tour d'horizon du parking m'a appris que Bébé était restée malgré ma désertion, alors j'ai fait le tour et je suis allé frapper à la porte de service.

J'ai frappé. Et frappé.

Enfin, une Bébé exaspérée est apparue au bout du couloir et, précédée par son ventre bombé, elle s'est avancée jusqu'à la porte d'un pas chaloupé. Mais ne m'a pas ouvert.

– T'as duré huit minutes, m'a-t-elle appris. Scarlette est une sacrée veinarde.

La vitre assourdissait sa voix mais n'adoucissait pas son ton.

– Tu peux m'ouvrir ? l'ai-je implorée. Je me pèle les couilles !

– Tant mieux. Le froid tuera peut-être certains des parasites que tu viens de choper.

– On n'a rien fait, OK ? Je n'ai pas couché avec Scarlette, lui ai-je assuré. Alors, tu m'ouvres ?

– Solo, il n'y a pas dix minutes, tu m'as plantée pour aller fourrer ta queue dans Barbie Bimbo et maintenant tu voudrais me faire croire que t'as préféré passer ton tour ?

Elle a secoué la tête.

– Je ne dirais pas ça comme ça, ai-je marmonné. Mais ça ne s'est pas fait, OK ? Allez, ouvre-moi avant que je fasse une hypothermie.

Elle a posé la main sur le verrou mais elle hésitait encore.

– Pourquoi je ferais ça ? Tu prétends être mon meilleur

pote mais tu viens de m'abandonner pour aller te taper une nana que je peux pas blairer.

J'ai glissé mes avant-bras dans mes manches pour conserver ma chaleur corporelle.

– C'était une connerie. Ça ne se reproduira pas.

Ça ne me coûtait rien de le lui promettre, vu que Scarlette me détestait, désormais.

– S'il te plait, pitié, ouvre-moi !

Bébé a délibéré encore un peu.

– Bon, a-t-elle lâché. Mais je suis toujours en colère contre toi.

Enfin, Dieu merci, elle m'a ouvert, m'épargnant dans sa magnanimité la mort par congélation. J'ai couru jusqu'à la salle de repos et enfilé mon manteau sans cesser de grelotter.

Bébé m'avait suivi.

– Alors, il s'est passé quoi ?

– C'est compliqué.

– Mais encore ? Elle était en train de se taper quelqu'un d'autre quand tu es arrivé ? a-t-elle persiflé. Tu as dû prendre un ticket ?

– Non, ai-je soupiré. Elle n'était pas bien. J'aurais eu l'impression d'abuser de la situation.

Bébé m'a toisé. Je voyais bien qu'elle comprenait ce dont je voulais parler mais jamais elle n'aurait manifesté de compassion à Scarlette. Question de principes.

– Tu sais ce que j'en ai à foutre, Solo ? Rien. J'en ai rien à foutre de cette meuf.

Elle s'est passé la main dans les cheveux avant d'enfoncer le clou :

– C'est pas mon problème.

– Non, t'as raison.

Le silence est retombé entre nous.

– Je sortais m'acheter un truc à manger. Tu veux venir ? a fini par me proposer Bébé.

Je claquais encore des dents.

– Tu n'es plus fâchée ?

– Si, mais je suis affamée, a-t-elle précisé. Alors, si t'as fini de ne pas coucher avec Scarlette, tu peux venir.

– J'ai fini.

– Bon, a-t-elle approuvé. Alors, on s'arrache. C'est moi qui conduis.

Headlights était encore en travaux mais Bébé avait la clé et il y avait là-bas un frigo plein de nourriture qui risquait de se périmer si on ne la mangeait pas rapidement, alors c'est là qu'on est allés.

Nous avons gagné la cuisine et pénétré dans une pièce qui sentait le neuf. À savoir le bois, la peinture fraîche et les produits d'entretien senteur citron. Bébé a suspendu nos manteaux aux patères.

– Qu'est-ce qui te tente ? m'a-t-elle demandé en ouvrant la porte d'une chambre froide. Un steak, des œufs ?

C'était la première fois que je mettais les pieds dans une cuisine de pros ; tout n'y était qu'inox scintillant et technologie de pointe (pour autant que je puisse en juger). Bébé se déplaçait avec nonchalance, attrapant un saladier par ci, un couteau par là. Je me suis rappelé que Kat travaillait chez Headlights depuis plus de quinze ans. Pour Bébé, c'était un second foyer.

L'espace d'un instant, je l'ai enviée. Certes, on faisait mieux en matière de déco pour enfant que la thématique nichons et grosses cylindrées, mais n'empêche. Il y avait une continuité entre le passé et le présent de Bébé. Rien n'égale la familiarité des lieux que l'on a fréquentés enfant. Moi, pour en trouver, j'aurais dû aller jusqu'en Virginie, ce qui m'était pour ainsi dire interdit depuis des années. Et, à voir Bébé s'affairer dans cette cuisine, le manque s'est soudain fait cruellement sentir.

Quand notre petit-déj a été prêt, on a apporté nos assiettes dans la salle et on s'est rassis au même endroit que le jour de l'incendie. Bébé a allumé la machine à sodas et nous a rapporté deux Cocas.

– L'équipe de nettoyage a fait du bon boulot, a-t-elle observé en désignant un coin de la pièce encore bâché. Il va falloir refaire une partie du plancher. Mais d'après Doug, tout sera prêt à temps pour le mariage.

Elle a attaqué son repas.

J'avais quelques bouchées d'avance sur elle. C'était délicieux. Décidément, ça creusait de ne pas coucher avec Scarlette.

– Au fait, pour le mariage, ai-je soudain eu la présence d'esprit de demander, je suis censé porter quoi ?

Bébé a mastiqué et avalé sa bouchée.

– Un costard, j'imagine. T'en as un ?

La réponse était non. Je n'en avais pas porté depuis le Drame.

– Je vais me débrouiller.

– Je serai en rose, pour info, m'a informé Bébé. Je serai énorme, d'ici là. Je vais ressembler à un chamallow géant.

– Mais non, ai-je affirmé (en pensant le contraire).

– Mon terme officiel, c'est le vingt-cinq février, mais d'après le gynéco, à mon âge, on le dépasse fréquemment. Donc je ne sais pas du tout quand le bébé va se pointer.

– Il y aura des signes avant-coureurs ? lui ai-je demandé. L'idée que je puisse me trouver avec elle quand ça commencerait ne m'avait pas traversé l'esprit. Je tenais à être préparé.

Mais elle a haussé les épaules.

– Des souffrances insoutenables, je suppose ; ça devrait suffire à me faire comprendre que la créature que j'ai dans le bide essaie d'en sortir.

– C'est flippant, ton truc, ai-je dit au lieu de tourner ma langue sept fois dans ma bouche avant de parler.

– Merci, a-t-elle grogné, acariâtre. J'apprécie ton soutien.

Un ange est passé. Je cherchais un truc rassurant à dire à Bébé à propos de l'accouchement mais, comme je n'avais jamais vu d'affiche à slogan sur le sujet, je séchais.

C'est elle qui a rompu le silence :

– Pourquoi elle l'a fait, à ton avis ?

Bizarrement, même sans le moindre élément de contexte, je savais de quoi elle parlait, et de qui.

J'ai longuement mûri ma réponse.

– Je n'ai aucun moyen de le savoir, bien sûr, mais peut-être pour les mêmes raisons que tu as failli le faire, toi.

Bébé a opiné du chef comme si je venais de confirmer sa propre théorie.

– Tu crois que Scarlette débloque en ce moment parce qu'elle a fait le mauvais choix ?

J'ai secoué la tête.

– Débloquer, ce n'est pas forcément la preuve qu'on s'est planté. Scarlette en aurait bavé quoi qu'elle fasse, non ?

De nouveau, Bébé a opiné. Après, on s'est tus et on a poursuivi notre repas en silence.

– J'ai décidé d'aller à la fac à Sarah Lawrence, a-t-elle fini par lâcher.

J'ignorais si j'étais supposé la féliciter, vu les sujets hautement sensibles qui avaient précédé cette annonce, alors j'ai enchainé sur la question la plus évidente.

– Donc, tu ne vas pas élever le bébé, j'imagine ?

Elle a trituré ses œufs du bout de sa fourchette pendant quelques secondes avant de me répondre :

– Je ne savais pas quoi faire jusqu'à ce que je rencontre ce couple qui sera de super parents. Ils disent que pour eux, l'adoption, c'est un rêve devenu réalité. Je veux que mon bébé ait des parents qui le voient comme ça, et je sais que ce ne sera pas le cas si je le garde.

– Tout gosse rêve d'être un rêve exaucé, ai-je acquiescé. Enfin, j'imagine. Je ne parle pas d'expérience, parce que perso, j'ai été le pire cauchemar de mes parents.

– Bienvenue au club ! Kat ne rêvait pas non plus d'être mère célibataire et de faire carrière chez Headlights, tu sais, m'a dit Bébé. Elle me rabâche qu'avant de tomber enceinte, elle envisageait de partir vivre à Los Angeles et de devenir mannequin. Elle ne le dit pas mais je sais qu'elle m'en veut d'avoir fait foirer ses plans.

Kat ne me semblait pas le genre de mère à reprocher ses propres choix à son enfant, mais il n'aurait servi à rien que je le dise à Bébé ; ça ne l'aurait pas convaincue. Alors j'ai choisi l'option B.

– Mannequin, Kat ? Aucune chance. Elle est trop petite. Tu lui as épargné une vie de castings ratés.

Bébé a ri et je me suis senti victorieux.

– Ce sera une adoption ouverte, a-t-elle poursuivi. Ce qui veut dire que je ferai partie de la vie de l'enfant. Genre, je pourrai jouer la tata cool qui lui rend visite tous les deux ou trois mois.

Elle s'est passé la main dans les cheveux.

– Comme ça, je peux vivre ma vie et quand même connaitre mon gamin.

– Ça semble être le mieux.

Elle a hoché les épaules, mettant un point final à la conversation.

On a fini de manger et fait la vaisselle puis Bébé m'a ramené au boulot pour que je récupère ma voiture. Quand on est arrivés, le soleil se levait à peine.

– On n'a pas fini *Drôles de fantômes*, a remarqué Bébé sur le parking alors que je m'apprêtais à sortir.

– Merde. On va devoir se revoir, alors.

– Ouais. Fait chier, a-t-elle bâillé. Allez, je rentre pioncer seize heures d'affilée.

À la lumière du jour, elle avait le teint de quelqu'un qui a fait une nuit blanche.

Je suis sûr qu'on pouvait en dire autant de moi.

– Dors bien.

J'ai patienté dans ma Chrysler le temps que le moteur chauffe. Il faisait tellement froid que l'autoradio ramait et j'entendais mon CD de R.E.M. tourner à vide dans le lecteur sans émettre le moindre son. Du coup, j'ai allumé la radio.

– Vous écoutez Planet 96.3 et pour un réveil en douceur ce matin, à la demande d'un de nos auditeurs, voici « Always », le tube de l'album *Cross Road* de Bon Jovi...

Par automatisme, j'ai tendu la main pour éteindre la radio, mais je me suis ravisé. J'ai patienté quelques secondes, puis j'ai monté le son.

En quittant le parking, j'ai repéré plusieurs sacs-poubelles entassés au pied du studio de Scarlette. Ils ne s'y trouvaient pas lorsque j'étais sorti de chez elle quelques heures plus tôt.

J'ai souri.

Si Scarlette n'avait pas touché le fond en me faisant des avances, peut-être avait-ce été le cas quand je les avais repoussées. J'avais sans doute grillé ma seule et unique cartouche avec elle, mais le fait qu'elle ait repris sa vie en main immédiatement après me consolait un peu.

Pas des masses, mais un peu.

CHAPITRE VINGT-SEPT

Par un dimanche matin de début février, maman et papa ont dérogé à leurs rituels dominicaux pour poursuivre le « grand ménage de printemps » qu'ils avaient entamé la veille (à plus d'un mois de l'arrivée du printemps, mais passons).

Quand je suis descendu dans la cuisine, j'ai trouvé maman assise par terre dans le salon au milieu du contenu du placard de l'entrée.

– Il y a du café, si tu veux, m'a-t-elle informé.

– Et depuis quand j'en bois ?

– Tu es assez grand.

Elle a coupé le son de la télé.

– Combien tu mesures, Joel ? Je fais du tri, je veux savoir ce dont on peut se débarrasser.

–Je crois pouvoir affirmer sans trop de danger que la combi de ski Tortues Ninja est trop petite pour moi, ai-je observé. Ça vaut sans doute pour tout le reste.

J'ai éventré un paquet de gaufres surgelées et j'en ai fourré deux dans le grille-pain.

– Tu as poussé comme un champignon, a constaté maman en tendant à bout de bras un bonnet Bart Simpson environ quatre fois trop petit pour moi.

– Ouais, le temps file quand on s'éclate, ai-je répliqué en contemplant mon reflet dans le grille-pain.

Je ne maitrisais toujours pas complètement le dosage du gel nécessaire pour que ma coupe me fasse ressembler à Brad Pitt. Si le bonnet avait été à ma taille, je l'aurais enfilé rien que pour planquer le massacre.

Maman m'a rejoint dans la cuisine.

– Il y a des trucs que tu préfères garder ? Je te mets quoi de côté ?

– Le Matisse. Mais tu peux revendre le Renoir, ce n'est pas son chef-d'œuvre.

– Petit con, m'a dit maman, amusée, en s'allumant une cigarette. Je suis sérieuse.

J'ai réfléchi quelques instants.

– Je veux bien garder les Musclors, si jamais t'envisages de trier aussi les vieux jouets. Ils ont peut-être pris de la valeur.

– Tes vieilles figurines de l'armée ?

– Non, tu confonds avec les G.I. Joe. Les Musclors sont plus gros et plus baraqués. Papa doit savoir.

Elle a noté ma description textuellement au dos d'un ticket de caisse.

– Autre chose ?

Mes gaufres ont sauté du grille-pain. J'ai choisi mes mots avec soin.

– Oui. Je me rappelle avoir eu une sorte de fusil en plastique, un machin noir avec une espèce de lame rétractable.

Il parait que ça marche à fond chez les collectionneurs, en ce moment, alors ne le jette pas, s'il te plait.

Maman a noté ma description en abrégé, cette fois. Elle n'avait pas l'air de remarquer que celle-ci correspondait au vieux sabre laser avec lequel elle m'avait défendu de jouer plusieurs années auparavant.

– Autre chose ?

– Ouais, il me faut un costume.

Elle a tiré sur sa cigarette et a levé les yeux vers moi.

– Un costume ? Tu parles de tes vieux déguisements ?

– Non. Rien à voir avec ton grand tri. Il me faut un costard, ça vient de me revenir.

– Pourquoi ?

– Le mariage de la mère de Bébé. Je veux dire : Nicole.

– Donc, un smoking ?

– Euh, ce n'est pas moi le marié, maman. Je suis le cavalier de Nicole, il faut juste que je sois présentable.

Maman a haussé les sourcils.

– Son cavalier ?

– Son invité, me suis-je repris.

Des pas ont retenti dans l'escalier de la cave et mon père a émergé au rez-de-chaussée, un carton dans les mains.

– Tiens ! Joel, s'est-il exclamé, manifestement surpris de me voir. Je te croyais parti au travail.

– Je ne vais pas tarder.

Cela faisait plus d'un mois que j'avais surpris mon père avec sa blonde et on avait réussi l'un comme l'autre à ne jamais aborder le sujet. Si bien qu'il commençait à me faire penser à notre tas de courrier à Fairfax. Sa liaison était là, point. Ne pas en parler était notre façon de gérer. Curieusement, ça ne me posait pas de problème.

– Joel a besoin d'un costume. Il est invité à un mariage, a dit maman à papa, donnant le coup d'envoi d'un échange bizarre. Tu veux aller l'acheter avec lui ?

Papa a posé son carton.

– Je ne veux pas t'en priver, si ça te tente.

Maman a éteint sa cigarette et en a sorti une nouvelle.

– C'est plutôt une activité père/fils, non ?

– Dans ce cas, avec plaisir. Si tu n'y vois pas d'objection, a ajouté papa après une hésitation.

– Moi, tant que ça te convient...

Je les ai dévisagés.

– Vous êtes bizarres, ce matin.

– Nous ? Pas du tout, a nié maman en allumant sa clope. Bon, on n'a qu'à y aller tous ensemble. Comme ça, personne ne se sentira exclu.

– Bonne idée, a répondu papa avec un sourire factice.

– Super, on s'en occupe ce soir. On n'aura qu'à en profiter pour aller au restau. Ce sera l'occasion, a décrété maman.

– Parfait, vous pouvez compter sur moi, a acquiescé papa.

Il a repris son carton et il est sorti de la maison avec.

Je lui ai emboîté le pas mais nous n'avons pas échangé un mot de plus.

Au vidéoclub, c'était une journée calme mais Bébé était là et j'étais ravi qu'on ait du temps libre pour papoter.

Depuis notre nuit blanche, on avait regardé d'autres films de fantômes, mais chez Bébé, au cas où Scarlette réessaierait de me mettre le grappin dessus (pour citer l'expression de Bébé). Précaution inutile à mon humble avis (elle n'était pas près de recommencer) mais bon, j'étais bien chez Bébé, d'autant que son frigo était toujours plein de restes de chez Headlights.

Je n'avais pas revu Scarlette depuis le fiasco de l'autre fois. Je n'aurais pas su dire qui évitait qui. Les deux, sans doute. Elle ne m'adressait la parole qu'au moment d'établir le planning de la semaine, et sans se montrer antipathique, on sentait bien que l'époque où elle se changeait devant moi était révolue. Cependant, la nouvelle Scarlette étant moins nocive pour moi (ainsi que pour elle-même), j'essayais de positiver.

Cette semaine-là, avec Bébé, nous avons regardé *Truly Madly Deeply, Le ciel s'est trompé* et *La joyeuse revenante* avec Diane de la série Cheers. Aucun ne m'a vraiment fait penser à Crystal, mais il est vrai que ces derniers temps, de moins en moins de trucs, films ou autres, me faisaient penser à elle. Depuis que Bébé connaissait mon passé, plus je la côtoyais et moins Crystal m'obsédait. Ce qui n'était pas désagréable, pour ne rien vous cacher.

Ce dimanche matin en particulier, nous avions pour mission de préparer une vitrine sur le thème de la Saint-Valentin afin de mettre en valeur nos films les plus romantiques. Bébé avait plusieurs années d'expérience en la matière alors c'est elle qui a choisi les cassettes les plus susceptibles d'être louées par nos clients à l'approche de la fête des amoureux. Moi, je me suis contenté de scotcher des cœurs en papier crépon autour de sa sélection.

– Pas de *Dirty Dancing* cette année, m'a annoncé Bébé en déposant une brassée de VHS près de la caisse. Chaque fois que je mets la cassette dans la vitrine, le nombre de clients qui me signalent qu'on ne laisse pas Bébé dans un coin explose.

– C'est toi qui vois.

Elle a placé des comédies sentimentales sur un présentoir.

– Hé, c'est qui la plus belle, Meg Ryan ou Julia Roberts ?

Elle brandissait les boîtiers de *Pretty Woman* et du *Baiser empoisonné* pour que je puisse me faire une idée.

– Julia Roberts.

– Vraiment ? Je trouve Meg Ryan carrément plus sexy !

– Il faut croire qu'on ne flashe pas sur les mêmes nanas.

Bébé a reposé ses cassettes et a choisi deux autres films avec Meg Ryan (visiblement, la comédie romantique, c'était son créneau) : *Nuits blanches à Seattle* et *Quand Harry rencontre Sally.*

– Tom Hanks ou Billy Crystal ? Qui est le plus canon ?

Je lui ai jeté un regard.

– Je n'aime pas les mecs.

– Et alors ? Je ne suis pas lesbienne, ça ne m'empêche pas de te dire que Meg Ryan est plus séduisante que Julia Roberts.

– Tant mieux pour toi. Moi, je ne fonctionne pas comme ça.

– Je sais, je sais. Tu ne bandes que pour Scarlette, s'est moquée Bébé.

– Et Julia.

– Pourquoi, à ton avis ?

Elle s'est adossée au comptoir, les mains jointes par-dessus son ventre. Pourquoi on flashe sur certaines personnes et pas sur d'autres ?

– C'est sa faute à lui ! ai-je répondu en agitant un cupidon en papier. Il te perfore le cul avec une fléchette à cœur et pouf ! On tombe amoureux.

Bébé a fait abstraction de ma blague.

– Il y a forcément une explication scientifique. Qu'elle soit biologique, chimique ou que sais-je. Ce n'est pas de la magie, on n'est pas au ciné ni dans un conte de fées.

Elle a désigné la porte du menton.

– Et chez Scarlette, c'est quoi qui t'excite à ce point ?

– T'es sérieuse ? T'as envie que je te fasse l'éloge de ton ennemie jurée ?

– Pour te guérir, il faut bien que je comprenne ta maladie, m'a-t-elle répondu, pince-sans-rire.

J'ai cédé.

– D'accord. C'est son corps. Et sa tête.

– La plupart des nanas possèdent un corps et une tête, m'a fait remarquer Bébé. Qu'est-ce que les siens ont de mieux que les autres ?

– Je ne connais pas la réponse à cette question, ai-je esquivé. Peut-être que ça provient d'un instinct animal ?

Bébé s'est passé la main dans les cheveux.

– Si seulement on pouvait choisir les gens qui nous plaisent... Indiana Jones, par exemple, je n'avais aucune envie d'être attirée par lui.

– Ah ? Pourquoi pas ?

– J'ai envie d'être attirée par des mecs brillants et ambitieux. Indy, ce n'était pas une lumière.

– Alors, qu'est-ce que tu faisais avec lui ?

– Je ne sais pas trop, a-t-elle admis. Ça exaspérait Scarlette qu'il me coure après. Elle n'a pas l'habitude de passer en deuxième. À l'époque, elle sortait encore avec ton cousin, mais elle allumait tous les mecs qui passaient le seuil de la boutique, et ça la rendait dingue qu'Indy la snobe.

Bébé s'est tue soudain. On aurait dit qu'elle cherchait ses mots.

– Parfois, je me dis... Je me dis que c'est pour ça que j'ai couché avec lui. Je crois que je l'ai fait uniquement pour faire chier Scarlette. Je voulais avoir un truc qu'elle ne puisse pas avoir.

J'avais l'impression de recevoir une confession.

– Tu veux dire qu'Indy, tu ne l'aimais pas ? Même pas un peu ?

– J'aimais qu'il s'intéresse à moi, a avoué Bébé. Mais il était un peu bourrin. Et immature.

Elle a soupiré et détourné le regard.

– Maintenant, je porte son enfant et j'ai peur qu'il ait hérité de ses gènes pourris. Je m'en voudrais d'infliger un énième bouffon à l'humanité. Elle n'a pas besoin de ça, la pauvre.

Elle n'avait pas l'air de plaisanter alors je n'ai pas ri.

– Tu oublies que 50 % des gènes viendront de toi. Il sera forcément bien, ce petit.

Elle s'est écartée, mais je voyais bien qu'elle souriait. En croissant et tout.

– Tu veux faire une expérience bizarre ? m'a-t-elle proposé.

J'avais souvent répondu « oui » à cette question par le passé et j'avais eu à le regretter, alors j'ai hésité un instant avant de dire :

– D'accord.

Elle a pris ma main et l'a posée sur son ventre.

– Bouge pas.

Je suis à peu près sûr qu'elle voulait dire « attends deux secondes » et pas « tiens-toi parfaitement coi », mais, dans le doute, je suis resté immobile, la paume bien à plat, la main de Bébé posée par-dessus la mienne.

Et j'ai senti un truc.

– C'était le bébé ? ai-je murmuré.

– Ouais. Son pied, sans doute. Ou son coude. Pas moyen de faire la différence.

J'étais sidéré. J'ai baissé les yeux sur le ventre de Bébé puis je l'ai fixée, éberlué.

– Il a des coudes ? Il y a un truc qui a des coudes, là-dedans ?

– J'espère bien ! Si tout va bien, à ce stade de la grossesse, le bébé a tous ses membres. D'après le médecin, s'il reste au chaud, c'est juste le temps de se remplumer un peu.

J'ai senti un nouveau coup et mes yeux se sont écarquillés.

– Tu veux dire qu'il y a un humain miniature dans ton ventre ?

– T'as séché le cours de quatrième sur la reproduction, ou quoi ?

– Putain !

Ça remuait à fond et, cette fois, j'ai senti quelque chose imprimer du mouvement pile contre ma main.

– Et ça ne te fait pas mal quand il gigote comme ça ?

Elle a haussé les épaules.

– Non. Enfin, rarement.

– C'est trop bizarre. Si je peux me permettre.

– Moi, je crois que ça va me manquer, a reconnu Bébé. Je crois que je vais me sentir un peu seule après, quand il sera parti.

Elle m'a regardé en me disant cela. Ses yeux étaient verts.

– Je serai toujours là, moi, lui ai-je assuré. Si tu veux, je te donnerai des coups de pied dans le ventre pour te consoler.

Elle m'a fait la grimace.

– Merci.

Elle a retiré ma main de son ventre mais elle ne l'a pas lâchée.

Quelques secondes se sont écoulées puis elle a rapproché ma main de ses yeux et a examiné mes doigts.

– Putain, Solo, on t'a déjà dit que t'avais des mains de mannequin ?

J'ai souri.

– À vrai dire, tu n'es pas la première à me dire ça.

J'aurais dû me douter que maman m'emmènerait chez JC Penney pour mes essayages de costumes. Elle n'avait que deux fournisseurs : le supermarché Farmer Jack où elle travaillait, et le centre commercial. En ce qui la concernait, un article qu'on ne vendait dans aucun de ces deux temples de la consommation n'existait pas, c'était aussi simple que ça.

Hélas ! En compagnie de mon père, en plus, j'avais l'impression de retourner sur la scène d'un crime. Quand on est passés devant le rayon bijouterie, on s'est tous les deux absorbés dans la contemplation de nos pieds.

– Le gris est pas mal, non ? a demandé maman sans s'adresser à personne en particulier quand j'ai eu essayé trois vestes. Ou alors le bleu marine ?

– Peu importe, ai-je répondu.

Franchement, ça m'était complètement égal. Tant que je ne me foutais pas la honte en débarquant au mariage en jean et sweat à capuche.

Mon père restait mutique. Il trépignait près du portant de pantalons comme s'il avait une urgente envie de pisser.

– Craig ?

– Nickel ! a-t-il commenté sans même me regarder.

– Et la cravate, quelle couleur ?

Maman en a posé quelques-unes contre la toile de la veste grise que je portais encore sur moi.

– Comment sera habillée Nicole ?

– En rose.

– Hors de question que tu portes une cravate rose, a déclaré maman comme si elle évoquait un péché capital. Costume gris et cravate marine ?

– Moi, ça me va, ai-je dit avant de me retirer dans la cabine.

Il me fallait aussi des chaussures, et on les a choisies dans le même magasin, maman et moi, pendant que papa trainait au rayon baskets, toujours aussi nerveux. Ensuite, on a mis le cap sur le restau.

On s'est installés sur les banquettes de la section fumeur. Papa avait commandé une bière à la serveuse avant même qu'on soit assis, ce qui ne lui ressemblait pas. Le shopping, ça devait vraiment le stresser.

Notre serveuse, une certaine Lindsay H. dont les bretelles étaient noires de pin's à message du genre « Sauvez la forêt amazonienne ! », « Câlins gratuits ! » ou encore « Dans tes rêves ! », a servi sa bière à mon père et pris notre commande.

Dès qu'elle a disparu, maman a bu une gorgée d'eau et tiré le cendrier à elle.

– Tu as des rendez-vous médicaux bientôt, Joel ?

– Un contrôle de routine pour mon anémie dans quelques semaines.

Mon utilisation de notre petit code secret l'a enchantée.

– Super.

– Tu vas comment, d'ailleurs ? m'a demandé papa, s'adressant à moi pour la première fois depuis que nous avions quitté la maison.

J'ai déchiré l'emballage de ma paille et fait un nœud dedans.

– Sincèrement, je ne me suis pas senti aussi heureux depuis...

Après une hésitation, j'ai conclu :

– Depuis Fairfax, en fait.

Maman et papa ont paru très soulagés de me l'entendre dire.

– C'est ce qu'il nous semblait, a affirmé papa. La vie de manager te réussit.

– Merci.

D'après la mine de maman, elle s'apprêtait à entrer dans le vif du sujet. De fait, elle s'est lancée :

– Ton père et moi, on réfléchit à quelque chose depuis un

moment et, comme tu vas mieux, on s'est dit que le moment était venu de t'en parler.

Elle s'est allumé une cigarette et a décoché un regard à mon père.

– Euh, OK, ai-je répondu lentement. Qu'est-ce qui se passe ?

Papa a pris une profonde inspiration et fixé sa bière.

– Alors voilà. Ta mère et moi, on envisage de se séparer un moment. On a des choses à régler. Des problèmes de couple, d'adultes. On se dit que ça nous fera du bien de prendre un peu l'air.

Je suis tombé des nues.

– Hein ? Qu'est-ce que ça veut dire, concrètement ?

Papa remuait sur sa banquette.

– Eh bien... Que nous allons nous séparer.

– Quoi ? Mais qu'est-ce qu'il s'est passé ?

Papa évitait soigneusement mon regard. Maman l'avait-elle pris la main dans le sac avec sa maîtresse ?

Elle a botté en touche :

– On le voyait venir depuis longtemps, Joel.

J'étais complètement scotché. Je n'avais rien vu venir, moi. J'avais l'impression que je venais de me faire passer dessus par un bus !

– Et ça va durer combien de temps, ce break ? me suis-je enquis. Une semaine ? Quinze jours ?

– Ce n'est pas un break, Joel, m'a détrompé papa, affrontant enfin mon regard. C'est définitif. Dans un premier temps, maman ira habiter chez tante Denise et oncle

Jim. Puis, quand j'aurai trouvé un logement, elle reviendra habiter à la maison.

– Alors, vous vous séparez pour de bon ? Vous allez divorcer et tout ?

Maman a soupiré.

– C'est l'idée, oui. Mais nous allons rester amis, Joel. Ta vie ne changera pas beaucoup. C'est pour ça qu'on a autant attendu avant de t'en parler. On voulait être sûrs que tu sois assez solide pour encaisser.

J'étais sidéré.

– Mais vous avez décidé ça quand, au juste ? Depuis quand vous y pensez ?

Mes parents ont échangé un coup d'œil coupable et papa est resté vague :

– Disons que ça fait un moment qu'on est tombés d'accord, ta mère et moi. J'aurais pu quitter la maison mais j'ai finalement migré dans la chambre d'amis, pour ne pas trop chambouler tes repères. On voulait que la situation reste normale le temps que tu trouves ton équilibre.

– Normale ? me suis-je récrié. Parce que vous trouvez ça normal, vous, de ne pas dire à votre fils que vous avez rompu ? Ça date de quand ?

Regards fuyants de part et d'autre de la table.

– Trois ans, a lâché maman.

– Putain de merde !

J'étais désormais au-delà de la sidération. Tellement loin que la lumière aurait mis un siècle à atteindre le trou noir où je me trouvais réduit.

– Vous avez rompu il y a trois ans et c'est maintenant que vous me le dites ?

Lindsay H., sentant qu'elle était de trop, a déposé le café de maman et mon Coca Cherry sur la table sans prononcer un mot.

– Je te jure qu'on a essayé, Joel, m'a assuré papa une fois qu'on s'est retrouvés seuls. On a estimé qu'il valait mieux ne rien officialiser tant que tu n'étais pas tiré d'affaire.

– Je vois. Merci beaucoup. Ça excuse carrément vos trois ans de mensonge. Vous me ménagiez, alors tout est pardonné.

Papa a soupiré.

– J'aime ta mère, et ce n'est pas un mensonge, Joel. Je l'aimerai toujours. Et toi aussi, bien sûr. On t'aime toujours autant qu'avant.

– On a tenu aussi longtemps qu'on a pu, est intervenue maman.

– Même qu'on a tenu plus longtemps que la moyenne des couples qui traversent ce qu'on a traversé, a précisé papa. Statistiquement, notre couple n'avait aucune chance.

– Donc c'est ma faute, en fait ? me suis-je emporté.

Cette accusation, c'était la goutte d'eau. J'étais à deux doigts de balancer des bombes de graisse alimentaire sur le feu et de réduire en cendres ce putain de restau de mes deux.

Papa m'a détrompé avec véhémence :

– Non, Joel. Ça n'a rien à voir avec toi. Tu n'es pas du tout responsable de notre séparation. Quasiment tous les couples qui vivent un drame comme le nôtre se séparent. À un moment donné, nous avons dû arrêter de faire semblant et nous séparer, nous aussi.

– À un moment donné il y a trois ans.

Maman a fini sa cigarette et pincé les lèvres.

– Tu ne peux pas nous reprocher de te l'avoir caché, Joel. Tu viens de nous dire que tu ne t'étais pas senti aussi bien dans ta peau depuis des années, et regarde-toi : tu nous fais une scène !

Je l'ai fixée, médusé. Cette femme, qui m'avait menti à propos d'un truc phénoménalement important pendant un millier de jours, se décidait enfin à m'avouer la vérité dans un putain de restau miteux, et quand, ô surprise, je le prenais mal, c'était moi qui « faisais une scène » ?

– Maureen, bon sang, laisse-le s'exprimer, a ordonné papa. Il a le droit d'être en colère. Merde, même moi je suis en colère pour lui. On aurait dû lui dire !

Maman a reporté toute son agressivité sur lui.

– C'était au programme, je te rappelle. Mais alors sa petite amie a tenté de se foutre en l'air à coup de Paic Citron et a failli y rester ! Après, il était tellement en vrac que tu n'avais pas plus envie que moi de lui annoncer d'autres mauvaises nouvelles. Alors ne me fais pas porter le chapeau !

– C'était du M. Propre et c'était pas ma petite amie ! ai-je hurlé, parce que merde, quitte à ressortir les vieux dossiers, autant être précis.

– Tu baisses d'un ton ! m'a rabroué maman à mi-voix.

Un silence pesant est tombé sur notre tablée.

– Je regrette de ne pas t'en avoir parlé plus tôt, Joel, a fini par me dire mon père. C'était très dur de te le cacher. Mais, pour être parfaitement honnête, je ne savais pas si tu le supporterais.

Sa voix s'est brisée, et il a conclu :

– Je ne voulais pas te faire souffrir.

Aussi étonnant que ça puisse sembler, vu ma (légitime) fureur, les excuses de mon père m'ont un peu radouci. Je n'irais pas jusqu'à dire que j'avais retrouvé le sourire. La blessure était encore fraîche. Mais au moins papa venait de me filer un pansement.

Toute ma vie, j'en avais voulu à mes parents pour des machins qu'ils m'imposaient (stages de virilité, séjours en HP, etc.), mais je croyais dur comme fer que mon comportement ne leur laissait pas le choix. C'était toujours à moi de prouver que j'avais des raisons valables d'être en colère, et, sachant papa et maman à la fois juge et partie, je n'y étais jamais arrivé.

Mon père venait à l'instant de faire quelque chose d'inédit. Il venait de reconnaitre une erreur. Cela m'a mis dans de meilleures dispositions pour écouter la suite.

Ma mère a dû remarquer ma clémence envers lui et, visiblement, ça ne lui a pas plu. Je ne vois pas d'autre explication à ce qu'elle a dit ensuite.

– Et pour la pouffe que tu te tapes au boulot, tu regrettes, aussi ? Puisque tu es d'humeur à t'excuser, je suis tout ouïe.

J'ai promené les yeux entre mon père et ma mère.

Papa a serré les dents.

– On avait convenu que ce n'était ni le lieu ni le moment pour en parler, a-t-il chuchoté.

– Je me suis dit que tu avais changé d'avis, puisque le mensonge te fait horreur et que le remords te ronge.

– Nous vivons en colocataires depuis des années, Maureen, a rétorqué mon père en guise de...

De prétexte ? D'excuse ? D'explication ? De justification ? Aucune idée. Toutefois, comme j'étais déjà au courant pour la liaison de papa, ce qui m'a le plus surpris, c'était de découvrir que maman savait.

– Je reste ta femme, a-t-elle cinglé pour lui clouer le bec. Ça reste de l'adultère.

Il n'a rien répondu mais ses épaules se sont affaissées. Il paraissait effondré.

Maman a croisé les bras, la mine triomphante. Pour elle, en cas de querelle, tous les coups étaient permis, tandis que papa jetait rapidement l'éponge et s'en allait panser ses plaies. En l'occurrence, maman m'avait balancé son argument massue à la figure pour blesser papa par ricochet. Elle ignorait qu'elle ne m'apprenait rien. J'aurais juré qu'elle espérait que je ferais une vraie scène, cette fois. Pour pouvoir la reprocher à mon père.

Je n'ai pas marché dans sa combine. À la place, j'ai déclaré :

– Je veux habiter avec papa.

Il a relevé la tête comme électrocuté. Maman, de son côté, me toisait comme si je venais de la poignarder dans le dos. Moi, je jubilais comme si j'avais remporté la partie.

C'est alors que Lindsay H. est arrivée avec un panier de frites et quatre assiettes pour l'apéro. Elle avait dû se tromper quelque part, ou elle était bigleuse. La famille Teague ne comptait que trois membres. Et ce depuis longtemps déjà.

CHAPITRE VINGT-HUIT

J'ignorais si cela marquait le début de son séjour officiel chez mon oncle et ma tante mais, ce soir-là, maman est allée passer la nuit chez eux. (Je le sais parce que le lendemain, quand je suis parti au travail, elle n'était pas revenue. Papa, lui, avait bossé dans la cave pendant la moitié de la nuit : la supercherie du « grand ménage de printemps » désormais éventée, il rassemblait toutes ses affaires, des cartons étiquetés « VIEUX HABITS CRAIG », « MAGAZINES VOITURE CRAIG » ou encore « DIVERS CRAIG », et les entreposait dans son pick-up. Pour les emmener où ? Mystère.)

Bref ! Le soir de l'annonce, j'ai cherché à joindre Bébé mais il y avait cours le lendemain et Kat m'a appris qu'elle était déjà couchée. Je n'ai pas laissé de message. Je brûlais de tout lui raconter sans attendre. Mais il faudrait patienter jusqu'au lendemain, au boulot. À vrai dire, à part me lamenter sur ce dîner de merde, je n'avais envie de rien, alors je me suis couché, endormi et réveillé au son de l'album *Monster* qui tournait en boucle dans le lecteur CD.

Je suis arrivé au vidéoclub un peu avant huit heures, deux bonnes heures avant l'ouverture. J'avais prévu de passer ces deux heures à astiquer les meubles et les étagères de fond en comble. Ça ne pouvait pas leur faire de mal, et à moi, ça me ferait du bien.

La séparation de mes parents me foutait les boules (ça se comprend, non ?) et la colère, ce n'était pas mon truc. C'est tout un art, la colère. Ce n'est pas donné à n'importe qui. En thérapie, j'avais appris que ce sentiment peut, doit, même, être fécond. La colère, c'est le moteur qui nous pousse à combattre l'injustice et à résoudre les conflits. Enfin, en théorie. Moi, j'étais nul face à la colère. Elle était toujours plus forte que moi. Il y en a qui ne tiennent pas l'alcool, moi, je ne tenais pas la colère. Quand j'étais vraiment hors de moi, je devenais irrationnel, incohérent. J'élevais la voix. Parfois, je me mettais à pleurer comme un gamin (la honte). Et, un jour, au ciné, j'avais flanqué une beigne à un pauvre fauteuil innocent.

En gros, moins j'aurais de temps pour ressasser les cachotteries de mes parents, mieux je me porterais. Il me restait sept heures à tuer avant l'arrivée de Bébé. Sept heures avant de pouvoir enfin me délester du poids de ce merdier.

Je m'attendais à ce que Bébé règle mes problèmes d'un coup de baguette magique. Je savais bien que ce n'était pas en son pouvoir. Elle allait sûrement se contenter de me dire, affligée : « Tes parents ont cassé il y a trois ans et depuis, ils te jouent la comédie ? Putain, mais c'est tordu, Solo ! Pas étonnant que t'aies atterri à l'asile, vu les tarés qui t'ont élevé. » Il ne me resterait plus qu'à acquiescer.

C'était chouette d'avoir quelqu'un à qui se confier, et gratuitement, pour une fois. Je n'en demandais pas davantage. Bon, si je me confiais à Bébé pendant ses heures ouvrées, techniquement, elle était payée à m'écouter, comme mes psys, mais vous voyez ce que je veux dire. Elle m'aurait écouté de son plein gré au boulot ou ailleurs, parce qu'on était amis, et rien que pour ça j'avais hâte de lui parler. En plus, c'est toujours agréable de s'entendre confirmer par une oreille compatissante que ce qu'on vit, ça craint. On se sent un peu moins fou, ce qui est toujours appréciable pour quelqu'un comme moi.

J'ai ouvert la boutique et décidé de regarder un film tout en étudiant les recettes du week-end. Le lundi en journée, c'était la période la plus creuse de toute la semaine, à la boutique, et j'étais déterminé à tout faire pour que le temps passe plus vite.

Après avoir fouiné du côté des dernières sorties VHS sans trouver l'inspiration, je me suis rabattu sur les allées du magasin. J'ai évité le rayon films d'amour et le rayon épouvante. J'ai inspecté notre sélection de comédies, puis renoncé. Mon cerveau était survolté et rien ne parvenait à retenir son attention. Je commençais à envisager d'aller au ciné pour taper sur quelques fauteuils dans l'espoir de me soulager.

Ça m'a fait penser que je n'avais pas encore étudié notre rayon films d'action. Après tout, regarder un méchant se faire ravager la gueule par Jackie Chan ou équivalent, ça pouvait être cathartique. Et au pire, ça fait toujours plaisir de voir la justice triompher grâce à un héros-malgré-lui. C'était pile ce dont j'avais besoin actuellement.

Je venais de m'emparer du boîtier de *Full Contact* avec Jean-Claude Van Damme quand mon regard a dérivé. Sur l'étagère d'au-dessus, trois films m'ont sauté aux yeux.

La guerre des étoiles. L'Empire contre-attaque. Le retour du Jedi.

J'ai frissonné – pour de vrai.

J'avais beau considérer *La guerre des étoiles* comme mon film préféré, cela faisait dix ans que je ne l'avais pas vu. J'avais mes raisons, bien sûr, et qui ne se résumaient pas à l'embargo de ma mère sur toute la trilogie et ses produits dérivés. Moi-même, qui adorais ces films, je n'avais pas éprouvé l'envie de les visionner au cours de la décennie écoulée. En toute franchise, je ne m'y sentais pas prêt. Mais peut-être que le moment était venu.

Je ne me suis pas laissé le temps de me raisonner. Je suis allé chercher la cassette et je l'ai insérée dans le lecteur derrière la caisse. Quelques secondes plus tard, ces mots sont apparus à l'écran :

Il y a bien longtemps, dans une galaxie lointaine, très lointaine...

Vers 1984, un lecteur VHS coûtait dans les cinq cents dollars. Et pas cinq cents dollars d'aujourd'hui, attention ! Cinq cents dollars de 1984, soit beaucoup, beaucoup plus. Nous autres Teague n'appartenions pas aux classes supérieures de Fairfax – en gros, on ne roulait pas sur l'or. Il n'empêche que pour Noël, cette année-là, on a reçu un magnétoscope et notre toute première cassette vidéo : *La guerre des étoiles.*

J'étais un gosse et il n'y avait encore Rien qui Clochait chez Moi.

Je me rappelle que ce Noël-là, tout paraissait spécial. Mes parents traitaient le magnétoscope avec vénération – ils avaient économisé pendant des mois pour pouvoir se le payer. Quand papa a eu fini les branchements, maman a passé un chiffon dessus pour ôter ses empreintes de doigts. On s'est assis en rang sur le canapé, dans le noir absolu, et on a allumé notre vieille télé Zenith 25 pouces. On a mangé du popcorn dans des cartons rayés rouge et blanc que maman avait gardés exprès après notre dernière sortie au cinéma et j'ai vu *La guerre des étoiles* pour la première fois d'une longue, très longue série.

À compter de ce moment, *La guerre des étoiles* jouait toujours en fond sonore à la maison. Bientôt, l'univers du film a imprégné notre cerveau et ses répliques sont devenues notre seconde langue maternelle. On se traitait de « coincé du bulbe », on faisait semblant d'utiliser la Force sur tout ce qui bougeait, on ponctuait la moindre demande d'un « Vous êtes mon seul espoir ! » Exemple : « Joel, tu m'aides à mettre la table ? Tu es mon seul espoir ! » « Il faut sortir la poubelle – les enfants, vous êtes mon seul espoir ! » « Passe-moi le journal, Maureen – tu es mon seul espoir ! » Longtemps, la première phrase que j'entendais quand je descendais prendre le petit-déjeuner, c'était « N'es-tu pas un peu petit pour un stormtrooper ? », et quand l'un de nous faisait le malin, maman déclarait automatiquement : « Tu peux rire, boule de peluche ! »

Deux ans plus tard, nous avions enrichi notre vidéothèque de *L'Empire contre-attaque* et du *Retour du Jedi*, et notre répertoire de répliques cultes s'est élargi en conséquence, pour intégrer notamment « Luke, je suis ton père » (dûment récité, entre autres, chaque fois qu'on passait devant un ventilo). Dès lors, quand on se disait « Je t'aime », l'autre rétorquait immanquablement « Je sais », comme dans le fameux dialogue entre Han et Leia.

Je me doute que ça vous semble niais, et franchement, je m'en fiche. Vos « private jokes » à vous me sembleraient sûrement tout aussi débiles. C'est l'intérêt de la chose : pour apprécier ces références, il faut faire partie du cercle. Du club. De la famille.

La guerre des étoiles, c'était notre marque de fabrique, à nous, les Teague. La trilogie a constitué un ingrédient essentiel de mon enfance. Si bien qu'elle en est désormais indissociable. Je ne peux pas les séparer l'une de l'autre, n'en déplaise à maman, qui ne voulait plus en entendre parler depuis le Drame.

J'ai été un zombie toute la journée. Je me rappelle vaguement avoir servi quelques clients, rangé des cassettes, classé des papiers, mais je serais incapable de vous en dire plus. Je n'étais présent que de corps. Mon esprit... Quand Luke et Leia se sont retrouvés en tête-à-tête sur Endor, vers le milieu du *Retour du Jedi*, il naviguait quelque part entre Fairfax, en Virginie, et une galaxie lointaine, très lointaine. Et moi, j'étais complètement déconnecté.

C'est pourquoi je n'ai pas entendu Maverick entrer et s'avancer jusqu'à ma caisse.

– Je ne comprends pas cette scène.

– Putain ! ai-je lâché en faisant un bond de trois mètres.

– Désolé. Je ne voulais pas te faire peur, s'est-il excusé.

Je l'ai jouée cool.

– Pas de problème, ai-je dit en appuyant sur la touche « pause ». Je devais être absorbé dans le film, je ne t'ai pas entendu.

Il a hoché la tête et reporté son attention sur l'écran.

– Puisque t'es l'expert en *Guerre des étoiles*, tu veux bien m'expliquer un truc ?

Il a désigné la télé, où Luke et Leia se fixaient, figés.

– Ils sont frère et sœur, non ?

– Oui.

Maverick n'a pas caché sa perplexité.

– Ce n'est pas un peu bizarre ? Je veux dire, ils se roulent une pelle dans le premier film.

– Ouais, il y a plein de gens que ça dérange.

J'ai éteint la télé.

Maverick a contourné le comptoir et attrapé son badge.

– Il y a un truc qui a changé, ici. C'est très... propre.

– J'ai fait un peu de ménage, ai-je avoué, la tête ailleurs.

J'avais encore le cerveau embrumé par une journée de réminiscences.

Maverick a haussé les sourcils.

– Tout va bien ?

– Oui, pourquoi ?

– Il parait que le ménage, c'est ton défouloir. Plus la boutique est propre, plus t'es à cran.

J'ai pouffé.

– Qui t'a dit ça ?

– Bébé.

J'ai souri, flatté qu'elle m'ait si bien cerné.

– Qu'est-ce qu'elle t'a dit d'autre à propos de moi ?

– Oh, rien. Elle m'a juste filé ce tuyau quand j'ai commencé à bosser ici. Apparemment, tu rumines tes problèmes en nettoyant et en gros, quand c'est trop nickel, il faut être sur ses gardes.

– Ce n'est pas faux, ai-je admis.

Maverick s'est emparé de l'aquarium puis, voyant qu'il ne contenait aucune étiquette à reclasser, il l'a reposé.

– Bon, alors, qu'est-ce qui t'arrive ? m'a-t-il demandé en s'adossant contre le comptoir, les pouces dans les poches, désinvolte. Rien de grave, j'espère ?

J'étais bien obligé de dire un truc, vu qu'il savait déjà que quelque chose ne tournait pas rond.

– C'est la merde entre mes parents, ai-je dit en espérant que ça lui suffirait et qu'on pourrait passer à autre chose.

Pas de chance.

– Ah bon ? a-t-il fait. Pourquoi ?

Son intérêt semblait sincère.

– Ils se séparent, ai-je déclaré d'un ton qui se voulait léger.

Hélas ! Après une telle révélation, la conversation ne pouvait pas s'arrêter net ainsi que je l'aurais souhaité.

– Merde ! Je suis désolé pour toi, mec. Ça va aller ?

– Ouais, ouais, pas de souci, je gère, ai-je affirmé sans conviction.

Maverick m'a décoché un regard plein de doute. Et de compassion.

Je commençais à me sentir mal à l'aise. Les nerfs à fleur de peau. Si je ne trouvais pas rapidement un moyen de me soustraire à la discussion, je sentais que j'allais tout confier à Maverick en un gros dégueulis verbal.

– Mais tu as le droit de ne pas « gérer », Solo, m'a-t-il dit (et, putain, c'était exactement ce que j'avais besoin d'entendre, tellement que je me suis demandé si Maverick n'avait pas une certaine expérience des cabinets de psy). Ce n'est pas rien, ce qui t'arrive.

– Ouais, je sais, ai-je repris en me démenant pour paraitre normal. Mais ça couvait depuis longtemps... Ils en ont bavé... La plupart des couples qui traversent ce qu'ils ont traversé finissent par divorcer.

Et merde. Moi qui voulais fermer ma gueule, c'était râpé.

Les émotions bouillonnaient en moi. Le dîner, la trilogie, tout tourbillonnait et ma vue a commencé à se brouiller.

Sauf que ce n'était pas à cause d'une migraine ophtalmique, cette fois. C'était encore pire. J'allais me mettre à pleurer. Déjà, des larmes perlaient sous mes paupières. Et il fallait que ça m'arrive là, sur mon lieu de travail, et devant Maverick par-dessus le marché.

Bien sûr, il l'a remarqué.

– Hé, Solo..., m'a-t-il murmuré gentiment. Ça va aller.

J'ai dégluti, parvenant de justesse à réprimer un gros sanglot. J'ai penché la tête en arrière pour renvoyer mes larmes là d'où elles venaient. Je n'étais pas passé loin de la catastrophe, mais j'avais réussi à me dominer.

Maverick a posé sa main sur mon épaule pour que je ne perde pas l'équilibre.

– T'en fais pas, mec. Ça va aller.

Je me suis contenté d'opiner.

– Merci.

On s'est tenus de la sorte pendant quelques secondes quand je me suis rendu compte qu'il n'avait pas retiré sa main de mon épaule.

Je l'ai regardée. Puis j'ai regardé Maverick.

Il a écarquillé les yeux de peur et aussitôt, il m'a relâché avant d'enfouir ses deux poings dans ses poches.

– Pardon, a-t-il marmonné.

Moi, je suis resté là, sans voix, paralysé.

Une seconde plus tard, la porte arrière s'est ouverte et j'ai reconnu le bruit de la pointeuse.

– Salut, les gars ! nous a lancé Bébé. Ça caille sévère.

Elle a ouvert l'armoire et pris son badge sans cesser de pester comme un putois.

– Je vous jure, dès que je peux, je me casse d'ici et je m'installe sous les tropiques. Ras le bol de la neige ! Si j'étais fan de climat sibérien, j'habiterais en Russie, merde !

Maverick et moi nous dévisagions toujours, muets.

– Qu'est-ce qu'il se passe ? a lancé Bébé, la tension la gagnant. J'ai loupé un truc ?

Je l'ai considérée, puis j'ai regardé Maverick, puis de nouveau Bébé. Et là, sans réfléchir, j'ai pivoté vers elle, pris son visage entre mes mains et je l'ai embrassée.

Et pas à moitié. J'y suis allé à fond. Comme si j'avais un truc à prouver.

Puis, aussi brusquement que ça m'avait pris, je me suis arrêté et je les ai fixés, aussi abasourdi qu'eux.

– Pardon. Je ne sais pas ce qui m'a pris.

– C'est ça, m'a rétorqué Maverick, me mettant le nez dans ma merde.

C'était à son tour d'avoir les larmes aux yeux.

Il est sorti en nous bousculant, cap sur la porte de service.

Bébé, qui était restée immobile et bouche bée, a repris ses esprits.

– Non mais ça ne va pas, la tête ? a-t-elle crié.

Elle a regardé Maverick qui détalait, puis moi.

– Putain, mais pourquoi t'as fait ça ?

– Pardon, pardon ! ai-je répété. Je ne savais pas quoi faire d'autre...

– Pour ? Quel genre d'urgence exige que tu m'embrasses ?

– Le genre où t'avais raison, pour Maverick, OK ? Il m'a dragué, j'ai paniqué. C'est pour ça que je t'ai embrassée.

– Maverick t'a dragué ? a répété Bébé. Maverick t'a dragué ?!

– Oui ! Il m'a peloté l'épaule ! Bravo, ton radar à homos fonctionne.

J'ai soupiré, furieux.

Les yeux de Bébé se sont étrécis. Les pièces du puzzle s'assemblaient dans sa tête.

– Donc, Maverick te « pelote » l'épaule (et, entre nous, une épaule, ça ne se pelote pas) et toi, pour lui prouver qu'il ne t'intéresse pas, tu me roules une galoche ?

– Voilà.

Bébé semblait à deux doigts de m'assassiner.

– Je ne sais pas qui tu as le plus humilié, Maverick ou moi, mais ce qui est sûr, c'est que tu t'es conduit comme un gros connard !

Elle a arraché son badge et me l'a jeté rageusement. Puis elle a saisi son manteau et entrepris de le remettre.

– Attends, tu fais quoi, là ? ai-je bégayé, paniqué.

Toute la journée je l'avais attendue désespérément. Elle ne pouvait pas me planter, encore moins me faire la gueule.

– S'il te plait, ne pars pas.

– Tu me files des contractions, m'a-t-elle répliqué. Il faut que j'aille m'allonger.

Elle s'est dirigée vers la sortie.

– Tu reviens quand ? lui ai-je demandé, des trémolos dans la voix.

Je frissonnais.

– Je ne reviens pas ! m'a aboyé Bébé en essayant de me contourner car je lui barrais le passage. En tout cas, pas aujourd'hui. Si je vois ta tronche toute la soirée ça va mal finir ; je risque de te coller mon poing dans le cou en visant ta pomme d'Adam.

Je l'ai empêchée de passer.

– Vas-y, cogne ! Mais ne pars pas, s'il te plait !

Elle ne faiblissait pas.

– Laisse-moi passer, Solo ! Tu te comportes comme un taré !

C'était sans doute le seul argument qui pouvait marcher. Bébé avait beau détenir des tonnes de preuves de ma folie (avérée !), je n'aurais pas supporté qu'elle me croie réellement taré.

Je me suis écarté. Elle m'a bousculé et est sortie en trombe du magasin.

Et, une fois de plus, je me suis retrouvé seul chez ROYO Vidéos.

Seul de chez seul.

CHAPITRE VINGT-NEUF

J'avais envie de me casser mais il n'y avait personne pour me remplacer aux caisses. Scarlette était en cours. Hannibal, sans voiture. Poppins ne répondait pas au téléphone et le numéro du Parrain, que j'appelais pour la première fois, s'est révélé appartenir à une entreprise de pompes funèbres. J'étais donc coincé à mon poste jusqu'à la fermeture, à vingt-deux heures, soit quatorze heures après mon arrivée et je ne sais combien après que ma santé mentale s'était fait la malle.

J'ai dû puiser dans mes réserves de trucs et astuces pour survivre à la soirée. J'ai nettoyé. Et renettoyé. J'ai lu le manuel du magnéto. J'ai passé l'aspi. J'ai relu le manuel du magnéto. J'ai nettoyé l'aspi.

Rien à faire : le temps était comme englué. Enfin, à dix heures moins dix, n'y tenant plus, j'ai fait les comptes de la journée et retourné l'écriteau de la porte d'entrée. Si un client se pointait pour louer un film dix minutes avant la fermeture, tant pis pour lui. Moi, je rentrais chez moi. Cette journée n'avait que trop duré.

Je n'en pouvais plus de ressasser la catastrophe. Ça me tuait. Il fallait que je dorme pendant douze heures, voire dix-huit, en tout cas assez pour me permettre de repenser à tout cela à tête reposée. J'en étais au point où j'aurais accepté qu'on me plonge dans un coma artificiel. Qu'on m'assomme pour deux ou trois jours, le temps nécessaire pour que la colère de Bébé retombe et que la vie reprenne son cours. Bon, j'aurais toujours le divorce de mes parents et l'affaire Maverick à gérer, mais je m'en inquiéterais plus tard. Une tuile à la fois.

J'ai éteint la lumière et, d'un coup, les rues du centre-ville de Royal Oak me sont apparues derrière la vitrine. La scène ne reflétait nullement mon chaos intérieur. Le monde extérieur était sombre et serein par-delà les portes du magasin. Les étoiles, indifférentes à ma putain de journée de merde, scintillaient sans peine particulière, et j'ai été rassuré de constater que tout un vaste monde existait en dehors du vidéoclub et des tracas de Han Solo.

Je verrouillais la porte quand j'ai remarqué une fille dans le café d'en face. Assise à la fenêtre, elle contemplait la rue, elle aussi, et il me semblait que ses yeux étaient rivés sur moi. Si bien que je me suis demandé si elle m'avait observé pendant que j'étudiais le paysage.

L'espace d'un instant fugace et ô combien optimiste, j'ai cru que c'était Bébé. J'ai collé le nez à la vitre pour mieux voir, mais mon haleine a embué le verre. Les chances pour que ce soit elle qui m'ait surveillé du coin de l'œil tout en se réchauffant les mains sur sa tasse de café étaient faiblissimes, mais, au cas où, je tenais à ce qu'elle sache que je l'avais remarquée.

Quand j'ai ouvert la porte, la fille s'est levée, a enfilé son manteau et s'est dirigée vers la sortie du café. Elle s'est avancée à la lumière d'un réverbère, et je l'ai mieux vue.

Ce n'était pas Bébé. Elle était plus grande, avait les cheveux bouclés et, surtout, elle n'était pas enceinte. Déçu, j'ai tourné les talons pour rentrer dans le vidéoclub, mais alors un doute m'a arrêté.

La fille ressemblait à Crystal.

J'ai pivoté sur mes talons.

Mon rythme cardiaque s'est emballé, et j'ai retenu mon souffle.

– Crystal ? ai-je appelé à contrecœur. C'est toi ?

– Hé ! m'a lancé la fille. Hé, viens par ici !

J'avais été sûr que c'était Crystal sur le parking le soir où j'avais fait la connaissance d'Indiana Jones. J'avais été sûr qu'il s'agissait d'elle chez Headlights, le jour où j'avais entendu le hit de Bon Jovi. Là, en fixant cette inconnue à travers la vitrine, je n'aurais pas juré que c'était elle. Mais je n'aurais pas non plus juré le contraire.

– Crystal ? ai-je appelé de nouveau, plus fortement cette fois.

– Bouge pas, je traverse ! m'a répondu la fille.

Plus j'y réfléchissais, plus ça me semblait vraisemblable que ce soit elle. Le moment semblait idéalement choisi pour qu'elle orchestre son grand come-back. J'étais au fond du trou, plus désespéré et détraqué que depuis des années, en tout cas dans mon ressenti. Crystal devait guetter ce genre d'occasion pour faire sa réapparition.

– OK, viens ! ai-je lancé à la fille, puis j'ai serré les dents, me blindant en vue d'affronter l'inévitable.

***

J'étais allongé dans mon lit à Weller Clawson. Deux jours s'étaient écoulés depuis l'overdose d'Emily (d'ailleurs, peut-on vraiment parler d'une overdose ? Une dose prescrite de M. Propre, ça n'existe pas, et pour cause : il s'agit d'un produit d'entretien). Pendant qu'on m'interrogeait (vu qu'elle m'accusait dans sa lettre de suicide), j'avais complètement pété les plombs et il avait fallu me neutraliser et me mettre sous sédatifs.

J'ignore combien de temps j'ai passé dans cet état parce que, dans ces cas-là, le temps file à toute allure et, en même temps, on jurerait qu'il s'est arrêté. À un moment donné, cependant, les toubibs ont réduit la voilure côté cachetons, si bien que quand le docteur Schwartz est entré dans ma chambre pour m'annoncer qu'Emily allait s'en sortir, j'étais en mesure de comprendre le sens de ses propos.

Je me souviens avoir été soulagé mais aussi avoir pensé que si elle mourait écrasée par un bus, je n'en ferais pas une maladie. Cette nana, je la détestais. Tout ce dont elle m'avait accusé était faux. Mais, comme je vous l'ai déjà dit, quand on se traine un Mal Mystérieux, on a très exactement zéro crédibilité, alors bien sûr personne ne m'avait cru lorsque j'avais nié les faits.

Vous êtes déjà au courant qu'à la fin, ses calomnies ont été démenties. Ce que vous ignorez, c'est le rôle que Crystal a joué dans ce foutu merdier, et croyez-moi, il n'était pas des moindres.

Elle avait filé à l'anglaise dès l'incident, ou du moins le croyais-je. Si ça se trouve, elle était restée à mon chevet tout du long, seulement j'étais trop shooté pour m'en rendre compte. Quoi qu'il en soit, dès que j'ai eu regagné ma chambre habituelle (et non capitonnée), que les psys m'ont eu évalué et déclaré taré-sans-plus (au lieu de giga-taré, diagnostic qui m'avait valu d'être sanglé à mon lit), Crystal m'a rendu visite.

La porte du placard s'est ouverte juste après le dernier passage des infirmières, elle s'est faufilée jusqu'à mon lit et glissée sous la couette à côté de moi.

– Je suis désolée, Joel, a-t-elle murmuré en posant la tête sur ma poitrine.

– Je ne coucherai plus jamais avec une nana à problèmes, ai-je juré solennellement.

– Sage décision, m'a-t-elle répliqué. Mais il ne faut pas t'en vouloir. Ce n'était pas ta faute.

– Emily n'est pas de cet avis. Dans son petit mot, elle prétend que j'ai gâché sa vie et qu'elle veut mourir à cause de moi. Le comble, c'est que maintenant, c'est moi qui ai un peu envie de mourir à cause d'elle.

Crystal a gonflé ses poumons en même temps que moi et nous avons poussé un soupir synchronisé.

– Tu ne le penses pas vraiment, si? m'a-t-elle demandé quelques instants plus tard. Tu n'as pas vraiment envie de mourir?

Je connaissais suffisamment les établissements psychiatriques pour savoir que beaucoup de choses dépendaient de la façon dont on répondait à cette question, alors j'ai chuchoté ma réponse, au cas où quelqu'un aurait espionné notre conversation.

– Parfois, si.

Je ne l'avais encore jamais dit à voix haute. Jamais. À qui que ce soit. Ni à mes parents, ni à un quelconque professionnel de la santé, ni même aux journaux intimes qu'on me forçait à tenir. Cela faisait peur de l'admettre. Mais, en un sens, c'était également un soulagement.

Oui, c'était vrai. Parfois, je n'avais plus envie d'être en vie.

Et pas uniquement à cause d'Emily, même si ce qu'elle m'avait fait subir n'avait pas arrangé les choses. La vérité, c'était que j'en avais simplement ras le bol de ma vie. Avouez qu'il y avait de quoi. D'abord, j'en avais marre des psys. J'en avais marre de parler de mon Mal Mystérieux et du Drame qu'on avait vécu. J'en avais marre des murs blancs et des affiches à slogans et de l'odeur aseptisée des couloirs d'hôpitaux. J'en avais marre des regards méfiants de ma mère au rayon cosmétiques du supermarché et des fouilles régulières de ma penderie par mes parents qui recherchaient Dieu sait quoi et j'en avais par-dessus la tête des catalogues de lingerie qu'ils déposaient dans ma chambre. J'en avais marre de mon « anémie » et de mes coïts pitoyables avec des nanas improbables. Mais, plus que tout, j'en avais ras le bol de languir après Fairfax, Virginia Beach et *La guerre des étoiles* et Halloween et les après-midis de jeu dans le four à bois et chacun des jours de ma vie avant le Drame. J'en avais marre d'être seul tout le temps en dehors des visites de Crystal et marre que la terre entière la voie comme un problème alors que c'était tout le reste qui me faisait disjoncter.

– C'est ce que je craignais, m'a chuchoté Crystal pour toute réponse.

Puis elle m'a pris la main et caressé l'ongle du pouce jusqu'à ce que je m'endorme.

Je ne vais pas vous mentir : les semaines qui ont suivi, je n'étais pas au top. Depuis l'affaire du M. Propre, tout ce qui me motivait à coopérer avec les psys s'était envolé en fumée, et vu que j'avais fait le vœu de ne plus coucher avec des dingues, je n'avais plus rien pour me distraire du maelström de mes émotions. Mes médocs ne faisaient plus effet, ou alors plus assez. Et, cela va sans dire, j'étais profondément déprimé, sans perspective proche d'amélioration de mon état.

Crystal gardait ses distances. Je l'avais vue à quelques reprises sur le seuil d'une porte, tapie dans un placard, mais elle se tenait à l'écart, à m'observer. Ce qui me convenait, parce que je n'avais pas grand-chose à dire de toute façon et que ça me faisait du bien de ne pas me sentir complètement seul, de savoir qu'elle veillait sur moi.

Jusqu'à ce qu'un jour, en revenant d'une longue séance d'EMDR, thérapie expérimentale censée m'aider à gérer le Drame et ses retombées, je trouve dans ma chambre Crystal en robe verte, dos à la porte, face à la fenêtre.

– Salut, l'ai-je interpelée, surpris. Quoi de neuf ?

Cela ne lui ressemblait pas de se montrer ainsi au grand jour. On savait l'un comme l'autre que si ça s'ébruitait qu'on s'était vus à la clinique, j'aurais des emmerdes.

– C'est joli, dehors, m'a-t-elle dit sans cesser de regarder par la fenêtre. Il a l'air de faire doux. Ça me rappelle la Virginie.

J'ai fait le tour du lit pour la rejoindre et c'est là que j'ai remarqué la valise à ses pieds, celle avec les lettres « BAT » gravées dans le métal du clapet.

– Tu pars en voyage ? me suis-je enquis.

Elle s'est tournée vers moi.

– Il est temps pour moi de m'en aller, Joel.

– OK. Tu reviens quand ?

Elle a pris une longue inspiration et m'a gratifié d'un sourire forcé.

– Je ne reviendrai pas. C'est le moment.

Je me suis immédiatement mis à trembler.

– Hein ? Mais pourquoi ?

Crystal a soupiré.

– Je te fais plus de mal que de bien en restant dans le coin. Je m'en rends compte, à présent. Tu ne te rétabliras jamais si je suis toujours dans tes pattes. Alors... je pars.

Elle s'exprimait avec une détermination que je ne lui connaissais pas.

– Ce n'est pas vrai ! ai-je protesté. Je vais mieux ! Les médecins viennent de m'annoncer que je pourrai bientôt sortir. Que je vais guérir !

Elle savait que je mentais.

– Joel, je ne pourrai pas rester éternellement. Ce ne serait pas bien. Ce ne serait pas bon pour toi.

– Tu sais ce qui n'est pas bon pour moi ? La solitude. Et sans toi, je vais morfler. Je t'en prie, je t'en supplie, Crystal, ne me laisse pas ! Pas maintenant ! Je ne le supporterai pas. C'est trop, je ne vais pas le supporter !

– Je sais, a-t-elle acquiescé. C'est pour ça que je pars pendant que tu es en lieu sûr. Ici, les médecins peuvent assurer ta sécurité...

Des larmes ont jailli de ses yeux et dévalé ses joues.

– Si tu te faisais du mal, je ne m'en remettrais pas.

– Je ne ferai pas de bêtise, lui ai-je assuré. Promis.

– Joel..., a soupiré Crystal. Il est temps.

– Alors je n'ai pas mon mot à dire, c'est ça ? Tu vas m'abandonner ? Au moment où j'ai le plus besoin de toi ?

Je m'étais mis à sangloter.

Crystal a dégluti et serré les mâchoires.

– Je ne t'abandonne pas. C'est pour ton propre bien. J'agis dans ton intérêt.

Elle a saisi sa valise.

Je me suis cramponné à la poignée.

– Non, je ne te laisserai pas partir !

– Joel. Tu sais bien que tu ne peux pas me retenir. Tu le sais, n'est-ce pas ? Tu sais.

– Je ne sais rien du tout ! me suis-je entêté.

– Mais si, m'a-t-elle rétorqué, en pleurs, elle aussi. Tu le sais, forcément. Tu sais que c'est à cause de moi que tu es coincé ici. Que c'est à cause de moi que tout a commencé. Que je suis responsable de tous tes problèmes.

J'ai secoué la tête.

– Non ! Tais-toi ! Arrête de dire ça ! Tu ne peux pas me quitter comme ça ! Tu te rends compte de ce que ça va me faire, si tu t'en vas ?

– Oui, a-t-elle déclaré. Mais crois-moi, si je reste, ce sera pire.

J'ai tiré sur la valise pour la lui faire lâcher, mais en vain.

– Maintenant, il va falloir que tu tâches de te sauver toi-même, Joel.

Elle a caressé ma joue.

– Je veux que tu consacres toute ton énergie à aller mieux. Or, tant que je suis là, ce sera impossible.

– De quoi tu parles ? me suis-je récrié. Je ne comprends rien !

– Joel, m'a-t-elle répliqué sèchement. Arrête de faire comme si tu ignorais qui je suis.

Elle a marqué une pause puis baissé la voix.

– Je sais que tu me vois, là-dedans, a-t-elle affirmé en désignant son corps. Depuis le premier jour.

J'ai lâché la valise et planté mes yeux dans les siens. Ils étaient plus verts que jamais.

– Tu vas où ? lui ai-je demandé.

Elle a séché ses larmes du revers de sa main et reniflé.

– Tu le sauras. Quand tu seras prêt, tu comprendras où je me trouve.

Crystal s'est penchée vers moi pour m'embrasser sur la joue, et je me suis accroché à elle.

Elle s'est dégagée vivement et enfuie de la chambre sans un regard en arrière. Je n'ai résisté qu'une ou deux secondes avant de m'élancer à sa poursuite dans le couloir en hurlant son nom. Mais elle était partie, bien sûr. Et pour de bon.

***

Depuis, j'avais passé beaucoup de temps à la chercher. À plus d'une reprise, je l'avais crue revenue. Mais c'était ma paranoïa qui me jouait des tours. Ou l'espoir, parfois. Occasionnellement. Au fond, Crystal avait dit vrai. J'étais presque sûr de savoir où elle se trouvait. En cet endroit où je ne pourrais pas la rater et où je tremblais de remettre les pieds.

Ce soir-là, au boulot, c'est l'espoir et non la parano qui m'a convaincu que Crystal m'épiait du café d'en face. C'est l'espoir qui m'a cloué sur le trottoir tandis que la fille franchissait la chaussée. Et c'est l'espoir, encore, qui m'a fait patienter jusqu'à ce qu'elle me rejoigne et que l'évidence s'impose : ce n'était pas Crystal.

La fille a eu l'air gêné.

– Je t'ai pris pour quelqu'un d'autre. Comme tu m'as fait signe...

– Pareil, ai-je avoué.

Elle a hoché la tête. De près, elle ne ressemblait pas du tout à Crystal. Elle était trop grande, trop âgée. Elle me détaillait du regard, elle aussi, et visiblement elle partageait ma déception.

On a échangé quelques platitudes sur le quiproquo. Puis, juste avant qu'on ne reparte chacun de son côté, la fille a pris une décision.

– Je vais le chercher dans l'annuaire et lui téléphoner, a-t-elle décrété. J'ai envie de savoir ce qu'il devient. C'est drôle, mais grâce à notre erreur, je me rends compte qu'il me manque.

Elle a eu un petit rire.

– Tu dois me prendre pour une folle.

J'ai secoué la tête.

– Absolument pas.

– Et toi, alors ? Celle pour qui tu m'as prise, tu vas la recontacter ?

J'ai haussé les sourcils.

– Ça, pour le coup, ce serait de la folie.

Elle a ri.

– Si je comprends bien, tu l'as échappé belle, ce soir, alors ! C'est marrant, la vie. Pour certains, ce genre de rencontre, c'est le destin, pour d'autres, rien qu'une coïncidence...

– Ouais. Très marrant.

On s'est adressé un dernier salut et on s'est séparés, elle vers une destination différente, sans doute, de celle initialement prévue (et tant mieux, je suppose), la mienne désespérément identique aux autres jours.

J'ai fini de fermer la boutique et dépointé à vingt-deux heures sept, clôturant la plus longue journée de boulot jamais effectuée par un employé de ROYO Vidéos.

CHAPITRE TRENTE

Je n'ai pas eu droit à mes seize heures de sommeil, cette nuit-là, mais j'ai réussi à en grappiller huit, puis ma mère (c'était sa semaine à la maison, apparemment) s'est mise à passer l'aspirateur sur le palier pile devant ma chambre.

– Tu ne vas pas passer la journée au lit, a-t-elle aboyé en guise de bonjour lorsque j'ai émergé. On a du pain sur la planche.

Elle m'a dit ça sans prendre la peine d'éteindre l'aspirateur ni de sortir la cigarette de sa bouche. Je parlais couramment le langage de l'aigreur et des reproches larvés (cela faisait dix-sept ans que je côtoyais ma mère), j'ai donc compris qu'elle m'en voulait.

Je ne lui ai pas fait remarquer qu'il n'était que sept heures du matin et que ses reproches étaient donc abusifs, ni qu'elle mettait des cendres sur la moquette qu'elle venait de nettoyer, ni même qu'elle ne faisait jamais le ménage si tôt, et que, bordel, les problèmes, on pouvait en parler au lieu de se murer dans le silence et de se défouler sur l'intéressé ! Je me suis contenté de prendre une douche et de m'habiller en espérant qu'elle serait partie au travail le temps que je descende.

Pas de chance. Maman, ai-je découvert, avait pris une semaine de congés pour « préparer » son rendez-vous du vendredi avec papa et les avocats. Ils ne perdaient pas de temps – à quoi bon jouer les prolongations ? Leur secret n'en était plus un.

– Vendredi, c'est la Saint-Valentin, m'a informé maman pendant que je mâchais ma gaufre. Je te parie que l'avocat en profitera pour augmenter ses honoraires.

Je crois qu'elle essayait de faire de l'humour. Voyant que je ne riais pas, elle a débarrassé mon assiette (je n'avais pas fini de manger, mais tant pis) et m'a ordonné d'aller nettoyer son étagère à miniatures. J'ai avalé ma bouchée et répondu :

– Chef, oui, chef !

Elle pensait sans doute me punir en m'obligeant à astiquer ses bibelots (elle possédait des dizaines de sujets en porcelaine qu'il fallait briquer à la brosse à dents et au nettoyant antibactérien senteur sapin, parce qu'elle aimait bien l'odeur), mais, dans mon for intérieur, je la bénissais de m'imposer cette corvée. Je ne travaillais pas ce jour-là et je n'avais rien d'autre à faire qu'attendre près du téléphone dans le vain espoir que Bébé m'appelle.

La Saint-Valentin, me suis-je souvenu, était la date du mariage de Kat et Doug. Ce qui me laissait trois jours pour arrondir les angles avec Bébé. Cela ne suffirait jamais pour expier un péché aussi grave que celui que j'avais commis.

Je n'avais dormi que huit heures mais, déjà, j'avais un peu plus de recul sur les évènements de la veille. Hélas ! Cela n'atténuait en rien ma mauvaise conscience.

Parce qu'en toute franchise, si je m'étais pointé au boulot un matin et que Bébé m'avait roulé un palot de force, je me serais senti un peu paumé, voire trahi, surtout s'il s'était ensuite avéré qu'elle m'avait galoché par lâcheté, comme je l'avais fait (je ne me voilais pas la face).

J'ai tâché de positiver. Au moins, je n'avais plus à redouter l'affection de Maverick : il devait me détester. De mon côté, si je flashais sur quelqu'un et que le quelqu'un en question, non content de me mettre un vent, roulait une pelle à quelqu'un d'autre pour bien enfoncer le clou, j'en conclurais que c'était une belle ordure, et j'aurais raison.

À ma décharge (même si je ne suis pas sûr de pouvoir plaider ici les circonstances atténuantes), je vous rappelle que je trainais mon lot de casseroles par rapport à l'homosexualité. J'avais grandi dans un vrai bain d'homophobie et salement morflé en conséquence. Vous vous en souvenez, n'est-ce pas ? Je ne dis pas ça pour me défausser. J'avais bien l'intention de faire amende honorable.

Je méditais le meilleur moyen de me racheter quand maman est passée voir comment je m'en sortais.

– Alors, ça avance ? m'a-t-elle lancé.

J'avais fini d'astiquer deux rangées d'animaux en porcelaine vêtus de salopettes ainsi qu'une collection de clochettes en verre qu'elle avait achetées dans les seize États du pays qu'elle avait visités.

– Oui. Mais ils ne sont pas très sales, tu ne verras pas la différence.

– Continue quand même, m'a-t-elle ordonné. Tout doit être nickel pour l'estimation.

– L'estimation ?

Maman s'est allumé une cigarette.

– Pour savoir combien vaut la maison. Au cas où on déciderait de la vendre.

Elle a pris une chaise et s'est assise à la table.

J'ai attaqué la rangée de miniatures suivante – des angelots, un par mois de l'année, chacun assorti d'une citation de la Bible censée nous inspirer au quotidien. J'en étais à l'angelot du mois de mars quand maman a repris la parole :

– Tu sais, il était convenu que tu vives avec moi, Joel.

– Convenu avec qui ? ai-je riposté en évitant son regard. Pas moi.

Maman a pincé les lèvres.

– Je n'en reviens pas que tu sois du côté de ton père, alors que c'est lui qui a une maîtresse ! Je lui ai offert les plus belles années de ma vie, et comment il me remercie ? En me trompant et en me prenant mon fils !

J'ai ignoré son petit couplet autocentré.

– Je croyais que vous vous sépariez d'un commun accord, ai-je dit. Tu as oublié, c'est ça ? Parce que ça fait trop longtemps ?

Elle a recraché la fumée de sa cigarette par le nez.

– Ça t'amuse d'aller vivre chez ton père pour me faire souffrir ? Soit ! Mais si tu crois qu'il sera plus laxiste que moi, tu te fourres le doigt dans l'œil jusqu'au coude. Ton père et moi, on fait front commun !

– De quoi tu parles ?

– Ce n'est pas parce que tu n'auras plus tes deux parents sous le même toit qu'on te permettra de faire tout et n'importe quoi. Il y a des sujets sur lesquels on a toujours été d'accord, papa et moi. Et ce n'est pas parce qu'on se sépare que ça changera !

Elle tournait autour du pot et moi, je nageais en plein brouillard.

– Euh, OK.

Maman a écrasé son mégot dans un cendrier.

– Je sais que tu me prends pour une idiote, Joel, mais tu te trompes. Je suis au courant de tout ce qui se passe dans cette maison.

J'ai reposé l'angelot que j'étais en train de briquer et je l'ai regardée avec perplexité.

– OK, maman, ai-je grommelé. Rien ne t'échappe. Moi, au bout de trois ans, je n'avais même pas grillé que vous faisiez chambre à part avec papa. Mais toi ? Sherlock Holmes n'a rien à t'envier.

J'avais renoncé au ton amer et enclenché le mode vénère.

Elle a croisé les bras.

– Dans ce cas, tu ne seras pas surpris d'apprendre que j'ai trouvé ton œuvre d'art, a-t-elle répliqué, ironique. Tu sais : le dessin que tu caches sous la photo du mannequin en maillot, pensant que je n'y verrais que du feu.

Son ton était condescendant, comme si j'avais cinq ans et que j'essayais de planquer mes brocolis dans ma serviette de table, espérant bêtement la berner.

Mes yeux se sont écarquillés mais je me suis interdit toute autre réaction. Pas question de lui montrer la fureur qu'elle venait de réveiller en moi. Ça lui aurait fait trop plaisir.

– Qu'est-ce qui te fait dire que je le cache ? Peut-être que j'ai envie d'avoir une photo de pin-up dans ma chambre. Tout simplement.

Maman a ri sans retenue.

– Depuis quand tu affiches des photos de fille dans ta chambre ? Dès que je l'ai vue, j'ai su que c'était louche.

– Donc, bien sûr, tu es allée fouiner, ai-je grondé, ma ruse n'ayant pas fonctionné. Parce que je n'ai pas le droit d'avoir une vie privée.

– J'avais raison, oui ou non ?

J'ai soupiré.

– Bon, j'ai un dessin de *La guerre des étoiles*, et après ? Franchement, des millions de parents rêveraient que leurs gosses n'aient rien de pire à leur cacher.

– Le pire, tu me l'as déjà fait subir, alors ne joue pas les victimes ! Ce dessin, c'est la sonnette d'alarme. D'autant plus que tu sais très bien qu'on ne veut pas de ce genre de chose chez nous.

J'ai réprimé un soupir excédé.

– Comment j'étais censé deviner que posséder un portrait de mes collègues en héros de *La guerre des étoiles* constituait un crime chez les Teague ?

– Tu t'en doutais, puisque tu l'as planqué, a observé maman, regard noir à l'appui.

– OK, ai-je concédé en m'emparant de l'angelot du mois d'avril. J'aurais dû foutre le feu au dessin dès qu'on me l'a offert puis éteindre l'incendie avec de l'eau bénite. C'est bon, on peut changer de sujet ?

– Non, ce n'est pas bon ! s'est obstinée maman. Et on changera de sujet quand tu m'auras expliqué pourquoi tu recommences à nous faire des cachotteries !

– Je ne vous fais pas de cachotteries ! ai-je crié. Je n'avais pas envie de vous montrer ce dessin, c'est tout.

– Et on peut savoir pourquoi ?

– Parce que tu détestes *La guerre des étoiles*, ai-je marmonné.

– C'est la fille enceinte qui t'en a fait cadeau ? a demandé maman, réorientant l'interrogatoire. C'est pour ça que tu l'as caché ? Tu penses que je vois d'un mauvais œil ton amitié avec elle parce que c'est une Marie-couche-toi-là ? C'est idiot, enfin, tu sais que je ne juge pas les gens pour ça !

Autant sa blague de tout à l'heure était tombée à plat, autant ça, venant d'elle, c'était proprement hilarant. Mais au lieu de lui en faire la remarque, j'ai dit :

– Elle a un prénom.

Puis, après un instant de réflexion pour me le rappeler, j'ai précisé :

– Et non, ce n'est pas Nicole qui me l'a donné.

– Qui, alors ? a insisté maman.

L'espace d'un instant, je me suis demandé si j'avais intérêt à lui répondre. Ce que maman reprochait à ce dessin, c'était son thème, rien de plus. Chez nous, toute allusion à *La guerre des étoiles* était passible de sanctions. Elle ignorait tout de Maverick, de ses efforts pour me faire plaisir, de ses motivations ou des miennes à cacher son œuvre.

Tout ça pour dire que j'aurais pu m'en sortir par un mensonge. J'aurais pu prétendre que l'auteur du dessin était Poppins, qu'elle était amoureuse de moi et qu'à cause de mon pseudo, elle m'avait cru fan de la trilogie. J'aurais pu soutenir à maman que j'avais accepté son dessin par politesse et que je l'avais planqué par égard pour mes parents. Merde, j'aurais même pu sortir les violons et m'inventer des sentiments pour Poppins, puis enchainer en prétendant que je n'osais pas me lancer depuis le fiasco avec Emily ! J'aurais pu servir à maman un tissu de bobards et elle aurait tout gobé sans ciller parce que mon baratin aurait été béton. Et tellement dans la norme. On aurait donc pu enterrer cette sombre histoire de dessin caché et passer à autre chose. Certes, ma mère ne m'aurait jamais présenté ses excuses pour la violation de ma vie privée, mais n'empêche : j'aurais pu couper court à l'inquisition sans trop me fouler.

Mais je n'avais pas envie de mentir à ce sujet.

J'aimerais pouvoir vous dire que c'était parce que j'avais des principes et que mentir, c'est mal, mais ce seraient des foutaises. Pour de vrai, j'avais envie de blesser ma mère ; c'est pour ça que je voulais lui dire la vérité. Je savais qu'elle la ferait sortir de ses gonds.

Je n'en suis pas fier, mais c'est comme ça. Je détestais ma mère pour tout ce qu'elle m'avait infligé au cours des neuf années passées. Alors, ma phrase suivante, je l'ai prononcée par pure mesquinerie. Qu'elle ait été vraie était strictement accessoire.

– C'est un collègue qui me l'a fait. Il est dingue de moi. C'est le plus beau cadeau qu'on m'ait jamais fait.

Maman m'a dévisagé, muette, alors j'ai poursuivi sur ma lancée :

– Au début, je n'étais pas sûr qu'il soit gay mais hier, il m'a fait des avances, alors ça ne fait plus aucun doute.

J'ai achevé de lustrer mon angelot et l'ai replacé sur l'étagère en précisant :

– Il pourrait être mannequin pour Levi's.

J'ai regardé une foule d'émotions tordre les traits de ma mère et je me suis demandé si j'avais autant grimacé le soir où j'étais passé aux aveux, avec Bébé. Ce que ma mère redoutait le plus, depuis le début, c'était que mon Mal Mystérieux ne soit l'indice de mon homosexualité (fictive). Allez savoir pourquoi, c'était son pire cauchemar. Eh bien, je prenais un malin plaisir à la voir savourer la victoire amère de qui avait prédit le pire et le voit se réaliser.

J'avais omis un détail : la troisième loi de Newton (je cartonnais en physique), qui affirme que toute action entraine une réaction d'égale intensité et de sens opposé.

Celle de ma mère n'a pas dérogé à la règle.

– Le vidéoclub, c'est fini, a-t-elle décrété. Tu arrêtes, sans préavis. Tu n'y remettras jamais les pieds.

– Quoi ? ai-je pratiquement hurlé. Tu n'as pas le droit !

Elle a brandi une main pour me faire taire et s'est allumé une nouvelle cigarette.

– Tu ne reverras jamais ce garçon. C'est compris ?

– Non, ce n'est pas compris ! Tout ce que tu fais est incompréhensible ! me suis-je révolté. Je ne vais pas te laisser me prendre mon boulot, maman ! Je ne suis pas un gamin, il ne s'agit pas d'un jouet à confisquer ! C'est de mon travail qu'on parle !

– Tu es encore mineur, jeune homme, alors tu n'as pas ton mot à dire.

Maman a fondu sur le téléphone.

– J'appelle immédiatement ton père. Il me soutiendra.

Pendant qu'elle composait le numéro, ma propre réaction d'intensité égale et de sens opposé s'est enclenchée. Traduction : je me suis mis à balancer les angelots de maman de toutes mes forces contre le mur.

– Il ! (mai) N'est ! (juin) Pas ! (juillet) Question ! (août) Que ! (septembre) Je ! (octobre) Démissionne ! (novembre)

Elle tressaillait à chaque impact d'ange. Tous les sept avaient non seulement volé en éclats mais abimé le mur au passage (ce qui n'échapperait pas à la vigilance de l'agent immobilier chargé de l'estimation de la maison).

– Il va bien falloir, Joel, a-t-elle grondé en décrochant rageusement le combiné. Tu retournes à l'hosto ! Tu dérailles complètement, Joel ! Et je ne revivrai pas ça une fois de plus !

Elle avait raison sur un point : je déraillais à fond les ballons. Par sa faute.

Au cours des dernières années, je m'étais défoncé pour devenir un ado normal et j'y étais arrivé, ou pas loin, au vu de mon passif. Je n'allais pas la laisser réduire mes efforts en poussière sans me battre bec et ongles.

Elle voulait la guerre ? Elle allait l'avoir.

Je me suis rapproché d'elle en tapant des pieds, si près que j'ai inhalé sa fumée.

– Je ne retournerai pas en HP, lui ai-je annoncé d'un ton calme mais ferme. Si tu me fais interner, je me tue.

Cette menace, c'était la bombe atomique. L'étoile noire, si vous préférez. Je n'y avais jamais eu recours parce que je savais que ça anéantirait maman et que, jusqu'à présent, je n'en avais jamais éprouvé l'envie. Mais elle ne me laissait pas le choix.

On s'est fixés, face à face. Je lui avais porté un coup fatal et j'attendais que le sang gicle.

Quelques secondes plus tard, elle s'est mise à sangloter.

– Non, Joel, je t'en prie ! Pas ça ! Je t'en supplie ! Je ferai tout ce que tu voudras, mais laisse-nous te soigner !

Je la dominais de toute ma stature, assailli par des vagues successives de remords et de détermination.

– C'est toi qui as besoin de te faire soigner, maman.

Et, sur ce, je suis parti.

CHAPITRE TRENTE-ET-UN

Si je n'ai pas pris ma voiture, c'est à la paranoïa que je le dois. J'avais eu la clairvoyance de penser qu'en un coup de fil, maman alerterait les flics et que toute la ville serait bientôt à l'affut d'un détraqué suicidaire pilotant une Chrysler LeBaron. J'ai donc enfourché le vélo à dix vitesses de papa, la seule chose qu'il restait de lui dans le garage depuis son exil volontaire, et j'ai filé en douce.

Maman devait guetter un bruit de moteur voire un crissement de pneus : j'avais une longueur d'avance, et j'en ai profité pour foncer vers le seul refuge où elle ne pourrait pas me trouver : chez Bébé.

Celle-ci accepterait-elle de faire une trêve le temps d'écouter mes explications ? Je n'en avais aucune garantie, mais, faute d'alternative, j'allais jouer le tout pour le tout. Peut-être qu'en apprenant enfin pour mes parents, elle me pardonnerait d'avoir si colossalement merdé. Et si ça n'entamait en rien son envie de me flanquer son pied dans les parties, honnêtement, je m'en foutais. J'y allais.

Le trajet était non seulement long et glacial à vélo au mois de février, mais encore super casse-gueule à cause des projections de neige des voitures qui encombraient le caniveau. Une chance que la fureur ait décuplé mes forces.

J'en voulais à maman, bien sûr, mais, tout en moulinant dans la neige fondue, je sentais également une rage plus ancienne se réveiller en moi. Il faut savoir que vivre un Drame comme le mien, c'est un peu comme choper une maladie incurable. On a beau traiter les symptômes lorsqu'ils apparaissent (à coups de psys, de médocs, de temps qui passe), le virus ne quitte jamais votre organisme. Même s'il ne vous tue pas, il reste là, tantôt virulent, tantôt en sommeil.

Depuis ma dispute avec maman, je faisais une méchante poussée de ma maladie. On comprendra donc qu'en trouvant la maison de Bébé vide (ce qui était à prévoir, étant donné qu'on était un mardi matin), j'aie failli piquer une crise d'anthologie, là, au beau milieu de son allée.

Dieu sait comment, j'ai réussi à me contrôler (non sans lâcher un sacré chapelet de jurons) et, au lieu de réduire le vélo de papa en bretzel géant et de le bazarder sur la chaussée pour me défouler, j'ai puisé dans ma rage pour carburer jusqu'au vidéoclub (où d'autre ?) quelques kilomètres plus loin en priant contre tout espoir que les hommes en blanc ne m'y attendent pas de pied ferme avec la camisole de force.

Par chance, le seul qui m'attendait, c'était Hannibal, et c'est à peine s'il m'a salué quand je suis entré, à deux doigts de l'hypothermie et de la crise de nerfs. Sans lui adresser un mot, j'ai foncé chercher l'oreiller et la couette de secours de Scarlette dans la salle de repos, j'ai flanqué le tout par terre dans le placard à fournitures, je me suis couché à même le sol et endormi aussi sec.

Il existe deux types d'individus : ceux que la colère empêche de dormir et ceux dont le cerveau disjoncte lorsque leur rage atteint son apogée. J'appartiens à la seconde catégorie et c'est bien l'un des rares trucs que j'apprécie à propos de mon cerveau. En l'occurrence, j'avais urgemment besoin de souffler.

Pendant les quatre heures suivantes, coincé entre des bouteilles de Coca format deux litres et des caisses de M&M's, j'ai écrasé. Mon sommeil était sombre et sans rêves – une bénédiction.

À mon réveil, en plein après-midi, j'étais seul et un rayon de soleil perçait à travers l'unique brique de verre de la porte du placard. N'ayant avalé en tout et pour tout qu'une demi-gaufre surgelée ce jour-là, j'ai fourragé dans les stocks, déniché un paquet de crackers au fromage qui ne manquerait à personne et arrosé le tout de Minute Maid tiède (pour les vitamines) tout en élaborant mon plan d'action.

À tête un peu plus reposée, je me rendais compte de l'ampleur du merdier dans lequel je m'étais fourré. Franchement, je m'étais surpassé. Je crois bien que je n'avais pas fait aussi fort depuis le concert de Bon Jovi. Quand même : j'avais menacé de me suicider ! Sur l'échelle des signes alarmants, on était à onze sur dix.

Je tiens à préciser que je n'aurais jamais menacé de me foutre en l'air si maman ne m'avait pas poussé à bout.

Je n'avais pas vraiment de tendances suicidaires. Je voulais seulement qu'elle comprenne que je ne plaisantais pas quand je disais que je ne me referais pas interner. Comme je n'avais pas beaucoup d'armes à ma disposition pour combattre ma mère, une fois au pied du mur, j'avais bien été obligé de viser son talon d'Achille. Mais ça, c'était dans le feu de l'action. Entretemps plus lucide, je réalisais que par cette menace, je n'avais fait qu'apporter de l'eau à son moulin. Désormais, elle allait redoubler d'efforts pour me faire interner, et elle risquait fort d'obtenir gain de cause, parce que le suicide, c'est la phobie des psys (il faut les comprendre : quand leurs patients se foutent en l'air, ça entache leur réputation). Le docteur Singh ne s'opposerait sûrement pas à la décision de maman. La dernière fois, il avait flippé parce que ma note d'humeur avait chuté d'un malheureux petit point ! Menacer de se suicider, c'était comme répondre « moins cent » à la question « Comment te sens-tu sur une échelle de 1 à 10 ? »

Merde. Je ne voyais vraiment pas par quel miracle j'allais m'en tirer, cette fois.

Les rouages s'activaient dans ma tête tandis que je cherchais désespérément une issue au problème où ne figurent ni camisole ni cellule capitonnée. C'est alors que j'ai entendu tourner la poignée.

– Pourquoi la porte est verrouillée ? s'est agacée Scarlette de l'autre côté.

Elle a secoué la poignée et lancé :

– Hannibal ! Tu as fermé le placard à fournitures ?

J'ai ouvert à Scarlette.

– Salut, lui ai-je dit.

Je lui ai fichu une telle frousse qu'elle a failli tomber à la renverse.

– Putain, Solo, mais qu'est-ce que tu fiches ici ?

J'ai ouvert en grand le battant et désigné le lit.

– Je dors.

– Pourquoi ?

J'ai opté pour :

– Pourquoi pas ?

– OK..., a marmonné Scarlette.

Elle est entrée et s'est emparée d'une ramette de papier. Puis elle a pilé comme si elle venait d'avoir une idée.

– Il s'est passé un truc avec Bébé ?

– Pas vraiment, lui ai-je répondu. Pourquoi ?

Scarlette a calé son carton contre son autre hanche.

– Elle sera absente cette semaine. Elle prétend que sa mère a besoin d'elle pour les préparatifs du mariage, mais je n'y crois pas. Au téléphone, elle avait l'air triste. Mais genre, effondré. Bref, c'était bizarre. Et ça aussi, a-t-elle ajouté en indiquant ma couche de fortune. Je me suis dit que les deux trucs étaient peut-être liés.

J'ai soupiré.

– Elle ne m'a même pas prévenu qu'elle posait sa semaine.

Il était possible que Kat ait besoin de son aide, mais il me semblait plus plausible qu'elle me fasse la gueule. Pourquoi, mais pourquoi avait-il fallu que je l'embrasse ?

Scarlette a accusé la surprise.

– Je croyais que vous vous disiez tout ?

– Visiblement, non.

Elle s'est tue un instant avant de demander :

– Alors, tu ne lui as pas dit, pour moi ?

– C'est-à-dire ?

Elle m'a lancé un regard entendu, et ça a fini par faire tilt.

– Je n'ai rien dit à Bébé, mais elle est au courant, ai-je admis. En fait, on l'a appris en même temps. C'est ma mère qui a gaffé.

Scarlette a blêmi comme le font toujours les gens quand ils s'aperçoivent que quelqu'un connait l'un de leurs secrets.

– Putain de tante Maureen, a-t-elle pesté sous cape. Je sais que c'est ta mère, Solo, mais merde, ça se fait pas ! Ce ne sont pas ses oignons.

– Tu as raison. Je suis désolé.

– Devin ne peut pas la saquer, a poursuivi Scarlette. Il prétend qu'un jour, elle l'a engueulé comme du poisson pourri parce qu'il t'avait emmené à un concert, ou je ne sais pas quoi. Il dit qu'elle est complètement cinglée.

– C'est une théorie qui se défend.

Elle s'est adossée contre le mur.

– Alors, Bébé me déteste encore plus, maintenant ? Elle considère que je suis un monstre ?

– Non. Enfin, son opinion de toi n'a pas changé.

Bébé méprisait Scarlette depuis toujours mais cela n'avait rien à voir avec sa décision de se faire avorter.

Elle a grogné.

– Ouais, c'est ça. Je parie qu'elle guette l'occasion de me balancer mon choix à la figure. Quand le gosse grandira et qu'elle se sera transformée en super maman, je parie.

Je n'aimais pas m'exprimer au nom de Bébé, mais quelque chose me disait qu'elle n'aurait pas souhaité que je laisse passer ça.

– Elle ne ferait jamais une chose pareille. En fait, je crois que c'est même le seul point sur lequel Bébé s'identifie à toi. Elle a vécu la même situation...

– Sauf qu'elle, elle a gardé le bébé, m'a fait remarquer Scarlette.

– Ouais, mais je crois que quand on est confronté à un dilemme, on se met facilement à la place de ceux qui ont opté pour l'autre voie.

Nouveau grognement de Scarlette.

– Possible. C'est peut-être vrai, ce qu'on dit : quand on vit dans le passé, on risque de passer à côté de son avenir.

Je lui ai jeté un regard.

– Qui dit ça ?

Elle s'est concentrée.

– En fait, je n'en sais trop rien. J'ai dû lire ça quelque part, mais où ?

Tout s'est illuminé. Scarlette venait de me citer le slogan d'une affiche de cabinet de psy. Je la voyais comme si je l'avais sous les yeux : elle représentait un homme se trompant de sens dans les escalators. Et je savais exactement où je l'avais vue : dans le cabinet de Marc Schwartz. Deux ans plus tôt, quand j'étais sorti de Weller Clawson, elle égayait les murs de sa salle d'attente.

Bien sûr, Scarlette l'avait peut-être vue ailleurs. Marc Schwartz ne détenait certainement pas les droits de reproduction sur cette photo. Mais ces affiches, on ne les trouvait pas n'importe où. Essentiellement dans les centres de soins pour ados atteints « d'anémie ».

J'étais content pour Scarlette, et fier d'elle, aussi.

– En tout cas, c'est bien résumé, ai-je commenté.

Sa ramette de papier dans les bras, elle s'est dirigée vers le couloir.

– J'ai nettoyé le studio, m'a-t-elle informé. Ce sera moins le parcours du combattant quand tu reviendras te faire couper les cheveux. D'ailleurs, n'attends pas trop, sinon ça va faire grunge.

– Promis, lui ai-je lancé.

Et elle est partie.

CHAPITRE TRENTE-DEUX

Poppins et Le Parrain assuraient la fermeture et aucune ne m'a demandé ce que je faisais là en dehors de mes heures ouvrées. Poppins était trop occupée à jacasser (elle avait un rencard pour la Saint-Valentin, il s'appelait Jeremy, conduisait une Camaro et *oh là là* il jouait dans un groupe !), tandis que Le Parrain, fidèle à elle-même, regardait la neige tomber.

N'ayant nulle part où aller, je me suis affairé à la boutique. Gratuitement. Il fallait bien que je tue le temps en attendant de pouvoir retourner chez Bébé (en taxi, cette fois) pour implorer son pardon à genoux. Si on se rabibochait (et rien n'était moins sûr), on trouverait ensemble un plan trois-en-un qui me permette de garder mon boulot, d'éviter l'hôpital et de calmer le jeu avec Maverick. Si j'en croyais les cinq dernières minutes de n'importe quel épisode de sitcom, ce genre de conflit se résolvait miraculeusement pour peu qu'on élabore une mise en scène farfelue, qu'on se déguise (mal) et/ou qu'on s'étreigne à tour de bras, trois solutions que je n'excluais pas de tester personnellement. Parce que rien ne résistait au pouvoir magique de l'amitié.

L'ennui, c'est que chaque fois que je m'apprêtais à me mettre en route, je me laissais distraire par un truc : un poster de film à changer, un formulaire d'adhésion de nouveau client à traiter... En clair, je me dégonflais. Et ensuite, je devais me refaire tout l'argumentaire à partir de zéro pour me persuader que, oui, c'était une bonne idée d'aller harceler chez elle une nana qui prenait des mesures drastiques pour ne plus avoir à me fréquenter.

Vers l'heure du dîner, les clients affluaient et j'ai fini par tenir la caisse pendant que les filles prenaient leur pause. Quand, enfin, les allées se sont vidées, il était neuf heures du soir, l'heure pour moi de passer à l'acte ou d'y renoncer à jamais.

Je venais de me retirer dans la salle de repos avec l'annuaire et le téléphone quand une voix familière (mais totalement incongrue dans ce contexte) a retenti dans la boutique.

– Je ne me rappelle pas comment vous l'appelez, disait la voix, mais c'est un nom tiré de *La guerre des étoiles*. J'ai juste besoin de savoir si vous l'avez vu aujourd'hui...

Papa ?!

Merde. J'aurais dû me douter que maman l'enverrait en éclaireur. J'aurais pu l'appeler à son travail pour le rassurer mais il ne m'aurait sûrement pas cru. Résultat, il était venu me pister jusque chez ROYO Vidéos et mettait salement en péril ma couverture de gars normal.

J'ai rebroussé chemin à toute allure. C'était bien lui. Il agitait une photo de moi tirée de son portefeuille sous le nez de mes collègues.

– Il a disparu depuis ce matin, expliquait-il à un Parrain et à une Poppins perplexes. Il bossait, aujourd'hui ? Il est passé ?

– Je n'ai pas disparu, l'ai-je détrompé en m'avançant. Je suis là.

Il s'est retourné et, à ma vue, il a poussé un soupir qu'il devait retenir depuis des heures.

– Oh ! Dieu merci, a-t-il murmuré puis il m'a collé les bras le long du corps et étreint super fort en le répétant une bonne douzaine de fois.

– Je n'arrive plus à respirer, ai-je couiné.

Mon père n'était ni particulièrement grand ni spécialement costaud mais, sur le coup, j'aurais juré qu'il allait me casser des côtes.

– J'ai cru que je t'avais perdu ! a-t-il dit d'une voix tremblante en relâchant mon corps meurtri.

– Ben, tu m'as retrouvé, lui ai-je rappelé en gonflant mes poumons écrabouillés.

Poppins, Le Parrain et moi avons échangé un regard. Poppins semblait préoccupée. Le Parrain, prête à dégainer l'artillerie lourde.

– Tu connais cet homme, Solo ? m'a-t-elle demandé d'une voix grave en glissant lentement la main dans son sac à main. Tu veux que je le persuade de te laisser tranquille ?

Aussi curieux que j'aie été de savoir ce qu'elle entendait par là, je lui ai juré que tout allait bien, puis j'ai attiré mon père dans un coin calme de la boutique (là où les « classiques », boudés par la clientèle, prenaient tranquillement la poussière), et sans attendre, je me suis excusé.

– Je suis désolé, papa, vraiment. Je ne voulais pas t'effrayer. On s'est engueulés à mort avec maman et je ne savais pas quoi faire.

J'ai conclu par un petit mensonge maison :

– J'étais justement en train de t'appeler quand je t'ai entendu.

Sur le visage de mon père, le soulagement le disputait à la colère.

– Bon sang, mais que s'est-il passé ce matin ? m'a-t-il demandé d'un ton sévère tout en me caressant affectueusement la nuque. Ta mère était hystérique au téléphone...

Je lui ai présenté ma version des faits aussi succinctement et doucement que possible (je ne tenais pas à ce que les filles m'entendent) et j'ai fait de mon mieux pour dédramatiser mon chantage au suicide.

– Je voulais juste la blesser, papa, je te le jure. Je sais que c'était con. Je passerai jamais à l'acte, promis. Je suis désolé.

Mon père semblait tenté de me croire mais, avec le Drame que nous avions vécu, je comprenais ses réticences. Cependant, il m'avait écouté sans me couper la parole, et, pour un gars comme moi, c'est déjà énorme de sentir qu'on vous accorde le bénéfice du doute.

– Si j'ai bien compris, tout est parti d'une histoire de dessin ? a demandé papa quand j'ai eu fini mon récit. Ta mère veut te faire interner parce qu'un garçon t'a fait un dessin, c'est ça ?

– Plus ou moins, ai-je confirmé.

J'ai précisé :

– C'est parce que je l'avais caché.

Cela me semblait plus juste envers maman, même si, soyons lucides, elle aurait pété les plombs même si je le lui avais confié à l'instant où je l'avais reçu.

Papa s'est frotté le visage et, après un soupir, il a marmonné :

– Maureen, putain.

Puis il m'a longuement toisé (ce qui était un peu gênant, mais j'ai serré les dents) avant de me demander :

– Joel, tu peux venir avec moi deux minutes ?

Le « putain » étant dirigé contre ma mère et pas contre moi, j'estimais qu'il y avait peu de chances pour qu'il s'agisse d'un piège, aussi ai-je accepté.

Il faisait encore bon dans l'habitacle de son pick-up quand j'en ai ouvert la portière. Papa s'est assis derrière le volant et a dégagé la place du mort, où il avait entreposé un tas de cartons.

– Des regrets, j'en ai plein, Joel, s'est lancé mon père au bout d'un moment. Bien sûr, à mon âge, tout le monde en a, mais vu les cartes qu'on a tirées, dans la famille, j'explose les scores. Seulement, on ne peut pas revenir en arrière. La seule chose que je puisse faire, c'est m'efforcer de ne pas répéter mes erreurs.

Il a allumé la petite lampe au plafond, a pris l'un des cartons et l'a posé sur mes genoux.

– Vas-y. Ouvre-le.

Quand j'ai soulevé le couvercle, ma mâchoire a failli se décrocher. Dedans, sur un lit de vieilles figurines Musclor que j'avais demandé à récupérer lors du faux grand ménage de printemps de mes parents, reposait mon sabre laser, le modèle d'origine, celui de Han Solo, son plastique noir et son mécanisme jaune resplendissant comme au premier jour.

– Papa ! me suis-je écrié, extatique. J'en reviens pas ! Tu l'as retrouvé !

– Je ne l'ai pas retrouvé. J'ai toujours su où il était, m'a-t-il avoué.

J'ai sorti le sabre laser de la boîte et j'ai actionné le mécanisme. Ça a été moins rapide que dans mon souvenir mais la lame a jailli. Mes mains étaient bien plus grandes que la dernière fois que je l'avais manipulé et il me paraissait plus léger mais, néanmoins, l'objet restait assez familier pour soulever en moi un raz-de-marée d'émotions et de souvenirs, si bien que ma vue s'est brouillée.

– J'étais sûr que maman l'avait jeté à la poubelle, ai-je murmuré.

– C'était son intention, mais je l'ai sauvé *in extremis*, m'a révélé papa. De même qu'un paquet d'autres trucs dont elle voulait se débarrasser.

Il m'a indiqué un second carton portant l'inscription « MAGAZINES VOITURES CRAIG ». Un coup d'œil complice à l'appui, il m'a glissé :

– Je n'ai jamais fait la collection de magazines de voitures.

Puis il a ouvert le carton.

Il contenait nos trois cassettes VHS de *La guerre des étoiles*, quelques figurines, des posters de Bon Jovi et des T-shirts qui ne m'avaient jamais appartenu et qui se déclinaient dans tout un camaïeu de verts.

– Pourquoi tu as gardé tout ça ? me suis-je étonné, le sabre laser au poing.

Papa a haussé les épaules.

– Sans doute pour la même raison que ta mère s'évertue à tout faire disparaitre. Parce que ça me rappelle comment c'était avant.

Il a dû s'éclaircir la voix.

– Je n'ai plus envie de fuir le passé. Je ne peux plus vivre comme ça. Mais ta mère... Sa survie en dépend. C'est pour ça qu'on ne peut plus être ensemble, elle et moi.

– Je comprends.

– Je sais que ces objets n'étaient pas les tiens, mais je voudrais que tu les aies, m'a proposé papa. Si tu les veux, bien entendu. On pourra les laisser chez moi, comme ça, tu n'auras pas à redouter que ta mère tombe dessus.

– Je les veux, me suis-je empressé de répondre. Je prends tout.

Papa a hoché la tête mais, avant de refermer le carton, il a fourré la main derrière son siège.

– Et ça, tu veux le garder aussi ?

C'était le dessin de Maverick. Maman avait dû le lui soumettre comme pièce à conviction attestant ma relation coupable avec l'artiste avant de me lancer papa aux trousses.

– Oui, ai-je répondu d'un ton incertain pensant que c'était peut-être un piège. J'y tiens beaucoup.

– Bien sûr.

Papa a posé le dessin sur les T-shirts et il a refermé le carton sans autre commentaire que :

– L'artiste est doué.

Papa savait que c'était ce dessin qui avait déclenché la Troisième Guerre mondiale entre maman et moi, mais cela ne semblait pas le perturber le moins du monde. Du coup, je me suis senti assez en confiance pour plaider ma cause.

– Maman veut m'obliger à démissionner et me refaire interner. J'en ai vraiment pas envie.

Papa a inspiré à fond et bloqué sa respiration.

– Tu ne vas pas faire une bêtise ? m'a-t-il demandé d'une voix vibrant d'intensité. Joel, je te demande de me dire la vérité.

– Non. Je te jure que non. Je ne vous ferais jamais ça, papa. Et puis, sauf aujourd'hui, je suis plus heureux que je ne l'ai été depuis... tu sais. En plus, j'ai enfin récupéré mon sabre laser : j'ai envie de vivre pour en profiter à fond !

Ma blague ne l'a pas amusé (elle n'était pas très drôle). Au lieu de se dérider, il s'est absorbé dans ses pensées. Au bout d'un long moment, il a rompu le silence :

– Je ne signerai pas de demande d'internement contre ta volonté, Joel. C'est fini, ça. Tu es presque adulte, et si tu ne juges pas nécessaire d'y aller, je te fais confiance.

Papa n'avait pas l'air serein en prononçant ces mots. Je ne lui en étais que plus reconnaissant.

– Ta mère va crier au scandale, a commenté papa, mais qu'est-ce que je risque ? On est déjà en train de divorcer !

Nous avons ri (jaune).

– En revanche, je te conseille de faire profil bas pendant un jour ou deux, le temps qu'elle se calme. De toute façon, cela vous fera du bien de prendre vos distances, m'a recommandé papa. Je loge chez une amie en ce moment alors je ne peux pas t'accueillir. Quelqu'un peut t'héberger ? Ta copine enceinte, peut-être ? Sinon, je te prends une chambre d'hôtel...

– Je vais me débrouiller, lui ai-je assuré. Peut-être que je vais quitter la ville. Après tout, c'est quoi l'intérêt de faire une fugue si on ne quitte pas le quartier ?

– Ce n'est pas une mauvaise idée. Tu pourrais aller voir tes grands-parents à Fairfax. Ils seraient enchantés.

J'ai éclaté de rire. Quel comique, mon père.

– Je ne plaisante pas, Joel, m'a-t-il cependant détrompé. Ça te ferait peut-être beaucoup de bien. Moi, en tout cas, ça m'aide.

Depuis le Drame, mon père était le seul à être retourné en Virginie. Il y passait une semaine chaque été pendant les vacances pour voir ses parents. À cause de mon Mal Mystérieux, mes parents m'avaient toujours défendu de l'accompagner – trop risqué – et je n'avais jamais contesté leur décision.

– Je trouverai un plan, ai-je affirmé.

– D'accord, a concédé papa. Fais ce que tu as à faire.

Puis il m'a donné un numéro où le joindre, plus cinquante dollars pour manger.

– Quant à ta mère, ne t'inquiète pas : j'inventerai quelque chose, m'a-t-il glissé. Je compte sur toi pour jouer le jeu en rentrant à la maison.

J'ai acquiescé et je l'ai remercié. Mais il n'avait pas terminé.

– Une dernière chose avant que je te libère...

Il a sorti de la poche de sa veste un sac en plastique chiffonné estampillé du logo de JC Penney.

– J'ai sillonné la ville à ta recherche. J'ai même fait un saut au centre commercial. J'en ai profité pour t'acheter ça.

J'ai pris le sac qu'il me tendait et jeté un coup d'œil à l'intérieur.

– Je ne sais pas si tu auras envie de la porter, a marmonné papa. Mais je tenais à ce que tu l'aies. Au cas où.

J'ai plongé la main dans le sac et j'en ai sorti une cravate rose.

– Je voulais que tu saches...

Papa s'est interrompu. Il a pris une profonde inspiration et refait une tentative.

– Je voulais que tu saches que, quoi que tu choisisses, je te soutiendrai. Je le dis comme je le pense, Joel. Que ta cravate soit rose, bleue ou violette, ça m'est égal. Tu es très bien comme tu es. La cravate, on s'en fout.

Il s'est raclé la gorge et s'est tu un moment.

– Je t'aime, a-t-il conclu.

Le geste était peut-être symbolique, mais, à l'échelle de notre relation, ce moment était mémorable. Il y avait de quoi balayer tous nos tête-à-tête passés, même les plus marquants. De quoi laver pas mal des regrets de mon père. De quoi passer l'éponge sur notre ardoise, à tous les deux, et nous en filer une vierge. Une *tabula rasa*.

J'ai hoché la tête, mon cadeau à la main.

– Je sais, papa, lui ai-je répondu. Moi aussi, je t'aime.

CHAPITRE TRENTE-TROIS

Comme souvent dans le Michigan en cas d'abondantes chutes de neige, le lendemain, les écoles étaient fermées. Les routes n'ayant été dégagées qu'en début d'après-midi, une horde de mères hébétées a débarqué au vidéoclub avec leurs enfants désœuvrés, pressées de se payer quelques heures de paix à coups de cassettes vidéo.

C'est en tout cas ce que j'ai supposé lorsque j'ai été réveillé par une voix stridente qui piaillait : « Mais maman, je veux *Le cygne et la princesse*, pas *Le petit dinosaure* ! » Je me suis dirigé vers les toilettes et, en chemin, un coup d'œil dans la boutique a suffi à confirmer mes soupçons : une foule de moins de dix-huit ans se bousculait dans les allées, ce qui était inhabituel hors période de vacances scolaires.

Mon coma enragé de la veille avait détraqué mon horloge interne et j'avais fini par regarder des films dans la salle de repos jusqu'à quatre heures du matin avant de m'écrouler sur le canapé. Il était midi passé quand j'ai émergé et constaté que, cette fois, j'étais bel et bien coupable de grasse matinée (le chef d'inculpation retenu abusivement contre moi la veille par maman).

J'ai regagné la salle de repos pour y faire une razzia sur les restes de pizza froide et le soda éventé (ma réinterprétation du concept de « petit-déjeuner équilibré »), mais je n'avais pas très faim. Je me sentais tellement coupable que j'en avais un nœud à l'estomac. Maintenant que papa avait neutralisé maman et ses menaces (me prendre mon job et me faire interner), elle m'inspirait moins de terreur et davantage de pitié. J'avais déconné sévère. Je ne sais pas si ça fait la même chose à tout le monde mais, personnellement, j'avais beau la détester pour tout ce qu'elle m'avait fait endurer, je m'en voulais quand même de l'avoir blessée. Même si c'était mérité.

Je savais que papa avait raison, je devais faire profil bas, mais combien mettre de temps et d'espace entre maman et moi, au juste ? C'était dur à jauger. Si je me plantais dans le dosage, je risquais d'aggraver les choses. Or, je ne tenais vraiment pas à ce qu'il y ait une suite à notre giga engueulade. Tout le monde sait que les suites et les tomes deux, c'est généralement foireux.

Je finissais de manger quand le téléphone a sonné et, sachant mes collègues débordés, j'ai décroché.

– ROYO Vidéos, Han Solo à l'appareil, j'écoute.

– Salut, Solo.

Au son de sa voix, j'ai poussé un petit cri.

– Bébé ?

– Ouais. C'est moi.

– Tu vas bien ?

J'étais si heureux de l'avoir au téléphone que je n'avais rien trouvé de plus original à lui demander.

Elle a ignoré ma question.

– Tu bosses ou tu glandes ?

– Je glande, ai-je avoué.

– Je l'aurais parié.

– Écoute, ai-je dit, saisissant l'occasion. Je suis sincèrement désolé pour tout. Tu avais parfaitement raison, je me suis conduit comme le dernier connard et je n'aurais jamais dû t'embrasser...

– La ferme, Solo, m'a tancé Bébé. Je n'ai pas envie d'en parler.

– Vraiment ? Mais t'avais raison, j'ai déconné !

– Je sais. Mais lâche l'affaire, s'est-elle impatientée. Je n'en ai plus rien à foutre, de ça.

Je n'en revenais pas. En l'embrassant, j'avais certainement enfreint environ un million de règles tacites de notre amitié et elle aurait dû m'en garder rancune. Ça ne ressemblait pas à Bébé de m'absoudre de la sorte. C'était non seulement surprenant, mais louche.

– Est-ce que tout va bien ?

– Tu peux passer me chercher ? m'a-t-elle rétorqué avec une immense lassitude. Il faut que j'aille quelque part et je n'ai pas envie d'être toute seule.

Mes soupçons se sont aussitôt dissipés et j'ai chopé le train en marche. Puisque Bébé requérait ma compagnie, je n'allais pas pinailler !

– Pas de problème ! me suis-je exclamé en cherchant mes clés de voiture.

C'est alors que la mémoire m'est revenue.

– Ah, merde. Je n'ai pas ma caisse. Je suis à vélo. J'en ai pour un moment, mais j'arrive.

– À vélo ? C'est quoi ce binz, Solo ? Qu'est-ce que t'as fait de ta voiture ?

– C'est une longue histoire. Il s'est passé pas mal de trucs depuis la dernière fois.

– Ah ouais ? a riposté Bébé.

Et pas sur le ton de « Je t'en prie, raconte », mais plus sur le ton de « Cause toujours, tu m'intéresses ».

– Tant pis, démerde-toi, mais viens, m'a-t-elle ordonné. Fais du stop s'il le faut, je ne veux pas le savoir.

– OK, d'accord, ai-je acquiescé en enfilant mon manteau.

Son humeur m'inquiétait : il se tramait quelque chose, et je ne pouvais pas raccrocher avant de m'enquérir une dernière fois :

– T'es sûre que ça va ?

– Tout baigne, a-t-elle maugréé. Ramène tes fesses.

Sur quoi elle a coupé la communication.

Deux minutes plus tard je pédalais de nouveau comme un dératé sur la chaussée encombrée de neige fondue. Mais c'était moins pénible, cette fois, parce que je savais qu'au bout du périple, Bébé m'attendait et qu'elle ne me détestait pas.

Mon cœur battait la chamade quand j'ai frappé à sa porte, à cause de mon exploit sportif et aussi parce que je brûlais d'impatience de la revoir.

– Salut, m'a-t-elle dit en m'ouvrant.

Elle était livide, emmitouflée dans un couvre-lit, ses longs cheveux noués en chignon flou au sommet de son crâne.

Sa vue m'a réchauffé le cœur.

– Salut ! ai-je répondu avec mille fois plus d'entrain qu'elle.

J'ai résisté à l'envie de lui sauter au cou (vu que c'était un attouchement de ma part qui m'avait attiré ses foudres, mieux valait ne pas en remettre une couche).

– Je suis trop content de te voir, ai-je déclaré.

– Pareil, m'a-t-elle répondu (mais rien dans son attitude ne le confirmait).

J'ai retiré mes chaussures, je les ai déposées sur le paillasson de l'entrée et je l'ai suivie dans le salon.

– Alors, t'es contente que le lycée soit fermé ? ai-je lancé pour briser la glace.

– Le lycée est fermé ? Je ne savais pas.

– Mince. T'es malade ? ai-je hasardé, perturbé par l'air moribond de Bébé et son absentéisme scolaire sans rapport avec les chutes de neige.

– Pas loin, m'a confirmé Bébé.

Elle s'est laissée tomber sur le canapé, regagnant la place qu'elle occupait, semblait-il, avant mon arrivée.

Je me suis installé sur le fauteuil.

– Alors, je t'emmène chez le médecin ?

Elle a resserré autour d'elle les pans de son couvre-lit et soupiré.

– Plus ou moins. Il faut que j'aille à l'hosto.

À ces mots, j'ai paniqué.

– L'hosto ? ai-je bredouillé.

Puis, me remémorant la grossesse de Bébé, j'ai demandé :

– Le bébé arrive ?

C'était peut-être une question débile, mais je n'en savais rien. Comme la plupart des adolescents de dix-sept ans, je n'avais aucune expérience en matière d'accouchement. D'après mes sources (les films), la future maman était rarement assise sur un canapé à bouder tranquillement. Au ciné et à la télé, on la voyait en général haleter, paniquée, et réclamer en hurlant une putain de péridurale (aucune idée de ce que ça signifiait) tout en menaçant de mort le père qui l'avait engrossée, parce qu'elle souffrait le martyre.

– Non, le bébé n'est pas en train d'arriver, m'a rassuré Bébé.

Puis, me clouant sur place de stupeur, elle a rejeté sa couverture et déclaré :

– Ce n'est plus d'actualité.

Mes yeux ont failli jaillir hors de leurs orbites. La grosse bosse qu'elle portait au niveau du ventre la dernière fois que je l'avais vue avait disparu ; il ne restait à sa place qu'un T-shirt trop large et distendu, un objet promotionnel pour *Jury Duty* avec Pauly Shore.

– Oh bordel ! ai-je lâché. Qu'est-ce qu'il s'est passé ?

Bébé a haussé les épaules.

– Les contractions de l'autre jour, quand tu m'as violé la bouche, m'a-t-elle rappelé, grimace de dégoût à l'appui, en fait, c'était le début du travail.

J'avais les yeux rivés sur le ventre dégonflé de Bébé.

– Alors, le bébé est né ? Il est parti ? Il est sorti ?

Bébé a levé les yeux au ciel.

– Ça a été chaud, mais ouais, Solo, il est sorti.

– Oh, ai-je réagi comme un débile à cette révélation.

Je n'aurais pas dû tomber des nues : la plupart des grossesses se terminent ainsi. Mais soyez indulgents : j'ignorais que Bébé avait accouché, j'avais des excuses. L'élément de surprise, tout ça.

Soulée d'attendre que j'émette un commentaire plus malin, Bébé a repris la parole :

– Dès que je suis rentrée chez moi, j'ai perdu les eaux – c'était bien dégueu, d'ailleurs – et le temps que Kat me conduise à l'hosto, j'étais déjà dilatée à six.

Je n'avais pas la moindre idée de ce qu'elle me racontait mais j'ai quand même ponctué son récit de hochements de tête entendus.

– Tout s'est passé si vite, Solo... D'après ce que j'avais lu sur le sujet, un accouchement, ça peut durer jusqu'à quarante heures et parfois les toubibs sont obligés de vous charcuter à la fin. Si c'est vrai, je ne sais pas comment les femmes y survivent, parce que moi, c'était bouclé en deux heures, à l'ancienne, et n'empêche que j'en ai tellement chié que j'ai cru que j'allais crever.

C'était surréaliste d'entendre Bébé me décrire tout ça. J'avais l'impression d'avoir loupé un épisode important de ma série préférée et d'en écouter le résumé : *« Dans l'épisode précédent de* Bébé & Solo, *Bébé a vécu une expérience humaine extrême et périlleuse. Pendant ce temps, Solo astiquait les parties métalliques de l'aspirateur dans l'espoir de préserver sa santé mentale bancale. La suite au prochain épisode ! »*

Bébé poursuivait :

– Imagine : je suis en train de déguster, façon douleurs de règles, mais puissance mille, et l'instant d'après j'essaie d'expulser une pastèque par un trou pas plus gros qu'une balle de golf, et directement après une infirmière m'apporte de la compote comme s'il ne s'était rien passé.

Elle m'a fixé.

– La population mondiale s'est accrue d'un nouvel être humain, et tout le monde avait l'air complètement blasé.

– Même toi ? lui ai-je demandé.

Je ne savais pas si ça se faisait de lui poser cette question, mais elle était sortie toute seule.

– Je voulais dire : toi, ça a été ?

– Je crois. Je n'ai pas vu le bébé, m'a répondu Bébé après un long silence. En fait, les médecins l'ont emporté dès qu'il est sorti et à ce moment-là, je l'ai aperçu, mais je ne l'ai pas tenu dans mes bras et je n'ai pas admiré son visage ou quoi que ce soit dans ce goût-là. Je n'ai même pas voulu savoir si c'était un garçon ou une fille. J'ai dit à l'infirmière de l'apporter directement à la femme qui va l'adopter. C'était mieux comme ça, tu comprends ?

Bébé a défait son chignon en bazar et laissé ses cheveux retomber autour d'elle.

– C'est à la maman de tenir son enfant la première. Je sais que ça n'aurait sans doute pas changé grand-chose, mais je ne voulais pas l'embrouiller.

Elle faisait allusion au bébé, mais elle aurait aussi bien pu être en train de parler d'elle-même.

– Donc voilà, j'ai pondu un gosse que je n'ai même pas vu, et j'en ignore le sexe et le prénom, a-t-elle résumé. C'est pas dingue, ça ?

Je savais d'expérience que, quand on a la présence d'esprit de demander à autrui si on est dingue, en général, c'est qu'on ne l'est pas. Quand on déraille pour de bon, on n'a pas le recul nécessaire pour se poser la question. Or, Bébé m'avait tout l'air d'avoir été cohérente et raisonnée dans ses choix.

– Non, l'ai-je donc détrompée. Tu as fait ce que tu avais à faire.

– Ouais, et en parlant de trucs à faire, j'en ai un autre.

– Quoi ?

Bébé a jeté un coup d'œil à l'horloge.

– Je suis censée rencontrer la famille adoptive pour une sorte de cérémonie officielle avant que le bébé ne quitte la maternité.

– Quel genre de cérémonie ?

– Je ne sais pas trop, à vrai dire, mais le bébé y sera, et moi aussi. C'est pour ça que je t'ai fait venir.

Elle s'est passé la main dans les cheveux.

– Je ne veux pas être toute seule la première fois que je le verrai. Kat vient, mais... Je ne sais pas. Je voudrais quelqu'un d'autre en plus.

J'étais honoré.

– Être quelqu'un d'autre, c'est ma spécialité, ai-je déclaré. Ce n'est pas pour me vanter, mais dans la catégorie « être quelqu'un d'autre que Kat », je pourrais passer pro, les doigts dans le nez.

Bébé m'a décoché un sourire forcé sans le moindre coin en croissant.

– Dans ce cas, je vais me préparer.

Elle a fait mine de se lever, mais elle s'est arrêtée.

– J'ai cru comprendre qu'il t'était arrivé des trucs, à toi aussi. Tu me l'as dit au téléphone. Mais là, tout de suite, je ne peux pas. Je rame déjà assez comme ça. Alors, à moins que Crystal n'ait fait son come-back pour te balancer des secrets sur l'au-delà, aujourd'hui, on ne parle que de moi, OK?

– Pas de problème, lui ai-je répliqué. Crystal n'a pas donné signe de vie, ce jour est tout à toi.

– Fait chier, a pesté Bébé.

Puis elle est allée se préparer.

Dans la voiture de Bébé il y avait un CD de Hole et un désodorisant à la noix de coco pendu au rétroviseur central. Ces détails m'ont frappé parce que, quand on s'apprête à vivre une expérience hors du commun (comme escorter son amie à sa première rencontre avec un enfant dont on ignorait dix minutes plus tôt qu'elle avait accouché), on a tous les sens en surchauffe façon superhéros. Je ne déconne pas, c'est prouvé. Il y a un lien puissant entre nos sens et nos émotions, ainsi qu'entre nos sens et nos souvenirs. C'est la raison pour laquelle maman a dû cesser d'utiliser du M. Propre après mon dernier séjour en HP – je ne voulais plus jamais humer ce parfum pourri. C'est pour ça aussi que les moindres détails des affiches à slogan qui ornent les murs des cabinets de mes psys sont gravés à jamais dans ma caboche. Et c'est pour cela que, selon les jours, la couleur verte a le pouvoir de m'euphoriser ou de me flanquer à terre.

Bref, pendant que Bébé conduisait, je me suis interrogé sur les nouvelles connexions neuronales que son esprit avait créées au cours des trois derniers jours. Serait-elle à nouveau capable d'entendre Courtney Love brailler « Violet » sans repenser à ce trajet à destination de la maternité où son bébé attendait de la rencontrer ? Parviendrait-elle à remanger de la compote sans se rappeler chaque fois que ç'avait été son premier repas après son accouchement ? Le souvenir de notre baiser serait-il toujours associé à celui de ses contractions ? Qu'on ne se méprenne pas : je n'avais aucune intention de l'embrasser de nouveau (d'ailleurs, ça n'avait jamais été prémédité). Mais l'idée que je puisse devenir à ses yeux un rappel ambulant d'une expérience choquante m'inquiétait. Je m'explique.

J'avais beau m'être engagé à me consacrer à Bébé, ce jour-là, une pensée égoïste me préoccupait. Après le Drame, mes parents avaient décidé de rayer de la carte du pays tout un État à cause des souvenirs douloureux qu'il abritait. Ne me faites pas dire ce que je n'ai pas dit. Je sais que le Drame et le sort de Bébé ne sont pas strictement comparables. Mais les deux évènements avaient généré des émotions violentes de nature à vous traumatiser à vie. L'avenir seul nous apprendrait comment Bébé allait s'en remettre, et alors, peut-être qu'elle résoudrait d'éliminer de sa vie le CD de Hole, la compote... et Joel Teague, qui sait, si nous lui rappelions trop sa tragédie personnelle. Cette perspective me foutait les jetons. J'espérais que notre amitié comportait suffisamment de bons côtés pour compenser les mauvais souvenirs qui y resteraient inévitablement associés, mais j'en doutais. Il y avait en Virginie des centaines de villes qui n'étaient pas Fairfax et où nous aurions pu nous établir après le Drame, mais nous avions émigré jusque dans le Michigan.

Vers le milieu de la chanson « Doll Parts », Bébé a garé sa voiture dans le parking couvert de Beaumont Hospital. Elle a éteint la radio sans couper le contact.

– Je crois que tu devrais me dire si j'ai accouché d'un garçon ou d'une fille, m'a lancé Bébé. J'aurai assez d'infos comme ça à digérer face au bébé. Ce serait pas mal de connaitre le sexe avant d'y aller.

– Tu es sûre ?

J'avais fait super attention à ne pas gaffer depuis Noël (ça n'avait pas été trop dur ; les secrets, ça me connaissait).

Bébé a opiné du chef.

– Je veux savoir.

J'ai attrapé mon portefeuille et, de la pochette à billets, j'ai sorti le papier qu'elle m'avait confié. Je le lui ai tendu.

– Tu l'as gardé ?

C'était à l'évidence une question rhétorique et je me suis abstenu d'y répondre. Muet, je l'ai regardée déplier la feuille et lire ce qui y était écrit.

– Une fille, a-t-elle enfin articulé, hochant la tête et expirant en même temps. J'ai eu une petite fille.

– Oui, lui ai-je confirmé. Félicitations.

Elle a replié la feuille et est restée là une minute entière sans bouger derrière le volant.

– J'espère qu'ils lui ont choisi un prénom correct, a-t-elle fini par grommeler. S'ils l'ont appelée Taylor, ça va chier.

– Je croyais que tu voulais choisir son prénom toi-même ? ai-je remarqué, me remémorant notre conversation à ce sujet au ciné.

Elle a secoué la tête.

– J'ai fait une suggestion à ses parents adoptifs, mais je ne sais pas s'ils l'ont retenue, m'a expliqué Bébé.

Puis elle a ajouté :

– De toute façon, comme c'est moi qui ai choisi ses parents, c'est un peu comme si j'avais choisi le prénom par procuration.

Je suivais son raisonnement. Toutefois, j'ai insisté :

– Tu leur avais suggéré quoi ? Pour savoir s'ils ont suivi ta recommandation.

– Je ne leur ai pas soumis de prénom, m'a-t-elle appris, la main dans les cheveux. Juste une signification. Fille ou garçon, je voulais que son prénom signifie « victoire ».

– Oh, ai-je fait. Comme le tien.

– Pas tout à fait. Nicole, ça veut dire « victorieuse ». Je ne m'en sors pas trop mal, je suppose. On fait pire, comme sens. Mais c'est con, parce qu'on ne naît pas victorieux. Pour être victorieux, il faut avoir accompli quelque chose – il faut avoir remporté une victoire.

Ainsi, Bébé était parvenue aux mêmes conclusions que moi concernant son prénom.

– Peut-être que ça fait pitié, je ne sais pas. Mais si le nom du bébé veut dire « victoire », pour moi, ça donne de la légitimité à mon propre prénom.

À mes yeux, rien n'aurait pu légitimer le fait que Bébé s'appelle Nicole, mais ça me plaisait qu'en dépit de tout, elle voie son bébé comme une victoire. C'était une chance pour un enfant d'être considéré comme tel par sa mère.

– Du coup, tu crois qu'ils l'ont baptisée Victoria ?

– Sans doute, a lâché Bébé, résignée. Si c'est le cas, qu'ils ne comptent pas sur moi pour la surnommer Vicki ! Les surnoms en « i », ça fait star du X, j'en sais quelque chose.

– Bonne remarque. (J'ai eu une pensée subite.) Remarque, Victoria, ça ne serait pas forcément mieux : ça fait Spice Girls...

– Ceux qui osent faire la comparaison, je leur casse la gueule, même s'ils n'ont que huit ans, je m'en fous.

J'ai approuvé.

– Tu es prête ?

Je pensais qu'elle me répondrait un truc dans la veine de « Quand faut y aller, faut y aller », mais elle a simplement soupiré et dit :

– Merde.

Ce qui, au fond, revenait au même.

Sans un mot de plus, Bébé et moi sommes descendus de voiture et, ensemble, nous sommes allés faire la rencontre de sa fille.

CHAPITRE TRENTE-QUATRE

Je ne sais pas qui avait fait la déco de la salle d'attente de cette maternité mais, manifestement, le rose ne figurait pas sur sa palette. À vrai dire, avec ses murs menthe glaciale, ses reproductions de toiles géométriques et son absence notable d'affiches à slogans, c'était la salle d'attente la plus agréable qu'il m'ait été donné de visiter.

Il faut dire que, cette fois, je n'attendais pas qu'un psy me décortique le ciboulot. Mon calme tenait sans doute davantage à cela qu'à la charte graphique du lieu. La patiente (pour ainsi dire), cette fois, c'était Bébé, pas moi. Or, elle était bien trop occupée à faire les cent pas pour s'extasier sur le pouvoir rassérénant de l'art abstrait.

– Pourquoi c'est aussi long ? a-t-elle gémi à l'attention de Kat. Quand on se donne rendez-vous à quatorze heures, on se pointe à quatorze heures ! On ne va pas y passer la journée, merde !

– Peut-être que le bébé avait faim, a supposé Kat, qui arrivait directement de sa séance de coiffure et de maquillage (c'était la répétition générale du mariage). Les bébés se fichent de la ponctualité, Nicole. Tu devrais le savoir : celui-là est né avant le terme.

Elle a changé de sujet :

– Au fait, Doug a apporté ta robe chez le couturier ce matin pour la faire reprendre à ta taille. Comme ça, tu ne flotteras pas dedans le jour J.

Elle a gratifié sa fille d'un sourire en croissant.

– Ce n'était pas gagné, il a dû appeler six couturiers avant d'en trouver un qui soit dispo dans les délais, mais c'est bon, c'est géré.

– Me voilà soulagée, lui a rétorqué Bébé, sarcastique. Ça m'obsédait depuis trois jours. Avoir une robe à ma taille pour ton mariage, c'est vraiment mon principal souci dans la vie, en ce moment.

– Nicole, tout va bien se passer, lui a assuré Kat d'un ton posé. Essaie de te détendre. Ils ne vont pas tarder.

Bébé s'est passé la main dans les cheveux.

– Je vais aux chiottes. S'ils arrivent en mon absence, qu'ils m'attendent. Ça leur fera les pieds.

Elle s'est éloignée dans le couloir.

– Elle stresse, a commenté Kat en voyant sa fille pénétrer par erreur dans les toilettes des hommes. Elle stresse à mort.

– Oui, ai-je reconnu. Il faut dire qu'on fait difficilement plus stressant, comme situation.

– Oh, je sais, m'a répondu Kat en se tournant vers moi. C'était il y a plus de dix-huit ans, mais je me souviens très bien de l'état dans lequel on est pendant les jours qui suivent l'accouchement. On a mal partout et on est shooté aux hormones. On ne se sent pas soi-même. Alors, ajoute à ça une procédure d'adoption...

Elle a laissé sa phrase en suspens.

– C'est gentil d'être venu, Joel. Nicole va déjà nettement mieux qu'hier.

J'en ai retiré un mélange de plaisir et de culpabilité.

Kat a inspecté ses ongles.

– Elle s'en est tirée comme une championne. Elle a juré comme un charretier, mais elle a expulsé le bébé sans anesthésie ni rien. Elle est forte, ma fille.

– C'est une guerrière.

– C'est vrai... la plupart du temps..., a dit Kat en soupirant. Mais je me demande comment elle va gérer la suite. Elle n'a jamais subi de deuil ni de séparation. Dans la famille, personne n'est mort. Aucune de ses amies n'a déménagé à l'autre bout du pays...

Sa voix se brisait et elle s'est tamponné les yeux du revers de la main.

– J'espère qu'elle ne va pas nous faire une déprime.

Kat soulevait des inquiétudes qui ne m'avaient même pas effleuré. Les rares fois où j'avais pensé à la situation de Bébé, j'étais resté focalisé sur la grossesse (de sacrées emmerdes, quand même) sans songer qu'elle finirait par déboucher sur une naissance et un abandon.

– Attention, je ne suis pas en train de dire que Nicole a fait le mauvais choix ! a précisé Kat. Elle a un brillant avenir devant elle. Elle aurait regretté d'avoir renoncé à la fac, je le sais. N'empêche qu'elle va déguster.

La porte des toilettes s'est rouverte à la volée et Bébé en est sortie.

– Bref, merci d'être là pour elle, a conclu Kat. Ça me rassure de savoir que Nicole peut compter sur toi.

– Pas de problème.

Bébé a regagné la salle d'attente en tapant des pieds et s'apprêtait à nous servir une nouvelle tirade quand une porte s'est ouverte et qu'une femme noire aux yeux lourdement maquillés a appelé :

– Mademoiselle Palmer ? Vous pouvez entrer avec vos accompagnants.

Bébé ne nous a pas attendus ; Kat et moi avons dû bondir de nos sièges pour la rattraper.

La femme, qui s'appelait LaDonna, nous a proposé de l'eau et du café, a complimenté Kat sur son apparence, puis, Kat lui ayant expliqué la raison de sa mise en beauté, l'a félicitée pour son mariage imminent. Enfin, elle a ouvert le dossier de Bébé.

– Dans un instant, les parents adoptifs nous rejoindront. Une infirmière apportera le bébé, que vous êtes tous autorisés à porter dans vos bras, si telle est votre volonté.

Elle s'est tournée face à Bébé.

– Nicole, je sais que vous connaissez déjà le couple et que vous avez opté pour un schéma d'adoption simple, ou « ouverte », ce qui suppose que vous restiez en contact à l'avenir. J'ai cru comprendre que, d'un commun accord, vous avez convenu de droits de visite limités la première année, avec réévaluation dans un an. Est-ce exact ?

– Ouais, a confirmé Bébé. C'est ce que je veux.

– Très bien. Quand vous aurez accueilli le bébé – prenez votre temps, rien ne presse –, nous procèderons à la cérémonie. Nicole, je vous poserai quelques questions, puis je poserai sensiblement les mêmes aux parents adoptifs. Ensuite, j'inviterai toutes les parties concernées ainsi que les témoins à signer un document officiel, a-t-elle précisé en nous désignant brièvement, Kat et moi. Et nous nous séparerons. Avez-vous des questions ?

Personne n'en a posé alors LaDonna nous a priés de bien vouloir l'excuser et elle est sortie par une autre porte. Nous l'avons entendue déclarer « Tout le monde est là ! » d'une voix assourdie, puis elle est revenue.

Je n'avais pas quitté Bébé des yeux une seule seconde. Elle était toute raide, la mâchoire contractée, la mine déterminée, comme le jour d'Halloween, quand elle avait révélé sa grossesse à tout le monde.

Je n'avais pas l'impression que quatre mois s'étaient écoulés depuis. En même temps, cela me semblait il y a une éternité. Tout avait changé : Bébé, moi, notre relation. Et nous nous tenions à l'aube d'un nouveau bouleversement. Du moins en avais-je l'intuition.

J'étais tellement focalisé sur Bébé que je n'ai même pas remarqué qui entrait dans le sillage de LaDonna. Ce n'est que lorsqu'un homme a prononcé mon prénom que je me suis rappelé que nous n'étions pas seuls dans la pièce, Bébé et moi.

– Joel ?

Mon regard est tombé sur un visage connu mais tellement incongru dans ce contexte que j'ai mis un bout de temps à l'identifier.

– Docteur Schwartz ? Qu'est-ce que vous faites ici ?

J'ai promené les yeux entre lui, Bébé, Kat et LaDonna. Une fois, deux fois. La panique sourdait en moi.

– C'est ma mère qui vous a appelé ?

Il a dû croire que je plaisantais, parce qu'il a éclaté de rire.

– Bien sûr que non, voyons !

Il m'a tendu la main, souriant jusqu'aux oreilles.

– Je suis très heureux que tu aies pu venir.

Il a gratifié Bébé d'une petite accolade et fait la bise à Kat.

À côté de lui se tenait une femme que je me rappelais avoir croisée au vidéoclub et que je n'aurais jamais reconnue si je ne les avais pas eus devant moi côte à côte : Mme Schwartz, celle qui avait fait virer son mari de sa carte de membre à cause de ses frais de retard. Elle faisait la tournée des bises – elle rayonnait.

– Jana, m'a-t-elle rappelé en me serrant la main. Ravie de vous revoir.

– De même, ai-je répondu.

J'ai dû étudier la scène pendant quelques minutes de plus avant de comprendre. Il ne s'agissait pas d'un hasard. Les Schwartz étaient les parents adoptifs de l'enfant.

On ne m'a pas laissé le temps d'encaisser le scoop, car déjà LaDonna faisait entrer la sage-femme qui portait la petite. Le médecin qui avait ramassé à la petite cuillère un Joel Teague assommé de médocs au point de s'en baver dessus après le carnage au M. Propre s'apprêtait à devenir le papa de la fille de ma meilleure amie, mais ma stupéfaction attendrait. J'avais promis : aujourd'hui, c'était la journée de Bébé.

J'étais donc auprès d'elle quand la sage-femme s'est approchée. Et j'ai détourné le regard : Bébé s'apprêtait à voir son enfant pour la première fois et cela me semblait impudique d'assister à ce grand moment. Je ne pouvais pas lui offrir l'intimité que l'évènement aurait mérité. Regarder ailleurs me semblait la moindre des choses.

– La voici ! a claironné l'infirmière en nous amenant un minuscule être humain.

Au début, je n'ai distingué que la masse de ses cheveux noirs noyée au milieu d'un paquet de linge blanc. Le bébé portait des habits de poupée, ou du moins des habits qui auraient convenu à une poupée : une longue robe en dentelle blanche qui lui couvrait largement les pieds, comme celles qu'avaient arborées mes cousins le jour de leur baptême. Lentement, délicatement, la sage-femme a ajusté la position du bébé et j'ai distingué quelque chose entre le noir et le blanc. Un visage en miniature. Sur le coup, je m'en suis trouvé comme foudroyé, mais en même temps j'ai eu une réaction d'intensité égale et de sens opposé : j'ai souri.

Le bébé dormait, immobile, sa bouche rose et menue légèrement entrouverte, un petit poing serré brandi dans son sommeil le long de sa petite tête, comme si, même dans les limbes de l'inconscience, elle était prête à en découdre. Il ne m'en fallait pas plus pour en avoir le cœur net : c'était bien l'enfant de Bébé.

– Elle a les yeux de quelle couleur ? a demandé Kat, à ma gauche, d'une voix un peu étranglée.

– Bleus, l'a renseignée Jana. Mais c'est souvent le cas à la naissance ; on ne connait pas encore leur couleur définitive.

Elle a tendu la main et caressé la joue de la petite fille.

Sur ce, Bébé s'est raclé la gorge.

– En tout cas, ils ne seront pas marrons, a-t-elle annoncé à Jana d'une voix forte tout en fixant sa fille. Parce que les miens sont verts et ceux du père biologique bleus. Ce sont des gènes récessifs.

Marc lui a souri.

– C'est exact, a-t-il confirmé.

J'ignorais s'il l'avait appris pendant ses études de médecine ou si cela faisait simplement partie de sa culture générale.

La sage-femme a proposé à Bébé de porter la petite et Bébé a hoché la tête. Mais elle ne savait pas comment s'y prendre avec cet être microscopique alors Jana s'est avancée pour l'aider, et le silence est tombé sur la pièce. Chacun observait Bébé tenir son enfant.

– Vous l'avez appelée comment ? a-t-elle demandé, reportant un instant son attention sur les parents.

– Nous avons tenu compte de ta requête et choisi un nom synonyme de victoire, lui a annoncé Jana, radieuse. Nicole, je te présente Daphné.

– Daphné Palmer Schwartz, a précisé Marc.

Bébé a poussé un profond soupir.

– Tu peux la prendre, maintenant, maman, a-t-elle dit à Kat.

Kat s'est montrée bien plus émotive que Bébé, si bien que, quand elle m'a tendu le bébé au bout d'un moment, son beau maquillage lui striait les joues.

Je crois que je suis resté en apnée pendant tout le temps où j'ai tenu Daphné. Une partie de moi avait envie de m'extasier sur sa perfection, de méditer sur le miracle de la vie et de songer à tous ces sujets qu'évoquent les nouveau-nés mais, pour de vrai, j'avais peur de la casser, de sorte que je me suis dépêché de la rendre à Jana.

La cérémonie d'adoption a commencé. Ainsi que LaDonna nous l'avait annoncé, elle consistait essentiellement en une série de questions et de réponses jargonneuses et protocolaires. Avant que l'encre et le papier ne s'allient pour céder officiellement l'enfant aux Schwartz, Marc et Jana ont tenu à dire quelques mots à la mère de leur bébé.

D'abord, Jana a lu une lettre dans laquelle elle décrivait son combat contre l'infertilité. Elle a qualifié Bébé d'« ange d'abnégation », entre autres compliments, et s'est déclarée (en larmes) infiniment reconnaissante de devenir enfin maman. Ensuite, Marc s'est exprimé à son tour. Il n'avait pas potassé son speech autant que sa femme mais sa sincérité n'était pas feinte. Il a juré solennellement à Bébé qu'il donnerait sa vie pour elle et pour Daphné, et qu'il lui tardait d'être le meilleur des papas du monde pour cette petite fille.

Dans la salle, tout le monde a pleuré à un moment ou à un autre, moi y compris, sauf Bébé, qui avait à l'évidence la volonté de fer d'un millier de titans.

Quand on lui a demandé si elle souhaitait dire quelque chose aux Schwartz, elle a réfléchi une minute avant de dire oui.

– En fait, je veux juste que vous me promettiez de l'aimer sans condition, a-t-elle dit d'une petite voix. Même si, en grandissant, elle ne devient pas celle que vous aviez imaginée. Même si vous ne la comprenez pas toujours, vous devez l'aimer.

Bébé a marqué une pause avant de conclure :

– C'est la seule chose que j'aurais été sûre de bien faire.

Les Schwartz ont promis.

Les signatures ont été recueillies, les embrassades échangées, Kat a filé, puis ç'a été l'heure du biberon de Daphné. Les Schwartz ont rappelé à Bébé qu'elle pouvait les contacter quand elle serait prête pour une visite, et, en un rien de temps, on s'est retrouvés en tête-à-tête, Bébé et moi, dans le parking souterrain de l'hôpital.

Sans prononcer un mot elle m'a tendu ses clés. J'ai déverrouillé les portières de sa Ford et elle s'est assise côté passager.

S'il existait une phrase magique à lui dire à ce moment précis, elle ne m'est pas venue à l'esprit. Ça se bousculait dans ma tête, mais en gros, je ne faisais que ressasser la même, à savoir que Bébé était drôlement calme depuis la cérémonie.

Si je n'avais pas eu des années de séances de psy à mon actif, j'aurais sans doute émis une remarque idiote à ce sujet. Je l'aurais peut-être même félicitée du sang-froid avec lequel elle avait cédé la chair de sa chair à un couple de clients du vidéoclub. J'aurais salué son courage, que j'aurais bêtement assimilé à une absence de souffrance. Bien sûr, j'aurais été complètement à côté de la plaque.

Heureusement, j'avais de l'expérience. Les émotions, ça ne saute pas toujours aux yeux. Ce n'est pas parce que celles de Bébé n'étaient pas visibles à l'œil nu qu'elles ne bouillonnaient pas sous la surface.

Je savais que si je patientais assez longtemps, mon amie me dirait d'elle-même ce qu'elle avait à dire. Alors c'est ce que j'ai fait, et ça a fonctionné.

Sauf qu'elle n'a pas utilisé des mots.

Soudain, un rugissement strident à vous rompre les tympans a déchiré le silence. J'ai d'abord pensé que la vieille Ford était sur le point d'exploser (les paranos comme moi ont la phobie des explosions), mais quand j'ai tourné la tête vers la droite, j'ai constaté que c'était Bébé qui était à l'origine du bruit.

Son visage était déformé, ses yeux clos, ses sourcils froncés à l'extrême et sa bouche immense tandis qu'elle émettait le hurlement le plus interminable, le plus inébranlable et le plus tonitruant que j'aie jamais entendu. Il était tellement haut perché qu'on l'aurait pris pour une alarme incendie et il aurait résonné longuement à mes oreilles meurtries s'il s'était suivi de silence et non d'une salve ininterrompue de jurons et d'une grêle de coups de poing.

– Putain de bordel de (inaudible) de mes deux avec leur putain de saloperie de (inaudible) et leur putain de (inaudible) de merde ! ai-je distingué confusément pendant que Bébé martelait sauvagement le tableau de bord.

Comme la crise ne faisait qu'empirer, je me suis aplati contre la portière dans l'espoir d'échapper à la violence de son courroux.

Bim, bam, hurlement, juron, boum, paf, hurlement, hurlement, boum, hurlement, hurlement, juron – etc.

Pour les passants, s'il y en avait, la scène devait ressembler au passage de *Jurassic Park* où le gros se fait bouffer par le dilophosaure (celui qui crache). La voiture tanguait, les vitres s'embuaient, et de l'extérieur, on aurait sûrement craint pour la vie des passagers.

Par je ne sais quel prodige, je m'en suis tiré indemne. Je ne peux pas en dire autant de l'autoradio de Bébé, qui a jailli de sa base lors du bouquet final de coups et de jurons et rendu l'âme en s'écrasant sur le tapis de sol.

Ce que Bébé a ponctué d'un dernier « Putain ! » particulièrement explosif avant de s'octroyer enfin une pause.

Entretemps, elle s'était transformée en sauvageonne. Cramoisie, en sueur, elle avait les articulations des doigts en sang et les vêtements en bataille. En un mot, on aurait dit qu'elle venait de se faire agresser. Et, comme j'étais la seule personne présente à ses côtés et que le gardien du parking n'allait sûrement pas tarder à signaler l'attaque de dilophosaure à qui de droit, j'ai jugé le moment venu de démarrer.

Sans mot dire, j'ai mis le contact et je suis sorti en marche arrière.

Nous n'étions qu'à un kilomètre de l'hôpital (je conduisais au hasard) quand le deuxième round a commencé.

– Ils auraient pu l'appeler Kelsey ! Ils auraient pu l'appeler Laura ! Ils auraient pu l'appeler Colette ! Ou Véronica ! Tous ces prénoms veulent dire « Victoire », et ils valent tous mieux que Daphné ! a-t-elle vociféré avec dédain. Il y a plus de cinquante prénoms féminins qui veulent dire la même chose dans le foutu bouquin de Scarlette, et il a fallu qu'ils collent à ma fille le nom de la meuf dans *Scooby-Doo* ! Et pas la maligne, en plus, mais la débile, la salope de service !

J'ai attendu d'être certain que sa tirade était finie avant de réagir :

– En fait, rien ne prouve que la Daphné de *Scooby-Doo* soit une salope. C'est vrai qu'elle s'éclipse souvent avec Fred, mais quand bien même ils feraient des folies de leurs corps ensemble pendant la coupure pub, si ça se trouve, ils sont en couple monogame, fidèles et amoureux.

Pour toute réaction, Bébé s'est mise à sangloter de façon incontrôlable.

C'était la première fois que je la voyais pleurer et c'était dix fois plus flippant que son pétage de plombs avec les coups de poing et les jurons.

Je retire ce que j'ai dit plus tôt à propos des pleurs de fille bourrée. Ce ne sont pas les pires, tout compte fait. J'oubliais une catégorie de pleurs lorsque j'en ai parlé. Une catégorie de pleurs qui est pire, et de loin – tellement qu'elle n'est même plus dans le même système solaire.

Je parle de pleurs désespérés. De pleurs vides et vains et déchirants qui vous ébranlent jusqu'à la moelle des os. Des pleurs indescriptibles.

Ce sont les pleurs d'une mère en deuil.

J'en étais tellement secoué que j'ai dû me rabattre sur le bas-côté. Aussitôt Bébé a jeté ses bras autour de mon cou et a continué à sangloter sur mon épaule.

– Pourquoi ? m'a-t-elle demandé, suppliante. Pourquoi est-ce qu'il a fallu que tout ça m'arrive à moi ?

Je ne pouvais pas lui répondre.

J'ai caressé ses cheveux. Je l'ai laissée pleurer. Je ne lui ai pas dit de se calmer. Je ne l'ai pas lâchée.

Longtemps après, toujours en larmes, elle m'a demandé de rallumer le moteur.

– Conduis-moi n'importe où, a-t-elle hoqueté. Mais je ne veux pas rester ici.

– OK, ai-je acquiescé. Tu veux que je t'amène au boulot ?

– Surtout pas ! s'est-elle emportée. Ailleurs !

– D'accord, d'accord, ai-je dit. Essaie de te détendre.

Bébé s'est roulée en boule, face à la vitre. Je me creusais la tête en quête de l'endroit idéal où l'amener.

Soudain, j'ai vu une carte routière qui dépassait de ma portière et il m'est venu une idée.

– C'est quoi ta limite en kilomètres, Bébé ?

– J'en ai pas, a-t-elle reniflé.

Elle ne me voyait pas mais j'ai de nouveau acquiescé. Puis je me suis inséré sur la chaussée et j'ai roulé.

TROISIÈME PARTIE

CHAPITRE TRENTE-CINQ

Quelque 880 kilomètres séparent Royal Oak de Fairfax. En respectant les limitations de vitesse, ça représente à peu près neuf heures de route. Je ne respectais pas les limitations de vitesse, mais on a dû faire une pause pipi et une autre pour faire le plein, ce qui fait qu'au final, on a mis huit heures et demie.

Peu après Toledo, Bébé s'est assoupie, assommée de chagrin. Peu après Cleveland, le voyant essence était au rouge. À la station-service, j'ai pris le temps d'appeler le vidéoclub pour prévenir les collègues de mon absence le lendemain.

– J'ai dû quitter la ville de façon inattendue, ai-je expliqué au Parrain dans la cabine téléphonique.

– Je te couvre, m'a-t-elle immédiatement promis.

Et je savais d'instinct que je pouvais compter sur elle.

– En échange, a-t-elle ajouté, si jamais on te pose la question, nous étions ensemble le douze novembre de l'année dernière.

– Deal.

Il y avait de nombreuses choses auxquelles je n'avais pas réfléchi en m'embarquant dans ce roadtrip. Et notamment le fait qu'en décollant vers quatre heures de l'après-midi, nous arriverions à destination aux alentours d'une heure du matin, ce qui n'est pas idéal en soi, mais qui est encore plus problématique quand on n'a pas réfléchi en amont à la question du logement et qu'on se retrouve donc à la rue en arrivant.

Dans toute autre situation, ou presque, j'aurais snobé sans hésiter le motel sordide qui facturait les chambres à l'heure et qui se situait en bordure d'autoroute en périphérie de Fairfax, mais j'étais entretemps trop crevé pour faire la fine bouche.

La nuit fut aussi éprouvante qu'on pouvait s'y attendre, sachant que le motel était pile en face de l'unique « bar à hôtesses » de Fairfax. Bébé et moi avons eu toutes les peines du monde à nous endormir, vu les bruits explicites qui résonnaient dans les chambres voisines. Des bruits inqualifiables que nous espérions l'un comme l'autre ne plus jamais avoir à entendre de toute notre vie.

Enfin, nous avons trouvé le sommeil et quelques heures plus tard, j'ai été réveillé par des rayons de soleil qui filtraient à travers la fenêtre crasseuse, ainsi que par un doute subit : qu'est-ce qui m'avait pris, tout à coup, de revenir en Virginie ?

Ça me semblait couler de source, sur le coup, quand Bébé était au plus mal. Voir quelqu'un d'aussi stoïque qu'elle se liquéfier, ça vous fait perdre tous vos moyens, surtout quand on est comme moi. Dans le feu de l'action, pour peu qu'on tienne beaucoup à ce quelqu'un, on est prêt à tout pour l'empêcher de s'enliser dans les sables mouvants.

Mais le feu du moment s'était éteint et, à présent, je me sentais moins héros-malgré-moi que débile profond. Comment avais-je pu imaginer remettre les pieds dans cet État sans repartir en cacahuète ?

Je me suis retourné sur le matelas et j'ai constaté que Bébé était réveillée et m'observait, alors, au prix d'un gros effort, j'ai retrouvé mon sang-froid. De nous deux, c'était elle qui était le plus en droit de craquer, pas moi.

– Comment tu te sens ? lui ai-je demandé.

Elle avait les yeux rouges et les traits fatigués et bouffis typiques des longues crises de larmes.

– Il faut que je me procure des produits d'hygiène féminine, et vite, ou ça va devenir gore, m'a-t-elle annoncé.

Sur ce, elle s'est levée et a pris les clés sur la table de nuit.

Je n'ai pas posé de questions. J'étais content qu'elle se sente en état de sortir. Déjà, elle paraissait moins friable que la veille.

– J'ai vu un relais routier à côté du club de strip-tease hier soir, m'a informé Bébé. C'est juste en face.

J'ignorais qu'on trouvait le genre d'article qu'elle cherchait dans les relais routiers mais je suis parti du principe que Bébé en savait plus long que moi sur le sujet.

Nous avions tous les deux dormi en manteau pour nous protéger des affreuses maladies vénériennes que recelait vraisemblablement le lit. Tout en zippant le sien, Bébé m'a demandé :

– On est où ?

– En Virginie.

Cette révélation n'a pas paru la troubler.

– OK, a-t-elle dit.

Sur quoi elle est partie.

En son absence, j'ai envisagé de prendre une douche, mais vu l'état de celle-ci, le risque de choper l'hépatite C était trop élevé. La seule femme de ménage que j'ai croisée devait avoir dans les soixante-dix ans, alors j'ai eu pitié d'elle. Ce que j'ai fait, c'est que j'ai fauché sur son chariot une paire de gants en caoutchouc et de la Javel et que je m'y suis collé moi-même.

C'était à gerber, et le fait que cela ne m'ait pas dissuadé en dit long sur mon besoin de me changer les idées. Pour survivre à cette journée, j'allais devoir faire tout ce qui était en mon pouvoir pour ne pas trop penser.

Je venais de terminer quand Bébé est revenue.

– Tiens.

Elle m'a tendu un sac plastique. Dedans, j'ai trouvé un boxer et une chemise à carreaux (ça, je me doutais qu'on en trouvait dans les relais routiers).

– Merci, lui ai-je dit. Je te rembourserai.

Mais elle a haussé les épaules.

– Ils ne vendaient pas de trucs pour nana. J'ai dû m'approvisionner à côté.

– Chez les strip-teaseuses ? On vend des fringues, là-bas ? me suis-je étonné. C'est un peu paradoxal, tu ne trouves pas ?

– Bof. Il faut bien qu'elles aient quelque chose à retirer.

Bébé a fourragé dans un second sac en plastique.

– Jamais portée, j'ai vérifié, il y a encore l'étiquette.

Elle brandissait une culotte terrifiante.

– Elle m'a coûté un bras, heureusement qu'ils prenaient la carte bleue ! Quand elle va recevoir son relevé de compte, Kat va se poser des questions.

J'ai souri. Bébé semblait redevenir elle-même en un temps record, pour mon plus grand soulagement. S'il n'avait fallu que 800 bornes pour la remettre d'aplomb, peut-être qu'on pourrait se doucher, prendre un petit-déj quelque part et remettre le cap sur le Michigan.

– La salle de bain est propre, lui ai-je appris.

Bébé a insisté pour que je passe le premier : elle devait appeler sa mère pour lui dire où elle était. Ne m'étant pas lavé depuis plus de quarante-huit heures, je ne me suis pas fait prier.

Je me suis douché rapidement puis j'ai enfilé ma tenue de routier (qui m'allait étonnamment bien). Entretemps, Bébé avait passé son coup de fil. Elle est allée s'enfermer dans la salle de bain et a ouvert le robinet sans me décrocher un seul mot.

Je suis sorti prendre l'air. Février en Virginie, ce n'est pas comme dans le Michigan. Les températures hivernales sont tolérables. Puisque je pouvais déambuler dehors sans que le froid ne m'agresse les joues, rien ne me retenait dans ce motel scabreux.

J'ai marché jusqu'à la Ford de Bébé et je me suis assis sur le capot, face à l'autoroute. Je savais qu'on se trouvait au nord-ouest de la ville mais ce coin de Fairfax ne m'était pas familier, même pas vaguement, même pas assez pour que je puisse me faire une réflexion du style « Qu'est-ce que ça a changé ! ». D'ailleurs, pour être honnête, je me demandais dans quelle mesure j'aurais su reconnaitre le théâtre de mon enfance. Tant d'années avaient passé depuis ! Quand on est gosse, le monde est petit ; on ne le conçoit pas en termes de points sur une carte. On ne connait que ce qu'on voit ; l'existence du reste de l'univers est purement théorique.

À cet instant, je ressentais pile le contraire. Maintenant que j'étais de retour en Virginie, tout me semblait excessivement réel. Surtout compte tenu des raisons de mon retour.

J'avais décidé de parler à Bébé du Drame.

La thérapie de groupe repose sur un principe : à plusieurs, on guérit mieux. C'est bizarre, mais le fait de savoir qu'on n'est pas le seul à s'en prendre plein la gueule, ça aide à se persuader que la vie ne sera pas toujours pourrie. Si je pouvais aider Bébé à remonter la pente en lui confiant mon secret, alors, pour elle, je le ferais.

Seulement, je n'étais pas sûr à 100 % qu'elle ait touché le fond. Si elle se révélait capable de redevenir normale sans que j'aie à me sacrifier, j'avais la ferme intention de fermer mon clapet.

On peut raconter certains problèmes à autrui sans craindre de le traumatiser. Mettons que vous ayez pris une amende pour excès de vitesse. Ça craint ! Et, en supposant que vous en parliez à un pote, il vous dira sans doute « Merde, pas de bol ! » ou quelque chose dans ce goût-là. Mais il y a peu de risques pour que cette histoire d'amende devienne à partir de ce jour l'alpha et l'oméga de votre relation. Votre pote ne va pas se mettre à pleurer chaque fois qu'il vous reverra. Il ne va pas faire une mini-dépression pour la simple raison qu'une de ses connaissances a pris une amende au volant. Le risque que sa vie bascule du côté obscur à cause de cet incident est quasiment nul. En gros, à part « Merde, pas de bol ! », il est probable qu'il n'émette pas de commentaire sur l'épisode et qu'il l'enterre aussitôt à jamais dans les méandres de son cerveau.

Le Drame n'appartenait pas à cette catégorie de problèmes. Ce n'était pas le genre de chose que les gens oubliaient une fois qu'on leur en avait parlé. Non, une fois informés, les gens basculaient d'abord dans l'affliction, puis dans la peur. Voire parfois dans la condamnation.

Ils cherchaient par tous les moyens à s'assurer qu'ils étaient, personnellement, à l'abri d'un tel Drame. Ils voulaient à tout prix que vous soyez passé à côté de signes avant-coureurs qu'eux-mêmes, à votre place, auraient certainement repérés. En somme, ce Drame, ils voulaient que vous l'ayez mérité. Ils voulaient désespérément être radicalement différents de vous, ou infiniment supérieurs, pour se prémunir des mêmes malheurs. Or, pour évacuer ce Drame qui les terrifiait, le plus simple était de se débarrasser de vous. De vous et de tout ce qui les épouvantait dans votre passé.

Ils en arrivaient à souhaiter que vous déménagiez loin, dans le Michigan, pour pouvoir reprendre le cours paisible de leur vie sans plus avoir à se soucier de vous.

Attention. Je ne dis pas que Bébé réagirait forcément comme ça si je lui parlais du Drame. Mais elle serait triste pour moi, c'était sûr. Or elle était déjà bien assez triste comme ça, alors j'espérais pouvoir la ménager.

Je me suis adossé contre le pare-brise et j'ai contemplé le ciel. Peu après, Bébé est sortie affublée d'un T-shirt frappé des mots « Airbags & Pare-chocs – Club privé », une serviette en turban sur la tête comme n'importe quelle fille après un shampoing.

– Ah, t'es là, m'a-t-elle lancé.

– Ouais, je suis là, lui ai-je répondu en me redressant.

Bébé s'est rapprochée et s'est appuyée contre la voiture, dos à moi.

– T'avais un plan derrière la tête quand tu m'as emmenée en Virginie, ou c'est juste ton Pôle Nord magnétique ?

– Je ne sais pas, ai-je répondu, optant pour la version courte. J'ai conduit vers un lieu connu, c'est tout.

Je n'avais pas l'impression de proférer un mensonge, donc, à mes yeux, ça n'en était pas un.

– C'est ici que tu as grandi ? m'a demandé Bébé en se hissant à côté de moi sur la carrosserie. Dans un motel crado en face d'un strip-club ?

– Non, mais j'habitais pas loin d'ici, l'ai-je détrompée.

Battant en brèche ses prochaines questions, j'ai demandé :

– Tu te sens mieux ?

Elle a observé un silence avant de me répondre :

– Ouais.

Puis elle a soupiré.

– Je suis prête à reprendre une vie normale. Tout ce que je veux, c'est passer mon bac et partir à New York pour faire mes études. J'ai de la chance, a-t-elle conclu sans conviction aucune.

Je n'ai réussi qu'à lui débiter une formule à l'emporte-pièce :

– Un bel avenir t'attend.

– J'ai toute la vie devant moi, a-t-elle renchéri sur le même ton.

Après quoi on s'est tus.

– Tu as envie de faire quoi, aujourd'hui ? lui ai-je enfin demandé. Tu as carte blanche.

Elle a haussé les épaules.

– Kat est vénère parce que je ne suis pas rentrée hier soir. Alors imagine si je lui avais dit que j'étais ici ! s'est-elle exclamée en désignant le motel d'un coup de menton. Elle croit qu'on est au cottage de Doug, à Travers City. Si je lui avais dit qu'on avait quitté l'État, elle aurait signalé une fugue à la police. Comme si je ne l'avais pas assez emmerdée comme ça, la semaine de son mariage, en plus...

– Ah, ouais, ai-je fait (le mariage imminent de sa mère m'était complètement sorti de l'esprit). On devrait rentrer.

– Je m'en fous, a dit Bébé.

Et cette fois elle le pensait réellement, je l'entendais au ton de sa voix. Elle a entrepris de défaire son turban.

– Ce qui est sûr, c'est qu'on devrait manger un truc, parce que...

– Oh putain, il s'est passé quoi avec tes cheveux ? ai-je éructé tout en me cassant la gueule de la voiture.

Je me suis empressé de remonter sur le capot et je l'ai dévisagée, les yeux écarquillés.

Ses cheveux, qu'elle avait longs jusqu'à la taille au moment de pénétrer dans la salle de bain, quelques minutes auparavant, avaient disparu. Ceux qui lui restaient atteignaient à peine ses oreilles.

– Ils sont tombés ? ai-je demandé.

Cela arrivait parfois aux gens en cas de traumatisme. Mais en général, ces gens devenaient chauves. Tandis que la crinière de Bébé semblait avoir été tailladée par Edward aux mains d'argent.

– Calme-toi, Solo ! Bordel. Toi, quand t'as changé de look, j'en ai pas fait toute une histoire.

Elle m'a jeté un regard noir tout en se passant la main dans les cheveux (ou ce qu'il en restait, c'est-à-dire pas grand-chose).

– Hein ? ai-je bredouillé. T'as fait ça exprès ?

(Je fais pause une seconde.

Avant que vous ne me colliez l'étiquette du gros con qui bloque sur un détail débile, je tiens à préciser que je me fiche de ce que les femmes font de leurs cheveux. Longs, courts, je n'ai pas de préférence. J'admets que j'aimais bien l'ancienne coiffure de Bébé, mais c'étaient ses cheveux, elle en faisait ce qu'elle voulait. Seulement, la nouvelle coupe de Bébé, inégale, bordélique, n'en était pas vraiment une. On n'aurait vraiment pas dit qu'elle l'avait fait exprès, ou alors à l'aveuglette dans un accès de rage. Ce qui, ne nous mentons pas, était sans doute le cas.

Fin de la pause.)

– Oui, je me suis coupé les cheveux, m'a confirmé Bébé en chassant de ses yeux sa simili frange en zigzag. Et alors ?

– Mais pourquoi ? Je croyais que t'aimais bien tes cheveux.

Elle s'est à peine fendue d'un haussement d'épaules.

– Allez, Bébé, ai-je insisté, la nervosité commençant à me nouer l'estomac. Fais pas ça, s'il te plait. Parle-moi.

– De quoi ? J'avais envie de changer de tête, c'est tout.

– Non, ai-je nié, de plus en plus alarmé. Ce n'est pas ça la vraie raison, c'est faux.

– Qu'est-ce que tu veux que je te dise, Solo ? m'a craché Bébé, dégoûtée. Ouais, j'adorais mes cheveux longs ! Je les adorais ! J'avais mis des plombes à les laisser pousser et je comptais bien les bichonner jusqu'à la fin de mes jours, mais je les ai coupés et c'est fini. Et je ne peux rien y faire, que je le regrette ou non. Parce que ce qui est fait est fait, merde, et maintenant je vais devoir assumer les conséquences de mes actes !

Des larmes ont perlé dans ses yeux et roulé sur ses joues.

– Ça y est ? T'es content ?

J'ai fixé mon amie qui pleurait sans vraiment pleurer, assise en face et moi, complètement à sec et continuant pourtant de se vider. Elle faisait naufrage et je devais réagir. Si les sables mouvants l'engloutissaient, ils m'emporteraient avec elle, parce que j'allais plonger pour la sauver.

– Va chercher tes affaires, lui ai-je ordonné. Il faut qu'on aille quelque part.

CHAPITRE TRENTE-SIX

J'ai dû m'arrêter à deux reprises pour demander mon chemin, mais j'ai fini par y arriver.

J'ai garé la voiture dans W. Ivystone Avenue, à quelques mètres du numéro 1819 et j'y étais encore, avec Bébé, cinq bonnes minutes après avoir coupé le moteur, à fixer le bungalow blanc aux volets noirs où j'avais passé les dix premières années de ma vie.

Les nouveaux proprios en avaient pris soin. D'ailleurs, peut-être que plusieurs familles s'y étaient succédé depuis notre déménagement, mais au moins l'un des occupants avait pris la peine de faire remplacer le portillon cassé, de repeindre le garage et de planter quelques arbres dans le jardin. La maison paraissait bien entretenue, elle aussi, ce qui n'avait pas été le cas du temps de mes parents. Il faut dire qu'à l'époque, on avait d'autres chats à fouetter.

– On va sortir de la voiture, oui ou merde ? a fini par me demander Bébé.

Elle avait repris contenance depuis notre départ du motel et avait passé les trois quarts du trajet à se tripoter les cheveux – puis, de guerre lasse, elle avait enfilé un bonnet qui trainait sur la banquette arrière.

– On attend.

J'ai désigné le monospace sur le point de démarrer dans le garage.

– On ira quand ils seront partis.

– Qui ça, « ils » ?

– Les gens qui habitent ici.

Elle m'a jeté un drôle de regard.

– Moi qui croyais que tu m'emmenais chez le coiffeur pour rattraper ma coupe. En fait, tu m'embarques dans une planque façon polar ?

– J'ai de bonnes raisons d'être là, lui ai-je soutenu.

Elle a soupiré mais n'a pas protesté, preuve qu'elle était vraiment à bout.

Quelques minutes plus tard, enfin, la porte d'entrée de la maison s'est ouverte et une femme et un enfant se sont installés à bord du monospace. Bébé et moi les avons épiés en silence, tassés sur nos sièges dans un effort de discrétion complètement contreproductif.

Quand le véhicule s'est éloigné, on est sortis.

– Pour de vrai, Solo. On est où ? m'a lancé Bébé en me rejoignant sur le trottoir.

– Tu voulais savoir où j'avais grandi, lui ai-je rappelé. On y est.

J'ai pointé du doigt la maison.

– OK, a-t-elle dit. Et on fait quoi, là ?

Personnellement, j'essayais de ne pas vomir sous l'assaut d'un tsunami d'angoisse et de stress, mais au lieu de le révéler à Bébé, je lui ai simplement dit :

– Allez, viens.

Elle a obéi, non sans me prévenir :

– J'ai vécu assez de premières fois cette semaine. Je n'ajoute pas « entrée par effraction chez des inconnus » à la liste.

– On ne va pas entrer, promis, l'ai-je rassurée. Dépêche-toi !

Je ne craignais pas vraiment qu'un voisin nous surprenne en train de faire le tour de la maison en toute (absence de) discrétion. À moins que l'ambiance du quartier n'ait radicalement changé, dans ce coin de Fairfax, c'était la loi du chacun-pour-sa-pomme qui prévalait. N'empêche que je n'étais pas tranquille.

Je sais que c'est un cliché, mais le jardin de mon ancienne maison m'a paru bien plus petit que dans mon souvenir. Il n'en demeurait pas moins familier. Il en va toujours ainsi pour les lieux où l'on a grandi. On se souvient de leurs moindres traits distinctifs. Ainsi, je me rappelais au centimètre près l'endroit où la pelouse s'affaissait derrière la maison. Je me suis rappelé de faire attention à la souche du thuya que nous avions abattu. Et, quand nous sommes parvenus au four à bois, Bébé et moi, mon premier réflexe a été de donner un coup de bâton dans le mur pour faire fuir d'éventuels rongeurs avant d'entrer dedans à quatre pattes.

Bébé n'a pas moufté pendant qu'on s'introduisait dans la vieille mais toujours robuste structure de briques. À l'intérieur, adossés au mur, nous avons contemplé la maison.

– Alors, c'est le fameux four, a-t-elle commenté comme si nous étions en terre sainte. Celui de Crystal.

– Ouais, ai-je confirmé.

– Je le voyais plus grand.

– À l'époque, j'étais plus petit.

Après quelques minutes de silence, Bébé a repris la parole :

– Je sais que ce n'est pas rien que tu m'aies emmenée ici, Solo. Ce que je ne comprends pas, c'est pourquoi maintenant. Tu le sais, toi ?

Elle m'interrogeait du regard.

J'ai hoché la tête. Puis, sentant que j'en avais besoin, peut-être, ou alors parce qu'elle-même en avait besoin, Bébé m'a pris la main. C'était un geste anodin, mais il m'a aidé à trouver en moi le courage de parler :

– Tu sais, longtemps avant de bruler le courrier de mes parents, je jouais souvent ici. Je m'imaginais que ce four était le Faucon Millenium, pour ne rien te cacher. Je ne te l'ai jamais dit, mais si j'ai choisi de m'appeler Solo au boulot, c'est parce que c'était mon surnom dans ma famille. Enfin, parfois.

Après une courte pause, j'ai ajouté :

– Moi, j'étais Han Solo, et mon frère, c'était Luke Skywalker.

Ma phrase a détoné dans le silence.

– Je ne savais pas que tu avais un frère, Solo, a commenté Bébé.

Je l'ai regardée. Ses yeux étaient verts.

– C'est parce que je ne t'ai jamais parlé de lui, ai-je admis. Mais ça y est, je suis prêt.

Il avait huit ans de plus que moi. Maman disait toujours, en blaguant, que l'un de nous avait été un accident, mais qu'elle ne nous dirait jamais lequel.

Il était déjà au collège dans les premiers souvenirs que j'ai de lui. Je n'étais pas là à l'époque où il était en primaire, mais on racontait (autrefois, avant que le sujet ne devienne tabou) qu'il était un enfant calme et réservé. Avant ma naissance, il passait beaucoup de temps seul, comme souvent les enfants uniques. Il aimait lire. Il adorait écouter de la musique. Il raffolait de la plage. Et, bien sûr, quand *La guerre des étoiles* est sorti au cinéma, il en est devenu un fan absolu.

Lorsque je suis né, mon frère a pris son rôle d'aîné très au sérieux, à savoir qu'il m'enseignait un tas de trucs et m'embêtait sans arrêt. Si je sais encore nommer tous les présidents américains dans l'ordre, c'est à lui que je le dois (il m'a appris la liste l'année de mes cinq ans), et c'est à cause de lui que je souris toujours bouche close sur les photos (il se moquait de mes dents de lapin qu'un bon orthodontiste a depuis rectifiées). Mais c'est le deal avec les grands frères et les grandes sœurs : il y a de bons et de mauvais côtés. Et comme on les vénère en vertu de leur droit d'aînesse, on n'oublie rien, ni les bons, ni les mauvais.

En grandissant, nous passions beaucoup de temps ensemble, ce qui me paraissait normal, parce que j'étais gamin et que, quand on est gamin, tout ce qu'on vit est normal. Cela ne m'a jamais intrigué qu'il soit le seul ado de douze ans à consacrer tout son temps libre à un petit de maternelle. Jamais je ne me suis demandé pourquoi il n'avait aucun ami à part moi. Tous les garçons de son âge me semblaient être des connards. Moi non plus, à sa place, je n'aurais pas eu envie de trainer avec eux.

Le collège, ce n'est jamais une partie de plaisir mais, quand je voyais ce que mon frère endurait, j'avais les chocottes à la seule idée de grandir. Je me rappelle les bagarres (« Il faut bien que jeunesse se passe », avait dit le principal quand papa était allé récupérer mon frère, la lèvre explosée, un après-midi). Du harcèlement à n'en plus finir (à plus d'une reprise, des petits cons lui avaient piqué ses affaires de sport et les avaient jetées dans le vestiaire des filles). Des convocations (« On dirait que l'école ne l'intéresse pas », se plaignaient ses profs, unanimes). Mais tout le monde répétait qu'il n'y avait pas lieu de s'inquiéter et l'on expliquait le phénomène à grand renfort du mot « phase » et de ses synonymes.

Enfin, quand mon frère est entré en quatrième, on a vu une amélioration. Il avait rencontré un garçon, un certain Kevin, et le courant était tout de suite passé entre eux. Kevin n'était pas un connard. Ils avaient beau être nettement plus grands que moi, tous les deux, ils jouaient quand même à des jeux d'imagination en ma compagnie, parfois. En revanche, ils voulaient toujours être Luke Skywalker, parce que c'était le Jedi et qu'il avait donc droit à notre seul et unique sabre laser. Kevin étant notre invité, mon frère finissait par se dévouer et jouer le rôle de Leia, soi-disant parce qu'il était trop petit pour incarner Chewbacca et qu'il n'avait pas envie de rejoindre le côté obscur en devenant Dark Vador. Moi aussi, j'étais petit, et pour ne rien vous cacher, Dark Vador me faisait peur ; la logique de mon frère me semblait donc imparable : si les rôles de Han Solo et de Luke étaient déjà pris, la meilleure option, c'était encore Leia. Elle était la sœur de Luke et partageait son ADN, ce qui signifiait qu'elle était probablement une Jedi, elle aussi – or qui ne rêvait pas d'en être un, même si ça supposait de jouer une fille ?

Pendant quelques années, Kevin a incarné chez nous la nouvelle normalité. Au lycée, mon frère et lui sont restés inséparables, jusqu'à une période bizarre. Brusquement, du jour au lendemain, on a été en froid avec sa famille et Kevin n'a plus eu le droit de venir jouer à la maison. Mon frère n'était pas autorisé à lui téléphoner. Puis Kevin a été envoyé vivre chez ses grands-parents à Richmond. Et mon frère s'en est trouvé anéanti. À l'époque, je ne l'ai pas compris, parce que j'ignorais ce que ça faisait de perdre son meilleur ami. Depuis, je le sais, et croyez-moi : ce genre de deuil, on ne le souhaiterait pas à son pire ennemi.

Le mois qui a suivi le départ de Kevin, mes parents ont traîné mon frère chez un tas de spécialistes (pour l'aider à surmonter son chagrin, j'imagine). Leur moratoire sur *La guerre des étoiles* date également de cette époque. Ils ont éradiqué tout ce qui était marrant et sympa sous notre toit, ce qui n'a fait qu'enfoncer mon frère dans son malheur. L'ambiance était morose pour tout le monde chez les Teague, et c'était nul pour moi aussi, mais pas comme pour lui. Nous, on devait faire quelques sacrifices. Lui, il avait perdu Kevin.

Un jour, quelques mois après le départ de Kevin, mon frère m'a emmené au parc. Ce jour est gravé dans ma mémoire à cause de ce phénomène dont j'ai déjà parlé : c'était un moment hors du commun, et mes sens ont donc tout enregistré en haute définition et tatoué cette journée à même mon cerveau. Et je m'en félicite, parce qu'avec le recul (qui reste souvent, hélas, notre unique recours pour piger un tas de trucs a posteriori), ce jour s'est révélé d'une importance critique.

Il faisait plutôt froid mais le soleil brillait. Mon frère et moi avons fait des ricochets et joué un moment sur la cage à poules. Puis il m'a montré les balançoires et proposé de me pousser, ce qui était curieux, vu que cela faisait des années que je n'avais plus besoin qu'on me pousse, mais j'ai accepté parce que c'était mon frère et que ça avait l'air de lui tenir à cœur.

– Tu me fais pas faire un tour complet, hein ! lui ai-je crié quand j'ai commencé à prendre de la hauteur.

Le bruit courait à l'école qu'un enfant de la région avait fait un soleil autour du portique et qu'en redescendant, son corps s'était retourné comme une chaussette. Je ne tenais pas à vérifier si la rumeur disait vrai.

– Mais non, déstresse ! m'a rétorqué mon frère.

– Il n'y a pas du tout de nuages, ai-je observé à voix haute. Le ciel est super bleu.

Après quelques poussées, il m'a posé une question.

– Et si je te disais que le ciel n'est pas bleu ? Si je te disais que moi, je le vois... Je ne sais pas. Vert ?

– Je te dirais de t'acheter des lunettes, ai-je répliqué. Parce qu'il est bleu.

– OK, a concédé mon frère.

Puis il est reparti à la charge :

– Mettons que je sois allé voir l'ophtalmo et qu'il m'ait dit que je n'avais pas de problème de vue, mais que le ciel me paraisse quand même vert.

– C'est pour de vrai, ton truc ? l'ai-je interrogé.

Cela faisait un petit moment que l'ambiance avait changé à la maison sans que je comprenne pourquoi. Jamais je n'aurais imaginé que ça puisse avoir un rapport avec la couleur que mon frère prêtait au ciel, mais après tout, pourquoi pas ?

– Non, Joel. On fait comme si, m'a-t-il expliqué. Qu'est-ce que tu ferais si un médecin t'assurait que le ciel était bleu mais que toi, tu le voyais vert ?

– Mais enfin, puisqu'il est bleu ! me suis-je impatienté.

Mon frère a refait un essai.

– Bon. Alors imagine : tu vois le ciel bleu mais tous tes copains le voient vert. Qu'est-ce que tu fais ?

– Je leur dis qu'ils ont tort, parce que ça se voit bien qu'il est bleu.

– OK. Disons que tout le monde dans le pays le voit vert et t'assure que tu te trompes. Tu ferais quoi, dans ce cas-là ?

– Je ne sais pas. Je les taperais, ai-je conclu, énervé.

Je n'aimais pas ce petit jeu. J'ignorais pourquoi, mais il me mettait mal à l'aise.

– Oui, a approuvé mon frère. Moi aussi, j'aurais envie de les taper.

Il y avait tant de peine dans sa voix quand il m'avait dit ça que je m'étais senti tout triste, moi aussi.

– Tu crois que tu finirais par te demander si tu es fou ? a-t-il insisté. Par te dire que, si ça se trouve, il y a un Truc Qui

Cloche chez toi ? Parce que merde, à force de s'entendre dire qu'on a tort quand on sait qu'on a raison, il y a de quoi péter les plombs, non ?

Immédiatement après, il m'a dit :

– Pardon pour le gros mot.

Je lui ai promis de ne pas rapporter. Puis, au lieu de répondre à sa salve de questions (je n'étais qu'un gosse et je n'aurais jamais su trouver la réponse), je lui en ai posé une à mon tour :

– Ça va ?

Il m'a poussé de moins en moins fort et il a attendu que la balançoire s'immobilise, puis il est venu se planter devant moi.

– Tu veux bien me promettre quelque chose ? m'a-t-il demandé. Jure-moi que tu ne laisseras jamais personne t'empêcher de dire que le ciel est bleu, même s'ils sont des milliers à te soutenir qu'il est vert.

Cette situation semblait peu susceptible de m'arriver, mais ça avait l'air important pour lui.

– OK, j'ai dit. Promis.

Mon frère m'a soulevé de terre et posé debout sur l'assise de la balançoire de façon à ce que je sois aussi grand que lui, et même plus, puis il a noué ses bras autour de ma taille et m'a serré longuement contre lui. C'était bizarre mais, en même temps, ça m'a fait me sentir spécial.

Pendant qu'on se tenait là, enlacés, j'ai pris une décision.

– Tu sais, si tu me dis un jour que toi, le ciel, tu le vois vert, je te croirai, lui ai-je dit. Je me dirai : « Tiens ! Mon frère, il a des yeux spéciaux qui peignent le ciel en vert. J'en ai de la chance de connaitre quelqu'un qui a un tel pouvoir ! »

Mon frère s'est illuminé et il a resserré son étreinte.

– Merci, Joel.

Quand on est petit, il y a une foule de choses qui nous échappent. Les signes avant-coureurs, les sables mouvants, les appels à l'aide, ce qu'il s'était réellement passé avec Kevin – tout ça vous passe à des kilomètres au-dessus de la tête. Tout ce qui arrive est normal, même quand ça ne l'est pas. Et il n'y a jamais rien qui cloche, même quand le contraire est vrai.

Le jour où mon frère m'a parlé du ciel, j'ignorais qu'il était en train de se noyer. Je ne me suis pas rendu compte qu'il appelait au secours. Je ne savais pas – comment aurais-je pu le savoir ? – que c'était la dernière vraie conversation que nous aurions tous les deux. Mais tel était bien le cas.

Quatre jours après m'avoir emmené au parc et poussé sur la balançoire et parlé de cieux verts, mon frère s'est suicidé.

Peut-être que vous l'aviez vu venir. Peut-être qu'à un moment donné de cette putain de longue histoire que je suis en train de vous raconter, vous étiez parvenus à cette conclusion. Si oui, tant mieux pour vous. Je n'essayais pas de vous choquer, au contraire : j'espère que vous étiez préparés, parce que moi, quand le Drame est survenu, je n'avais rien vu venir. Rien de rien. Et ça m'a ravagé. Brisé. Ça a bousillé ma putain de vie.

La suite... Eh bien, vous la connaissez. Tout s'explique, maintenant, pas vrai ? Vous avez déjà pu constater les dégâts qu'a causés pour moi la mort de mon frère. Vous êtes au courant pour ces années que j'ai passées à tâcher de réparer ce qu'il avait cassé en partant. Vous savez tout de ma paranoïa, de mes obsessions, de mes angoisses. Vous savez tout de ce qui fait de moi un gars pas tout à fait normal, aujourd'hui et sans doute à jamais.

Maintenant, vous connaissez enfin la cause de mon Mal Mystérieux. Et Bébé aussi.

Quand j'ai eu fini de lui dire tout ce que j'avais à dire, elle ne m'a pas posé la moindre question indélicate (*Il s'y est pris comment ? Qui a trouvé le corps ? Il a laissé un mot ?*), et pourtant, je la savais curieuse. C'est à ça qu'on reconnait les vrais amis : même quand ils brulent de connaitre les détails sordides de ce qui vous est arrivé, ils s'abstiennent de vous questionner par respect pour votre santé mentale. Autre fait notable : Bébé n'avait pas l'air pressée de fuir ma compagnie comme en décembre, quand je lui avais parlé de mon Mal Mystérieux. J'avais craint cette réaction. Mais elle avait changé, depuis ; elle avait vécu son propre Drame, et ce genre d'expérience, ça vous blinde si bien que vous ne craignez plus les mises à nu d'autrui.

– Je ne sais pas comment tu as fait pour surmonter tout ça, a été sa première remarque, prononcée après un silence de circonstance, quand j'ai eu bouclé mon récit.

Nous avions tous deux l'œil humide, mais je ne tremblais plus comme avant et pendant mon grand déballage.

J'ai pris une profonde inspiration pour m'« ancrer » (jargon de psy) et j'ai répondu à Bébé :

– Comme on survit à toute épreuve, ai-je supposé. Un jour à la fois. De pétage de plombs en pétage de plombs.

Bébé a opiné du chef.

– Oui, je vois.

– Je veux que tu saches que je suis là pour toi. Tu as peut-être l'impression de sombrer en ce moment, mais tu n'es pas seule. Tel que tu me vois, j'ai touché le fond, et je suis encore là. Ça va aller, Bébé. Et tu es loin d'être folle. Si tu te mets à voir des jeunes filles imaginaires, on refera le point sur ton diagnostic, mais, en attendant, je crois que tu vis une expérience de deuil tout ce qu'il y a de plus classique.

Bébé a posé sa tête sur mon épaule.

– Crystal n'était pas imaginaire, Solo.

Ça m'aurait plu d'y croire.

– Tu sais, ai-je avoué à Bébé, je m'attendais à moitié à la revoir ici. La dernière fois que je l'ai vue, elle m'a dit que quand je serais prêt, je saurais où la trouver. J'ai toujours cru qu'elle parlait du four. J'avais hâte de vous présenter.

– Ça aurait été chouette.

Je ne voulais pas tenter le diable par rapport aux propriétaires alors nous ne nous sommes attardés que quelques minutes de plus. Ensuite, Bébé et moi sommes ressortis à l'air libre en rampant et nous avons regagné sa voiture.

Je me suis retourné pour considérer le jardin une dernière fois. Je savais que je ne remettrais plus les pieds ici, mais, cette fois, ce ne serait pas la crainte qui me retiendrait. Il ne restait simplement plus rien à voir en ce lieu.

Alors que je faisais mentalement mes adieux au four de mon enfance, une brique a attiré mon attention. Il y avait une inscription dessus. Mon frère et moi y avions gravé nos initiales, il y avait de cela une éternité, et, après tout ce temps, elles s'y trouvaient encore.

JAT

BAT

J'ai pilé net.

Parfois, le chemin qui nous mène à accepter les faits se révèle étonnamment court. Il peut même s'agir d'une ligne droite. Je sais, par exemple, que si je lâche un objet, il va tomber. La gravité, c'est facile à accepter. C'est plutôt évident, comme concept.

Parfois, la route est nettement plus longue. Elle tourne à l'odyssée. Parfois, il faut des années pour accepter une vérité qu'on soupçonne au fond de son cœur depuis toujours. Presque dix années. Et pas loin de 880 kilomètres. Plus une armée de psys, des rêves de noyade dans un océan en flammes, des efforts surhumains pour se fondre dans la masse des gens normaux et le deuil indicible de votre meilleure amie. Alors, seulement, on est prêt à accepter que ce ciel qu'on voit bleu était bel et bien vert aux yeux de son frère.

Et parfois, parfois, il faut chercher Crystal au mauvais endroit pour se rendre compte qu'on sait où elle se trouve depuis le tout début.

– Bébé ? J'ai un dernier truc à faire avant de rentrer.

Elle m'a fixé et a dit :

– Je te suis.

CHAPITRE TRENTE-SEPT

Bébé a pris le volant pour me permettre de me repérer et nous avons quitté W. Ivystone Avenue. Notre destination se situait à moins d'un kilomètre de la maison. C'était pour ça que maman l'avait choisie et, paradoxalement, pour ça aussi qu'elle avait voulu déménager peu de temps après.

Le cimetière où reposait mon frère jouxtait une église qui servait aussi de garderie. Je m'en souvenais parce que, le jour de l'enterrement, pendant qu'on abaissait le cercueil dans la fosse, j'avais remarqué des enfants qui jouaient dans la cour comme si la fin du monde ne venait pas de se produire.

Je n'étais pas bien vieux et pourtant, j'avais trouvé indélicat que ces gosses jouent à chat à deux pas de l'endroit où l'on enterrait mon grand frère. Deux pas, ou peut-être cinq ou six mais pas bien loin, en tout cas, parce que j'avais ramassé un caillou et je le leur avais lancé (on se calme : mon projectile n'avait heurté qu'un lampadaire), sur quoi la maîtresse avait promptement fait rentrer les enfants, sans doute pour les obliger à prier pour le salut de mon âme jusqu'à l'heure des mamans.

Tout ça pour dire que j'ai reconnu le lampadaire pendant qu'on longeait Wicklow Street au pas avec Bébé à la recherche du cimetière. J'ai indiqué le parking adjacent.

Bébé a garé la voiture et m'a regardé.

– J'en ai pour cinq minutes, lui ai-je dit.

– Prends ton temps.

Mon seul repère pour retrouver la tombe de mon frère, c'était l'angle de tir de mon fameux caillou pendant la mise en terre. Une chance que mon cerveau ait jugé ce détail digne d'être retenu, car il m'a permis de sauter plusieurs rangées de tombes et de me diriger tout droit vers celles situées le plus près de l'église. À mon grand soulagement, il n'y avait pas d'enfants dans la cour ce matin-là.

Je n'étais jamais revenu depuis l'enterrement. Je crois que, de base, je ne voyais pas trop l'intérêt des cimetières, à part comme lieu de stockage de cadavres. Je trouve tout de même étrange qu'on réserve ce traitement à nos êtres chers après leur mort. On les pomponne, on les met en tenue de gala, on les range dans une boîte hors de prix, puis on creuse un grand trou, on les fout dedans, on plante une grosse pierre dans la terre en guise de repère et ensuite on revient régulièrement causer à la grosse pierre comme si les morts enfouis en dessous pouvaient entendre ce qu'on leur disait. Dire que j'avais fini à l'asile à cause de mes conversations avec Crystal alors que des milliers de gens parlent à des pierres tombales sans que personne n'y trouve rien à redire !

Quoi qu'il en soit, n'ayant pas remis les pieds en ce lieu depuis la cérémonie, je n'avais jamais vu la stèle de mon frère, et je ne savais donc pas ce que je cherchais. J'ai dû lire un paquet de noms insignifiants (à mes yeux, du moins) avant de sentir soudain une béance s'ouvrir dans ma poitrine à la vue des mots suivants :

BRIAN ALAN TEAGUE
13 MARS 1971 – 29 AVRIL 1987
NOTRE FILS TENDREMENT AIMÉ

J'ai fixé la stèle longtemps, tous les sens en surchauffe.

Mes parents avaient choisi une stèle verticale inclinée. Je ne sais pas ce qui les avait séduits dans ce design particulier. J'ignore comment on choisit ce genre de produit. Je me doute bien qu'il y a toute une gamme d'options. On doit vous présenter un classeur avec différentes couleurs de pierre aux noms poétiques (sarcelle, acier, ardoise), un assortiment de polices (Serif, Lancer, Montenegro). Mais franchement, quel intérêt ? Si c'est pour déménager à 880 kilomètres après s'être décarcassé à choisir la combinaison idéale, en plus...

Je me suis agenouillé devant la tombe. Les mots étaient gravés en creux, pas imprimés (option qui figurait assurément dans le classeur) et il y avait de la mousse à l'intérieur des lettres, un vestige des moites étés virginiens. Je l'ai raclée et me suis essuyé les mains sur l'herbe morte de l'hiver.

Ça me faisait tout drôle de voir son nom écrit comme ça, en toutes lettres et en caractères élégants. Quand on le prononçait autrefois (ce qu'on ne faisait plus depuis longtemps), c'était en une seule syllabe, « Braïn », de même qu'on ne m'avait jamais appelé autrement que « Djôl ». Brayanne et Djo-wel, c'eût été bien trop prout-ma-chère pour nous. Quand papa ou maman nous appelaient pour le dîner, c'était d'un borborygme unique : braïnédjôl, à table !

Je l'avais oublié, ce sentiment d'appartenir avec mon frère à une entité bicéphale. On nous appelait « les garçons ». « Les fistons ». Je me rappelais, à présent. Je ne me rappelais que trop.

– Tu me manques, me suis-je entendu murmurer.

Et soudain, je n'étais plus seul.

Je regardais par terre quand elle s'est approchée. L'ourlet de sa robe verte se balançait à mesure qu'elle marchait vers moi. Une fois à ma hauteur, elle s'est arrêtée.

Je n'ai pas levé les yeux. À peine ai-je épié la voiture de Bébé à la dérobée. Je n'arrivais pas à voir si elle m'observait.

– Je pensais te voir au four à bois, ai-je dit.

Crystal s'est assise à côté de moi.

– Comment as-tu deviné que tu me trouverais ici ?

J'ai haussé les épaules.

– Je ne sais pas pourquoi, mais je l'ai toujours su.

– Attends... Tu parles sérieusement ? m'a-t-elle demandé. Ou est-ce que ça t'amuse de citer *Le retour du Jedi* ?

J'ai levé la tête pour l'admirer. Elle avait lâché ses cheveux et, dans leur écrin de boucles brunes, ses yeux verts ressortaient comme deux morceaux de verre poli. Crystal n'avait pas changé depuis le jour de notre rencontre. Elle avait l'air d'avoir seize ans, alors, comme présentement. Sans doute parce que c'était son âge. Jadis, ce jour et à jamais.

– Les deux, ai-je avoué.

J'ai détourné le regard.

– Quand j'ai trouvé cette boîte en carton dans le four, je devais bien me douter, au fond de moi, qu'elle t'appartenait. D'abord, parce que tu adorais Bon Jovi. Et tu ne jurais que par le vert. Alors, le vernis, la robe... En plus, sur la liste de prénoms, c'était ton écriture. Je crois que j'ai mis longtemps à assembler les pièces du puzzle parce que j'étais dans le déni, pour citer mon psy...

Nous nous sommes toisés un moment en silence.

– Donc, tu sais qui je suis, a affirmé Crystal doucement.

Lentement, j'ai hoché la tête.

– Sincèrement, ça me dépasse... mais je commence à comprendre un peu mieux qui tu es. Qui tu as toujours été. Et il y a de quoi se faire des nœuds au cerveau mais, en même temps, j'ai l'impression que ça tombe sous le sens.

Elle a paru soulagée de me l'entendre dire.

– Tu viens de décrire ma propre expérience de la chose. Je savais que j'étais différente, mais j'ignorais alors que ce genre de différence existait. Je n'avais aucun mot pour décrire ce que ça signifiait d'être « comme moi ».

Elle a remonté ses genoux contre sa poitrine et a noué ses bras autour.

– D'ailleurs, personne n'avait les mots, a-t-elle repris. Ils passaient leur temps à me dire que Quelque Chose Clochait chez Moi, et basta.

– Je crois que les gens aiment coller ce genre d'étiquette aux gens qui échappent à leur compréhension.

– Sans blague..., a-t-elle soupiré.

De nouveau, le silence s'est fait.

Dès que j'en ai trouvé le cran, je l'ai rompu.

– Tu sais, je t'en veux beaucoup de m'avoir planté comme ça.

Crystal a étendu ses jambes et tapoté ses cuisses pour m'inviter à y coucher ma tête.

– Je sais bien, Joel.

Elle s'est mise à me grattouiller le cuir chevelu de la même façon que maman.

– Mais ce que je ressens, plus que de la colère... c'est une putain de tristesse, ai-je précisé. Je déteste savoir à quel point tu as dû en baver. Souffrir de la peur, de la solitude.

– C'est à ça qu'on voit que tu n'es pas comme la plupart des gens : tu compatis là où les autres voulaient me punir pour ma différence.

Ce n'était pas une phrase anodine et j'en suis resté un moment abasourdi.

J'ai repensé à toutes les bagarres à l'école. Au harcèlement. J'ai pensé à la trêve qu'avait représentée Kevin et je me suis remémoré l'horreur de son absence. J'ai repensé au défilé des médecins. Et aux disputes de nos parents.

Puis j'ai pensé au Drame qui était survenu.

Je crois vous avoir dit plus tôt qu'il devrait y avoir un mot pour décrire la joie intense que j'avais ressentie en voyant Crystal au concert de Bon Jovi. Le revers de la médaille, c'est qu'il faudrait un mot pour décrire ce que j'éprouvais en imaginant le calvaire qu'elle avait enduré de son vivant. Ce mot, il faudrait qu'il charrie des caisses de désespoir, d'impuissance et de rage. Il compterait un tas de syllabes, et ce serait un gros mot.

Comme je ne connaissais pas de mot équivalent, j'en ai hurlé quantité d'autres.

– Je suis désolé ! Je suis désolé de ne pas m'être rendu compte plus tôt de ce qu'il se passait ! Je suis désolé que le monde soit aussi pourri ! Je suis désolé de ne pas avoir pu te protéger !

Mais crier ne me soulageait nullement, et des larmes brulantes ont dévalé mes joues.

Affectueusement, Crystal m'a pris la main et caressé l'ongle du pouce.

– Qu'est-ce que tu aurais bien pu faire, Joel ? Tu n'étais qu'un gosse, m'a-t-elle rappelé. Comme moi.

Mes pleurs ont redoublé. Elle avait raison. Nous n'étions que deux gosses.

Je me suis demandé à quel âge Crystal avait compris qu'elle allait devoir se cacher pour survivre. Je la soupçonnais d'avoir maitrisé cet art au point de réussir, parfois, à se berner elle-même, quand c'était nécessaire.

Et une idée m'a glacé. Peut-être que je partageais son don.

– Pour moi, tu as toujours été réelle, mais... seulement pour moi, c'est ça ? Tu n'existais que pour moi.

J'ai poussé un soupir.

– Les autres ont raison depuis le début. Je t'ai inventée. Je suis bel et bien fou.

À ces mots, Crystal m'a pris le menton et regardé droit dans les yeux.

– Arrête de dire que tu es fou, Joel. Tu n'étais qu'un enfant qui essayait de faire son deuil, m'a-t-elle rabroué d'un ton ferme. Tu voulais m'offrir une vie plus heureuse que celle à laquelle j'avais eu droit.

Je l'ai dévisagée.

En une décennie, je n'avais jamais envisagé mon Mal Mystérieux sous cet angle.

Il n'était pas fou de se demander quel genre de boucles d'oreilles aurait plu à Crystal. Ni de vouloir l'emmener à un concert de son groupe préféré. Ni de regretter ce qui vous manquait. Ni d'espérer ce qui aurait dû être.

Tout bien considéré, c'était même plutôt normal.

Crystal a laissé sa main sur ma joue.

– Il ne t'appartenait pas de décider la façon dont ma vie tournerait. Mais, Joel, ta vie à toi, elle t'appartient. Tu as ton mot à dire.

Elle a retiré sa main.

– Il parait qu'il n'est jamais trop tard pour devenir celui qu'on aurait pu être. C'est ce que je te souhaite, Joel. Je sais que c'est ce que tu m'as toujours souhaité.

J'ai soupiré, mais j'ai hoché la tête.

– Alors, on se dit adieu, ai-je admis, plus pour moi que pour elle. Pour de bon, cette fois.

– Tu ne seras pas seul pour autant.

Crystal a jeté un coup d'œil vers la voiture de Bébé.

– Tu crois qu'elle m'apprécierait ? a-t-elle demandé.

– C'est dur à dire, ai-je répondu. Elle déteste presque tout le monde. Mais je crois qu'elle ferait une exception pour toi.

J'ai ajouté :

– Et ça vaut ce que ça vaut, mais elle te plairait, elle aussi. J'en suis sûr.

– Je te crois.

Pile à cet instant, Bébé a allumé le moteur de la Ford. Elle devait avoir froid.

Cela n'a pas échappé à Crystal.

– Ne la fais pas attendre.

J'ai opiné du chef sans esquisser le moindre mouvement.

– Il me reste une dernière chose à te dire.

Je fixais le parking.

– C'est à propos de ce fameux jour... Le dernier moment qu'on a passé ensemble, tous les deux. Au parc. Tu te souviens ?

– Évidemment.

– Je voulais que tu saches que je le pensais. Ce que je t'ai dit ce jour-là.

J'avais une boule dans la gorge alors j'ai dégluti et je me suis forcé à contempler Crystal pour ce que je savais être la dernière fois.

– J'estime que j'ai de la chance d'avoir eu une sœur si spéciale.

Lentement, elle s'est illuminée.

Elle m'a enlacé et serré fort dans ses bras et, lorsqu'elle s'est dégagée, j'ai planté mes yeux dans les siens. Ils étaient verts comme le plus vert des cieux.

– Je t'aime, Crystal.

Ce furent les derniers mots que je lui ai adressés.

Elle m'a souri et répondu :
– Je sais.

Je doutais fort que quiconque vienne se recueillir sur la tombe avant la prochaine pluie. Dans le cas contraire, il aurait fallu pour la retrouver se repérer au lampadaire, comme moi, parce que j'avais maculé de terre humide du cimetière chaque mot gravé dans la stèle verticale penchée, à l'exception d'un seul. Le seul qui comptait :

TENDREMENT

Quand j'ai ouvert la portière de la Ford et que je me suis rassis côté passager, Bébé avait le regard perdu vers le petit bois en face du cimetière. Elle avait enlevé son bonnet et ce qu'il restait de ses cheveux rebiquait dans tous les sens, me rappelant que je n'étais pas le seul à sortir d'une période compliquée.

– Il y a assez d'écureuils là-bas pour faire un film à la Hitchcock, m'a-t-elle informé avec un signe du menton.

– Observation pertinente, ai-je répliqué.

Il y avait une foutue armée d'écureuils.

– Je ne te regardais pas, a-t-elle précisé sans bouger.

J'en ai conçu moins de soulagement que de reconnaissance. De même que je m'étais détourné la première fois qu'elle avait vu Daphné, Bébé avait tenu à m'accorder de l'intimité.

– Je crois que je ne reverrai plus jamais Crystal, lui ai-je annoncé. Par contre, quelqu'un que j'ai l'intention de revoir super souvent, c'est mon psy.

Bébé s'est arrachée à la contemplation des écureuils, et, m'indiquant ses cheveux, elle m'a demandé :

– Tu sais s'il prend de nouveaux patients ?

– Je n'arrive pas à savoir si tu plaisantes.

– Moi non plus.

J'ai pris la main de Bébé et je l'ai serrée dans la mienne.

– Ce n'est pas pour faire ma chieuse, parce que je sais que tu vis un truc super fort et que je suis honorée que tu m'aies tout raconté, mais je suis toujours au trente-sixième dessous et je ne sais pas comment je vais remonter la pente.

J'ai hoché la tête.

– Je peux faire quelque chose pour toi ? Là, maintenant, tout de suite, qu'est-ce qui te remonterait le moral, ne serait-ce qu'un tout petit peu ?

Elle a réfléchi une seconde.

– Franchement, à part réparer ma radio, je ne vois pas. La perspective de rentrer dans le Michigan sans musique... Il y a de quoi faire une dépression.

J'ai inspecté la radio cassée. Elle n'avait plus ni molettes ni boutons ; en d'autres termes : elle était foutue. Mais tant pis, j'ai dit :

– D'accord.

– Comment ça, d'accord ?

– Je vais te la réparer.

Bébé m'a jeté un regard sceptique.

– Comment, Solo ? Tu vas utiliser la Force ?

– Han Solo n'utilise pas la Force, l'ai-je détrompée. Mais s'il parvient à trafiquer l'alternateur, ça va être un jeu d'enfant.

Je disais n'importe quoi, bien sûr, mais vous savez quoi ? Ça a marché. J'ai réussi à réparer la putain de radio. Enfin, j'ai planté un Bic dans le trou qui correspondait à la molette, et aussitôt, la radio s'est mise en marche, ce qui était mieux que rien.

Et vous ne devinerez jamais quelle chanson passait.

« Wannabe », des Spice Girls.

Ben quoi ? Je vous l'avais bien dit, que vous ne trouveriez pas !

Bien sûr, ça aurait été plus poétique qu'on tombe sur « Livin' on a Prayer », voire sur « What's the Frequency, Kenneth ». On se serait dévisagés, les yeux écarquillés, Bébé et moi, si réellement l'univers avait orchestré un tel coup pour nous autres pauvres mortels – on serait restés scotchés. Sans compter que ça m'aurait permis de conclure en beauté le chapitre « Virginie » de mon histoire.

Mais ce n'est pas ce qu'il s'est passé, et je ne vais pas le nier.

– Bordel. C'est la pire chanson de toute l'histoire de la musique, a juré Bébé avant de réduire la radio au silence d'une claque en plein dans la molette-Bic. Je préfère ne rien écouter plutôt que cette merde.

– Comme tu voudras, ai-je acquiescé. Place au silence.

Nous avons échangé nos sièges et j'ai sorti la voiture du parking. Le temps que je gagne la bretelle d'insertion de l'autoroute, Bébé s'était endormie.

Et vous savez quoi ? Tout ça me semblait... normal.

Ce qui, pour être honnête, est une forme de poésie en soi.

CHAPITRE TRENTE-HUIT

Bébé et moi sommes arrivés vers minuit. N'ayant aucune envie de braver le courroux de Kat, dont elle avait raté la répétition générale du mariage, Bébé a passé la nuit à un bout du canapé dans la salle de repos du ROYO Vidéos, et moi, pour éviter l'engueulade de maman qui me pendait au nez, j'ai squatté le bout opposé. On s'est levés et on a déguerpi juste à temps avant que nos collègues ne débarquent, pour ne pas faire jaser.

Bébé m'a déposé chez moi, où, heureusement, il n'y avait personne. J'ai passé quarante-cinq minutes sous la douche, vidant le ballon d'eau chaude, pour purger mon corps et mon esprit du souvenir du motel dégueu de Fairfax, puis je suis descendu en quête de quelque chose à manger.

Tout en dévorant méthodiquement un paquet de biscuits fourrés à la figue arrosé d'un grand verre de lait, j'ai remarqué qu'un truc avait changé dans la cuisine. On est plutôt à cheval sur le ménage, chez moi, mais en l'occurrence la maison étincelait de propreté. Il n'y avait même pas de traces de doigts sur la porte du four. C'est alors que je me suis rappelé l'estimation dont maman m'avait parlé, et ça m'est revenu : c'était aujourd'hui que mes parents avaient rendez-vous avec leurs avocats respectifs, ce qui expliquait sans doute l'absence de ma mère.

Un élancement douloureux m'a noué les tripes. Tristement, je me suis rappelé qu'aux nombreux changements survenus au cours de la semaine passée allaient bientôt s'en ajouter quantité d'autres.

Maman avait retiré de son étagère à bibelots les quelques angelots intacts qu'il lui restait. Sans doute craignait-elle qu'une collection incomplète ne fasse baisser le prix de la maison. À la place, elle avait redisposé les animaux de ferme. Ni vu ni connu.

Autre chose. Quelqu'un (mon père, selon toute vraisemblance) avait déjà réparé les trous du mur opposé, causés par les éclats. Je m'en voulais qu'il se soit coltiné le sale boulot par ma faute, mais il allait bientôt être débarrassé pour de bon de ce genre de corvées. En tout cas sous ce toit.

Quelques minutes plus tard, une voiture s'est garée dans l'allée, alors j'ai couru allumer ma chaine hi-fi dans ma chambre pour signaler ma présence à maman avant de tomber nez-à-nez avec elle. J'ignorais dans quelle disposition d'esprit elle se trouvait mais je jugeais préférable de ne pas la prendre de court.

Toutefois, maman ne devait pas être pressée de me voir parce qu'elle a attendu presque une heure (soit quatorze rounds sur *Tekken 2*) avant de venir toquer à ma porte.

– Alors ? Bien ressourcé ? m'a hurlé maman pour se faire entendre par-dessus la musique.

J'ai éteint la chaine.

– Ressourcé ?

Maman portait un tailleur très pro et son maquillage spécial église.

– Ce petit voyage que ton père t'a imposé. Il t'a fait du bien ? a-t-elle clarifié.

Au bout de quelques secondes de perplexité absolue, la phrase de papa m'est revenue : « J'inventerai quelque chose. Je compte sur toi pour jouer le jeu en rentrant à la maison. »

– Ah, ça ! Ouais, super ressourcé.

– Tu es calmé ? a insisté maman, appuyée contre le chambranle. C'est fini ?

J'ignorais ce qui était censé être fini, au juste, mais il m'a semblé que la réponse attendue était « Oui », alors c'est ce que j'ai dit.

– Bon, a-t-elle déclaré sans poser plus de questions.

Puis elle a changé de sujet.

– Le mariage, c'est bien aujourd'hui ? Celui de la mère de la fille enceinte ?

J'ai consulté l'horloge du coin de l'œil et constaté que, si je voulais acheter le grille-pain que j'avais promis à Kat et Doug, j'avais intérêt à me bouger les fesses.

– Ouais, ai-je confirmé.

Puis, par souci d'exactitude, j'ai précisé :

– Mais elle n'est plus enceinte.

– Oh ? s'est étonnée maman.

Puis elle a compris.

– C’est un garçon ou une fille ?

– Une fille, lui ai-je appris en enfilant mon pantalon de costume.

– Quelle chance ! a-t-elle gazouillé. Elle s’appelle comment ?

– Daphné.

Maman a fait la moue.

– Comme dans *Scooby-Doo* ?

J’avais la flemme d’entrer dans les détails alors j’ai répliqué :

– Ouais.

J’ai ôté ma chemise du cintre et je l’ai enfilée.

– Et ce matin, ça s’est passé comment ? me suis-je enquis.

Maman ne m’a pas répondu tout de suite. Faute de cigarette à allumer, elle s’est mise à se triturer les cuticules.

– D’après les avocats, tu es trop vieux pour que la garde soit accordée à qui que ce soit. C’est à toi de décider avec qui tu veux habiter.

Elle regardait par la fenêtre, m’ignorant à dessein.

– Tu aurais fait quoi, sinon ? Tu te serais battue contre papa ?

Maman a haussé les épaules.

– Je ne savais pas comment ça marchait, a-t-elle dit en soupirant. Je ferais mieux de laisser la baraque à ton père, vu que personne n’a envie d’habiter avec moi. J’emménagerai dans un studio de vieille fille et vous referez votre vie ici avec sa pouffe.

Son ton était triste, pas furieux, et pas combatif pour un sou.

– Arrête, maman, lui ai-je dit aussi tendrement que possible. Quand tu dis ça, on croirait que je veux couper les ponts avec toi...

– C'est l'effet que ça me fait, Joel, m'a-t-elle rétorqué, s'énervant. J'ai toujours essayé de faire au mieux pour tout le monde, et j'en suis bien mal récompensée !

– Peut-être parce que tu ne sais pas toujours ce qui est le mieux pour tout le monde.

Elle m'a décoché un regard noir.

– On peut savoir ce que tu veux dire par là ?

Avec un calme qui ne me ressemblait pas, je lui ai dit :

– Je veux dire que tu n'es pas toujours la mieux placée pour dire aux gens ce qu'ils doivent faire. Comment ils doivent se comporter. Ou encore qui ils doivent être. Peut-être qu'il est temps pour toi d'arrêter de chercher à tout contrôler tout le temps.

Elle m'a regardé comme si je venais d'affirmer que le ciel était vert.

– N'importe quoi, je ne cherche pas à tout contrôler ! a-t-elle protesté.

– C'est ça, ai-je répondu sur le ton que vous imaginez.

Maman a poussé le plus long soupir du monde.

– Tu sais, j'espérais qu'après ta petite retraite, tu me témoignerais un peu de gratitude pour tout ce que j'ai fait pour toi. Je ne sais pas quelle mouche t'a piqué, mais je suis prête à parier que c'est en rapport avec le garçon du dessin.

Il y a toujours une goutte d'eau qui fait déborder le vase, et apparemment, pour moi, c'était celle-là.

Et je ne parle pas du genre de goutte d'eau qui vous fait d'un seul coup disjoncter et mitrailler le mur à coups de miniatures. Je parle de la goutte d'eau qui fait qu'on s'affranchit une fois pour toutes de la personne qui vous tenait sous son emprise depuis toujours, parce que votre cerveau décide soudain qu'il n'en a plus rien à foutre de ce qu'elle peut bien dire ou penser.

À l'instant précis où maman s'apprêtait à se lancer dans une nouvelle diatribe sur Maverick, *La guerre des étoiles* et mon homosexualité présumée, tout ce que j'en avais à foutre s'est volatilisé, désintégré, et c'était un sentiment tellement libérateur que j'ai regretté que ça ne me soit pas arrivé des années plus tôt.

– Je ne parle plus de ça avec toi, l'ai-je avertie. N'aborde plus jamais la question de ce dessin avec moi. Et ne prononce pas un mot de plus sur celui qui me l'a offert. Tu ne le connais pas, tu ne sais rien de lui, alors tais-toi.

Je n'avais pas élevé la voix, parce que je n'étais pas en colère. C'était terminé. Fini.

Fini, les accusations infondées. Fini, les explications inutiles. Fini de me défendre. Fini de vivre dans le passé, et fini de revivre inlassablement les mêmes engueulades stériles avec maman.

– Tu ne sais pas ce que je sais, Joel, a aboyé ma mère, blessée.

Je n'ai pas aimé l'insinuation, mais je n'allais pas mordre à l'hameçon.

– Tu as sans doute raison, maman, ai-je admis en fouillant dans les poches de mon manteau. Dans cette famille, tout le monde se fait tellement de cachotteries. Tu me caches sûrement un tas de choses dont je ne saurai jamais rien.

– Je veux dire que tu ne sais pas ce que c'est que d'être mère !

Je l'ai entendue déglutir.

– Une mère, tout ce que ça veut, c'est protéger ses enfants. Les mettre à l'abri de la cruauté du monde. Une mère, ça veut le meilleur pour ses petits.

J'ai enfin retrouvé le sac plastique que papa m'avait donné et j'en ai sorti ma cravate rose. Je l'ai passée autour de mon cou avant de me rappeler que je ne savais pas faire de nœud de cravate. Alors j'ai improvisé un nœud coulant (mon séjour chez les scouts m'avait au moins servi à ça).

– Et les enfants, tout ce qu'ils attendent de leurs parents, c'est d'être aimés tels qu'ils sont, lui ai-je rétorqué calmement. Dommage qu'aucun de tes fils n'ait jamais connu ça avec toi.

Maman a paru horrifiée, à cause de ce que je venais de lui dire ou de la couleur de ma cravate ou du fait que celle-ci pendouillait autour de mon cou comme un lasso de cowboy, je ne sais pas. Je m'en fichais. J'ai attrapé ma veste et mes chaussures et je suis sorti. On m'attendait à un mariage et ce n'était pas ma mère qui allait m'empêcher d'y aller.

D'ailleurs, elle n'a même pas essayé.

CHAPITRE TRENTE-NEUF

Après m'avoir vendu le grille-pain, la caissière a refait mon nœud de cravate parce qu'elle ne pouvait pas me laisser aller à un mariage « tout débraillé ». Puis elle a lissé ma veste et m'a envoyé au rayon des pochettes cadeaux, jugeant « déplacé et malpoli » d'offrir mon cadeau aux mariés « en vrac dans un sac ». D'autres adolescents l'auraient mal pris, mais pas moi. J'avais appris depuis longtemps à accepter toute aide qu'on me proposait, à dire merci et à le penser, et c'est très exactement ce que j'ai fait.

La cérémonie devait débuter à seize heures, ce qui me laissait un peu de temps à tuer quand j'ai quitté le centre commercial. Comme je n'avais nulle part où le tuer, je me suis rendu à l'adresse qui figurait sur le faire-part puis, sur le parking de la chapelle, j'ai écouté *Monster* en montant le volume à fond.

Je n'en étais qu'à la moitié de « What's the Frequency, Kenneth ? » quand j'ai éjecté le CD. Le disque dans la main, je me suis rendu compte que, pour la première fois depuis un bail, je n'avais pas envie d'écouter cette chanson.

J'ignorais pourquoi, mais, soudain, je n'éprouvais plus le besoin de percer le sens de cette chanson ni de savoir qui était Kenneth. Je m'en fichais. Ces questions avaient perdu tout leur intérêt. Et ça ne me faisait plus rien qu'elles restent sans réponses. Du coup, j'étais prêt à écouter autre chose.

D'abord, ma mère, et maintenant ça ! Je n'aurais pas su dire ce qui était en train de m'arriver, mais je regrettais presque de ne pas être allé au cimetière plus tôt.

Je me contorsionnais pour trouver mon CD de Weezer sur la banquette arrière quand la portière s'est ouverte du côté passager.

– Putain ! ai-je lâché en me redressant, avant de tomber nez à nez avec Bébé. Ah, c'est toi. J'ai cru que je me faisais braquer.

Bébé, un foulard sur la tête et plus de maquillage sur la figure que je ne lui en avais jamais vu porter, s'est glissée à ma droite.

– On se calme. Personne n'en veut, de ta caisse ! m'a-t-elle rétorqué, cinglante.

Elle m'avait fait peur, n'empêche que j'étais vachement content de la voir. Je n'espérais pas lui parler avant la réception, vu qu'en tant que fille de la mariée, elle devait avoir mille choses à faire pour aider sa mère. J'étais heureux de l'occasion de savoir comment elle allait.

– Tu sais être classe, quand tu veux, m'a complimenté Bébé en désignant mon costard. C'est nettement mieux que ton uniforme de routier.

– Qu'est-ce qu'on ne ferait pas ! Tu es très en beauté, toi aussi.

Elle m'a adressé une moue exaspérée.

– Je porte un manteau et un foulard de mémé.

– Je parlais de ton visage, me suis-je expliqué.

Mais j'avais l'impression de m'enfoncer.

Bébé a haussé les épaules.

– Bof. C'est pour faire plaisir à Kat, m'a-t-elle répliqué. J'avais prévenu Scarlette que je ne voulais pas avoir l'air d'une pute ni d'un clown. Faut croire qu'elle s'en est bien tirée.

– Hein, quoi ? C'est Scarlette qui t'a maquillée ? On parle bien de la même Scarlette ? Celle qui bosse avec nous chez ROYO Vidéos ? Celle que tu ne peux pas saquer ?

– Celle-là même, a admis Bébé non sans réticence en étudiant son reflet dans le rétro. Tu te doutes bien que je n'allais pas dévoiler mon nouveau look punk à chien à ma mère à quelques heures de son mariage, et il n'y avait aucun coiffeur de dispo à la dernière minute pour me rattraper le coup. Pourtant, je te jure que j'ai cherché ! Bref, j'ai demandé à Scarlette et elle m'a un peu arrangée. Après, elle a insisté pour me peinturlurer la tronche, et quand je l'ai vue attaquer avec son pinceau à blush, je n'ai pas eu l'énergie de la repousser.

J'étais tellement sur le cul que j'ai répété, croyant encore à un malentendu :

– Tu es allée demander de l'aide, à Scarlette... volontairement ?

Elle a levé les yeux au ciel.

– T'excite pas, Solo, je ne lui ai pas demandé d'être ma cavalière au bal de promo ! J'avais un problème capillaire, et puisqu'elle t'avait pas mal arrangé, je me suis jetée à l'eau. Foutue pour foutue...

– OK, ai-je murmuré en tâchant de m'imaginer la scène. Elle t'a demandé ce qui était arrivé à tes cheveux ?

– À ton avis ? a riposté Bébé en regardant par la fenêtre. Je lui ai dit que c'était le bébé qui me les avait arrachés. Je crois bien qu'elle m'a crue. Ça lui a coupé net ses envies de môme, ce qui fait de moi une sainte : j'ai épargné à la planète de futures générations de Scarlette.

Je l'ai fixée.

– Bon, bon : je lui ai dit que je les avais coupés moi-même, a avoué Bébé.

Après un long silence, elle a ajouté :

– On a bien parlé, toutes les deux.

– Vraiment ?

Elle a opiné :

– Ouais. Déjà, j'aurais eu du mal à lui cacher que j'avais accouché. Même Scarlette n'est pas débile à ce point ! Donc bon. Ça a soulevé quelques questions.

Bébé ne s'est pas étendue sur le sujet, mais ça n'était pas nécessaire.

– Et ça a été ?

– Mouais, a-t-elle soupiré. On ne va pas se faire des tatouages assortis, mais il se trouve qu'on avait pas mal de choses à se dire.

Bébé feignait l'indifférence, mais je sentais que ça avait beaucoup compté à ses yeux, ce cœur à cœur avec Scarlette. Moi aussi, je m'en réjouissais.

– Je suis content pour toi, ai-je dit. Pour vous deux.

Bébé s'est contentée de hausser de nouveau les épaules.

– Scarlette adore Marc Schwartz, m'a-t-elle informé. Même venant d'elle, ça m'a fait plaisir de l'entendre.

Elle n'avait pas l'air prête à en dire davantage alors j'ai changé de sujet.

– Bon, et ta coupe, je peux la voir ?

Bébé a entrepris de dénouer son foulard.

– Scarlette visait celle de Drew Barrymore dans *De l'amour à la folie*. Je ne sais pas si le résultat est à la hauteur, mais au moins on ne dirait plus que je suis passée sous la tondeuse à gazon.

Elle a laissé tomber le foulard sur ses genoux.

J'ai souri. Bébé ne ressemblait pas à Drew Barrymore (à mon humble avis), mais elle était maintenant dotée d'une adorable coupe à la garçonne, ce qui (toujours à mon humble avis) valait nettement mieux.

– J'adore.

– Merci.

Elle a soufflé sur les mèches qui lui chatouillaient les yeux.

– Et à ce propos...

Son ton s'était fait solennel.

– Merci pour tout le reste, aussi. Ça m'a aidée. Enfin, je crois.

J'ai hoché la tête.

– J'espère que tu ne m'as pas trouvé trop centré sur moi, ai-je dit. Ce n'était pas le but du voyage.

– Je sais, m'a rassuré Bébé. T'as bien fait de m'embarquer. Tu m'as sans doute évité de faire de grosses conneries.

– Hum, ai-je fait, pensif. Se tronçonner les cheveux en culotte de strip-teaseuse dans un motel digne d'un film d'horreur, c'est pas mal, dans le genre connerie.

Bébé m'a décoché alors son premier vrai sourire en croissant depuis très longtemps.

– On ne saura jamais jusqu'où je serais allée sans ton intervention.

– Non, en effet.

Elle est restée muette pendant quelques secondes.

– J'ai eu un enfant, Solo. Je suis tombée enceinte, j'ai accouché d'une petite fille, je l'ai fait adopter, et me voilà, à dix-huit ans, obligée d'aller me pavaner au mariage de ma mère en simulant la joie alors que je n'ai qu'une envie, c'est de foutre le feu à la terre entière.

– Et c'est parfaitement normal, Bébé. Et ça va aller.

Elle a pris une profonde inspiration.

– T'en es sûr ?

– Non, ai-je reconnu. Mais je suis là.

Bébé a tendu le bras et glissé sa main dans la mienne.

– Alors, ça ira.

La cérémonie à proprement parler fut courte et touchante, et après, les invités se sont mis en route pour la réception.

Headlights n'avait pas officiellement rouvert ses portes depuis l'incendie, alors la fête, bien que privée, lui a tenu lieu de réouverture. Un voiturier a garé ma Chrysler pour moi, puis une espèce de videur a vérifié que mon nom figurait bien sur sa liste et j'ai pénétré dans le restaurant où j'ai aussitôt été agressé par des odeurs mêlées de peinture, de vernis, de steak et de bouchées au poulet.

Non seulement la salle avait changé depuis les travaux, mais elle croulait sous les décorations de Saint-Valentin rose et blanc, les flûtes à champagne, les enceintes et tout ce qu'il faut pour faire la fête. Pour un bar à nichons, ça faisait assez classe.

Pendant toute la soirée ou presque, Bébé a vaqué à ses missions de fille-de-la-mariée, et moi j'ai patienté à la table qui m'avait été assignée, à côté de copines de Kat qui travaillaient toutes chez Headlights (et je dois dire que leur compagnie n'était pas pour me déplaire).

Après le dîner, les mariés ont ouvert le bal, puis Bébé m'a intimé de danser avec elle et je me suis exécuté parce que c'est ce qu'on fait quand on est un bon cavalier.

Tout en me menant vers la piste, Bébé m'a demandé un service.

– Tu me fais signe si mes nichons commencent à fuir, OK ?

– Euh, ai-je fait, plus rond de flan que jamais. C'est-à-dire ? Ils vont se mettre à saigner ? Ça arrive ?

Bébé a cessé de se déhancher et m'a regardé comme si j'étais le dernier des imbéciles (ce que j'étais).

– J'ai eu ma montée de lait. Mon corps croit qu'il y a encore un bébé à nourrir dans le coin.

J'avais des tas de questions mais je ne tenais pas forcément à en connaitre les réponses alors j'ai dit :

– Je te ferai signe.

– Navrée que mes seins te mettent mal à l'aise, Solo, mais tu sais quoi ? C'est pas super confo pour moi non plus, alors tu la fermes.

– Il n'y a pas de malaise ! ai-je menti. Mais si tu veux parler d'autre chose, n'hésite surtout pas.

Le DJ avait choisi un hit des Eagles et nous avons dansé ensemble dans un silence religieux jusqu'à la fin de la chanson.

– J'ai écrit un discours pour ma mère, m'a révélé Bébé alors. Mais je n'avais pas envie de le lire devant tout le monde.

– Ah ?

– Pourtant, je peux te dire que j'aurais fait sensation ! Il serait entré dans les annales. Meilleur discours de mariage de tous les temps !

– À ce point ? Qu'est-ce que tu avais prévu de dire ? lui ai-je demandé, sentant qu'elle n'attendait que ça.

– Bon, a-t-elle commencé. Au début, j'aurais cité un film, comme dans tout discours qui se respecte. J'avais choisi *Diamants sur canapé*, parce que c'est le préféré de Kat. J'aurais enchainé avec un topo sur Kat et Doug et leur amour et patati et patata...

– Je n'ai jamais rien entendu de si émouvant de ma vie, ai-je commenté. C'est dégueulasse d'avoir privé les invités d'une pareille pépite.

Elle m'a écrasé le pied exprès pour me faire taire.

– Ensuite, je lui aurais dit que je sais qu'être maman, c'est le plus dur de tous les boulots. Que je comprends maintenant à quel point elle m'aime, et que si elle m'a parfois bien pété les couilles, c'était sûrement pour me protéger. J'allais la remercier de m'avoir offert la meilleure des vies qu'elle ait pu m'offrir, même si le parcours a été pavé de doutes et d'inquiétudes pour elle et qu'elle a merdé quelques fois. Sauf que je n'aurais pas vraiment dit « couilles » ni « merder », m'a assuré Bébé. Enfin, je leur aurais souhaité des milliards d'années de bonheur et blablabla et j'aurais conclu sur une citation tirée de *Quatre mariages et un enterrement,* parce que, ben, c'est de circonstance, quoi.

– Hum, ai-je fait. Je crois que ça aurait beaucoup plu à Kat.

– Mais quand je le dis à voix haute, ça fait gnangnan, et déjà qu'elle a passé la moitié de la journée à chialer, alors je lui dirai tout ça une autre fois.

– Oui, ai-je approuvé. Bonne idée.

La chanson s'est achevée et, l'heure du lancer de bouquet étant arrivée, Bébé a dû prêter renfort si bien que je ne l'ai pratiquement pas revue de la soirée.

Je me suis gavé de Coca et de petits cœurs en chocolat. Vers vingt-deux heures, les premiers invités ont commencé à s'en aller. Quand Bébé s'est pointée à ma table pour me demander de la ramener chez elle, elle était pieds nus, ayant bazardé ses escarpins dans un coin depuis belle lurette. Elle a remis les bottines qu'elle portait à l'église, j'ai demandé au voiturier de nous amener mon carrosse et on a décollé.

– Qui bosse, ce soir ? m'a-t-elle demandé comme on approchait du vidéoclub.

– Je ne sais plus. Hannibal, je crois. Je me suis dit que ce serait lui que ça soulerait le moins d'être coincé au boulot le soir de la Saint-Valentin.

– On va le remplacer ?

J'ai étudié Bébé du coin de l'œil.

– Tu as envie d'aller travailler ? En robe de demoiselle d'honneur ?

– Pourquoi pas ? m'a-t-elle rétorqué. J'ai perdu toutes mes heures de la semaine. Et puis, tu sais, un jour, j'ai travaillé le bide à l'air, une pastèque peinte dessus. Le boss n'est pas très à cheval sur le dress code.

– Ce n'est pas faux.

J'ai mis le clignotant.

On est entrés par la porte de service et on a largué nos manteaux dans la salle de repos avant de gagner la boutique. Cela ne faisait que quelques jours que je n'y étais pas venu ; pourtant, elle m'avait manqué.

Quelqu'un passait l'aspirateur. On a remonté le fil, et comme prévu, on est tombés sur Hannibal, les écouteurs vissés sur les oreilles.

– Tiens ! Salut, mon pote, m'a-t-il lancé, surpris de me voir tout endimanché. T'es super classe ! Rencard ?

Il désignait Bébé.

– On vient du mariage de ma mère, Hannibal, lui a signalé Bébé.

Et là, on l'a vu écarquiller les yeux comme jamais – il ne l'avait pas reconnue.

– Waouh ! Salut, Bébé.

Il la dévisageait des pieds à la tête, complètement décontenancé.

– Il n'y avait pas... t'étais pas... plus volumineuse, la dernière fois ? Et plus chevelue, aussi ?

– Si, lui a-t-elle répondu, laconique. Bon, tu veux qu'on te remplace ?

Hannibal en a oublié tout le reste.

– Pour de vrai ? Je peux partir ? s'est-il enquis en promenant son regard entre Bébé et moi.

– Oui. On fera la fermeture, lui ai-je promis en lui prenant l'aspirateur des mains.

– Pas besoin de me le dire deux fois ! s'est exclamé Hannibal. Les mecs du salon de tatouage sont passés, il leur manque un joueur pour leur partie de *Donjons et Dragons*. Je file !

Il a rectifié son catogan, nous a lancé un « Joyeuse Saint-Valentin ! » puis il a dépointé sans demander son reste. Bébé, elle, finissait de passer l'aspi en robe de soirée.

Il n'y avait pas un seul client en vue, ce qui prouvait à mon sens que l'amour n'était pas mort, à Royal Oak, du moins. Parce que, soyons honnêtes, j'ai beau adorer ROYO Vidéos, ce n'est pas l'endroit le plus glamour qui soit. C'était plutôt bon signe que la communauté locale ait mieux à faire le soir de la fête des amoureux que de louer des cassettes.

Je m'apprêtais à étudier les recettes de la journée quand, par-dessus le ronron de l'aspirateur, j'ai entendu la porte du placard à fournitures s'ouvrir puis claquer. Je ne sais pas pourquoi j'avais pensé qu'Hannibal serait seul ce vendredi soir ; on travaillait toujours en duo, quel que soit le créneau. Mais voilà, j'avais oublié. J'ai passé une tête dans le couloir pour voir de qui il s'agissait, et une seconde plus tard, Maverick a émergé, un carton de réassort de sucreries dans les mains.

Bien sûr. Ça me revenait, maintenant.

Il n'a pas remarqué ma présence avant d'avoir atteint les caisses. Alors, j'ai vu défiler dans ses yeux la surprise, la confusion puis la terreur pure en moins de trois secondes chrono. On aurait sûrement pu en dire autant de moi.

– Salut, lui ai-je dit quand il s'est trouvé si près qu'il aurait été bizarre de ne pas le saluer. Ça va ?

– Nickel, m'a-t-il répondu froidement en déposant son carton sur le comptoir. Je croyais que tu ne bossais pas ce soir ?

– C'était le mariage de la mère de Bébé, ai-je expliqué. On est venus vous libérer, Hannibal et toi.

Maverick a ouvert le carton et entrepris de remplir les présentoirs.

– Quelle délicate attention, a-t-il répliqué. Mais ce n'était pas la peine. Ma copine habite loin, alors pas de Saint-Valentin pour moi.

– Je ne savais pas que tu avais une copine, ai-je répondu, candide et paumé.

– Oh, si. Elle habite une ville dont le nom ne te dit rien, fréquente un lycée dont tu n'as jamais entendu parler et elle est très prise par son emploi du temps de pom-pom girl, alors on ne se voit presque jamais. Mais quand on se voit, on baise comme des lapins, parce qu'elle est tellement bien roulée que je ne peux pas lui résister. Ah, et elle s'appelle Jenny, comme toutes les filles dans son genre.

J'ai enfin tilté.

– Je vois, ai-je dit. Elle a l'air parfaite.

– Merci, m'a-t-il répondu sans sourire. C'est l'idée.

Il a continué à bosser en silence pendant que je cherchais mes mots.

– Je ne dirai rien à personne, si c'est ce qui t'inquiète, ai-je fini par lâcher.

– Monsieur est trop bon ! M'épargner le passage à tabac par les hordes homophobes, vraiment, c'est trop.

Il me fusillait du regard.

– Je voulais te rassurer, c'est tout. Je sais garder un secret, lui ai-je promis. Je comprends, tu sais. J'en ai un paquet, moi aussi, et je n'aimerais pas qu'ils s'ébruitent.

Là, Maverick m'a décoché un regard que j'avais en horreur. Quiconque a assez fréquenté les séances de thérapie de groupe voit de quel genre de regard je veux parler. Il trahit un mélange de désespoir et de fureur contenue et il veut dire *Ne viens pas m'emmerder avec tes petits tracas parce que tu ne sauras jamais combien c'est dur d'être moi.*

En thérapie, ce regard est réservé aux Alphas, c'est-à-dire ceux qui vivent la situation la plus barrée, et en général il s'adresse au premier débile venu qui se figure que son cas de [insérer ici le nom d'une pathologie mentale secondaire] est comparable à ce que l'Alpha vit. J'avais envoyé ce regard à des tas de gens, mais c'était la première fois que j'en étais le destinataire. Eh bien, permettez-moi de vous dire qu'on se sent sacrément con.

– Ce que je veux dire, c'est que je suis désolé pour la façon dont j'ai réagi, ai-je ajouté avec sincérité. Il faut croire que je ne suis pas très diplomate.

Maverick s'est interrompu et il m'a toisé, en colère.

– Mais justement, si ! Tu fais super attention aux autres, en général. C'est ça le pire dans l'histoire. Depuis des mois, je te vois jouer les chevaliers servants pour Bébé, pour Scarlette, pour tout le monde dès qu'il y a une merde. On dirait que tu sais toujours quoi faire, quoi dire. À croire que tu vis pour ça ! Je pensais que t'étais un gars bien, un de ceux qui en ont vraiment quelque chose à foutre des problèmes des autres.

Il a marqué une pause.

– Sauf des miens. Mais j'aurais dû me douter que je serais l'exception, même pour un mec bien tel que toi. Les gens comme moi, on est toujours l'exception.

Ses accusations ont retenti à mes oreilles. Elles me blessaient. Elles étaient fausses, et, en même temps, Maverick avait visé juste.

Effectivement, je l'avais traité différemment des autres. Je n'aurais pas sauté sur Bébé si ç'avait été Poppins ou Le Parrain qui m'avait « peloté » l'épaule. Si j'avais réagi ainsi, c'était parce que Maverick était un mec.

– Tu as raison, j'ai été un vrai connard, ai-je reconnu. Je comprendrais complètement que tu ne veuilles plus jamais me parler, mais moi, ce n'est pas du tout ce que je souhaite. Je voudrais qu'on soit amis. Vraiment, sans faire semblant, sans jouer la comédie. Même si je ne sais pas ce que ça veut dire.

Puis, comme je ne savais pas comment conclure, je lui ai tendu la main comme un vulgaire vendeur de voitures d'occasion.

Maverick (qui, rappelons-le, était nettement plus cool et plus mannequin Levi's que moi, malgré le coup que je lui avais porté) a secoué la tête, consterné par mon geste guindé, mais il m'a néanmoins serré la main.

– Pour le moment, ça veut dire que j'ai une meuf qui s'appelle Jenny, a-t-il grommelé. Mais merci.

Alors est apparue Bébé (qui avait certainement tout écouté en guettant le moment de faire son entrée).

– C'est bon, les mecs, j'ai tout nettoyé, nous a-t-elle annoncé.

Maverick a fait à peu près la même tête qu'Hannibal puis, quand il l'a reconnue, comme c'était un gars bien, du genre qui en a vraiment quelque chose à foutre des problèmes des autres, il a dit :

– Sympa, ta coupe.

Et il n'a pas insisté.

Bébé l'a remercié et a examiné notre sélection de comédies romantiques spécial « Saint-Valentin ».

– Hé, Solo, ça te dit de mater un film après la fermeture ?

Je me suis accoudé au comptoir.

– Pourquoi pas. Il reste des trucs bien ?

Elle a brandi le boîtier de *Rose bonbon.*

– Tu ne l'as toujours pas vu.

Je lui ai lancé un regard qui en disait long.

– Et je n'en ai toujours pas envie.

Bébé a levé les yeux au ciel.

– OK, t'as envie de voir quoi, alors ?

– *La guerre des étoiles,* lui ai-je répondu du tac au tac.

– T'es sérieux ? Le soir de la Saint-Valentin ?

– Pourquoi pas ? C'est une histoire d'amour. Plus ou moins.

– Euh, sur quelle planète est-ce que *La guerre des étoiles* est une histoire d'amour ?

– La mienne. C'est une histoire d'amour entre le film et moi.

Bébé a soufflé sur ses mèches.

– Pff. Bon, d'accord. Mais c'est toi qui paies la pizza.

– Deal.

J'ai regardé Maverick.

– Tu te joins à nous ?

Il a consulté Bébé du regard. Elle a opiné du menton :

– Pitié, dis oui. Je n'ai jamais regardé *La guerre des étoiles* avec Solo, mais quelque chose me dit que je vais devoir beaucoup le vanner tellement il va être à fond.

Après une seconde d'hésitation, Maverick a accepté.

– Dans ce cas, d'accord. Je ne veux pas rater ça.

– Yes ! s'est réjouie Bébé.

Et elle s'est immédiatement mise à me vanner.

– Je suis sûre qu'il va réciter toutes les répliques par cœur, a-t-elle affirmé en secouant la tête, atterrée, à l'intention de Maverick. Tu paries qu'il pleure de joie quand l'étoile noire explose ?

– C'est vrai, ce qu'elle dit ? m'a lancé Maverick. Si oui, je crois qu'il y a un truc qui cloche chez toi !

Mais c'était à mon tour de rire.

– Bébé n'est pas complètement à côté de la plaque, ai-je admis en haussant les épaules. Mais je t'assure : il n'y a strictement Rien qui Cloche chez Moi.

ÉPILOGUE

Huit mois plus tard – le samedi d'Halloween, 1997

– ROYO Vidéos, joyeux Halloween, j'écoute, a dit Hannibal dans le combiné après avoir retiré sa fausse patte.

Il y a eu un long silence.

– Désolé, mon pote, elle ne travaille plus ici. (Silence.) Ouais, c'était zarbi, elle a disparu du jour au lendemain. (Silence.) Crois-moi, t'es pas tout seul à chercher à la joindre ! (Silence.) Ça marche. Salut, mon pote. Ciao.

Je l'ai regardé raccrocher le téléphone.

– Encore quelqu'un qui cherche Le Parrain ?

Il a remis son gros gant en forme de patte et a hoché la tête, faisant gigoter les faux yeux de son déguisement.

– Ouais. T'as vraiment aucune nouvelle ?

– Non, ai-je menti (ou presque). Aucune.

Cela faisait plus de deux mois que personne n'avait vu Le Parrain. Enfin, personne à part moi. Elle avait déboulé, échevelée, dans le vidéoclub vers le milieu du mois d'août et démissionné sur-le-champ.

– Je ne bosse plus ici, effectif immédiatement, nous avait-elle annoncé, à Scarlette, Poppins et moi, en jetant de petits coups d'œil par-dessus son épaule.

Ses cheveux noirs étaient humides de sueur.

– Tout va bien ? lui avait demandé Poppins. Quelqu'un te poursuit ? Tu veux qu'on appelle la police ?

– Surtout pas ! lui avait rétorqué Le Parrain. Je regrette de ne pouvoir vous fournir ni explications ni préavis. Vous avez été des collègues tout à fait tolérables.

Elle a serré la main des filles et m'a attiré à elle pour m'embrasser sur la joue.

– Dans ta poche, m'a-t-elle susurré.

Puis elle s'est enfuie en me laissant une empreinte rouge Baiser Fatal sur la joue et un mot dans la poche de mon jean.

Je suis à peu près sûr que tout s'est bien fini pour elle. Si vous aviez lu le mot, vous penseriez comme moi. Cependant, comme les mouchards se font moucher (ainsi qu'elle me le rappelait en toutes lettres dans son mot), je me contenterai de dire que je sais où la joindre si j'ai un jour besoin d'un service car, après avoir fait ce qu'elle me demandait dans le mot (vous aimeriez bien savoir quoi, pas vrai ?), elle avait une dette envers moi.

– Maman, regarde ! C'est Scooby-Doo !

Une petite fille déguisée en Power Ranger désignait Hannibal.

– Et son copain, le garçon au T-shirt vert !

– Sammy, enchanté, lui ai-je dit en prenant les deux étiquettes que me tendait sa mère.

– Comme c'est amusant ! a commenté cette dernière.

Elle a balayé le vidéoclub du regard et indiqué à sa fille Poppins et Maverick.

– Il y a aussi Véra, et Fred, et...

Elle a reporté son attention sur moi pendant que je récupérais les cassettes demandées.

– Où est Daphné ?

– Pas loin, lui ai-je assuré, constatant l'absence de Scarlette. Elle doit être en train de refaire les stocks de bonbons, histoire que vous ne finissiez pas avec des Smarties, hein, ma grande ?

La fillette m'a souri.

– Berk, les Smarties, ça a un goût de médicament !

– Bien dit, ai-je approuvé. Voilà, madame, vous nous les rapportez demain avant dix-neuf heures.

C'est à cet instant que Scarlette a surgi du couloir vêtue de la robe violette la plus courte et la plus moulante que j'aie vue depuis un certain séjour en face d'un établissement de strip-tease en Virginie. Elle portait en outre un foulard vert, des collants fuchsia et une perruque orange bouffante, si bien qu'elle aurait été le portrait craché du personnage de Daphné... si elle n'avait pas pris la liberté d'ajouter à son costume un Wonderbra et dix centimètres de décolleté. Je ne me suis pas fatigué à la pointer du doigt pour ma cliente et sa fille. Quand Scarlette était dans la pièce, c'était difficile de la rater.

J'ai continué à tenir la caisse (les thrillers et les films d'horreur partaient comme des petits pains), et je finissais de servir mon dernier client quand Poppins m'a fait signe que les Schwartz étaient arrivés. J'ai échangé un regard avec

Maverick, qui est venu me relayer en caisse. Il savait que j'avais attendu toute la journée l'arrivée de la vraie Daphné.

– Salut, Joel! m'a lancé Marc en me serrant la main et en me gratifiant d'une demi-accolade. Alors, tu es Sammy? Excellent choix.

– Le choix de la facilité, ai-je précisé. Je n'ai eu qu'à me dégoter un pantalon marron. Des T-shirts verts, j'en avais déjà plein.

Jana sortait Daphné de sa poussette.

– Je trouve ça adorable que toute l'équipe se soit déguisée, a-t-elle observé. On voit bien que vous êtes très soudés.

Elle a embrassé sa fille et me l'a confiée.

J'avais eu quelques mois d'entrainement pour la porter et j'étais nettement plus à l'aise que la première fois; quant à Daphné, qui me voyait souvent entre ses passages au vidéoclub et les miens à son domicile, elle semblait heureuse dans mes bras.

– Coucou, ma puce, lui ai-je glissé. Sympa, ton costume.

Daphné, qui ne se doutait absolument pas qu'elle portait un déguisement de citrouille, m'a offert un magnifique sourire en croissant aux coins bien affutés et m'a empoigné le nez.

– Vous êtes trognons! a gazouillé Jana. Attendez, que je vous prenne en photo.

Elle a sorti un appareil de son sac à langer.

– Je vais en prendre une petite série pour les envoyer à Nicole.

Elle n'a pas eu besoin de me dire « Ouistiti ». Je souriais déjà.

Le flash a attiré l'attention de Scarlette, qui a piaillé depuis le fond du magasin. C'était à prévoir : elle a rappliqué pour me voler le bébé.

– Oooh ! a-t-elle roucoulé en me la prenant des bras. Mais tu es la plus jolie petite citrouille que j'aie jamais vue !

Daphné dévisageait la perruque de Scarlette avec méfiance et elle a tendu ses petits bras vers moi.

– Daph', c'est moi, lui a dit Scarlette en ôtant sa perruque. Je me suis déguisée en une autre Daphné. Comme ça, on est copines, toi et moi !

Je soupçonnais Scarlette d'avoir imposé le thème Scooby-Doo à l'équipe dans ce seul but, mais j'ai tenu ma langue. Nul n'ignorait qu'elle vouait un vrai culte au bébé, aussi toute remarque à ce sujet aurait-elle été superflue. Bah ! Certaines obsessions ne font de mal à personne.

Reconnaissant la blonde dont elle avait l'habitude, Daphné a consenti à rester dans ses bras.

– Elle est lourde, a dit Scarlette à Jana, la joue plaquée contre le visage poupin de Daphné. Elle grandit tellement vite.

C'était un gros cliché, mais c'était également la vérité.

– Oui, a reconnu Jana dans un soupir. Tu sais ce qu'on dit : les journées sont longues mais les années passent vite.

Après avoir joué quelques minutes avec la petite, Scarlette s'est recoiffée et nous avons pris la pose tous les trois devant l'objectif de Jana. Ensuite, nous avons rassemblé l'équipe au grand complet pour réaliser quelques photos de groupe. Mais pas moyen de faire sourire Daphné : elle était trop fascinée par Hannibal.

– Elle est trop love de toi, Hanni ! a pépié Poppins en chatouillant les petons de Daphné. Elle te prend pour un chien géant !

Hannibal s'est mis à sautiller sur place pour agiter les yeux en plastique de son masque de Scooby-Doo.

– Comment ça va, mon p'tit pote ?

Daphné en a gloussé de joie.

Après notre séance photo avec Daphné, quelques clients nous ont demandé de poser avec leurs propres enfants, ce qui n'était pas prévu, mais pas non plus étonnant : on ne tombe pas tous les jours sur des héros de dessin animé en chair et en os au vidéoclub du quartier. Certains enfants nous ont même demandé des autographes, comme s'ils nous croyaient tout droit sortis de leurs petits écrans.

– Joel ! m'a hélé Marc en me prenant à part. On va y aller, Daphné commence à avoir faim. Mais on te voit chez Headlights le week-end prochain ?

– Bien sûr ! Kat me tue si je n'y vais pas, ai-je répondu.

Je me suis rappelé quelque chose.

– D'ailleurs, Maverick viendra avec Ben, cette fois.

– Enfin, nous allons avoir l'honneur de faire sa connaissance ! s'est réjoui Marc. Pas d'autres cavaliers... ou cavalières surprises ?

– Non, je viendrai seul, comme toujours.

– Solo, le bien nommé ! a blagué Marc en désignant mon badge. Au fait, quand tu auras Bébé au téléphone, tu lui dis de ma part...

– De ne pas se laisser mettre dans un coin. Promis.

– Je savais que je pouvais compter sur toi, m'a dit Marc en me serrant affectueusement l'épaule.

Les Schwartz se sont dirigés vers la sortie. Jana a pris la main de Daphné, pour lui faire envoyer des bisous à toute l'équipe, puis la famille a disparu parmi la horde d'enfants déguisés.

Ce fut un super Halloween, quoique moins mouvementé que celui de l'an passé. Un samedi plus chargé que la moyenne, à la boutique, mais à part ça, rien de spécial, ce qui était cool.

Mais quelque chose manquait.

Comme toujours, en fait.

J'ai pris ma pause vers seize heures, heure à laquelle la tournée des bonbons chez les commerçants de Royal Oak s'achevait officiellement, et le flux de clients a commencé à se tarir. Assis sur le canapé dans la salle de repos, le téléphone sans fil à la main, je me creusais la tête (comme chaque fois) pour tâcher de me rappeler si le Michigan et New York appartenaient au même fuseau horaire.

C'est la coloc de Bébé qui a décroché.

– Salut, Kylie. Nicole est là ?

J'ai entendu une main couvrir le micro et une voix étouffée crier : « Nic' ! C'est pour toi. » Quelques bruits assourdis, puis : « C'est La Guerre des étoiles. »

Kylie m'appelait ainsi, sans doute parce que Han Solo était trop compliqué à mémoriser. Je n'en prenais pas ombrage. On faisait pire, comme surnom.

Une seconde plus tard j'avais Bébé au bout du fil.

– Alors, j'avais deviné ? Scarlette a réussi à transformer son déguisement de Scooby-Doo en étalage de nichons ?

J'ai souri, égayé par le son de sa voix.

– On ne voyait que ça.

Elle a ri.

– J'en étais sûre !

– Personne n'en doutait. Si tu veux mon avis, la moitié des clients d'aujourd'hui étaient venus exprès pour voir ça. Les cours, ça va ?

– Ça va. C'est dur, mais bon, je ne suis pas une débile profonde comme les trois quarts de la classe. (Elle a écarté sa bouche du micro un instant.) Calmos, Kylie, je ne parlais pas pour toi !

– Tant mieux.

– Et toi, d'ailleurs ? m'a riposté Bébé. Tu ne me parles jamais de tes cours.

– Parce que ma fac est nulle. Il n'y a rien à raconter. Je ne fais que dormir en cours depuis trois semaines et j'ai quand même 18 de moyenne.

– C'est bien. Continue comme ça, et tu pourras bientôt me rejoindre.

– Tu crois vraiment que je devrais retenter le coup, pour Sarah Lawrence ?

– Évidemment. Je t'attends de pied ferme, Solo. Franchement, je ne comprends pas que ta candidature ait été rejetée la première fois, a-t-elle craché avec dédain.

– Pas rejetée, l'ai-je corrigée. « Placée sur liste d'attente ». Bon, je n'ai jamais été recontacté, donc ça revient au même, mais n'empêche.

– On s'en fout. Ramène tes fesses. Bon, qu'est-ce que je rate aujourd'hui, à part les seins de Scarlette ?

– Les Schwartz sont passés. D'ailleurs, avant que j'oublie, Marc m'a chargé de te dire...

– Je sais, je sais. Tu lui diras de ma part que j'ai compris le message et que je lui défends d'enseigner cette blague pourrie à Daphné.

– À propos, Daphné était déguisée en citrouille. Jana va t'envoyer des photos.

– Oh ! J'ai hâte de les voir, a déclaré Bébé, mélancolique. Tu crois qu'elle m'aura oubliée quand je rentrerai pour les fêtes ?

– Impossible. Tu fais tellement forte impression.

– Ta gueule.

– Non, c'est vrai ! Mes grands-parents me parlent de toi chaque fois que je les ai au téléphone, lui ai-je appris. Ils veulent savoir s'ils auront le plaisir de te revoir avec mon père et moi l'été prochain.

Je la voyais d'ici lever les yeux au ciel.

– Purée, Solo, mais toute ta famille est obsédée par moi, ou quoi ?

J'ai pouffé.

– Ouais, ne me demande pas pourquoi. Ça me dépasse !

Dans le couloir, Poppins m'a appelé :

– Solo ! Ton rendez-vous est arrivé !

– Merde, ai-je dit à Bébé. Je fais passer un entretien, ça m'était complètement sorti de la tête.

– T'inquiète, m'a-t-elle répondu. De toute façon, il faut que je révise. Les partiels approchent.

– Tu vas déchirer.

– Ouais, parce que je vais bosser comme une brute.

– Solo ! a répété Poppins.

– J'arrive ! lui ai-je crié. Bon, je dois te laisser. Je t'appelle bientôt.

– Lundi ? m'a demandé Bébé. Ah non, le lundi, t'as thérapie, c'est ça ?

– Non, lundi, c'est réunion de l'asso LGBT, l'ai-je reprise. La thérapie familiale, cette semaine, c'est mardi. Enfin, la thérapie père-fils, quoi...

– Ah. Maureen refuse toujours de vous y accompagner ?

– Ouais. Mais je vais continuer à lui proposer.

– Tu ne peux pas faire grand-chose de plus.

– Non. Je t'appellerai juste après pour te faire part de mes incroyables progrès.

Elle a ri.

– OK, je bosserai de ma chambre, ce soir-là.

– Pour te morfondre près du téléphone en attendant mon appel ?

– Ta gueule, m'a-t-elle rabroué. Mais oui.

J'ai laissé quelques secondes de silence s'écouler. Je n'avais pas envie de raccrocher.

– Je t'aime, Bébé, lui ai-je finalement dit.

– Je sais, m'a-t-elle répliqué. Moi aussi, je t'aime.

– Je sais.

***

– Alors, pourquoi souhaites-tu rejoindre l'équipe ROYO Vidéos ? ai-je demandé à la candidate, une certaine Angela Khoury.

J'étais dans le bureau, le stylo en suspens au-dessus du formulaire, prêt à coucher ses réponses sur le papier, même si je savais déjà l'essentiel, à savoir qu'elle était dispo le week-end et les soirs de semaine, ce qui était à vrai dire notre unique critère de recrutement.

– J'adore le cinéma. Et j'habite à côté.

– J'apprécie ta franchise, lui ai-je dit. Sur le plan professionnel, où te vois-tu dans cinq ans ?

Elle m'a regardé d'un drôle d'air.

– Je ne sais pas.

Elle a haussé les épaules.

– Je ne sais jamais quoi répondre à cette question. Soit je réponds que je ne serai plus ici, et je suis recalée pour manque de loyauté, soit j'affirme le contraire et je suis recalée pour manque d'ambition. Je perds à tous les coups.

J'ai repoussé ma liasse de papiers.

– Tu sais quoi ? Quelque chose me dit que tu feras parfaitement l'affaire.

Son visage s'est illuminé.

– Vraiment ? Je suis embauchée ? Comme ça, direct ?

– Il faut d'abord que tu remplisses quelques documents, lui ai-je précisé. Mais si c'est dans tes cordes, sois la bienvenue chez ROYO Vidéos.

– Génial !

Elle a frappé une fois dans ses mains et s'est emparée de la liasse de papiers.

– Et après ? s'est-elle enquise.

J'ai tiré du tiroir du bureau un badge pendu à un cordon.

– Après, tu te choisis un pseudo tiré d'un film que t'aimes bien. Tout le monde ici en a un, lui ai-je expliqué. Des idées ?

– Trop bien ! Je peux choisir ce que je veux ?

– Tant que le nom n'est pas déjà pris, oui.

Je lui ai dressé la liste des pseudos de l'équipe.

– En général, on choisit le héros de son film préféré. Moi, par exemple, c'est Solo, en hommage à Han Solo. Poppins, c'est une référence à Mary Poppins... Bon, tu vois l'idée.

– OK.

Elle a réfléchi.

– J'ai deux films préférés : *Dirty Dancing* et *Princess Bride.* Comment je choisis ?

J'ai regardé Angela et je lui ai souri.

– Bouton d'or, ça te conviendrait ?

– Ce serait parfait !

J'ai écrit son pseudo au marqueur sur son badge.

– Reviens demain à dix-sept heures et demande Maverick. C'est lui qui te formera.

REMERCIEMENTS

Si je devais prononcer un discours de remerciement, ce serait un fiasco. Je trébucherais en montant les marches. J'aurais un accident vestimentaire super gênant. Et, dans les vingt secondes qui me seraient allouées pour prononcer mon speech, je me débrouillerais pour oublier tous les mots de la langue anglaise, si bien que je finirais par débiter un truc sans queue ni tête, comme « Les produits laitiers, des sensations pures », avant de m'excuser et de filer la tête basse et la queue entre les jambes parce que je suis nulle pour parler en public. Et ce n'est pas de l'autodépréciation, c'est la vérité. Je n'ai pas honte de l'avouer.

Pour les raisons sus-citées, je suis soulagée de pouvoir remercier *par écrit* et non à l'oral les nombreuses personnes qui ont permis à cette odyssée de se faire. Le risque de chute, d'accident vestimentaire gênant et de citation involontaire d'anciennes campagnes de santé publique se retrouve ainsi fortement diminué. Pas nul, mais moindre.

Stephen Barr, le meilleur agent littéraire qui soit au monde, s'insurgerait. Il me dirait que j'exagère, que ces choses n'arriveraient pas, puis il me prodiguerait les mots d'encouragement les plus parfaits jamais prononcés par un être humain. C'est pourquoi j'ai choisi de le remercier en premier. Stephen, je t'admirais bien avant que je connaisse d'expérience ton métier d'agent. Merci d'avoir pris soin de moi et de mon histoire, mais surtout merci d'être toi. Le monde est nettement mieux avec toi dedans.

Kaylan Adair, mon éditeur, merci de t'être battu pour acquérir mon livre et de te battre depuis sans désemparer à mes côtés. Merci de m'avoir obligée à me remettre en question et de m'avoir épaulée dans les moments difficiles, merci pour ta compassion, et merci de te montrer digne de ma vulnérabilité. Oh, et merci pour ton super boulot d'éditeur, bien sûr (t'es hyper doué, j'espère que tu le sais ?). Je te serai indéfiniment redevable de m'avoir appris la nuance entre les mots anglais « grey » et « gray ».

À toute l'équipe de Writers House, merci pour vos efforts infatigables au nom de mon roman. Pour les championnes des droits audio et étrangers, Alessandra Birch et Cecilia de la Campa, merci d'avoir permis à l'histoire de Joel d'atteindre d'autres coins de la planète. Un grand merci à Andrea Vedder et à Nora Long – vous êtes top !

Merci à toute l'équipe de Candlewick. Je suis hyper fière que mon livre soit publié chez vous ! Merci à Matt Roser pour la super couv et à Sherry Fatla pour l'intérieur, plus qu'à la hauteur. Amanda Bellamy, merci pour la prod – Alison Cherry et Jackie Houton, merci pour la relecture – Jamie

Tan, merci pour la pub et la presse. Vous avez fait un boulot délirant, et en pleine pandémie, qui plus est ! J'en suis épatée et très reconnaissante.

Dana Spector, mon agent de cinéma, merci d'avoir misé sur l'équipe de ROYO. Ils te trouveraient tous excessivement cool, même Bébé.

Shelley : j'ai su que je t'aimais bien dès le jour de notre première rencontre à la réunion parents-prof. Ce que j'ignorais à l'époque, c'était qu'en devenant l'enseignante de ton fils, je m'engageais sur un chemin qui allait changer ma vie. Je chéris notre amitié et t'admire immensément. Merci pour tout ce que tu as fait pour moi. Sans toi, je n'aurais peut-être jamais écrit un traître mot.

JLB, mes amours. Vous êtes les meilleurs, et moi, une sacrée veinarde.

Merci à vous, maman, papa, et à toute ma famille (de sang et de cœur). Tout mon amour à Amy et Shawn, Karen et Roy, Bethany, Shannon, Jen, Kim, Liz, Zeddy, Colleen, Lamia et Lindsay. Je vous aime tous de tout mon cœur.

Et toi, Granny, tu y crois, à tout ça ? (Désolée pour tous les gros mots !)

Un immense merci à mes enseignants Laura L., Kathy G., au regretté Steve K. et aux docteurs Beate G. et Jonathan W. Chacun d'entre vous a joué un rôle dans l'émergence de ma carrière d'écrivaine. Merci de m'avoir encouragée. Vous changez le monde, un enfant à la fois.

Un coucou aux copains de l'ancien vidéoclub de Summit Ridge Pharmacy, paix à son âme ! On s'est bien marrés.

Merci aux membres de ma communauté religieuse qui sont toujours là pour me rattraper quand je tombe.

Et, *last but not least,* merci à vous, Mark Ruffalo.

Bref ! Sur la route, on a tous le pouvoir de sauver des vies.

*

NOTE DE L'ÉDITEUR

En cas de besoin, des organisations sont là pour vous écouter.

Fil Santé Jeunes
https://www.filsantejeunes.com
Un service anonyme destiné aux 12-25 ans. Des professionnels de la santé, tels que des psychologues et des médecins, sont disponibles gratuitement tous les jours via la ligne téléphonique (0 800 235 236) ou le tchat.

Contre l'homophobie
https://ecoute.contrelhomophobie.org/
À la fois un tchat, un numéro de téléphone et un email, ce service d'écoute est assuré par Sida Action Service. Il permet de poser toutes les questions que l'on souhaite et d'échanger sur l'homophobie et la transphobie, leurs conséquences, la peur du jugement, le mal-être, etc.

Le Refuge
https://www.le-refuge.org/
Cette association apporte différentes aides, y compris psychologiques, aux jeunes LGBT+ rejetés par leur famille. Leur ligne d'urgence est accessible 24 h/24 : 06 31 59 69 50.

Cet ouvrage a été mis en pages
par DV Arts Graphiques à Saint-Nazaire

Impression réalisée par
GRAFICA VENETA
en mars 2024
pour le compte des Éditions Bayard

Imprimé en Italie